BASTEI
LÜBBE
TASCHENBUCH

Weitere Titel der Autorin:

Geheimnisvolle Versuchung

Titel in der Regel auch als E-Book erhältlich

Über die Autorin:

Alix Rickloff schrieb ihren ersten Roman in der vierten Klasse. Dann kam sie allerdings vom Weg ab, studierte nach Beendigung der Schule Europäische Geschichte und Anthropologie und arbeitete im Direktmarketing. 2002 fand sie zurück zu ihrer eigentlichen Bestimmung und entschied sich, Schriftstellerin zu werden.
Auf Alix Rickloffs englischsprachiger Homepage www.alixrickloff. com erhalten Sie weitere Informationen über die Autorin.

Alix Rickloff

VERFÜHRUNG DER FINSTERNIS

Roman

Aus dem amerikanischen Englisch von
Ulrike Moreno

BASTEI
LÜBBE
TASCHENBUCH

BASTEI LÜBBE TASCHENBUCH
Band 16 719

1. Auflage: Dezember 2012

Dieser Titel ist auch als E-Book erschienen

MIX
Papier aus verantwortungsvollen Quellen
FSC® C014496

Vollständige Taschenbuchausgabe

Deutsche Erstausgabe

Redaktion: Dorothee Cabras
Titelillustration: © shutterstock/Patricia Maline
© shutterstock/Stefano Viola
Umschlaggestaltung: Birgit Gritschier
Satz: Urban SatzKonzept, Düsseldorf
Gesetzt aus der New Caledonian
Druck und Verarbeitung: GGP Media, Pößneck
Printed in Germany
ISBN 978-3-404-16719-7

Sie finden uns im Internet unter
www.luebbe.de
Bitte beachten Sie auch: www.lesejury.de

Der Preis dieses Bandes versteht sich einschließlich der gesetzlichen Mehrwertsteuer.

Für John

Danksagungen

Mein aufrichtigster Dank all jenen, die dieses Buch von leeren Seiten zu einem »Ende« gebracht haben.

Meinen entschlossenen Autorenkolleginnen Maggie und Do, den besten Freundinnen und Kritikerinnen, die eine Autorin haben kann. Sie fragen, antworten, inspirieren und drängen gleichermaßen. Danke für das Popcorn, den Martini Bianco und das Lachen. Ohne euch wäre dieses Buch sehr viel schwerer zu schreiben gewesen.

Kevan Lyon und Megan McKeever, die dem fertigen Manuskript den letzten Schliff gegeben haben.

Bethan Davies, die Daigh half, sein Walisisch zu finden.

Den Mitgliedern des Beau Monde und ihrem grenzenlosen Wissen zur Epoche des Regency.

Und wie immer meiner wundervollen Familie, die weiß, dass sie auf sich allein gestellt ist, wenn die Tür geschlossen ist.

Kapitel Eins

Vor der südwestlichen Küste Irlands
November 1815

Er hatte gebetet, dass der Sturm ihn töten möge. Um einen kräftigen Blitzschlag, der seinen Körper in so viele Teile zersplittern würde, dass keine noch so starke Magie ihn je wieder zusammensetzen könnte.

Doch seine Gebete waren vergeblich gewesen. Er war weit hinaus über die Reichweite göttlicher Hilfe.

Die schäumenden Sturmwellen hatten sich zu einer schwarzen, nur noch leicht dahinrollenden Dünung gelegt, die gerade noch Übelkeit herbeiführen konnte, aber nicht den Tod. Die sich nach Osten verziehenden Wolken nahmen ihre Blitze mit und hinterließen einen von eisigen Sternen glitzernden Himmel mit einem tief am Horizont hängenden vollen Mond. Ein malerischer Anblick, doch seine Stimmung verlangte nach der Zerstörungswut eines Zyklons, die besser zu dem dunklen Wahnsinn passen würde, der ihm das Gehirn vergiftete.

Der Sturm hatte sie vom Kurs abgetrieben. Er hatte das Fluchen der Seemänner gehört und das Stirnrunzeln des Kapitäns gesehen, als er auf dem Hinterdeck des Schiffes herumgestrichen war. Sie lagen hinter ihrem Zeitplan zurück, das Schiff war angeschlagen und reparaturbedürftig und der Hafen von Cobh noch anderthalb Tage entfernt, vorausgesetzt, der Wind hielt sich.

Da die Götter ihn also offenbar im Stich gelassen hatten, blieb es ihm selbst überlassen, sich Erlösung zu verschaffen.

Ein blitzschneller, schmerzloser Untergang war ihm versagt geblieben, doch es gab noch andere Wege nach *Annwn*. Versteckte dunkle Wege, die genauso sicher in das Land der Toten führten.

Er musste sie nur entdecken.

An die Reling gelehnt, ließ er den Blick über die See schweifen, wo er die Antwort auf jeder Welle geschrieben fand. Aber konnte es ihm gelingen? Würden sich die Schutzzauber, die ihn am Leben erhielten und unantastbar machten, im nassen, kalten Reich des Seegotts Lir auflösen und den Trost bringen, den er sich ersehnte? Oder würde der Versuch zu endlosem Leiden einer anderen Art im unerbittlichen Sog der Ozeangezeiten führen?

Die Sterne, die sich silbern und golden auf der Wasseroberfläche widerspiegelten, kringelten und wellten sich, als zeichnete eine Hand Gebilde aus Licht und Wasser, und verwandelten das Mondlicht in die blassen Züge einer Frau. Der Schaum des Ozeans trieb über ihr Gesicht wie ein Schleier dunklen Haares. Aber sie sandte ihre Liebe durch diesen trennenden Schleier aus und leuchtete hell in einer von Schatten überdeckten Welt.

War sie seinen dürftigen Erinnerungen entsprungen, oder war sie nur ein Traum? Für ihn unmöglich zu erkennen. Namen und Gesichter geisterten durch sein Bewusstsein wie Gespenster, manchmal so lebhaft wie die Existenz, in der er gefangen war. Bisweilen stießen seine beharrlichen Bemühungen, sich zu erinnern, jedoch nur auf Leere, und es blieb ihm allein überlassen, die dämonische Wut zu bekämpfen, die wie Säure in ihm brannte. Den Zorn der Verdammten.

Er erwartete, dass die Frau sich jede Sekunde wieder auflösen würde in den Wellen, doch sie blieb. Ihre Augen waren blau wie Kornblumen, ihr Lächeln entschärfte für einen Moment die Hoffnungslosigkeit, die ihm das Herz zusammenkrampfte, und er erkannte, dass er hier und jetzt den angebotenen Weg beschreiten musste. Bevor sie verschwand, bevor sie von der heulenden Bösartigkeit vertrieben wurde und er wieder einmal, seiner Erinnerungen oder auch nur des Trostes seiner Erinnerungen beraubt, zurückgelassen wurde. Zumindest würde er sich so der Ungewissheit des Todes nicht allein stellen müssen.

Entschlossen hob er ein Bein über die Reling und blickte sich um, um sicherzugehen, dass er nicht beobachtet wurde. Aber an Deck blieb alles still. Eine bessere Chance würde er nicht bekommen.

Um sich außer Reichweite des Schiffes zu bringen, stürzte er sich mit einem harten Stoß gegen die Bordwand ins Wasser und stieß wie ein Pfeil bis tief unter die Wellen.

Das Wasser machte ihn schlagartig hellwach. Die eisige Kälte traf ihn wie ein Faustschlag in den Magen und war wie Tausende scharfer Stiche, die jeden einzelnen Nerv durchbohrten. Während er in einer Wolke aus Blasen den Atem ausstieß, sank er tiefer. Seine Lunge brannte, und seine Muskeln verkrampften sich, als er gegen den instinktiven Drang zu atmen – und zu leben – ankämpfte.

Er wehrte sich gegen den klaustrophobischen Druck des Wassers, aber die betäubende Kälte der See machte jede Bewegung zur Qual und letztendlich unmöglich.

Das Lächeln der Frau zog ihn in die Tiefe.

Wasser füllte seine Lunge. Sein Körper gab auf, und der Tod kam wie eine Geliebte.

Er erwiderte ihr Lächeln. Und als er durch den Schleier zwischen ihnen trat, konnte er sie endlich in die Arme nehmen.

»Sabrina! Wo stecken Sie schon wieder? Antworten Sie, oder die Götter mögen Ihnen beistehen ...«

Normalerweise hätte eine solche Drohung Lady Sabrina Douglas aus ihrem Versteck herausschießen lassen wie eine Kugel aus einer Waffe. Aber heute nicht. Heute war es anders. Es war der Sechzehnte des Monats, und heute vor sieben Jahren war ihre

Welt aus den Fugen geraten, und seitdem war nichts je wieder wie zuvor gewesen.

Normalerweise vergeudete sie nicht viel Zeit damit, Erinnerungen an die Vergangenheit nachzuhängen. Die Priorin der Schwestern des Hohen *Danu* sagte, es sei sinnlos, sich mit Fragen nach dem *Was-wäre-wenn* auseinanderzusetzen. Man könne sich so in den unendlichen Möglichkeiten von Ursache und Wirkung verstricken, dass die Wirklichkeit gefährlich lebensfern wurde. Selbst zum Wahnsinn könnten solche Ratespiele führen, meinte sie.

Doch heute forderte Sabrina diesen Wahnsinn geradezu heraus. Sie hatte sich dazu gezwungen, sich alles, was an jenem lang zurückliegenden Novembertag geschehen war, vom Anfang bis zum Ende in Erinnerung zu rufen und es in hektischem Gekritzel aus ihrem Kopf in ihr Tagebuch einfließen zu lassen. Bei Schwester Brighs erstem Ruf war sie mit ihren Aufzeichnungen jedoch gerade erst bis zur Mittagszeit jenes unheilvollen Tages gekommen.

»Sie undankbare, undisziplinierte Range! Kommen Sie sofort heraus!«

Wenn Schwester Brigh schimpfte, kam Sabrina sich nicht wie die zweiundzwanzigjährige Frau vor, die sie war, sondern eher wie eine ungehorsame Zehnjährige. Aber andererseits betrachtete Schwester Brigh ja jeden, der jünger als sie selbst war, als aufsässiges Kind, was beinahe die gesamte *bandraoi*-Gemeinschaft mit einschloss. Schwester Brigh war hundert Jahre alt, wenn nicht sogar noch älter. Nur Schwester Ainnir kam ihr altersmäßig gleich. Die beiden waren wie vermooste Überbleibsel aus vergangenen Jahrhunderten.

»Sabrina Douglas! Ich weiß, dass Sie mich hören können!«

Schwester Brigh war die weitaus Vermoostere der beiden – und die Lautere.

Sabrina seufzte und steckte den Stift ins Tagebuch, um die Stelle zu markieren.

Der sechzehnte November 1808 würde warten müssen, weil der sechzehnte November 1815 rief.

Die Rufe der Priesterin verklangen, als sie die Scheune verließ, um ihre Suche auf Außengebäude wie Molkerei, Wäscherei und Gärtnerschuppen auszudehnen. Das Kloster war groß. Die Prinzipalin der Novizinnen würde Jahre brauchen, um überall nachzusehen.

Sabrina erhob sich aus ihrem Versteck hinter den Strohballen und Getreidesäcken, klopfte den Staub von ihren Röcken und zupfte Schürze und Kopftuch zurecht, bevor sie zu der Geschäftigkeit des Klosterlebens zurückeilte. Und geradewegs in Schwester Brighs Hinterhalt geriet.

»Erwischt!« Brighs Fingernägel bohrten sich in die dicke Wolle von Sabrinas Ärmel und drückten fest genug zu, um ihr die Tränen in die Augen zu treiben. »Ard-siúr hat mich über eine Stunde nach Ihnen suchen lassen. Und hier stecken Sie und verbergen sich, als gäbe es keine vernünftige Arbeit zu erledigen.« Verärgert riss sie Sabrina das Tagebuch aus der Hand. »Kritzeln Sie schon wieder in diesem dummen Buch herum? Sie sind mehr als einmal verwarnt worden, dass Sie Ihre Zeit nicht mit unsinnigem Zeug vergeuden sollen.«

Sabrina versteifte sich und bedachte Schwester Brigh mit einem vernichtenden Blick. »Ich habe meine Zeit nicht vergeudet. Und ich hatte mich auch nicht versteckt.«

Der Einwand wurde ignoriert. »Hmmpf. Kommen Sie! Sie haben Ard-siúr lange genug warten lassen.«

Als sie durch den geschützten Kreuzgang gingen, versammelte sich eine Gruppe an den Außentoren. Überraschte und verwirrte Stimmen wurden laut, die sogar Schwester Brighs entschlossenen Blick von seinem Ziel ablenkten.

Sabrina verrenkte sich den Hals, um über die Menge hinwegsehen zu können. »Was geht da vor?«

»Ein Haufen Unsinn zweifelsohne«, antwortete Schwester

Brigh und schnaubte verächtlich. »Zu meiner Zeit wäre das nicht passiert, da können Sie sicher sein.«

Womit sie vermutlich irgendwann während der letzten Eiszeit meinte. Schwester Brigh in Tierfelle gehüllt und mit einem Knüppel in der Hand. Bei der Vorstellung musste Sabrina sich ein Grinsen verkneifen.

Aber schon umklammerte die Schwester ihren Arm noch fester und verdoppelte ihr Tempo. Sie marschierte die Treppe hinauf, öffnete mit einem kaum zu hörenden Wort die Tür und schlug sie mit einem ebenso wirkungsvollen Flüstern wieder zu.

Am Verstand der alten Priesterin konnte man seine Zweifel hegen, aber ihre Magie war unangreifbar.

Die Temperatur fiel, sobald sie drinnen und aus der schwachen Nachmittagssonne heraus waren. Frost hing in dem Gang, der zu Ard-siúrs Arbeitszimmer führte, und bewirkte, dass Sabrinas nervöser Atem kleine Wölkchen in der kalten Luft erzeugte. Die Kälte drang sogar durch die dicken Strümpfe und zwei Unterröcke, die sie unter ihrem Wollkleid trug.

Es war noch nicht einmal Winter, und schon sehnte Sabrina sich nach dem Frühling, nach Sonne und der Erlösung von kratziger Unterwäsche, Frostbeulen und Schniefnase, früher Dunkelheit und zugigen Gängen. Im Moment würde sie ihre Seele verkaufen für Wärme, Licht und ... etwas anderes.

So wenig veränderte sich innerhalb des Ordens, dass jede Abwechslung, selbst der allmähliche Wechsel der Jahreszeiten, ein Abenteuer zu sein schien. Vielleicht war das aber auch nur so, weil die wahre Veränderung, die Sabrina sich ersehnte, die Ernennung zur Priesterin, ihr noch versagt blieb und es auch bleiben würde, falls die unausstehliche Schwester Brigh ihren Willen durchsetzte.

Als sie durch das Vorzimmer zu Ard-siúrs Arbeitszimmer gingen, winkte Schwester Anne ihnen fröhlich zu, was ihr den mürrischen Blick einer Bulldogge von Schwester Brigh und ein schwaches Lächeln von Sabrina eintrug.

Verglichen mit der Kälte auf dem Gang, war Ard-siúrs Büro ein tropisches Paradies. Ein kleiner Ofen gab genügend Hitze ab, um den Raum angenehm warm zu halten, und die dicken Teppiche und farbenfrohen Wandbehänge belebten den nackten, naturfarbenen Stein. Fügte man zu alldem noch Ard-siúrs überfüllten Schreibtisch samt ihrer schnurrenden Katze und das leise Ticken einer hohen Standuhr in der Ecke hinzu, war es kein Wunder, dass sich Sabrinas angespannte Nerven zu beruhigen begannen.

Auf Schwester Brigh schien die Atmosphäre allerdings genau die gegenteilige Wirkung zu haben. Ihr Blick huschte mit unverhohlener Missbilligung durch das Zimmer, während sie eine leidgeprüfte Haltung einnahm und jetzt erst ihren eisernen Griff um Sabrinas Arm löste.

Ard-siúr hob abwehrend eine Hand, um einen Gedanken zu Ende zu führen, und biss sich auf die Lippe wie ein kleines Mädchen, während ihr Stift über die Seite vor ihr flog.

Die Priorin der Schwestern des Hohen *Danu* wirkte so zeitlos wie die uralten Megalithen oder »stehenden Steine«, die eine nahe gelegene Wiese am Klippenrand bewachten. Groß. Breit. Ein vom Alter gezeichnetes Gesicht, aber Augen, die klar, wach und humorvoll geblieben waren. Ihre Mächte als *bandraoi*-Priesterin und Zauberin, doch auch ihre majestätische Haltung und unerschütterliche Contenance schienen es mit der der Feen aufnehmen zu können. Sabrina wusste jedoch, dass es all ihre Kräfte erforderte, die angeborenen wie erlernten, eine Ordensgemeinschaft von *Anderen* zu leiten und gleichzeitig deren wahre Natur vor der misstrauischen Welt der Menschen zu verbergen. Dies war nötig zum Schutz der *Anderen*, Männer und Frauen, die sowohl das Blut von Magiern als auch das von Menschen in sich hatten.

Für alle außerhalb der Klostermauern waren sie lediglich ein weltabgewandter Orden kontemplativer Nonnen. Es fiel Ard-siúr zu, dafür zu sorgen, dass es so blieb. Keine beneidenswerte Aufgabe. Auch wenn es bei genauerer Überlegung doch sehr wohl jemanden gab, der Ard-siúr beneidete, sehr sogar.

Schwester Brigh schnaufte und atmete so schwer durch die Nase wie ein Dampf ablassender Kessel.

Schließlich legte Ard-siúr die Feder auf die Ablage, streute Sand auf das Schriftstück, schüttelte ihn wieder ab und faltete das Blatt. Erst dann richtete sie den durchdringenden Blick auf die beiden Frauen, die schweigend vor ihr standen.

»Danke, Schwester Brigh, dass Sie Sabrina hergebracht haben!«

Ihr Dank an die Prinzipalin der Novizinnen war als eindeutige Aufforderung gemeint, sie allein zu lassen.

Statt zu gehen, begann Schwester Brigh jedoch, eine ganze Liste von Beschwerden vorzutragen, die ihr so leicht von den Lippen kamen, als hätte sie sie schon im Vorfeld vorbereitet. »Dreimal in drei Tagen, Ard-siúr! Dreimal habe ich sie mit dem Kopf in den Wolken erwischt, als sie bei der Arbeit hätte sein sollen. Entweder das, oder sie kritzelt in ihrem Tagebuch herum. Sie können das nicht länger unter den Teppich kehren. Es bestärkt sie nur in dem Gefühl, über den Regeln zu stehen. Immer noch das Töchterchen des adligen Herrn zu sein, das sie einmal war, statt der das Priesterinnenamt anstrebenden Novizin, als die sie sich fühlen sollte.«

Sabrina reagierte gereizt auf die spöttische Betonung, die Schwester Brigh auf das Wort »anstrebend« legte, aber ein Blick von Ard-siúr, und sie verzichtete darauf, ihrem Ärger Luft zu machen.

»Ist das wahr, Sabrina? Glauben Sie, dass Sie über unseren Regeln stehen? Dass die gesellschaftliche Position Ihrer Familie Sie zu besonderer Rücksichtnahme berechtigt?«

»Nein, natürlich nicht, aber ...«

Schwester Brigh knallte das Tagebuch auf Ard-siúrs Schreibtisch, was die Katze fauchend herunterspringen und in Deckung gehen ließ. »Sabrinas mangelnde Hingabe und ihr Unvermögen, sich an unsere Lebensart zu halten, schwächt ihre Anwartschaft. Und ich für meinen Teil bin der Ansicht, dass es besser für sie wäre, den Orden zu verlassen und zu ihrer Familie zurückzukehren.«

Ard-siúr richtete den Blick wieder auf Sabrina. »Das sind ernste Vorwürfe, die Schwester Brigh erhebt. Könnte es sein, dass Sie ein Leben in unserer Gemeinschaft gar nicht so sehr erstreben, wie Sie glauben? Dass Sie sich nach der Zukunft zu sehnen beginnen, die Sie ohne die tragischen Umstände hätten haben könnten?«

Sabrina blinzelte erstaunt. Hatte Ard-siúr das ganz bewusst erwähnt? Wusste sie, was Sabrina in ihr Tagebuch geschrieben hatte? Oder war es nur Zufall, dass sie dieses Thema angeschnitten hatte? Das war immer schwer zu sagen bei der Priorin ihres Ordens, die über die Gabe zu verfügen schien, alles Mögliche wahrzunehmen. Besonders die Dinge, die man nicht bekannt werden lassen wollte.

Vielleicht war es doch keine so gute Idee gewesen, sich zu zwingen, an jenen lange zurückliegenden Novembertag zurückzudenken. Sabrina hatte eisern verdrängte Erinnerungen ausgegraben und vergessen, wie weh sie taten.

»Ich bin mehr als bereit, meine Pflichten als *bandraoi*-Priesterin zu übernehmen«, sagte sie mit einem gekränkten Blick zu Schwester Brigh. »Und ich wollte Sie nicht warten lassen, Ard-siúr. Ich versuchte nur ... Wissen Sie, es ist heute vor sieben Jahren geschehen, Ard-siúr, und ... ich hatte das Gefühl, als müsste ich es mir noch einmal deutlich in Erinnerung rufen, bevor es mir entglitt.«

Ard-siúr nickte bedächtig. »Ah ja, der Tod Ihres Vaters.«

»Der Mord an ihm«, verdeutlichte Sabrina. »Es ist heute sieben Jahre her, dass mein Vater von den *Amhas-draoi* angegriffen und getötet wurde.«

»Und aus gutem Grund, wenn auch nur die Hälfte der Gerüchte stimmt«, brummte Schwester Brigh. »Ard-siúr, selbst wenn es für Sie nicht schlimm genug ist, dass Sabrina sich ihren Pflichten entzieht und sich aufführt, als wäre sie hier die Hausherrin, müssen Sie doch erkennen, dass ihre Anwesenheit dem Orden unerwünschte Aufmerksamkeit einbringt. Noch nie zuvor in unserer Geschichte wurde eine unserer Priesterinnen von den *Amhas-draoi* verhört.«

»Es war nicht meine Schuld, dass sie mit mir sprechen wollten. Ich habe ihnen nichts erzählt.«

»Also auch noch Geheimnisse vor der Bruderschaft, die geschworen hat, uns zu beschützen, indem sie die Grenze zwischen den *Anderen* und den Menschen hütet? Das wird ja immer schlimmer.«

»Das war es nicht, was ich meinte. Sie verdrehen mir das Wort im Mund.«

»Das genügt!« Ard-siúr hob eine Hand.

Aber Schwester Brigh, die in Fahrt gekommen war, ließ sich davon nicht aufhalten. »Ein Vater, der sich der schwarzen Magie bedient. Ein Bruder, der vor den *Amhas-draoi* auf der Flucht ist. Die Familie Douglas ist verflucht. Und je eher diese junge Frau von hier verschwindet, desto besser für den Orden.«

Sabrina warf der alten Nonne einen bösen Blick zu.

»Ich sagte, das genügt!« Ard-siúrs scharfe Stimme brachte Schwester Brigh endlich zum Schweigen, obwohl ihr Gesicht noch immer rot vor Zorn war und ihre Augen funkelten. »Dies ist weder der richtige Moment noch der passende Ort. Falls Sie stichhaltige Argumente vorzubringen haben, Schwester, tun Sie es bei einer anderen Gelegenheit, dann werden wir darüber sprechen.«

Darauf wandte Ard-siúr sich Sabrina zu und lächelte sie an. »Ich habe Sie nur hergebeten, meine Liebe, um Ihnen einen Brief zu geben, der von einem Boten für Sie überbracht wurde.«

Wie konnte ein einziger Satz ihr den Magen zusammenkrampfen und sie wünschen lassen, sie könnte sich in einem Mauseloch verkriechen? Sabrinas Erfahrung nach verhießen Briefe niemals etwas Gutes. Sie waren wie eine noch nicht explodierte Bombe in der Hand.

Die Tür sprang auf, und die sehr aufgeregte Schwester Anne trat einen Schritt ins Zimmer. »Ard-siúr, Sabrina wird sofort auf der Krankenstation gebraucht. Ein Mann wurde hergebracht, der halb ertrunken am Strand unterhalb des Dorfes gefunden worden ist.«

»Darf ich gehen?«, fragte Sabrina mit einem bittenden Blick zu Ard-siúr.

Schwester Brigh verzog das Gesicht, als bisse sie in etwas Saures, aber die Priorin des Ordens entließ Sabrina mit einer gebieterischen Handbewegung. »Gehen Sie! Schwester Ainnir benötigt Ihr Geschick. Der Brief kann bis zu Ihrer Rückkehr warten.«

Sabrina raffte mit einer Hand die Röcke und eilte aus dem Zimmer und hinter Schwester Anne her. Sie hätte den Unglückseligen, der sie buchstäblich im letzten Augenblick gerettet hatte, küssen können.

Da war es nur fair, die Gefälligkeit zu erwidern.

»Lenken Sie die magische Energie, als führten Sie ein chirurgisches Instrument! Präzise, konzentriert«, flüsterte Schwester Ainnir über der reglosen Gestalt des Mannes, der zwischen ihnen lag.

Sabrina bemühte sich, die Magie, die in ihrem Blut schwelte und in ihren Knochen kribbelte, zu bremsen, weil sie im Moment weniger die Genauigkeit eines Stiletts als vielmehr die Stumpfheit einer Streitaxt hatte. Ließe sie diese Macht jetzt frei, würde sie den Pechvogel vor sich zu Asche verbrennen.

»Geben Sie acht, Sabrina! Ihr Kopf ist nicht bei der Sache.«

Nein, ihr Kopf kochte noch immer vor Empörung über Schwester Brighs Beschuldigungen. Mangelnde Hingabe. Über den Regeln stehen. Zeit vergeuden. Wenn Sabrina nicht auf der Hut war, würde die Prinzipalin der Novizinnen sie in eine Kutsche nach Belfoyle setzen lassen, bevor das Jahr beendet war. Was für eine bösartige Kuh!

»Sabrina! Seien Sie vorsichtig!«

In einem atemberaubenden Lichtbogen aus Rot und Gold, Korallenfarben und blassem Grün loderte die Magie auf und erleuchtete Sabrinas Inneres, bis sie das Dröhnen in ihren Ohren spürte, dessen Schwingungen die Härchen an ihren Armen aufrichtete und ihr die Brust zusammenschnürte wie ein Korsett aus Fischbeinstäbchen.

Der Mann verkrampfte sich und rang verzweifelt nach Atem, den er nicht finden konnte. Wellen des Zorns und der Verzweiflung, Furcht und Panik gingen von ihm aus.

Die Emotionen tobten durch Sabrinas Schädel wie Tiere durch einen Käfig. Sie taumelte unter dem Pochen hinter ihren Lidern und den Punkten und Feuerrädern, die vor ihren Augen explodierten wie Feuerwerke.

Die Kehle des Mannes verengte sich, als er aus seiner Lunge, die voller Wasser und somit nutzlos war, ein Rinnsal Seewasser erbrach. Dann stieß er plötzlich mit der Faust um sich, was Sabrina schnell zurückspringen ließ.

Frustration, Enttäuschung, Wut – all das empfing sie von ihm, und es genügte, um ihr Schwindel zu verursachen. Sie errichtete schnell all ihre geistigen Barrikaden, und dennoch kämpfte sich das Echo seiner Qual hindurch, um sich wie messerscharfe Krallen in ihr Gehirn zu graben.

»Nicht aufhören!«, mahnte Schwester Ainnir. »Verlieren Sie nicht die Konzentration! Es ist noch zu früh.«

Die Fäden ihrer *Feen*magie tanzten an Sabrinas Haut entlang wie die prickelnde Spannung in der Luft vor einem herannahenden Gewitter. Ein schimmerndes Irrlicht geisterte in ihrem Augenwinkel und wisperte in ihrem Kopf wie eine Brise oder ein Echo oder das Rauschen von Wasser über Steinen.

Sie vertiefte sich in ihre Sinneseindrücke, und der überwältigende Andrang mitfühlender Empfindungen verringerte sich auf ein erträgliches Niveau. Oder zumindest so weit, dass sie nicht mehr Gefahr lief, das Bewusstsein zu verlieren.

Sabrina nahm das heilende Feuer zusammen, gewann die verlorene Konzentration zurück und benutzte ihren anhaltenden Ärger, um ihre Entschlossenheit zu skalpellartiger Vollkommenheit zu schärfen. Erst dann kehrte sie zum Bett des Mannes zurück, um Schwester Ainnir zu unterstützen, deren Kräfte nach Stunden des Ringens mit der Unterwelt um die Seele des verirrten Seemannes schwanden.

»So ist es gut. Spüren Sie, wie es sich Ihrem Willen beugt! Vorsicht. Erzwingen Sie es nicht!« Die Siechenmeisterin nahm Sabrinas Hand und führte sie zu einer Stelle über dem linken Lungenflügel des Mannes. Seine Haut war eisig kalt und, bis auf das Gewirr von silbern angehauchten Narben, von einem milchigen Blau. »So. Sehen Sie? Spüren Sie, wie das Leben dort noch flattert?«

Sabrina konzentrierte sich auf das Auf und Ab seiner stockenden Atemzüge und ließ bei jedem Aus- und Einatmen ihre heilende Magie in das Muster einfließen. Ruhig. Zielstrebig. Unfehlbar. Aber nein, Moment … irgendetwas war hier nicht in Ordnung. Nicht so, wie es sein müsste. Zu ihrem Erstaunen vereinten und verknoteten sich unbekannte Stränge in diesem Fremden und verbanden sich ohne ihre Hilfe oder ihre Kräfte miteinander. Das war ein völlig neues Muster. Ein ihr fremdes Verweben von Leben und einer Magie mit einer durch nichts zu erschütternden Dunkelheit in ihrem Kern. Hinzu kam ein leichtes, kaum merkliches Anrühren ihres Bewusstseins, während sie bei der Arbeit war.

Dann nichts mehr. Die unbekannte Magie verschwand auf die gleiche subtile Weise, wie sie erschienen war.

Sabrina konzentrierte sich noch mehr, doch nach einer ruckartigen Kopfbewegung des Mannes fiel er aus der Bewusstlosigkeit in einen tiefen Schlaf. Der Tod zog sich zurück.

»Schwester Ainnir, haben Sie das gespürt?«, fragte Sabrina mit einem langen, nachdenklichen Blick auf den Patienten.

Der Mann atmete, und auch seine Haut bekam schon wieder Farbe, ein mattes Goldbraun, wo er gerade noch kreidebleich gewesen war. Aber waren es ihre und Schwester Ainnirs Bemühungen gewesen, die das bewirkt hatten? Für den Bruchteil einer Sekunde hatte sie fast gedacht …

»Das ist Leben, Sabrina.« Schwester Ainnir, deren Gesicht so wächsern war wie die tropfenden Kerzen hinter ihnen, ließ sich auf einen Stuhl sinken. »Auf den hier wird das Todesreich *Annwn* noch warten müssen.«

Sabrinas Gefühl, dass irgendetwas nicht in Ordnung war, wich im Nachglanz des Erfolges. Dieser Mann hatte auf nichts mehr reagiert, ja war praktisch schon tot gewesen, als er im Kloster eingetroffen war, doch ihre Fähigkeiten hatten ihn gerettet. Dies war etwas, worin sie, Sabrina, gut war. Ein Können, das kein Mangel an Reichtum, Schönheit oder eleganten gesellschaftlichen Manieren schmälern konnte.

Sie zog die Decke über den Fremden und ließ den Blick einen Moment über die harten Züge und grimmigen Linien seines Gesichts gleiten. Selbst schlafend sah er aus, als wäre er bereit zu morden. Ein harter Zug lag um sein Kinn, seine Lippen waren zusammengepresst zu einem schmalen Strich.

Was für Missgeschicke hatten ihn, die Lunge voller Seewasser, an einen Felsenstrand gespült?

Seine Emotionen sprachen von Gewalt und Kampf, sein Körper trug die Spuren davon. Die stahlharten Muskeln, das Gewirr der Narben, die beängstigende Intensität seines Gesichtsausdrucks …

Ganz leicht nur, wie ein Streicheln, rührte Sabrina an sein Bewusstsein, in der Hoffnung, ihm Frieden, Sicherheit, die Wärme eines weichen Bettes und die Ruhe eines stillen Zimmers zu vermitteln. Aber selbst diese flüchtige Berührung brachte einen Querschläger von Emotionen zurück. Nicht mehr die verheerende Wut des Zyklons, sondern Trauer, Qual und eine solch niederschmetternde Verzweiflung, dass sie Sabrina die Tränen in die Augen trieb.

Sie schnappte nach Luft, fuhr sich mit dem Ärmel über die brennenden Wangen und zog sich schnell wieder in sich selbst zurück. Zwang sich, ihren Blick und ihre Gedanken von ihm abzuwenden, obwohl sie seine Gegenwart wie ein Messer im Rücken spürte und sein bedrohliches Schweigen wie sich nähernde Gewitterwolken an einem schmutzig gelben Himmel.

Und sie las eindeutig zu viele Romane, wenn sie sich solch melodramatischen Vorstellungen von einem halb ertrunkenen Piraten hingab.

Sie schüttelte die unsinnigen Fantasien ab, um sich auf Schwester Ainnir zu konzentrieren, die sie fast benommen vor Erschöpfung ansah. Großer Gott! Da dachte sie sich Geschichten aus, während sie sich um die arme Schwester Ainnir kümmern müsste.

Sie waren Stunden hier gewesen, die Zeit des Abendessens war gekommen und gegangen, und die abendliche Dämmerung hatte sich längst zu Dunkelheit vertieft. War es für die betagte Priesterin zu viel gewesen? Hatte sie mehr von ihrer Kraft verbraucht, als gut für sie war?

»Erlauben Sie mir, Sie zu Ihrem Zimmer zu begleiten.« Sabrina hielt der alten Frau den Arm hin, damit sie sich darauf stützen konnte, als sie sich mühsam von ihrem Stuhl erhob.

»Und der Herr?«, entgegnete Schwester Ainnir seufzend. »Vielleicht sollte eine von uns bei ihm bleiben.«

»Ich habe heute Nachtdienst«, erwiderte Sabrina mit einem Blick zurück zu dem Fremden, der sie erschaudern ließ – und nicht aus Aufregung. »Schwester Noreen ist jetzt hier. Ich kann Sie zu Ihrem Zimmer begleiten und wieder zurück sein, bevor sie dienstfrei hat.«

»Dann nehme ich Ihre Hilfe dankend an, Sabrina. Dieser alte Körper ist nicht mehr so rege, wie er einmal war. Und ich habe festgestellt, dass ich mein Bett viel mehr zu schätzen weiß als früher.«

Die beiden machten sich langsam auf den Weg über den Gang der Krankenstation. »Sie sind überaus begabt, mein Kind«, bemerkte Schwester Ainnir. »Lassen Sie sich von niemandem etwas anderes sagen.«

Nun, da der Notfall vorbei war, erwachte Sabrinas Verbitterung wieder. »Schwester Brigh ist da anderer Meinung. Ich bin eine erwachsene Frau, aber sie behandelt mich wie ein Kind.«

Schwester Ainnir blieb stehen, um Sabrina anzusehen. »Schwester Brigh fürchtet alles, was das empfindliche Gleichgewicht der Welt der *Anderen*, die wir uns geschaffen haben, stören könnte. Sie glaubt, unser Überleben hinge davon ab, uns von den nicht magisch begabten *Duinedon* fernzuhalten und keine Aufmerksamkeit auf uns zu lenken. Ihre Familie, Sabrina – oder vielmehr Ihr Vater –, glaubte das genaue Gegenteil. Ob Schwester Brigh nun recht hat oder nicht, in ihrer Denkweise macht Sie das zu einer Gefahr für uns.«

»Wenn dem so ist, wie kann ich sie dann jemals dazu bringen, über die Sünden meines Vaters hinwegzusehen? Sie wird niemals meiner endgültigen Aufnahme in den Orden zustimmen.«

Schwester Ainnir setzte sich wieder in Bewegung und zog Sabrina mit. »Brigh ist nicht die Einzige, die in solchen Angelegenheiten etwas zu sagen hat. Sie haben viele Verbündete in unserer

Gemeinschaft, die Ihr Potenzial erkennen.« Die alte Nonne lachte. »Sehen Sie sich um! Glauben Sie nicht, ich wüsste nicht, wer diesen Ort am Laufen hält. Ich bin zu alt, um mit dem Tod zu kämpfen.«

»Sie sind nicht alt, Schwester«, entgegnete Sabrina diplomatisch.

»Und Sie sind eine miserable Lügnerin, mein Kind. Ich weiß sehr gut, wie alt ich bin. Ich spüre jedes meiner Jahre, besonders an Abenden wie diesem. Nein, es liegt bei Ihnen, diese Krankenstation zu übernehmen.«

Bei ihr? Wollte Schwester Ainnir damit sagen, was Sabrina zu verstehen glaubte? »Ich bin noch keine Priesterin.«

»Noch nicht, aber wer könnte Ihnen nach der heutigen Arbeit Ihre Befähigung absprechen?«

Also hatte sie doch richtig verstanden. Eine so überwältigende Freude sprudelte in Sabrina auf, dass sie die Lippen zusammenpressen musste, um den Jubel zu ersticken, der ihr auf der Zunge lag. Freudenschreie wären höchst unangebracht für eine würdevolle *bandraoi*-Priesterin. Außerdem konnte sie die Kranken heilen, die Toten ins Leben zurückholen und gewöhnliche Erkältungen kurieren, und Schwester Brigh würde immer noch einen Grund finden, ihr die letzten Riten zu versagen. Und wahrscheinlich würde sie Sabrina neben all ihren anderen Vergehen auch noch der Eitelkeit beschuldigen.

Nachdem sie die Krankenstation verlassen hatten, durchquerten sie die Eingangshalle und traten in die Nacht hinaus, wo der Wind an ihren Röcken zerrte und silbern umrandete Wolken über den Himmel zogen. Der blasse Mond, der hoch am Himmel stand, spiegelte sich in den schmutzigen Pfützen auf dem Hof wider.

»Sie verfügen über ein angeborenes Talent und haben gelernt, es ebenso gut zu nutzen wie jede offiziell ernannte Siechenmeisterin.« Schwester Ainnirs dünne, angestrengte Stimme zitterte in der feuchten Kälte. »Was kann Ard-siúr dagegen sagen?«

»Sie kann sagen: ›Vielen Dank, aber rechnen Sie nicht damit!‹ Ich bin eine Douglas, schon vergessen?«

»Nein, natürlich nicht. Doch das allein schon sollte Ihr Schicksal als *bandraoi* besiegeln, denn die Douglas sind alle bekannt dafür gewesen, eine ungewöhnliche *Feen*kraft in sich zu tragen.«

»Und der Fluch, der auf meiner Familie liegt?« Sabrina bemühte sich vergeblich, den Groll aus ihrer Stimme fernzuhalten.

»Bah! Fluch! Solches Geschwätz lässt uns nur wie eine Herde alter, abergläubischer Weiber klingen.«

Sabrina, die Schwester Ainnir stützte, bemerkte an diesem Abend zum ersten Mal Ainnirs Gebrechlichkeit, die knochigen, mit Altersflecken bedeckten Hände und die Schwäche ihres Griffs. War die heutige Arbeit zu viel für sie gewesen? Oder war sie schon länger so geschwächt, und Sabrina hatte es nur nicht sehen wollen?

»Jeder ist seines eigenen Glückes Schmied, mein Kind.«

Sie klang so sicher, so überzeugt. Und warum sollte sie es auch nicht sein? Schwester Ainnir war vermutlich schon hier gewesen, als der erste Stein gelegt worden war, oder zumindest erweckte sie diesen Eindruck. Sie strahlte unfehlbare Weisheit aus und unermüdliche Kraft. Schwester Ainnir hatte schon immer existiert und würde auch weiter leben. Wie alles hier. Die Gebäude. Die grau gewandeten Schwestern. Die Kapelle. Das langsame Geläut der volltönenden Glocken.

Das war es, was Sabrina an dem Orden liebte. Das Gefühl der Ewigkeit in den mit Mörtel zusammengefügten Steinen, der immer gleichbleibenden Ewigkeit, als wäre die Zeit innerhalb der Mauern des Klosters stehen geblieben. Als könnte nichts die Heiligkeit und Sicherheit dieses Ortes durchdringen. Gerade diese Aura von Unvergänglichkeit war es, die Sabrina an einem Leben als *bandraoi*-Priesterin gereizt hatte.

Als die Veränderung wie eine Sturmwelle über Sabrinas wohlgeordnete Welt hereingebrochen war und alle, die sie gekannt und geliebt hatte, in einer Flut von Blut und Tränen untergegangen waren, waren die Schwestern des Hohen *Danu* zu einem Hafen vor dem Sturm geworden, zu einer Quelle der Ruhe, Beständigkeit und Sicherheit.

Erst vor Kurzem hatte Sabrina das immer gleichbleibende Fortschreiten der Zeit bisweilen als monoton und die starren Ordensregeln als frustrierend zu empfinden begonnen. Doch diese Empfindungen waren selten und wurden gleich verdrängt, sobald sie sich bemerkbar machten. Sabrina wusste, wohin sie gehörte. Und das war kein anderer Ort als dieses Kloster.

Sie stiegen die Treppe hinauf zu Schwester Ainnirs Zimmer, aus dem ihnen ein Hauch angenehm duftender Luft und die Wärme eines munter brennenden Kaminfeuers entgegenschlugen.

»Von hier aus schaffe ich es allein. Sie können wieder gehen, Sabrina. Versuchen Sie, sich ein wenig auszuruhen. Wir können heute Nacht nichts weiter für ihn tun, als bei ihm zu wachen«, sagte Schwester Ainnir.

Sabrina lächelte. »Danke, Schwester! Für alles.«

Die Priesterin bedeckte Sabrinas Hand mit ihrer. Die Klarheit ihrer grauen Augen verriet nichts von ihrer körperlichen Schwäche, sondern höchstens eine unermüdliche, eiserne Energie, die durch Sabrinas Haut in ihre Knochen, Sehnen und Muskeln drang und ihre Kraft erneuerte, obwohl das Einzige, was ihr Körper sich im Augenblick ersehnte, Schlaf war.

»Ihre Gründe, zu uns zu kommen, mögen ihren Ursprung in dem Bedürfnis haben, einer schmerzlichen Vergangenheit zu entfliehen, doch haben Sie hier nicht auch ein Heim gefunden?«, fragte Schwester Ainnir. »Eine Schwesternschaft in allem bis auf den offiziellen Titel?«

»Ja, das habe ich. Dieses Leben ist alles, was ich jemals wollte. Ich habe mich hier immer wohler gefühlt als bei dem gezierten, wichtigtuerischen Gehabe der gesellschaftlichen Elite. Hier kann ich sein, wie ich bin, und muss nicht versuchen, in jemand anderes Form zu passen.«

»Was kümmern Sie denn dann noch die Brighs dieser Welt?«

Sabrina lachte. »Sie lassen es so einfach klingen.«

Die alte Frau gab Sabrina einen Stups unters Kinn, als wäre sie ein Kind. »Wenn es einfach wäre, würden Scharen junger Frauen an unserer Tür anklopfen, um hereinzukommen. Es ist gerade das Schwierige des Lebens hier, was das Gesindel fernhält.«

Wo war Lazarus? Ein versäumtes Treffen und nicht einmal ein erklärender Brief. Kein einziger aufschlussreicher Hinweis, wo er stecken könnte.

Máelodor versuchte, ihn auf geistigem Wege zu erreichen, eine telepathische Verbindung zu ihm aufzubauen, aber seine suchenden Gedanken fanden nichts, so weit er sie auch auszustrecken wagte. Nur eine leere, widerhallende Stille, einen eisigen, endlosen Abgrund, der immer weiter abfiel, bis Máelodor schon fast der Schädel platzte von dem Druck. Schließlich ergab er sich der Schwäche seines Körpers und beschloss, etwas zu essen, sich auszuruhen und die Suche nach seinem durch Magie erzeugten *Domnuathi* am nächsten Morgen wieder aufzunehmen. Er mochte Tod am anderen Ende ihrer kaum noch bestehenden Verbindung spüren, aber das war irreführend. Denn solange Máelodor lebte, blieb auch Lazarus am Leben.

Und Máelodor würde ihn finden. Es war nur eine Frage der Zeit.

Die ganz und gar auf seiner Seite war.

Er wuchtete sich aus dem Sessel hoch, um mühsam zum Fenster hinüberzuhumpeln. Seine Prothese scheuerte am Stumpf seines verbliebenen Beins, und die Kälte nagte an Knochen, die brüchig und krumm geworden waren, aber er wollte nicht eine Sekunde länger in seinem Sessel sitzen bleiben.

Die Dunkelheit trat früh ein in den Bergen, doch der Widerschein des Mondes auf dem Schnee warf ein gespenstisches Licht über die bewaldeten Hänge. Genügend Licht, um den Mann, der gleich erscheinen würde, um sich Anweisungen zu holen, sehen und einschätzen zu können. Auf der anderen Seite des Tals flackerten die Lichter einiger verstreut liegender Gehöfte wie eine Kette schimmernder Juwelen vor der kargen Abgeschiedenheit des Waliser Hochlandes.

Die Vorfahren dieser Menschen hatten mit einer Wildheit und Schläue gekämpft, derentwegen sie ewig lange frei geblieben waren. Römer, Wikinger, Sachsen, Normannen – sie alle hatten versucht, die wilde keltische Natur zu zähmen. Alle waren an ihrer Küste eingefallen und vertrieben worden.

Aber in all den Zeitaltern von Königen, Kriegsherren und Prinzen, die in der Geschichte aufgetreten waren, gab es nur einen, an den man sich mit der Leidenschaft seiner ihm treu Ergebenen erinnerte. Einer, der höher stand, der heller strahlte und noch Anhänger sammelte, als schon lange nichts als Knochen von diesem Helden zurückgeblieben waren.

König Artus.

Diejenigen, die das volle Wissen besaßen, hatten ihre Träume jedoch nicht von seinem Ableben beeinträchtigen lassen. Die Neun, die an seiner Wiederauferweckung gearbeitet hatten, und alle, die ihnen treu ergeben waren, wussten, dass der Tod etwas Vorübergehendes war, Macht dagegen etwas Unvergängliches. Und falls Artus zurückkehrte, würde es immer Männer und Frauen geben, die seinem Banner folgen würden. Mit Máelodor als Ratgeber und seiner eigenen charismatischen Ausstrahlung würde der Hochkönig am Kopf einer Armee marschieren, und eine von *Anderen* beherrschte Welt würde wieder in greifbarer Nähe liegen. Statt der Schande des Armesünderkarrens oder pechgetränkten Galgens für die mit magischen Kräften Geborenen, würden sie die Kontrolle haben, die Befehlsgewalt und Überlegenheit.

Ein neues goldenes Zeitalter würde anbrechen.

König Artus war der Schlüssel zum Erfolg … Und einen Schritt näher daran, wiedererweckt zu werden.

Auf dem Schreibtisch hinter Máelodor lag sein erster Sieg. Das Kilronan-Tagebuch des toten Earls befand sich endlich in seinem Besitz, und nach Monaten geduldigen Decodierens waren seine Geheimnisse enthüllt. Der einzige Fehlschlag inmitten all dieser Erfolge war das Überleben dieses jämmerlichen Welpen von einem Erben namens Aidan Douglas.

Lazarus hatte teuer dafür bezahlt, dass er den Mann am Leben gelassen hatte.

Der *Domnuathi* würde solche Skrupel nie mehr aufkommen lassen. Nicht, nachdem er schmerzlich daran erinnert worden war, wer am längeren Hebel saß.

Nicht, dass das eine große Rolle spielte, denn Máelodor hatte es geschafft, die von Aidan Douglas ausgehende Bedrohung abzuwenden. Er war als gestört befunden worden und ebenso in Misskredit geraten wie sein hingerichteter Vater. Seine Behauptungen bezüglich Máelodors Existenz als Oberhaupt eines Netzwerks unzufriedener *Anderer* waren als das verrückte Gerede eines Mannes hingestellt worden, der verzweifelt bemüht war, seinen machthungrigen jüngeren Bruder Brendan zu entlasten.

Sieben Jahre nachdem die letzten der Neun ausgelöscht worden waren, befand sich Brendan Douglas immer noch auf freiem Fuß. Aber nicht mehr lange. Die *Amhas-draoi*, Soldaten der Kriegsgöttin Scathach und Hüter der Trennung zwischen Sterblichen und Magiern, verfolgten ihn mit ungebrochener Entschlossenheit. Und sie waren nicht die Einzigen, die den skrupellosen *Anderen* jagten. Wenn Máelodor den jüngsten Erben von Kilronan endlich schnappte, würde der ihn anflehen, sterben zu dürfen, lange bevor es mit ihm zu Ende ging.

Ein Klopfen riss Máelodor aus seinen maliziösen Fantasien.

»Herein!«

Ein Mann betrat unter Verbeugungen den Raum – aalglatt, lächelnd, aber finster wie ein Schurke. »Sie haben mich kommen lassen?«

Máelodor straffte sich und drückte die krummen Schultern durch. »Lazarus wird vermisst. Er sollte einen Mann in Cork kontaktieren, doch dieses Treffen hat nie stattgefunden.«

Der Besucher lehnte sich an einen Tisch und suchte sich dreist ein Stück Obst aus einer Schale aus, als befände er sich unter seinesgleichen statt in Gesellschaft seines Vorgesetzten. »Vielleicht hat er eine Kleine gefunden und beschlossen, ein bisschen herumzutändeln.«

Máelodors Gehstock zerbrach fast unter seinem immer festeren Griff. »Ein Soldat von Domnu, eine einzig aus meiner Magie geborene und an meinen Willen gebundene Kreatur, *tändelt* nicht *herum*. Er gehorcht meinem Befehl. Ohne zu fragen oder nachzudenken.«

Der Mann richtete sich gerader auf. »Worum geht es also bei dem Auftrag? Sie wollen, dass ich Ihren ungeratenen Sklaven aufspüre? Ihm sage, dass Mummy sich Sorgen macht?«

Mit einem Fingerschnippen belegte Máelodor den unverschämten Kerl mit einem Fluch und beobachtete mit Genugtuung, wie das Gesicht des Mannes augenblicklich grau wurde. Wie entsetzt er die Augen aufriss, als ihm die Luft abgeschnürt wurde, und wie er gegen den Tisch taumelte, bevor er auf die Knie fiel und der stibitzte Apfel über den Boden rollte.

Máelodor humpelte zu diesem erbärmlichen Exemplar eines Menschen hinüber. »Da Sie noch neu unter uns sind, werde ich es so einfach wie möglich ausdrücken. Sie werden Lazarus' Aufgabe übernehmen. Stehlen Sie die *Rywlkoth Tapisserie*, und bringen Sie sie mir!«

Der Mann nickte, und seine blauen Lippen verzerrten sich, als er sich mit beiden Händen an die Kehle griff.

Mit einem zweiten Fingerschnippen nahm Máelodor den

Fluch zurück. Einen Moment überließ er den Mann seinem lautlosen Weinen, bevor er einen knochigen Finger unter dessen Schalkrawatte schob und ihn daran auf die Beine zog. »Sie fragen nicht, wohin Sie geschickt werden?«

Die furchtsamen Augen des Mannes wichen denen des Magiers aus, aber Máelodor war sehr zufrieden mit den Auswirkungen seiner dunklen Kräfte. »Sie lernen rasch. Und da Sie so schnell von Begriff sind, werde ich die Frage beantworten, die Sie nicht zu stellen wagen«, sagte er und blickte sich nach dem verbrannten Einband des Tagebuches um. Die Seiten waren ebenfalls versengt und voller Risse, aber von Zaubern geschützt, die sie unentzifferbar für jeden anderen machten als die Neun. »Sie fahren nach Irland und zum Orden der Schwestern des Hohen *Danu*.«

Erdrückende Dunkelheit. Muskeln, die schrien vor Schmerz. Ein Schädel, der in Flammen stand. Und wie immer die scharfzahnigen Kiefer, die Schlangenaugen und zusammengerollte Präsenz, die am Rande seines Bewusstseins lauerte.

Während er tiefer und tiefer in den schwarzen Abgrund fiel, streckte er die Hände nach der Frau aus, aber sie berührten nichts als Wasser oder pfeilschnell hin und her schießende Fische. Er war zu der falschen Annahme verleitet worden, dass sie hier warten würde. Doch statt ihrer hatte er nur den Schmerz einer fernen Erinnerung gefunden, die völlig nutzlos war gegen sein derzeitiges Leiden.

Licht durchbrach die Dunkelheit des Ozeans und gelangte bis in die tödlichen Tiefen, wo er gelähmt vor Kälte und blind dahintrieb. Die mit ihm dahingleitende Präsenz verzog sich und richtete ihre suchenden Reptilienaugen woandershin.

Er war allein.

Zum ersten Mal seit längerer Zeit, als er sich erinnern konnte, war er vollkommen allein.

Kapitel Zwei

Zuckungen durchliefen ihn, die seine Zähne zum Klappern brachten und seine Finger zittrig und gefühllos machten. Außerdem quälten ihn unerträgliche Kopfschmerzen. Er versuchte zu schlucken, aber seine Kehle war wund, seine Zunge geschwollen und nutzlos. Als er die Augen öffnen wollte, blinzelte er gegen ein solch grelles Licht, als stünde er in der Sonne. Das blendende goldene Licht sandte neue Schmerzwellen durch sein benommenes, verwirrtes Hirn.

Ganz langsam nur gewöhnten sich seine Augen an die Helligkeit. Was er sah, verband sich zu einem zellenähnlichen Raum mit Schränken an den Wänden und einem niedrigen, rundherum verlaufenden Regal. In einer Ecke befand sich eine Art Waschbecken mit einer Pumpe, in einer anderen die Pritsche, auf der er lag. Neben ihm stand eine kleine Bank mit einem Krug, einer Schüssel und drei verkorkten Flaschen. Ein Korbstuhl war an das Bett herangezogen worden. Durch ein hohes Fenster fiel Sonnenlicht herein, und in der Mitte des Raumes stand ein dreibeiniges Kohlenbecken, von dem ein dünner Rauchfaden aufstieg und das gerade genug Wärme abgab, um ihn vor dem Erfrieren zu bewahren.

In dem vergeblichen Versuch, sich aufzuwärmen, vergrub er sich noch tiefer unter den Decken. Sosehr er sich auch anstrengte, er konnte sich nicht erinnern, wer er war und wie er hierhergekommen war.

Das wenige, was ihm noch in Erinnerung war, waren grenzenlose Finsternis, ein vernichtender Druck und eine solch intensive Kälte, dass sie ihn schier auseinanderriss. Als er jedoch nach den Gründen für diese Empfindungen suchte, stieß er gegen eine Barriere – eine Wand, hinter der eine endlose Leere lag.

Er bemühte sich noch mehr, aber die Leere erstreckte sich in alle Richtungen. Jeder Versuch, sich zu konzentrieren, verschlimmerte noch seine Kopfschmerzen. Trotzdem strengte er sich an, doch Panik ersetzte nun seine Verwirrung, bis das Zittern, das seinen Körper schüttelte, weniger mit der Kälte und viel mehr mit purer Angst zu tun hatte. Die einzige Erinnerung, die er seinem gequälten Hirn abringen konnte, war das Gesicht einer Frau, von der er jedoch nicht wusste, wer sie war.

Vielleicht würde es helfen, wenn er aufstand und ein paar Schritte ging. Also kämpfte er sich auf die Beine, die ihm jedoch schon nach wenigen Sekunden den Dienst versagten. Das Zimmer schwankte und schlingerte wie ein Schiff in einem Sturm, und sein Magen rebellierte. Ein solch fürchterliches Würgen packte ihn, dass er sich krümmte und nach Atem rang.

Er legte sich wieder auf die klumpige Strohmatratze, starrte zu dem abblätternden Gips an der Decke auf und umklammerte die dünne Wolle seiner Decken. Um ein Aufstöhnen purer animalischer Angst zu unterdrücken, biss er die Zähne zusammen.

Jemand würde kommen. Sie würden ihm sagen, was geschehen war und warum er hier war.

Wer er war.

Und tatsächlich bewegte sich der Riegel an der Tür, und sie schwang auf, um eine vom schwachen Licht des Korridors umnebelte Gestalt zu offenbaren, die eintrat und dann wieder stehen blieb.

Und ihm stockte der Atem.

Dort stand die Frau, die einzige Erinnerung, die ihm geblieben war.

Ihr Name war … Schon wieder war sein Kopf wie leer gefegt.

»Bitte, wie heißen Sie?«, fragte er mit krächzender Stimme und hoffte, dass sie nicht gekränkt sein würde, weil er sich nicht erinnern konnte.

Aber sie lächelte ihn an, was ihrem ernsten Gesicht ein Strahlen gab, und kam zu ihm, um sich neben ihn zu setzen und das mitgebrachte Tablett auf die kleine Bank zu stellen. »Ich bin Sabrina. Doch eigentlich hatte ich gehofft, dass *Sie* mir Ihren Namen nennen würden.«

Oje, sie kannte ihn nicht! Sie konnte die Lücken nicht füllen. Diese Erkenntnis zerstreute die letzte Hoffnung, an die er sich geklammert hatte. Er war allein und auf sich gestellt. Ohne die leiseste Ahnung, wer er war.

Und sie sah ihn mit schräg gelegtem Kopf erwartungsvoll und eifrig an.

Er hasste es, sie enttäuschen zu müssen, als er den Kopf schüttelte, hasste die Übelkeit erregende, fürchterliche Angst, die ihn jetzt ebenso deprimierte wie das Vergessen, das ihr vorangegangen war. »Ich erinnere mich nicht.«

Im schwachen Schein des Mondes untersuchte er sich wie einen Fremden, angefangen bei Einzelheiten wie seinen großen, schwieligen Händen, einem Muttermal gleich unter seinem Schulterknochen und der fehlenden Spitze seines linken Ringfingers.

Als nichts von alldem eine Erinnerung wachrief, erweiterte er die Untersuchung auf allgemeinere Dinge wie die Kraft, die er in sich spürte, und seinen schlanken, aber muskulösen Körperbau. Die langen Beine und starken Arme. War er Soldat? Seemann? Ein irischer Bauer? Was für ein Leben würde eine solch robuste Zähigkeit zur Folge haben?

Schließlich gelangte er zu dem, was ihn am neugierigsten machte, ihn jedoch auch am meisten abstieß – zu dem Gewirr von Narben, das seinen ganzen Körper überzog. Was für ein furchtbarer Unfall mochte sie verursacht haben? Oder waren sie gar nicht das Ergebnis eines Unfalls? Vielleicht waren es ja vorsätzliche Entstellungen. Was für Kämpfe hatte er ausgefochten, um sich derartige

Wunden zuzuziehen? Oder was für Verbrechen hatte er begangen, um solche Bestrafungen herbeizuführen? Oder hatte er sich gar nichts zuschulden kommen lassen und war zu Unrecht so misshandelt worden? Und war der Verursacher dieser Verletzungen noch immer auf der Jagd nach ihm?

Frustriert kniff er die Augen zusammen und schlug sich gegen die Stirn, um wenigstens das kleinste Bild aus seinem Gehirn herauszuschütteln, das so inhaltsvoll war wie reingewaschener Sand an einem Strand.

Aber alles war vergeblich.

Wenn seine Anstrengungen also nichts als Kopfschmerzen erbrachten, begann er wohl besser mit dem einzigen noch vorhandenen Bild.

Mit dem Gesicht der Frau.

Lange, nachdem sie wieder gegangen war, sah er sie noch vor sich – schlank wie eine Weidenrute und mit Bewegungen von einer Geschmeidigkeit und Anmut, die noch so viele triste Kleidungsstücke nicht verbergen konnten. Ihr dunkles Haar war ordentlich gescheitelt und zum größten Teil unter einem weißen Tuch verborgen, ihre Augen waren blau, und sie hatte eine entzückende kleine Stupsnase, einen Mund, der ein wenig zu groß für ihr Gesicht war, und ein weiches, rundes Kinn, in dem ein Grübchen erschien, wenn sie lächelte oder lachte.

Er kannte dieses Gesicht, hatte es in seinen Träumen gesehen, und trotzdem sah sie ihn wie einen Fremden an.

Warum? Weshalb log sie und gab nicht zu, dass sie ihn kannte? Oder sah er nur Gespenster? Hungerte er so sehr nach einer Vergangenheit, dass er nach jedem noch so dünnen Strohhalm griff?

Die Fragen gingen ihm endlos im Kopf herum, erbrachten aber keine Antworten, sondern nur noch mehr Fragen. Sein brennender Blick glitt über das Labyrinth von Narben an seinen Armen, über die langen, hässlichen Schnitte, die seinen Oberkörper verunzierten, und er schloss angewidert die Augen.

Nein, diese Sabrina war der Schlüssel zu seiner vergessenen Vergangenheit. Trotz aller Ungewissheiten wusste er das mit absoluter Sicherheit. Aber welche Tür würde sie öffnen? Und wollte er wirklich wissen, was dahinterlag?

»Powea raga korgh. Krea raga brya.«

Über die geistige Verbindung zu ihrer Patientin vermittelte Sabrina ihr Ruhe, Frieden und Gesundheit. Auf die gleiche Weise entspannte sie die Muskeln der Kranken und löste den Schleim in ihrer Brust. Es dauerte nur wenige Momente, bis der Zauber die verheerenden Hustenanfälle linderte, die die gebrechliche Priesterin quälten, und ihren Atem zu einem ruhigen, gleichmäßigen Rhythmus verlangsamte.

Zufrieden unterbrach Sabrina die hauchdünne Verbindung und zog Schwester Moira die Decke bis unter das Kinn. Es würden Stunden vergehen, bevor die verschleimten Lungen der alten Frau sie wieder zu quälen begannen. Bis dahin würde sie ruhig schlafen.

Sie war die Letzte auf Sabrinas Liste. Schwester Netta schlief, ihr hohes Fieber ging langsam zurück. Und Schwester Clea musste nur wieder zu Bett gebracht werden, falls sie sich erhob und nach ihrem Bruder Paul fragte. Er war Fischer gewesen und seit etwa fünfzig Jahren auf See verschollen, doch in ihren Wahnvorstellungen blieb Clea zwölf Jahre alt, und die Jahrzehnte waren kaum mehr als ein Traum für ihr verwirrtes Hirn.

Würde es auch bei dem Mann so sein, der halb ertrunken am Strand gefunden worden war? Sie hatten ihm das Leben zurückgegeben, aber nicht seine Erinnerungen. Die blieben verloren. Für Tage? Wochen? Für immer? Das war unmöglich vorauszusagen, und als Sabrina es ihm erklärt hatte, war sein Gesicht bei jedem ihrer Worte grauer geworden, und Leere und Verzweiflung hatten sich in seine schwarzen Augen eingeschlichen.

Er hatte sich alle Mühe gegeben, ruhig zu bleiben in ihrer Gegenwart, doch seine innere Anspannung hatte die Luft zum Knistern gebracht wie ein Gewitter und seine Furcht den ganzen Raum zwischen ihnen vibrieren lassen. Sabrina litt mit ihm, so wie die Hilflosigkeit anderer sie immer schmerzte. Sie hasste es, nicht mehr für ihn tun zu können. Sie brauchte das Gefühl, die Dinge in Ordnung zu bringen oder zumindest doch zu bessern. Aber die Krankheit dieses Mannes war etwas, was sie nicht heilen konnte. Nicht einmal mit all ihren *Anderen*-Talenten.

Ihre Gedanken führten sie zu seiner Tür zurück. Oder, richtiger gesagt, zu der Tür zu einem der Ruheräume, die abseits der Zimmer der bejahrten Schwestern lagen und getrennt von den wenigen Patienten, die sich auf der Hauptstation des Hospitals erholten.

Sabrina drückte ihr Ohr an die massive Holztür, aber kein Laut kam aus dem Zimmer dahinter. Schlief er ruhig? Oder wälzte er sich im Bett herum und kämpfte gegen den Verrat seines geschwächten Verstandes? Eigentlich sollte er ruhen. Machte er gerade all ihre Arbeit zunichte?

Leise drehte Sabrina den Schlüssel um und öffnete einen Spalt die Tür.

Ein grauer Lichtstrahl, der aus dem hohen Fenster auf die Pritsche des Mannes fiel, erzeugte einen starken Kontrast zwischen seinen grobknochigen Gesichtszügen und den Augenhöhlen, verlieh seinem schwarzen Haar einen blauen Schimmer und versilberte das Gewirr seiner unzähligen Narben.

Alte und neue. Ältere, verblasste Linien und gerötete, noch stark hervortretende Narben. Es war, als hätte jemand jeden grausamen und bösartigen Impuls am Körper dieses Fremden ausgelassen. Sein Oberkörper hatte das Schlimmste abbekommen – ein Netz von Gewalttätigkeiten verunzierte die harten, ausgeprägten Muskeln –, aber auch kein anderer seiner Körperteile war verschont geblieben.

Irgendwann einmal war er die Zielscheibe brutalster Mordversuche gewesen. Wieso war er also nicht gestorben? Diese vielen schweren Verletzungen hätten sich doch eigentlich als fatal erweisen müssen. Noch eine Frage, auf die er vermutlich keine Antwort wüsste, wenn sie sie ihm stellen würde.

Er bewegte sich und riss die Hand hoch, als wollte er einen Schlag abwehren. Sein Gesicht verzerrte sich vor Schmerz, er biss die Zähne zusammen, und seine Brust hob und senkte sich, als er nach Atem rang. *»Mae gormod ohonynt. Tynnwch nol. Gwarchoda Tywysog Hywel. Amddiffyna'r tywysog.«*

Seltsam. Das war weder Englisch noch Gälisch, sondern eine ihr völlig unbekannte Sprache. Da sie es jedoch nicht über sich brachte, sich zurückzuziehen, trat sie leise näher. Vielleicht konnte sie einfach die Tür abschließen, damit niemand merkte, dass sie sich von ihrer Neugier an sein Bett hatte ziehen lassen. Wenn sie blieb, würde sie vielleicht mehr hören. Vielleicht würde er sich im Schlaf erinnern und ihr irgendwelche Hinweise auf seine Vergangenheit geben. Und am Morgen könnte sie ihm dann alles erzählen, was sie erfahren hatte. Ihm vielleicht eine einzige Erinnerung entlocken und den Rest ganz von allein kommen lassen. Als Heilerin hatte sie gelernt, dass alle Geschöpfe Hilfe verdienten. Sie würde nur ihrer Berufung folgen.

Nicht einmal Schwester Brigh könnte das bekritteln.

So hatte sie keinerlei schlechtes Gewissen, als sie sich hinsetzte und wie die personifizierte Geduld die Hände auf dem Schoß verschränkte.

Sie war gut darin, sich still zu verhalten und abzuwarten. Sich unsichtbar zu machen. Das war schon immer so gewesen, selbst in ihrer Kindheit. Als Jüngste der Familie hatte sie dieses Talent zu ihrem Vorteil eingesetzt. Ihre Brüder Aidan und Brendan pflegten ihre Anwesenheit bei ihren privaten Spielen oder Unterhaltungen zu vergessen und ihre Eltern, dass sie noch nicht zu Bett geschickt worden war, sondern sich mit einem Buch in einer stillen Ecke zusammengerollt hatte. Auch ihre Kinderschwester neigte dazu, ihre Existenz zu vergessen, weil sie viel zu sehr mit dem Dienstmädchenklatsch beschäftigt war, um sich um ein ruhiges Kind zu sorgen, das wenig Aufmerksamkeit erforderte. Besonders im Vergleich zu den sehr viel unbesonneneren Brüdern.

Der Fremde drehte sich um, mit einem Arm vor dem Gesicht und sichtlich steifem Nacken, an dem ein Muskel zuckte. *»Dwi'n dy garu di.«*

Sabrina schnippte in Gedanken mit den Fingern. Walisisch! Sie erkannte jetzt das Wort für »Liebe«, weil sie einmal eine Gouvernante gehabt hatte, die aus Cardiff stammte. Eres Jones-Abercrombie war eine sauertöpfische Frau mit scharfer Zunge und schnell zuschlagender Hand gewesen. Sabrina war nie glücklicher gewesen als an dem Tag, an dem die Frau Belfoyle verlassen hatte, um eine Stellung in Lord Markhams Haushalt anzutreten.

Dieser Mann war also Waliser. Und er liebte jemanden. Irgendwo da draußen gab es jemanden, der ihn vermisste und um ihn trauerte. Umso mehr Grund, bei ihm zu bleiben und herauszufinden, so viel sie konnte.

Er zuckte zusammen und stieß die Faust in die Luft. Tiefe Furchen gruben sich in seine Wangen, und seine Armmuskeln spannten sich an wie gegen einen unsichtbaren Feind. »Das Tagebuch! Sofort.«

Diesmal sprach er Englisch. So knapp, dass es fast wie ein Knurren klang, aber mit einem singenden Tonfall, der wohl von dem Walisisch, das er gerade noch gesprochen hatte, zurückgeblieben war. Autorität schwang in seiner knappen Forderung mit. Dies war ein Mann, der von Menschen Gehorsam erwartete. Ein Schiffskapitän, der über Bord gespült worden war? Ein Opfer einer Meuterei? Aber wie passte das Tagebuch dazu? War er ein Spion, der hinter feindlichen Geheimnissen her war? Ein Ehemann, dem Unrecht zugefügt worden war? Das könnte zu dem Wort für »Liebe« passen, das er verwendet hatte. Vielleicht war er hintergangen worden, und der Beweis dafür stand in dem Tagebuch, das seine Frau führte?

Sabrinas Fantasie ließ sich ein Szenario nach dem anderen einfallen, jedes noch aufregender und reißerischer als das vorhergehende. Sie wünschte nur, sie hätte einen Stift und ihr eigenes Tagebuch, um die verschiedenen Vermutungen darin festzuhalten, bevor sie ihr wieder entglitten.

»Wie du willst.« Trauer schwang in diesen Worten mit, die so leise gesprochen waren, dass Sabrina sie nur hörte, weil sie noch näher gerückt war und ihr Ohr schon fast an seinem Mund hatte.

Mit angehaltenem Atem wartete sie, aber es kam nichts mehr.

Plötzlich warf er sich herum und erwischte mit dem Handrücken ihr Kinn. Der Schlag war so hart, dass Sabrina Sterne sah. Die Augen des Mannes waren trübe und sein Blick verschwommen, als er erwachte. »Geh nicht! Komm zurück!«, sagte er mit solcher Sehnsucht in der Stimme, dass Sabrina von Herzen wünschte, sie wäre diese Frau, die er sich so verzweifelt herbeiwünschte.

»Es ist alles gut«, antwortete sie und rieb sich das Kinn. »Sie sind in Sicherheit. Es war nur ein Traum.«

Er richtete seinen Blick auf sie, der jetzt schon wacher wirkte, und setzte sich mit einer Grimasse auf. »Ich dachte … doch …«

»Sie haben jemanden gerufen. Eine Geliebte? Eine Gemahlin?«, hakte sie nach, weil sie glaubte, eine Erinnerung hervorrufen zu können, solange er noch halb benommen war.

Er schüttelte den Kopf, als versuchte er, Klarheit zu erlangen. »Sie sind das. Es ist Ihr Gesicht, von dem ich träumte.«

»Aber ich bin es nicht. Ich bin …«

»Sabrina.« Er verschlang sie buchstäblich mit den schwarzen Augen. »Sie heißen Sabrina. Ich erinnere mich an Sie.«

Diesmal empfand sie seine Sehnsucht wie ein Kribbeln auf der Haut, und zum ersten Mal in ihrem Leben pfiff sie auf den Heilereid, raffte ihre Röcke und ergriff die Flucht.

Kapitel Drei

»Raus aus den Federn, Schlafmütze! Die Schwestern rufen uns zum Frühstück.«

Sabrina öffnete die Augen und gewahrte einen grau heraufdämmernden Morgen, den ein dunstiger Nieselregen noch kühler, feuchter und unfreundlicher erscheinen ließ.

»Geh weg! Ich bin müde.« Sie drehte sich auf die andere Seite, verbarg den Kopf unter dem Kissen und gab vor, die unerträglich muntere Aufforderung ihrer Freundin nicht gehört zu haben. Jane machte es viel zu großen Spaß, Sabrina zu nerven.

Ihr Kissen wurde weggezogen. »Schwester Brigh wird gleich mit dem Eiswasser hier sein, wenn du dich nicht beeilst.«

Sabrina erschauderte, aber nicht einmal diese Drohung trieb sie aus dem Bett. Sie hatte bis zwei Uhr morgens auf der Krankenstation gearbeitet und die stillen Stunden danach genutzt, um ihren unvollständigen Tagebucheintrag zu Ende zu bringen. Als sie das Buch dann endlich geschlossen hatte, hatten fürchterliche Kopfschmerzen sie gequält, und ihr Herz war schwer wie Blei gewesen.

So viel von dem, was sie über jene Tage vergessen hatte, war unter ihrer Feder wiedergekehrt. Ihr anfänglicher Schock und Schrecken. Das Geschrei und Gefluche, das dann folgte. Das schreckliche, verzweifelte Weinen ihrer Mutter und der stille Verrat der Dienerschaft, die sich wie Ratten von einem sinkenden Schiff aus einem Haus und von einer Familie davonstahl, die als verflucht hingestellt worden war. Sabrina hatte nicht gewusst, dass es noch schlimmer werden konnte, bis es so weit war.

Der Kummer ihrer Mutter wich bald einem Gram, der sie nur noch mit leeren Augen vor sich hin starren ließ und sie schließlich in das Grab neben dem ihres Ehemannes brachte. Sabrinas Bruder Aidan – der neue Earl of Kilronan –, zog sich in mürrischem

Schweigen hinter die geschlossenen Türen des Arbeitszimmers zurück, und Brendan, der Bruder, den Sabrina mit sklavischer Ergebenheit liebte, verschwand ganz einfach ohne ein Wort der Erklärung. Niemand wusste, wohin, obwohl jeder etwas über das Warum zu wissen schien.

Danach wurde das Kloster der Schwestern des Hohen *Danu* zu einem Ort der Sicherheit, zu einem Zufluchtsort für sie. Zu einem Zuhause.

Sabrina war zufrieden gewesen und hatte nie ein Leben außerhalb der Gemeinschaft der *bandraoi* in Betracht gezogen. Nicht bis zu dieser endlosen letzten Saison, die überall Veränderungen mit sich brachte, nur nicht hier. Aidans unerwartete Heirat. Der Brief ihrer Kindheitsfreundin und Nachbarin Elizabeth Fitzgerald, in dem sie ihre kürzliche Verlobung bekanntgab. Selbst Jane würde Sabrina verlassen, wenn sie beim nächsten Fest zur Priesterin erhoben wurde. Nur Sabrina blieb in einer frustrierenden Schwebe hängen.

Unzufriedenheit durchdrang ihre Barrieren und nistete sich hartnäckig und unbequem in ihr ein.

»Hörst du mir überhaupt zu?«

Sabrina zog sich die Decken über den Kopf. »Sag ihnen, ich wäre krank!«

»Du bist nicht krank.«

»Dann behaupte, ich wäre tot! Was auch immer. Ich brauche Schlaf.«

»Du hast stundenlang geschlafen.«

»Und möchte es auch weiter tun, falls es dir nichts ausmacht«, brummte sie.

Sie mochte es nicht, wenn Jane in dieser quirligen, mütterlichen Stimmung war. Zumal ihre Freundin mit ein paar Nickerchen hier und da auskam und nicht verstand, warum Sabrina das nicht auch konnte.

»Kann ich mir ein paar saubere Strümpfe borgen? Meine haben ein großes Loch im Zeh.« Jane hatte Sabrina aufgegeben und wandte sich an die dritte Bewohnerin des Zimmers. Privatsphäre stand nicht gerade ganz oben auf der Liste der Notwendigkeiten der Schwestern.

»Nur, wenn ich mir einen zusätzlichen Unterrock ausborgen kann«, feilschte Teresa. »Gestern in der Bibliothek bin ich fast erfroren. Schwester Ursula weigert sich, ein Feuer anzuzünden, bis Eiszapfen von meiner Nase hängen.«

»Versuch' mal mit der Küche! Da ist es heiß wie in einem verdammten Ofen.«

»Jane! Was ist das für eine Ausdrucksweise?«

»Aber es ist doch wahr! Vorgestern bin ich fast ohnmächtig geworden von der Hitze.«

Was gäbe Sabrina nicht für ihr einstiges Schlafzimmer auf Belfoyle! Für die wunderbare Ungestörtheit, den Platz, ihre Sachen herumliegen zu lassen, und die Stille, wenn sie sie brauchte.

Sie drückte sich das Kissen wieder über den Kopf, um das morgendliche Geplauder der anderen beiden auszuschließen, das Zuknallen von Schubladen, die Bitten um Hilfe beim Auf- oder Zuknöpfen, das Klirren der Wasserkrüge und -schüsseln, das Stampfen fester Stiefel auf dem Boden. Und natürlich das unaufhörliche Gerede. Es durchdrang sogar noch das Kissen, gedämpft zwar, aber immer noch verständlich.

Janes aufgeregte Stimme durchfuhr es wie eine Kanonensalve. »Habt ihr eigentlich schon herausgefunden, wer der Mann ist, der gestern hergebracht wurde?«

Der eigentliche Grund für ihre Erschöpfung – der Fremde – zog Sabrina herunter wie ein Anker.

Sie hatte sich eine Veränderung gewünscht, irgendeine, und war mit einem geheimnisvollen, finsteren Mann belohnt worden, der sie beobachtete, als könnte er ihr buchstäblich die Gedanken aus dem Kopf herausziehen. In Zukunft würde sie vorsichtiger sein mit ihren Wünschen.

Außerstande, seinen durchdringenden, bodenlosen schwarzen Blick aus ihrem Bewusstsein zu löschen, hatte sie sich stundenlang im Bett herumgewälzt und keinen Schlaf gefunden.

»Soviel ich hörte, kann er sich an nichts erinnern«, fuhr Jane genüsslich fort.

Sabrina drohte unter ihren Decken zu ersticken, und ein paar Federn kitzelten sie in der Nase.

»Ich glaube, er ist hier, um uns alle in unseren Betten zu ermorden«, spekulierte Teresa. »Ich habe sicherheitshalber mit einem Küchenmesser unter meinem Kopfkissen geschlafen.«

Sabrina warf die Decken zurück und sog tief die kalte Luft ein, als Jane zurückgab: »Das sieht dir ähnlich.«

Sie hatte recht. Teresa dachte, jeder Außenseiter trüge sich mit finsteren Absichten.

»Hast du ihn gesehen?«, fragte Jane, als sie sich auf das Fußende von Sabrinas Bett fallen ließ. Schon fix und fertig angezogen, plauderte sie weiter, während sie ihr Haar unter ihr züchtiges weißes Kopftuch schob. Was ein regelrechtes Verbrechen war. Bei Sabrinas störrischem braunem Haar war das Tuch eine Verbesserung, aber Janes seidige Mähne kupferroter Locken verdiente es, gesehen zu werden.

Sabrina beugte sich Janes aufgekratzer Stimmung und streckte sich. Zwei Stunden Schlaf würden genügen müssen. »Ja. Und ich habe auch mit ihm gesprochen.«

Ihre kindische Flucht zu erwähnen, war nicht nötig. Selbst jetzt noch wand sie sich vor Verlegenheit darüber. Was hatte sie so erschreckt, dass sie wie ein dummes Schulmädchen davongelaufen war? Teresa hätte das passieren können. Sie war schließlich erst siebzehn, noch grün hinter den Ohren und nach wie vor in dieser kichernden und wenig anmutigen Phase. Aber Sabrina hatte diese jugendliche Unbeholfenheit schon lange hinter sich zurückgelassen. Oder etwa nicht?

»Sieht er wirklich so gut aus?« Jane beugte sich eifrig zu ihr vor.

»Wer sagt das?«, warf Teresa ein.

Zum Glück wandte Jane die Aufmerksamkeit wieder Teresa zu und ersparte es Sabrina, den urwüchsigen, aber sehr sinnlichen Reiz des Mannes erklären zu müssen. Nicht, dass sie das könnte. Nicht einmal sich selbst.

»Zwei der Schwestern. Sie meinten, er sei verführerisch wie die Sünde, und sie wünschten, sie könnten ...«

»Jane!«

Beleidigt rümpfte sie die Nase. »Ich gebe nur die Kommentare anderer wieder.«

Die Leute wären überrascht über die Freizügigkeit in einer ausschließlich aus Frauen bestehenden Gemeinschaft. Ohne Männer, die Gespräche oder Handlungen zügelten, konnten Themen, die normalerweise tabu waren, ganz offen besprochen, belächelt oder ausführlich erklärt werden. Sabrina wünschte nur, diese spezielle Unterhaltung möge enden, bevor die Hitze, die ihr in die Wangen stieg, bemerkt wurde.

»Ist er es also?«, beharrte Jane. »Gut aussehend, meine ich?«

Ein Prickeln glitt über Sabrinas Haut und richtete ihre Härchen auf wie statisch aufgeladen. »Das könnte man schon sagen«, murmelte sie.

Irgendwo läutete eine Glocke. Oder war es das Dröhnen ihres eigenen Blutes in ihren Ohren?

Ein Kissen traf sie mitten im Gesicht.

»Mist! Wir kommen zu spät! Das war der letzte Ruf.« Jane und Teresa stürmten aus dem Raum und ließen Sabrina mit dem Wunsch nach einem ordentlichen Eimer Eiswasser von Schwester Brigh allein.

Er versuchte, nicht nervös zu werden unter dem unbewegten Blick der alten Frau, was aber nicht leicht war in seiner derzeitigen Lage – flach auf dem Rücken liegend und nackt, mit nur ein paar dünnen Decken als einzigem Schutz zwischen ihm und der kräftigen Person, die sich wie ein Berg vor ihm erhob.

»Schwester Ainnir sagt, Sie könnten sich nicht erinnern, wie Sie – mit genügend Seewasser für eine ganze Armada in der Lunge – an unseren Strand gespült wurden.«

»Nein, Schwester. Ich erinnere mich an nichts, bevor ich gestern in diesem Zimmer hier erwachte.«

Etwas glomm in ihren Augen auf, und sie veränderte ein wenig ihre Haltung. Doch worauf sie reagierte, konnte er nicht sagen. Auf etwas, was er gesagt hatte? Oder nicht gesagt hatte? Wusste sie, wer er war? Wussten sie es alle und wollten es ihm nur nicht verraten?

»Nicht einmal an Ihren Namen?«, fragte sie.

Ärger flammte in ihm auf wie eine angesteckte Zündschnur.

»Ich sagte Ihnen doch schon, ich erinnere mich an *nichts*.«

Wieder leuchtete es in den Augen der Frau wissend auf, und er ballte die Hände zu Fäusten, während er gegen einen wachsenden Zorn ankämpfte, den er nicht verstand.

»Und dieses Brandzeichen an Ihrem Unterarm?«, fuhr sie fort, aalglatt und kühl wie Glas. »Das ist ein ungewöhnliches Symbol.«

Seine Hand glitt zu dem in seinen linken Arm gebrannten Zeichen, das eine von einem gebrochenen Pfeil durchbohrte Mondsichel darstellte.

»Können Sie sich erinnern, was es bedeutet?«, beharrte sie. »Warum Sie sich auf solch grausige Weise selbst gezeichnet haben sollten?«

Dachte sie etwa, er belöge sie? Dass er aus irgendeinem Grund den Verlust seiner Erinnerung nur vortäuschte? Er wünschte, es wäre so einfach. Sein Ärger wuchs, verkrampfte seine Muskeln und brachte ihm seine Umgebung noch schärfer zu Bewusstsein – die wenigen Zentimeter, die ihn und die Frau voneinander trennten, den Regen, der gegen das Fenster schlug, und die schwere, feuchte Luft. Seine Wahrnehmung erweiterte sich auf das Blut, das durch Arterien und Venen floss, auf seinen sich beschleunigenden Herzschlag, den Atem, der seine Lunge füllte. Und auf noch etwas anderes, das irgendwie ein Teil von ihm und andererseits auch kein Teil von ihm war. Eine nicht greifbare, ungute Präsenz, die in den verborgensten Winkeln seines Kopfes lauerte und Zugang und Kontrolle zu erlangen suchte.

»Ich weiß es nicht«, knurrte er. »Ich kann mich nicht erinnern.«

Er wehrte sich noch heftiger, widersetzte sich der suchenden Empfindung und reduzierte den Zorn auf kontrollierbare Ebenen, obwohl es ihn einen scharfen Schmerz in seinen Schläfen kostete. Das und eine überwältigende Übelkeit.

Ein zufriedenes Lächeln vertiefte die Fältchen im Gesicht der Nonne, und sie nickte, als hätte sie einen Entschluss gefasst. »Na schön! Wir können Sie aber nicht länger den ›Mann im Krankenzimmer‹ nennen. Bis Sie sich an Ihren eigenen Namen erinnern, werden wir einen für Sie aussuchen. Wie wäre es mit …« Nachdenklich tippte sie sich mit dem Finger an die Lippen. »Wie gefiele Ihnen Daigh?«

Von ihrem plötzlichen Themenwechsel verblüfft, zog er fragend eine Braue hoch.

Wieder erschien ein weises, ja allwissendes Lächeln auf ihrem Gesicht, diesmal sogar mit einem Anflug von Humor. »Ich hatte einen jüngeren Bruder namens Daigh. Er hatte etwas von Ihrem dunklen Äußeren.« Ihr Lächeln verblasste, und ihr Gesicht nahm wieder seinen üblichen strengen Ausdruck an. »Wir können nur hoffen, dass Sie nicht so enden wie er. Aber schauen wir mal. Daigh …« Wieder tippte sie sich mit dem Finger an die Lippe. »Daigh … Daigh MacLir.«

Diesmal war er es, der ihr ein Lächeln schenkte, auch wenn es sich lahm und unnatürlich auf seinem Gesicht anfühlte. »Sohn der See. Wie poetisch, Schwester!«

Sie straffte sich, nahm die Schultern zurück und hob den Kopf. »Ich bin Ard-siúr und Priorin dieses Konvents.«

»Wo bin ich? Was ist das für ein Ort?«

Ihre Augenbrauen verschwanden fast unter ihrem Kopftuch. »Sie befinden sich in Glenlorgan bei den Schwestern des Hohen *Danu*. Wir sind ein Orden von *bandraoi*-Priesterinnen, die sich einem spirituellen Leben verschrieben haben. Einem Leben, in dem wir fern des Misstrauens unserer *Duinedon*-Nachbarn unserem *Anderen*-Erbe treu bleiben können.«

Er kannte diese Begriffe. *Andere* waren halb Mensch und halb Magier. *Duinedon* waren Sterbliche ohne die Kräfte, die ihre magisch begabten menschlichen Nachbarn kennzeichneten. Wieso wusste er das? Was für eine Bedeutung hatten *Andere* und *Duinedon* für ihn? Was für eine Rolle spielten sie in seinem Leben?

»Sie riskieren viel, indem Sie mir das sagen. Mal angenommen, ich würde Sie verraten?«

»Das ist eine Möglichkeit. Aber meine Knochen sagen mir, dass Sie es nicht tun werden.«

»Ihre Knochen?«

»Ich spüre großen Stolz in Ihnen. Manche könnten ihn sogar als Arroganz empfinden. Aber es ist auch sehr viel Ehre in Ihnen.«

»Wenn Sie so viel über mich wissen, warum dann all die Fragen?« Erneut erwachte Zorn in ihm. Seine Hand schloss sich um eine unsichtbare Waffe – und registrierte ihr Nichtvorhandensein mit einem eigenartigen Anflug von Bedauern.

Diese Priesterin hatte Unergründlichkeit zu einer Kunst erhoben. Sie musterte ihn mit einem ruhigen Blick, der durch Decken, Fleisch und Knochen bis in seine Seele vorzudringen schien. Aber ihr Blick löste sich schnell wieder von ihm, da eine Frau, die an Sicherheit gewöhnt war, wie er annahm, Verwirrung als etwas Störendes zu empfinden schien.

»Der Dinge wegen, die ich *nicht* spüre, Mr. MacLir. Die sind es, die mir Sorgen bereiten.«

»Hier kommt das Essen.« Sabrina öffnete mit dem Ellbogen die Tür und trat rückwärts in das Krankenzimmer ein. Auf den Armen balancierte sie ein Tablett. Das Mittagessen verspätete sich heute, was das Werk zu vieler *bandraoi* am Herd war, die den sprichwörtlichen Brei verdarben. Haushaltsmagie war gut und schön, aber ein Übermaß an Magie in einem geschlossenen Raum konnte auch zu Chaos führen – wie die der Küche zugeteilten Schwestern und Novizinnen herausgefunden hatten, als der Herd schwarzen Rauch ausgestoßen und sich aus den Becken ganze Ströme schmutzigen Spülwassers über den Fußboden ergossen hatten. »Ich muss mich für die Verspätung entschuldigen, doch …«

Sie schnappte nach Luft, als sie sich umdrehte, und ihr Tablett geriet ins Schwanken. Der Patient lag nicht mehr im Bett. Und er war auch nicht nur unter Bergen von Decken verborgen, sondern ragte vor ihr auf wie ein Riese aus einer Legende. Sein Kopf berührte die niedrige Decke, und sein Körper nahm beinahe jeden freien Zentimeter Raum in Anspruch. Selbst die Luft schien knapp zu sein. Sabrina konnte nicht einmal genug bekommen, um tief einzuatmen.

Sie blinzelte, als ihr Blick über einen muskulösen nackten Oberkörper glitt, der wie aus Stein gemeißelt war, und sie die unzähligen Narben sah, die wie irgendeine fremde Kriegersprache in Blut auf seinem Körper geschrieben standen. Doch statt einer kampferprobten Klinge oder Infanteriemuskete hielt er nur ein Hemd in der Hand.

»Hier oben«, hörte sie ein amüsiertes Brummen.

Hitze schoss in ihre Wangen, und sie erhob den Blick zu seinem Gesicht, dessen Anblick ihr nur erneut den Atem stocken ließ. Er war nicht gut aussehend im klassischen Sinne, weil sein Gesicht zu hart war, um als männlich schön zu gelten. Aber er hatte starke, markante Gesichtszüge, ein Kinn, das wie aus Stein gemeißelt wirkte, und einen schönen, festen Mund. Sein Haar war kurz geschnitten, höchstens zwei Zentimeter lang, und entsprach damit gar nicht der gängigen Mode. Und wie immer hatten seine schwarzen Augen diesen durchdringenden Blick, der sie auf ein unbeholfenes kleines Mädchen reduzierte.

»Oh, entschuldigen Sie«, sagte sie stockend. »Ich wusste nicht … niemand hatte mich darauf vorbereitet …« Sie schluckte ein paarmal und bemühte sich, ihre Selbstsicherheit wiederzufinden. »Ich meine, ich bin überrascht, Sie auf den Beinen und angezogen anzutreffen.«

»*Beim* Anziehen, wie Sie sehen.« Er spreizte die Hände, sodass das Hemd an einem seiner Finger hing.

»Ja, gut …« Sie versuchte, überallhin zu sehen, nur möglichst nicht zu ihm. »Zumindest tragen Sie schon eine Hose.«

Wieder dieses etwas schroffe Lachen. »Zumindest.«

Hatte sie das wirklich gesagt? Hatte sie wirklich dorthin geschaut … Oh, würde sich doch nur der Boden unter ihren Füßen auftun und sie verschlucken! Ihr ganzer Körper brannte vor Verlegenheit. Eine *bandraoi* begaffte keine Männer. Nicht einmal, wenn der Mann hervorragendes Material für interessierte Blicke war.

Er nahm ihr das Tablett ab, bevor sie es fallen ließ, und stellte es auf die Bank. Dann zog er das Hemd über den Kopf und half ihr damit aus ihrer Verwirrung.

Schnell wischte sie die feuchten Hände an der Schürze ab und verlagerte die Haltung unter seinem rätselhaften Blick. »Ich gehe jetzt besser wieder. Schwester Ainnir wird …«

»Bleiben Sie!«, sagte er, und irgendwie klang es mehr nach einem Befehl als einer Bitte.

»Pardon?«

»Bleiben Sie bei mir! Bitte!« Seine Augen flehten sie an, als wäre er kurz vor dem Ertrinken und sie seine einzige Rettungsleine. »Sabrina.«

Mit seinem singenden Tonfall ließ er das »r« in ihrem Namen von seiner Zunge rollen wie kleine Wellen über warmen Sand … und löste ein wohliges Erschauern tief in ihrem Innern aus.

»Ihre Schwester Ainnir redet nicht, sie blickt nur finster drein. Ard-siúr stellt Fragen, gibt mir aber keine Antworten.« Er fuhr sich mit der Hand durch das schwarze Haar und stieß einen tief empfundenen Seufzer aus. »Ich muss erfahren, was mich hierhergebracht hat. Wer ich bin. Das ist unmöglich, solange ich in dieser Mönchszelle eingeschlossen bin.«

Er hielt seine Furcht bedeckt, doch der eine oder andere Funke drang in Sabrinas Bewusstsein ein, durchstieß ihre stärksten Barrieren, bis sie seinen Schrecken spürte, seine Panik verstand und ihr der Kopf schwirrte von wilden, ungebändigten Empfindungen. Sie hämmerten hinter ihren Augen und verkrampften ihr die Nackenmuskeln. Noch nie hatte jemand sie derart bewegt, sie so aufgewühlt und war auf ihr Bewusstsein eingestürmt wie eine Flutwelle.

Wusste er, was er bei ihr bewirkte? Oder war sein geistiger Ansturm unbeabsichtigt?

Sabrina verschränkte geduldig die Hände und zwang sich, tief einzuatmen und sich zu entspannen, bevor sie sich darauf konzentrierte, ihren Geist noch fester vor ihm zu verschließen. Es wirkte. Einigermaßen. Zumindest konnte sie wieder atmen. Aber das Gefühl, in das Gewirr seiner Gedanken und Gefühle hineingestoßen worden zu sein und sich dort verfangen zu haben, ließ nicht nach.

»Ich werde helfen, so gut ich kann, doch es gibt nicht viel zu sagen. Eines der Kinder aus dem Dorf fand Sie halb tot im Flachwasser am Strand.« Na also! Sie hatte zwei zusammenhängende Sätze zustande gebracht, ohne sich zu verhaspeln. »Es ist eine etwas merkwürdige Bucht. Die Strömung schwemmt dort alles Mögliche an. Treibholz, zerbrochene Fässer, die von Schiffen heruntergespült wurden, aber auch Leichen oder was von ihnen noch übrig ist.« Als sie sich bei ihrem Fauxpas ertappte, verstummte sie erschrocken. Kaum begann sie, zu ihrem normalen Auftreten zurückzufinden, musste sie schon wieder ins Fettnäpfchen treten!

Sein Blick flackerte und beruhigte sich wieder. Eine seiner Hände ballte sich zur Faust.

»Ich kann Sie hinführen, wenn Sie möchten.« Sabrina hörte die Worte und blickte sich so verwundert um, als hätte jemand anders gerade einen Ausflug zu der Bucht vorgeschlagen. War sie verrückt? Das fehlte ihr gerade noch, mit diesem Mann allein zu sein, der ihr das Gefühl gab, gleichsam von innen nach außen gekehrt zu sein, auf den Kopf gestellt und dann wieder von außen nach innen gekehrt.

Er antwortete nicht, bis sie sich fragte, ob er ihren Vorschlag überhaupt gehört hatte. Vielleicht hatte sie ja gar nicht laut gesprochen und war vor ihren eigenen törichten Impulsen bewahrt worden? Da sein fortgesetztes grüblerisches Schweigen sie mit Unbehagen erfüllte, brach sie es mit dem nächstbesten Gedanken, der ihr kam. »Sie sprechen Walisisch.«

»Tatsächlich?« Ein erwartungsvolles Funkeln erschien in seinen dunklen Augen.

Sabrinas Puls beschleunigte sich, und sie erwiderte seinen Blick mit einem verlegenen Lächeln. »Ja, Sie sprachen gestern Nacht im Schlaf. Nur ein paar Worte. Nichts, was irgendeinen Sinn ergab.«

»Das haben Sie mir vorenthalten«, sagte er in anklagendem Ton. »Was haben Sie noch erfahren?«

Fest entschlossen, mehr Zurückhaltung zu demonstrieren, tippte sie sich ans Kinn und ignorierte das schnelle Pochen ihres Herzens. »Sie erwähnten ein Tagebuch.«

Seine Brauen zogen sich zu einem Ausdruck tiefster Konzentration zusammen. »Ein Tagebuch? Was habe ich gesagt?«

»Sie fragten jemanden danach. Verlangten, dass er es Ihnen gibt. Hilft Ihnen das irgendwie weiter?«

Er schloss die Augen und atmete tief durch. Seine Bemühungen, das Rätsel zu entschlüsseln, das sie ihm aufgab, waren beinahe schon mit Händen greifbar. Als er die Augen wieder öffnete, ging eine solch starke Anspannung von ihm aus, dass sie die Luft zum Prickeln brachte wie ein herannahendes Gewitter. »Ich habe Empfindungen, Eindrücke, aber keine Erinnerungen. Weder an ein Tagebuch noch an sonst was. Mein Kopf ist völlig leer, was meine Vergangenheit betrifft.«

»Bis auf die Frau«, erinnerte ihn Sabrina. »Die Frau aus Ihrem Traum.«

Mit neuer Entschlossenheit blickte er sie aus schmalen Augen an. »Es war Ihr Gesicht. Ich muss Sie kennen. Ich kann mich nur nicht erinnern, woher. Aber Sie sind es, dessen bin ich mir ganz sicher.«

Das war ausgeschlossen. Sie wüsste es, wenn sie diesem umwerfenden Hünen von einem Mann, der magische Energie ausstrahlte wie ein Gewittersturm, schon einmal begegnet wäre. Männer wie er besuchten die *bandraoi* nicht. Und sie hatte sich in den letzten drei Jahren nie weiter von Glenlorgan entfernt als bis nach Cork.

»Die Leute stellen sich komische Dinge vor, wenn sie krank sind«, gab sie zu bedenken.

»Stellen sie sich auch Frauen vor, denen sie noch nie begegnet sind? Das halte ich nämlich nicht für möglich, Sabrina.« Ihr Name hörte sich von seinen Lippen wie ein Streicheln an.

Unzählige Schmetterlinge drohten in ihrem Magen aufzufliegen. Um ihre Verlegenheit zu überspielen, strich sie die Schürze glatt und räusperte sich mit krankenschwesterlichem Ernst. »Ich gehe jetzt besser wieder an die Arbeit«, erklärte sie und tätschelte ihm die Schulter wie einem Kind, obwohl die männliche Gestalt unter ihren Fingern alles andere als kindlich und Sabrina überzeugt war, dass er ihr Zittern spürte. »Sie waren mehr tot als lebendig, als die Dorfbewohner Sie zu uns brachten. Es wird dauern, bis Sie Ihre Erinnerung zurückgewinnen, aber ich bin überzeugt, dass es so sein wird.«

Er blickte auf seine schwielige Handfläche herab, an der die

Spuren alter Schnittwunden zu sehen waren. Dann schloss er die Hand zur Faust. »Sie haben meine Narben gesehen«, erwiderte er und zog die Schultern hoch, als wollte er einen Schlag abwenden. »Vielleicht wäre es besser, wenn ich mich nicht erinnere.«

»Ich habe einen Entschluss gefasst.« Ard-siúr hob eine Hand, bevor Schwester Brigh wieder Einwände erheben konnte. »Und der ist unumstößlich.«

Auf ihrem unauffälligen Platz hinter Schwester Ainnir presste Sabrina die Lippen zusammen und unterdrückte ein Lächeln. Sie war machtlos dagegen. Es war einfach zu schön mitzuerleben, wenn die zänkische alte Priesterin hin und wieder in ihre Schranken verwiesen wurde.

Schwester Ainnirs leise Stimme kommentierte Ard-siúrs Entschluss. »Wir können ihn nicht zum Bleiben zwingen, falls er lieber geht.«

»Nein, wir können ihn nicht zwingen, bei uns zu bleiben, Schwester Ainnir«, pflichtete Ard-siúr ihr bei. »Aber wir können ihm klarmachen, dass seine Verletzungen noch immer seinen Verstand beeinträchtigen. Und obwohl er das Gefühl haben mag, vollkommen wiederhergestellt zu sein, kann sein Körper ohne Vorwarnung wieder in Mitleidenschaft gezogen werden. Das könnte zu Schwindel, Erschöpfungszuständen und Kopfschmerz führen. Bis er sein Erinnerungsvermögen zurückgewinnt, wäre es besser für ihn, wenn er bliebe.«

»Aber seine fortgesetzte Gegenwart wirkt sich störend auf unseren Alltag aus«, ließ sich Schwester Anne vernehmen. »Schon jetzt gehen Gerüchte unter uns um. Er sei ein gesuchter Bandit, heißt es. Ein Schmuggler. Ein Mörder. Jede Geschichte ist noch haarsträubender als die vorangegangene.«

»Das alles würde mich nicht überraschen«, sagte Schwester Brigh naserümpfend. »Man braucht ihn doch nur anzusehen, um zu erkennen, dass er ein gefährlicher Bursche ist, der uns wahrscheinlich im Schlaf die Kehle durchschneiden wird. Kein anständiger Mann hat solche Narben.«

Das stimmte. Der Körper des Mannes zeugte von unvorstellbarer Gewalt und einer unheilvollen Vergangenheit, die so dunkel war wie seine Augen. Aber Sabrina hatte keinerlei Anzeichen für mörderische Absichten bei ihm gesehen. Und außer der Angst, sich lächerlich zu machen, hatte sie auch keine Furcht in seiner Gegenwart verspürt.

Schwester Brighs Annahmen wurden mit besorgter Zustimmung von den anderen aufgenommen. Es folgten Debatten, und Stimmen wetteiferten darum, gehört zu werden, als jede *bandraoi* ihre Ansichten vor Ard-siúr darlegte.

Sabrina machte sich noch kleiner auf ihrem Stuhl. Warum sie zu der heutigen Besprechung gebeten worden war, hatte niemand klargestellt – möglicherweise, weil Schwester Ainnirs Arbeit im Hospital mehr und mehr Sabrina zufiel, da es mit der Gesundheit der alten Priesterin nicht zum Besten stand. Aber Sabrina wollte auf keinen Fall riskieren, dass irgendjemand plötzlich ihr Recht, dabei zu sein, anzweifelte. Wobei dieser »irgendjemand« wahrscheinlich Schwester Brigh sein würde, die jede Entscheidung Ard-siúrs infrage stellte und jede Gelegenheit wahrnahm, die Autorität der Priorin anzufechten.

Ard-siúrs ruhige, beherrschte Stimme unterbrach die Streitereien. »Eure Sorgen sind verständlich und wurden hinreichend zur Kenntnis genommen, doch meine Entscheidung ist gefallen.« Ard-siúrs vielsagender Blick richtete sich dabei geradewegs auf Schwester Brigh. »Ihr könnt euch jetzt zurückziehen, meine Schwestern.« Darauf folgte das Rascheln von Röcken und Stimmengewirr der sich erhebenden Frauen.

Auch Sabrina erhob sich von ihrem Stuhl und nahm ihren Platz am Ende der Reihe aufgeregt plaudernder Schwestern ein.

»Einen Moment, Sabrina«, sagte Ard-siúr mit einer Hand auf

ihrem Arm und wartete, bis die Frauen sich zurückgezogen hatten, bevor sie Sabrina zu ihrem Platz zurückwinkte. An ihren Schreibtisch gelehnt, die Arme vor der Brust verschränkt und mit einem belustigten Lächeln auf den Lippen fragte sie: »Stimmen Sie meiner Entscheidung zu? Oder denken Sie wie Schwester Brigh und die anderen, ich hätte den armen Mann vor die Tür setzen sollen?«

Die Priorin des Ordens fragte sie nach ihrer Meinung? Das war noch nie vorgekommen – und ein hoffnungsvolles Anzeichen. Vielleicht nahte ja doch ihre Ernennung zur Priesterin? Sabrina zögerte und wog ihre Worte sehr sorgsam ab. Es wäre nicht gut, die Dinge jetzt mit einer voreiligen, unbedachten Antwort zu verpatzen. »Ich glaube, Sie haben nur so gehandelt, wie Sie konnten, Ard-siúr. Weil nämlich allerlei Gefahren außerhalb unserer Grenzen liegen, was noch schlimmer ist für jemanden, der keine Ahnung hätte, woher die Gefahren kommen könnten.« Die Worte sprudelten nur so aus ihr heraus, ihre Gedanken eilten ihrer Zunge weit voraus. »Nein, er muss bleiben. Zumindest, bis er wieder ganz gesund ist und ich herausfinde … ich meine, wir herausfinden, wer er ist und was ihm widerfahren ist.« Jetzt plapperte sie geradezu drauflos.

Ein schwaches Lächeln vertiefte die Falten in Ard-siúrs Gesicht. »Sie nehmen aber regen Anteil an Daigh MacLirs Schicksal!«

Hitze stieg von Sabrinas Nacken in ihre Wangen.

Ard-siúr gab ihr durch ein Nicken zu verstehen, dass sie entlassen war, und ging an ihr vorbei zur Tür. Mit raschelnden Röcken drehte sie sich dort noch einmal um. »Fast hätte ich den Brief vergessen.« Sie trat zurück an ihren Tisch, um eine gefaltete und versiegelte Seite aus einer Schublade zu nehmen und sie Sabrina zu überreichen. »Ich glaube, er ist von Ihrem Bruder.«

»Kilronan?«, fragte Sabrina etwas einfältig und drehte das schwere, kostspielige Kanzleipapier in ihren Fingern.

Ard-siúr warf ihr einen scharfen, abschätzenden Blick zu. »Erwarten Sie denn Nachrichten von einem anderen Bruder?«

Ein dumpfer Schmerz erwachte in Sabrinas Brust. Oh, warum hatte sie es für nötig gehalten, die ganze schreckliche Geschichte schriftlich festzuhalten? Seit Jahren hatte sie nicht mehr über die abgebrochene Verbindung zu ihrer Familie nachgedacht, und jetzt wusste sie, warum. Weil es zu schmerzhaft war. »Nein, Ehrwürdige Priorin. Weder Nachrichten noch sonst etwas.«

»Na schön! Sie dürfen gehen, mein Kind.«

Sabrina steckte den Brief in ihre Schürzentasche und wischte sich mit dem Ärmel über die brennenden Augen, als sie auf die Tür zuging. Sie hatte versucht, mit ihrer Familie abzuschließen, doch diesen tragischen Tag noch einmal zu durchleben hatte all ihren Schmerz und ihre Verlassenheit wie Öl in Wasser wieder an die Oberfläche hinaufgebracht.

»Sabrina?«

»Ja, Ehrwürdige Priorin?«

Ard-siúrs ernster Blick hielt sie buchstäblich am Boden fest. »Sollte Brendan Douglas je versuchen, Verbindung mit Ihnen aufzunehmen, werden Sie es mich doch wissen lassen, nicht?«

Sabrina entwischte ohne Antwort, drängte sich blindlings durch eine Gruppe von Frauen auf dem Korridor, ließ Janes Rufe auf dem Kreuzgang unbeachtet und ignorierte sogar Schwester Brighs empörtes Brummen, als sie auf der Treppe zu den Schlafräumen mit ihr zusammenstieß.

Erst in der wohltuenden, vorübergehenden Ungestörtheit ihres Zimmers hielt sie inne, um Luft zu holen. Am ganzen Körper zitternd, lehnte sie sich mit dem Rücken an die Tür und ärgerte sich über die dummen Tränen, die in ihren Augen brannten.

Sieben Jahre war sie davon ausgegangen, dass Brendan tot war. Wie sonst hätte sie sich erklären sollen, dass er weder schrieb noch sie besuchte und auch in keiner anderen Weise etwas von sich hören ließ? Aber war es möglich, dass die *Amhas-draoi* die

Wahrheit sagten und Brendan noch am Leben war? Könnte er wirklich der gewissenlose Schurke sein, als den sie ihn bezeichneten?

Ard-siúr schien es jedenfalls zu glauben.

Und was wäre, wenn er tatsächlich Verbindung mit ihr aufnähme?

Wo läge dann ihre wahre Treue?

Wenn sie sich zwischen ihrer alten Familie und ihrer neuen entscheiden müsste, wen würde sie verraten?

Kapitel Vier

Prüfend blickte Daigh sich in dem Zimmer um, in das man ihn geführt hatte. Ein Schreibtisch. Eine Standuhr. Zwei alte Korbstühle. Ein langer, flacher Tisch, auf dem Karaffen und eine Schale mit getrockneten Blüten standen, zwischen denen unterschiedliche Steine und Quarze verstreut waren. Dicke Orientteppiche bedeckten den mit Steinplatten gefliesten Fußboden, und Wandbehänge bewegten sich in der unaufhörlichen Brise, die durch die Ritzen im porösen Mörtel drang. Daigh war fasziniert von den Hirschen und Jagdhunden in königlichem Rot und Gold auf den Tapisserien, den stilisierten Meerestieren in einer See aus wollenen Blau- und Grüntönen und den Blumen und Blättern, die so wunderbar detailgetreu wiedergegeben waren, dass das Auge gar nicht anders konnte, als dem verschlungenen Blumenmuster über den Stoff zu folgen. Interessant war auch die Darstellung einer grau verschleierten Trauergemeinde, die einer von Vorhängen verhüllten Sänfte zu einem offenen Grab folgte. Daigh runzelte die Stirn und konzentrierte sich auf einen der Teilnehmer, der mit ausgestreckten Händen ein wenig abseits stand und zu einem einzelnen Stern aufblickte.

»Sie haben sich schneller erholt als erwartet, wenn man bedenkt, in was für einem Zustand Sie bei Ihrer Ankunft waren.«

Daigh wandte sich von dem wirren Durcheinander seiner eigenen Gedanken ab, straffte die breiten Schultern und erwiderte die scharfen Blicke der drei grau gewandeten *bandraoi* mit einem knappen, zustimmenden Nicken.

»Nachdem wir Ihren Gesundheitszustand mit Schwester Ainnir besprochen haben, sind wir zu dem Schluss gekommen, dass ein rühriger Geist und Körper Ihre volle Wiederherstellung bewirken könnten. Und da Sie keine medizinische Pflege mehr benötigen, übergebe ich Sie Schwester Liothas Obhut.« Ard-siúr deutete auf die größte der Frauen, die eine platte Nase hatte, vom Wind gegerbte Wangen und breite Hände, die zäh wie Leder aussahen. Und eine sachliche, keinen Unsinn duldende Art, die ihn an Griffid erinnerte. Die gleiche skeptische »Zeig mir erst mal, was du draufhast«-Haltung …

Daigh geriet ins Taumeln und bekam ganz weiche Knie vor Aufregung, als er nach dem schwer zu fassenden Erinnerungsfetzen griff, der ihm durch den Kopf geschossen war.

Griffid?

Und da war er, der alte Soldat, mit seinen Zahnlücken und seinem Grinsen. Griffids Gesicht stand Daigh plötzlich so klar vor Augen wie die Frauen vor ihm. Daighs Schläfen pochten, und ein Druck wie von einer eisernen Faust verkrampfte ihm die Nackenmuskeln, als er sich zu konzentrieren versuchte und sich durch die Flut glitzernder Farben kämpfte, die vor seinen Augen explodierten.

»Ist Ihnen nicht gut?« Eine sanfte Berührung an der Stirn, eine Hand auf seinem Ärmel, und Griffids Bild verschwand, verlor sich wieder in dem bodenlosen Brunnen, in dem Daighs Vergangenheit schwamm, aber nur äußerst selten an die Oberfläche stieg.

Er riss sich zusammen und lehnte die angebotene Hilfe ab. Diese Frauen brauchten seine Schwäche, seine Qualen nicht zu sehen. Sie bekamen auch so schon viel zu viel mit, nahmen ihn auseinander wie ein Schwarm von Geiern. Aber trotz all ihrer prüfenden, durchdringenden Blicke konnten sie ihm keinen Hinweis auf seine verlorene Vergangenheit geben. Was das anging, waren sie genauso unsicher wie er. Er brauche Zeit, versicherten sie ihm immer wieder. Zeit und Freiheit würden ihn wiederherstellen.

Doch als er Schwester Liotha zu seinen neuen Aufgaben folgte, begann sich ein vager, beunruhigender Gedanke seiner zu bemächtigen. Er konnte weder auf Zeit noch auf Freiheit bauen.

Beides verringerte sich von Tag zu Tag. Und an den Grund dafür konnte er sich, wie bei allem anderen, beim besten Willen nicht erinnern.

Sabrina zerknüllte den Brief und schleuderte ihn mit einem befriedigenden Wurf in eine Ecke. Sie würde ihn später wieder aufheben müssen, bevor Jane ihn fand und las, im Moment jedoch tat es gut, ihren Ärger an einem Stück Papier auszulassen, das sich nicht wehren konnte.

Aidan verlangte ihr sofortiges Erscheinen in Dublin. Schon wieder. Dies war der fünfte solcher Briefe, die sie in den letzten zwei Monaten erhalten hatte. Sein Befehl war in versöhnlicher Sprache abgefasst, aber die Aussage blieb die Gleiche: Er verstehe ihren Wunsch, schrieb er, sich nach den turbulenten Nachwirkungen des Todes ihres Vaters von der Gesellschaft zurückzuziehen, doch er könne ihr nicht länger erlauben, sich vor der Welt zu verbergen.

Er schrieb von Einigkeit. Von Zielen. Von den »Douglas‹ gegen den Rest der Welt«. Als wären sie eine Familie. Aber es brauchte mehr als bloße Blutsverwandtschaft, um eine Familie zu sein. Und der Mord an ihrem Vater hatte *diese* Familie zerstört. Aidan konnte sie nicht einfach wieder mit Heftpflaster und falschem Optimismus zusammenflicken und so tun, als hätte es die letzten Jahre nie gegeben.

Die Schwestern des Hohen *Danu* waren heute ihre einzige Familie.

Selbst Schwester Brigh, so ungern Sabrina das auch zugab.

Das war der Schluss, zu dem sie nach Stunden der Gewissensprüfung gekommen war. Und sie blieb dabei.

Sie würde nicht nach Dublin gehen. Egal, wie viele Briefe Aidan ihr noch schrieb.

Ihr ältester Bruder hatte ihren Enthusiasmus für das abgeschiedene *bandraoi*-Leben nie verstanden. Er hatte sich im Gewühl und Chaos der Stadt immer wohlgefühlt, konnte mühelos in die Haut eines *Duinedon* schlüpfen und hatte nur selten, falls überhaupt, irgendein Interesse an seinem *Anderen*-Erbe erkennen lassen. Bis auf die einfachste und grundlegendste Haushaltsmagie jedenfalls.

Ganz im Gegensatz zu Sabrina. Sie hatte immer gespürt, dass ihr *Anderen*-Blut ihr nur allzu deutlich anzumerken war, und war sich stets wie ein Fisch auf dem Trockenen vorgekommen, wenn sie dazu angehalten worden war, etwas anderes vorzugeben. Mit großem Unbehagen erinnerte sie sich an die gestelzten Gespräche nachmittäglicher Besuche und ihre mauerblümchenhafte Schüchternheit auf Bällen und Gesellschaften. An die albernen, einfältigen jungen Frauen, die nichts anderes im Kopf hatten als eine vorteilhafte Heirat. Doch wann würde sie als Ehefrau eines »passenden« Ehemannes je wieder Gelegenheit bekommen, ihre magischen Kräfte einzusetzen? Ha! Sie würde verbannt werden in ein halbes Leben, und ihre andere und beste Hälfte bliebe zurück, unerwünscht und schnell vergessen.

Ihre Bemühungen, eine *bandraoi* zu werden, mochten nicht so gut voranschreiten, wie sie es sich gedacht hatte. Doch es war ein Leben, das sie verstand. Ihre frühere Existenz erschien ihr mit jedem Jahr, das verstrich, wie ein Traum, der zu einer anderen Lady Sabrina Douglas gehörte. Auf jeden Fall nicht zu ihr.

Die Turmglocken schlugen die volle Stunde. Zeit, sich bei Schwester Ainnir und ihren Aufgaben zu melden.

Neuerdings war die tägliche Routine der Krankenstation zu … nun ja, zur Routine geworden. Den Kranken beistehen oder jenen, die Unfälle erlitten hatten, kurze Ausflüge zu den benachbarten Höfen und Dörfern, wenn eine Heilerin oder Hebamme benötigt wurde – und das war auch schon alles.

Die beunruhigende Ankunft des Fremden hatte Sabrina für einige Tage aus dem Alltagstrott gerissen, aber seit Daighs Umzug in ein neues Quartier hatte sie sogar den kleinen Schauer der Erwartung verloren, der ihren Magen hatte kribbeln und sie schneller hatte atmen lassen.

Doch vielleicht war es auch besser so.

Denn dummerweise war sie sich des Mannes, der am Ende des langen, niedrigen Ganges wartete, schon viel zu stark bewusst geworden. Der Ungeduld, mit der er durch das Zimmer tigerte, der gebieterischen Ausstrahlung, die durch die Umstände zwar ein wenig erschüttert, aber noch immer erkennbar war in dem arroganten Zug um seinen Mund. Oder der rücksichtslosen Intensität seines ständig auf ihr ruhenden Blickes.

Daigh MacLir war der Name, den Ard-siúr ihm gegeben hatte. Als könnte man eine Identität so einfach aus dem Ärmel schütteln. Doch der Name passte zu ihm mit seinem harten, scharfen Klang.

Sabrina ließ ihn über ihre Zunge rollen. »Daigh. Daigh MacLir.«

Verärgert schüttelte sie das Zittern ab, das sie durchlief, und erhob sich, um den zusammengeknüllten Brief zu holen. *Nein, Sabrina. Nein*. Daigh war tabu. Verboten. Ein heimtückisches Hindernis, das ihr in den Weg gestellt worden war. Sie schickte ein schnelles Stoßgebet zu den Göttern, um sie um Kraft zu bitten.

Schwester Brigh hielt ihn für gefährlich. So weit würde Sabrina nicht gehen, doch Macht ging von ihm aus wie Rauch. Das hatte sie sofort gespürt. Sie wusste zwar nicht, wer er war, aber sie wusste, *was* er war.

Ein *Anderer* wie sie.

Nachdem sie Aidans Brief ins Feuer geworfen hatte, sah sie mit einer gewissen Genugtuung zu, wie sich die Ränder schwärzten und zu Asche zerfielen.

Ein *Anderer*. Halb Magier und halb Mensch. Ein Kind beider Welten.

Und wie sie gehörte er zu keiner von ihnen.

Sie bewegte sich mit der Raffinesse und Gewandtheit einer scheuen Kreatur des Waldes, die in jedem Schatten Raubtiere wahrnahm. Nicht schüchtern, nein. Mehr so, als wäre jeder neue Morgen ein Geschenk, das man nicht als selbstverständlich betrachten durfte, und jede Abenddämmerung ein glückliches Gelingen. Unter der flinken Heimlichkeit verspürte er jedoch einen bisher unerprobten Mut. Eine Kraft, die die gertenschlanke Anmut ihrer Haltung Lügen strafte.

Ihr dunkles Haar, das Mühe hatte, unter ihrem Tuch zu bleiben. Die neugierige Neigung des Kopfes, als sie den Pfad hinuntereilte, und die Art, wie ihr Körper sich ihm, Daigh, zuneigte, als besäße er ihre ganze Aufmerksamkeit. Ihre blauen Augen, die wie Edelsteine funkelten.

Er hatte sich nach ihr erkundigt in den Tagen, seit er zu Schwester Liotha entlassen worden war. Unauffällige kleine Fragen, die zu Gesprächen führten. Es gab immer so manche, die nur zu gern Informationen weitergaben, ganz gleich, wer die Fragen stellte.

Lady Sabrina Douglas.

Tochter und Schwester der Earls of Kilronan.

Ein Mitglied des Ordens, seit sie vor sieben Jahren im Alter von fünfzehn zu den Schwestern gekommen war.

Eine *Andere* mit einer selten einfühlsamen Gabe für das Heilen und eine angehende Priesterin des Hohen *Danu*.

Mit jedem weiteren Teilchen, das er dem Puzzle hinzufügte, versuchte Daigh, die seltsame, unerschütterliche Verbindung zwischen ihnen zu verstehen. Das Gefühl, dass Sabrina Douglas ein Teil seiner Vergangenheit gewesen war – und dass sie auch für seine Zukunft wichtig war.

»Da sind wir.« Sie hob den Kopf und atmete die kalte, salzhaltige Luft tief ein. Dann blickte sie über den schmalen Strand der Bucht auf die aufgewühlte graue See hinaus, und ein wehmütiger Ausdruck erschien auf ihrem Gesicht.

Daigh war überrascht gewesen, als sie ihn an diesem Morgen aufgesucht und ihm angeboten hatte, ihn zu der Stelle zu führen, an der er aufgefunden worden war. Natürlich hatte er zugestimmt. Nicht nur, weil er hoffte, der Anblick dieses Ortes würde vielleicht Erinnerungen in ihm wecken, sondern auch, weil es die perfekte Gelegenheit war, bei einem harmlosen Gespräch mehr über Sabrina herauszufinden. Das war jedoch schwieriger, als er vermutet hatte, da sie bisher jede seiner einleitenden Bemerkungen mit einem raffinierten Themenwechsel abgewendet hatte. Als sie den gut ausgetretenen Pfad zum Strand erreichten, hatte er das Gefühl, weniger über diese Frau zu wissen als zu Beginn ihres Spaziergangs.

Wich sie ihm absichtlich aus, oder war sie es einfach nur nicht gewohnt, im Mittelpunkt zu stehen?

Sie nahm das Tuch von ihrem Kopf, und eine Fülle brauner Locken löste sich aus ihren Nadeln. »Wir hatten vor einer Woche sehr starke Stürme. Könnte Ihr Schiff gesunken und Sie über Bord gespült worden sein?«

Er unterdrückte das jähe Verlangen, das ihre unbewusste Geste in ihm auslöste. »Möglich wäre es, aber ich kann mich an nichts dergleichen erinnern.« Er zuckte mit den Schultern und konnte den Blick nicht von ihr abwenden, als sie mit den Fingern durch ihr Haar fuhr, es dann wieder aufsteckte und unter dem weißen Tuch verbarg.

»Ich habe Träume, in denen ich ertrinke«, sagte er. »Das Wasser schlägt über meinem Kopf zusammen, und ich bekomme keine Luft mehr.« Es auszusprechen ließ schon wieder eisige Panik in ihm aufsteigen.

»Träume sind manchmal hilfreich. Haben Sie noch andere?«

Er zögerte, strich sich über die Stirn und richtete den Blick nach innen, auf die schonungslosen Bilder, die in ihm hochkamen. »Ich sehe Zerstörung und Leid. Den Hass eines Mannes und die Tränen einer Frau.«

»Nun ja … manchmal sind Träume auch nur Träume«, erwiderte sie stockend, wobei ihre Nervosität im Zittern ihrer Stimme und bestürzten Gesichtsausdruck in aller Deutlichkeit zum Ausdruck kam.

Aus seiner Versunkenheit gerissen, kniete er sich hin und zog eine mit Muscheln überkrustete Daube zwischen zwei Steinen hervor. Eine von mindestens einem halben Dutzend, die an der kiesbedeckten Küste herumlagen. »Dann war ich also nur ein weiteres Stück eines beständigen Stromes von Treibgut«, sagte er und schleuderte das verfaulte Holz ins Wasser.

»Diese Bucht bietet den Dorfbewohnern ein Auskommen. Sie suchen sie täglich ab. Hier finden sie Holz für ihre Häuser und Scheunen oder bei Stürmen verlorene Frachtfässer, die sie entweder selbst verwenden oder verkaufen können.«

Sie raffte mit einer Hand ihre Röcke und trat auf einen flachen, von Wellen umspülten Felsvorsprung hinaus. »Was sie hier finden, kann manchmal den Unterschied zwischen Überleben oder Verhungern ausmachen.«

»Und die Leichen?« Daighs Frage kam schärfer als beabsichtigt, weil er zu ignorieren versuchte, wie der Wind ihre Röcke an ihren Körper drückte und wie deutlich sich ihre langen, schlanken Beine unter dem Stoff abzeichneten. »Was wird aus denen?«

»Wir schicken sie mit den angemessenen Riten und Gebeten nach *Annwn*«, antwortete sie und bückte sich, um ein paar Kiesel aufzuheben, die sie dann einen nach dem anderen in die Brandung warf.

»Nachdem ihnen vermutlich alles Wertvolle genommen wurde.« Auch er richtete den Blick auf das Wasser und zu den prallen Segeln, die am Horizont zu sehen waren. »Und was ist mit denjenigen, die nicht bereit sind, sich von ihrem Besitz zu trennen?«

Ein schuldbewusster Ausdruck verdunkelte ihre Augen. »Verzweiflung kann aus jedem Mann einen Wilden machen.«

Schatten verdeckten urplötzlich die Sonne. Wütendes Gerede, rohes Gelächter, der kalte Stahl eines Messers, das seine Haut durchschnitt. Heißes Blut, das über seine Brust floss und in den kiesbedeckten Strand sickerte.

Wut explodierte in seinem Schädel und erhitzte seine Glieder. »Hätte ich die Kraft gehabt, mich zu wehren, hätten sie mich ermordet, nicht?«

Sie zuckte zusammen, ihr Gesicht wurde blass, und sie geriet ins Stolpern, bis sie mit einem Fuß schon in der Brandung stand. Mit einem unterdrückten Fluch richtete sie sich wieder auf und zog ihren durchnässten Rocksaum aus dem Wasser, bevor sie Daigh wieder ansah. Aber diesmal verdüsterte Ärger das Leuchten ihrer Augen. »Wir verhindern so viel Gewalt wie möglich, doch manchmal kommen wir zu spät.«

Um die in ihm brodelnde Wut unter Kontrolle zu bekommen, ging Daigh mit großen Schritten zum anderen Ende der Bucht hinüber. Ungeduldig schob er kahle, überhängende Äste aus dem Weg, ließ sich von dem eisigen Wasser bespritzen und verscheuchte Seeschwalben, die erschrocken von ihrem Futter aufflogen.

Er hatte sich erinnert. Für einen winzigen Moment hatte er sich erinnert. Aber wo eine Erinnerung war, mussten auch noch andere sein.

Das Messer. Das Blut. Falls ihn sein Verstand nicht täuschte, hatten diese Aasgeier versucht, ihn zu ermorden. Geistesabwesend rieb er eine Stelle über seinem Herzen, die sogleich mit einem Kribbeln reagierte.

Er fuhr herum und sah gerade noch Sabrinas ängstlichen Blick, bevor er hinter einer Maske der Gelassenheit verschwand.

»Also, was hat sie davon abgehalten, mich zu töten?«, fragte er mit rauer Stimme.

Sie kaute an einem Fingernagel und starrte ihn unter nachdenklich zusammengezogenen Brauen an. »Soll ich ehrlich sein? Ich habe keine Ahnung.«

Er beobachtete sie. Sabrina empfand seinen Blick wie ein Prickeln zwischen den Schulterblättern, seine Gegenwart wie die schwüle, drückende Luft vor einem Gewitter. Auf dem Weg von den Schlafräumen zur Bibliothek überquerte sie gerade den Hof, wich mit flinken Schritten Pfützen aus und hob ihre Röcke ein wenig an, um sie nicht durch den Schmutz zu schleifen. Aber sie konnte spüren, dass Daigh im Schatten der Ställe war und nur einen Moment lang innehielt, als sie vorüberging.

Verstohlen schaute sie in seine Richtung. Den Rock hatte er abgelegt und die Hemdsärmel aufgekrempelt, sodass sich wieder das Gewirr von Narben offenbarte. Seine Gesichtszüge waren hart und düster wie die einer antiken Steinfigur, und die Schaufel in seinen Händen umklammerte er mit der grimmigen Vertrautheit eines Scharfrichters.

Qual. Kummer. Und herzzerreißende Einsamkeit. Die Flutwelle seiner Emotionen traf Sabrina wie eine Reihe niederschmetternder Schläge. Und wie schon an der Küste schien die Luft um Daigh plötzlich zu flimmern, und sie hätte schwören können, dass sie statt seiner groben Kleider das Glitzern einer Rüstung sah, den Luxus eines pelzgefütterten Umhangs und eine Schwertscheide, die tief an seiner Hüfte hing.

Sie blinzelte verwirrt, und das Bild verschwand so plötzlich, wie es erschienen war. Nur ein merkwürdiges Flattern in ihrem Magen blieb, begleitet von einer Hitzewelle, die ihre Haut zum Glühen brachte und die feuchte Novemberkälte wie schwüle Junihitze erscheinen ließ.

Er merkte, dass sie zu ihm hinübersah, und nickte ihr grüßend zu.

»Würden Sie doch nur Ihren eigenen Pflichten mit so viel Eifer nachkommen«, zischte Schwester Brigh, die wie eine aufgeregte Krähe an Sabrina vorbeieilte. Mit wachsamen Augen und gesträubten Federn – beziehungsweise Röcken.

Sabrina warf Daigh ein verlegenes Lächeln zu, doch er hatte

seine Arbeit wieder aufgenommen und blickte schon nicht mehr in ihre Richtung.

Trotzdem machte ihr noch lange, nachdem sie sich von ihm entfernt hatte, das seltsame Gefühl in ihrer Magengegend zu schaffen. Daighs gequälter Blick ging ihr einfach nicht mehr aus dem Sinn, und seine Verzweiflung zerriss ihr fast das Herz.

Sie, Sabrina, war seine letzte Hoffnung. Sie allein konnte ihn retten. Das wusste sie so sicher, als hätte es ihr jemand ins Hirn geätzt.

Aber wieso? Woher kam dieses Wissen?

Das leise vor sich hin flackernde Küchenfeuer warf einen warmen Schein über den Steinfußboden und die weiß getünchten Wände. Regen prasselte gegen die hohen Fenster, und der Geruch nach Gebackenem hing süß und teigig in der Luft.

Bis zu den Ellbogen im Spülwasser, strich Jane sich mit der Schulter eine feuchte Haarsträhne aus dem Gesicht. »Warum glaubst du, dass Kilronan dich so unbedingt in seiner Nähe haben will? Ich finde nicht, dass man ihn als besonders liebevollen Bruder bezeichnen kann.«

Sabrina gab ein Stück kalten Schinken auf einen Teller und fügte ein paar Salzkartoffeln hinzu. »Das ist er auch nicht. Oder bisher jedenfalls nie gewesen. Ich gebe dieser Frau, die er geheiratet hat, die Schuld daran. Wahrscheinlich will sie eine unbezahlte Gesellschafterin und denkt, ich sei die ideale Kandidatin.«

»Würde Kilronan denn seine einzige Schwester von seiner Frau herumkommandieren lassen?«, fragte Jane.

»Würde er einen mittellosen Niemand mit dunkler Vergangenheit und zweifelhafter Moral heiraten? Hättest du mich das letztes Jahr gefragt, hätte ich gesagt, niemals. Aber er hat's getan, also kann ich nicht behaupten, ich wüsste, wozu mein Bruder fähig ist.«

Sabrina nahm sich noch etwas eingelegtes Gemüse und ein Brötchen. Sie hatte heute das Mittagessen und Abendbrot versäumt. Irgendwann hatte Schwester Ainnir sie gezwungen, die Krankenstation zu verlassen, um wenigstens in der Küche schnell einen Happen zu essen.

»In zehn Minuten wird sich nichts verändern, Sabrina«, hatte sie gesagt, als sie sie aus dem Saal geschoben hatte.

Ein Klacks Senf. Ein Stück übrig gebliebene Torte. Hungrig biss Sabrina in eine Ecke. Hm, Apfel, ihre Lieblingstorte! Schnell nahm sie sich noch ein zweites Stück und wandte sich dann wieder ihrer Freundin zu. »Und da ich nicht weiß, wozu mein Bruder fähig ist, werde ich auch nicht nach Dublin fahren. Bevor ich weiß, wie mir geschieht, sperrt er mich noch in ein Zimmer ein, bis ich irgendeinen widerlichen, stinkenden Mann mit einem Vermögen heirate, das er in der Schafblasenverarbeitung erworben hat.«

»Ich kann mir nicht vorstellen, dass mit Schafblasen viel Geld zu verdienen ist«, entgegnete Jane trocken, »obwohl ich einen Mann in Belfast kannte, der ein Vermögen mit geräuchertem Hering gemacht hatte. Der roch permanent nach totem Fisch.« Sie stellte die gespülte Pfanne in den Ablaufständer und begann, an einem großen, vollkommen geschwärzten Topf zu schrubben. Nach dem Berg von Geschirr zu urteilen, das noch in der Spüle einweichte, würde sie die ganze Nacht hier stehen.

»Was hast du angestellt, dass du so spät noch in der Küche bist? Seid ihr nicht normalerweise mehrere, um den Abwasch zu erledigen?«

Sabrina beneidete die Freundin nicht um ihre Pflichten in der Glenlorgan'schen Küche, auch wenn Schwester Evangeline bei Weitem die fröhlichste der *bandraoi* war mit ihrem rosigen, engelsgleichen Gesicht. Tatsächlich wies sie eine bemerkenswerte Ähnlichkeit mit dem Prinzregenten auf, wenn dieser ein Kleid getragen hätte. Ein erschreckender Gedanke!

»Gewöhnlich sind auch mehr da, um zu helfen«, erklärte Jane,

»aber Schwester Miriam liegt mit einer Kopfgrippe im Bett, Prudence quält sich mit ihrer Regel, und Charlotte besucht ihre Schwester in Cork, die ein Baby bekommen hat. Deshalb habe ich mich freiwillig angeboten. Es macht mir nichts aus. Ich bin gern mal allein, um in Ruhe nachzudenken.«

Mehr brauchte sie nicht zu sagen. Alleinsein war etwas Kostbares in Glenlorgan. Sabrina hatte die stillen Stunden der Nachtschicht auf der Krankenstation, Jane die nach dem abendlichen Abwasch. Wenn man lange genug hier lebte, lernte man, sich eine kleine Oase der Stille zu erkämpfen. Entweder das, oder man folgte Schwester Berthas fragwürdigem Beispiel und wurde stocktaub. Drastisch, aber wirkungsvoll.

»Ich habe dich heute Nachmittag mit Mr. MacLir gesehen.« Jane warf Sabrina ein verschmitztes Lächeln zu und fächelte sich mit einer schaumbedeckten Hand Luft zu. »Also, den würde ich heiraten, selbst wenn er röche wie ein totes Nilpferd.«

»Jane!«

»Erzähl mir nicht, du hättest nicht schon das Gleiche gedacht, Sabrina Douglas! Ich weiß doch, wie du ihn anschaust, wenn du denkst, es sähe niemand.«

Sabrina verzog das Gesicht. »Er ist ein ehemaliger Patient. Das ist alles.«

»Mm-hmm! Das war auch der einäugige Toby aus dem Dorf, der den Fischerhaken in der Lippe hatte, aber den hast du nie so angegafft.«

»Ach, du liebe Güte, sieh nur, wie spät es ist! Ich muss wieder zurück. Schwester Moira geht es schlechter. Ich muss da sein, falls sie erwacht.« Sabrina zeigte auf die Spüle. »Mach dich lieber wieder an die Arbeit! Dieser Topf schrubbt sich nicht von allein«, bemerkte sie.

Worauf eine Handvoll feuchter Schaum sie ins Gesicht traf.

Lachend wischte sie ihn ab und griff nach ihrem Tablett. »Wir sehen uns später in unserem Zimmer, ja?«

»Das glaube ich erst, wenn ich es sehe. Wie ich dich kenne, wird Schwester Ainnir dich zwingen müssen, dich ein paar Stunden hinzulegen.« Jane schrubbte den Topf mit genügend Kraft, um ein Loch in den Boden zu scheuern.

Das Tablett in der Hand, durchquerte Sabrina das Refektorium, ging die Treppe hinauf und öffnete die Tür zu einem Platzregen, den der Wind in Schleiern über den Innenhof trieb. Na großartig! Sie würde bis auf die Haut durchnässt sein und ihr Essen sich in Mus verwandeln, wenn sie riskierte, in dieses Unwetter hinauszugehen.

Also schloss sie die Tür schnell wieder und kehrte um. Wenn sie den oberen Gang nahm, der an den Arbeitszimmern vorbeiführte, konnte sie über die Osttreppe wieder hinunterkommen. Danach bliebe dann nur noch ein kurzer Sprint zur Krankenstation hinüber. Sie würde so zwar auch nass werden, aber nicht bis auf die Haut. Und ihr Abendessen würde es vielleicht sogar überstehen.

Der Gang hier oben lag im Dunkeln, das nur hier und da von hohen, regennassen Fenstern aufgelockert wurde, die tanzende graue Flecken auf den Boden warfen. Wie üblich fuhr kalte Zugluft durch den Flur, die Sabrinas Kopftuch zum Flattern brachte und ihr eine Gänsehaut verursachte. Weiter vorn schlug knarrend eine Tür hin und her, was gespenstisch wie in einem guten Schauerroman war. Wo blieb das Stöhnen der Geister? Das Rasseln der Ketten? Oder eine geisterhafte Weiße Frau?

Als Sabrina an Ard-siúrs Arbeitszimmer vorbeikam, vernahm sie ein so schauriges leises Knurren, dass sich ihr die Nackenhaare sträubten. Der Wind wählte ausgerechnet diesen Moment, um aufzufrischen und den Regen wie Steinchen gegen die Fenster zu schleudern, während das Knurren lauter und dann zu einem jämmerlichen Fauchen und Zischen wurde.

Aber sie hatte sich ja unbedingt nach Gespenstern umhören müssen!

Das Knurren gipfelte in einem wahnsinnigen Gezische und Gejaule, dann klirrte zerbrechendes Glas, und eine gar nicht schaurige Männerstimme sagte: »Was zum Teufel – du hast mich gebissen!«

Ard-siúrs Katze flitzte an Sabrina vorbei und jagte den Korridor hinunter, gefolgt von einer riesigen Gestalt, die pechschwarz aussah vor den grauen und silbernen Schatten hinter ihr.

»Daigh?«

Er verhielt verblüfft den Schritt. »Sabrina? Sind Sie das?«

»Was tun Sie hier?« Ein ungutes Gefühl kroch ihr den Rücken hinauf. War es möglich, dass sie Daigh beim Stehlen erwischt hatte? Es gab nicht viel in Ard-siúrs Arbeitszimmer, was einen Einbrecher in Versuchung führen könnte. Die Schätze, die dort aufbewahrt wurden, waren persönliche und nicht gewinnbringend für einen Dieb. Trotzdem könnte noch genug zu finden sein für einen entschlossenen Ganoven. Und Daigh war sehr entschlossen.

»Nichts, was Sie beunruhigen müsste«, antwortete er und leckte sich die Haut zwischen Daumen und Zeigefinger. »Im Büro Ihrer Priorin hatte ich vorhin einen Geistesblitz. Ein Gefühl, dass ich schon einmal dort gewesen war. Dass mir etwas bekannt vorkam. Es klingt verrückt, aber ich musste zurückkommen …«

»Das ist ja wunderbar! Was war es, was die Erinnerung hervorrief?« Sabrina stellte sich auf die Zehenspitzen, um über seine Schulter in den dunklen Raum zu spähen.

Er seufzte. »Keine Ahnung. Und wenn ich versuche, es zu erzwingen, stoße ich gegen eine verdammte Mauer. Ich weiß es einfach nicht mehr.« Verbitterung stand ihm ins Gesicht geschrieben und verkrampfte seine Nackenmuskeln. »Es macht mich wahnsinnig.«

»Kommen Sie! Gehen wir zusammen hinein!« Bevor sie sich über die Klugheit ihrer Handlungsweise Gedanken machen konnte, ergriff sie seine Hand, führte ihn in das dunkle Arbeitszimmer und zündete mit ein paar gewisperten Worten die nächststehende Kerze an.

Nichts schien verändert zu sein in dem überladenen Zimmer, nichts deutete darauf hin, dass es durchsucht oder irgendetwas gestohlen worden war. Zusammen blieben sie in der Mitte des Raumes stehen, Daigh ganz steif vor Anspannung.

Hoffnungslos. Bekümmert. Trostlos und verwirrt.

Seine Gefühle hämmerten in einem unerbittlichen mentalen Angriff auf Sabrina ein, und ein greller Kopfschmerz schoss ihren Rücken bis in ihre Zehen hinunter. Mit aller Kraft bemühte sie sich, einen freien Raum in dem Wirrwarr fremder Gefühle zu schaffen, das sich in ihrem Kopf drehte. Platz genug, um über das Chaos in ihrem Gehirn und die vor ihren Augen tanzenden Punkte hinauszudenken.

»Alles in Ordnung?«, fragte er und richtete die dunklen Augen auf sie. Das spärliche Licht flimmerte über sein stoppeliges Kinn, seine leicht gebogene Nase und die breite Stirn.

Sabrina blieb die Antwort in der Kehle stecken. Sie versuchte, sich von seinem fesselnden Blick loszureißen, musste aber feststellen, dass sie vollkommen gefangen davon war. Außerstande, sich zu bewegen, und kaum noch in der Lage, Luft zu holen. Für den Bruchteil einer Sekunde hatte sie das Gefühl zu fallen. Wind pfiff an ihren Ohren vorbei, Dunkelheit hüllte sie ein, und Daighs Gesicht erfüllte ihr Blickfeld – oder doch nicht wirklich sein Gesicht. Er war irgendwie anders. Doch inwiefern? Ihr blieb keine Zeit, darüber nachzudenken, bevor er von ihr zurücktrat und die gefährliche Verbindung zwischen ihnen abbrach.

»Sabrina?«, hakte er nach. »Was ist mit Ihnen? Antworten Sie mir!«

Sie fasste sich wieder und war plötzlich so müde, als hätte sie eine Woche auf der Krankenstation gearbeitet, ohne zwischendurch auch nur ein wenig auszuruhen. Ihre Augen juckten und brannten, ihre Muskeln schmerzten, aber der Kopfschmerz verringerte sich auf ein hartnäckiges Pochen in den Schläfen. Sie hielt noch immer das Tablett in der Hand und empfand die alltäglichen Gerüche von Schinken und Kartoffeln als seltsam tröstlich vor dem Hintergrund aus Dunkelheit, Geheimnis und Magie, die diesen Mann umgaben wie eine Aura. »Ich weiß nicht. Für einen Moment war mir, als würde ich in Ohnmacht fallen. Und Sie waren ...« Er zog die Brauen zusammen, und seine Augen waren wie Obsidiansplitter in seinem grimmigen Gesicht. »Ach, vergessen Sie's! Ich bin müde und habe noch nichts gegessen. Das muss es gewesen sein.«

Wortlos nahm er ihr das Tablett ab und bot ihr den Arm, um sie zu stützen. »Kommen Sie! Es hat keinen Zweck. Ich erinnere mich an nichts.«

Sie nickte und erlaubte ihm, sie zu stützen und hinauszuführen. Sich an ihn zu lehnen war, wie sich an einen Baum zu lehnen. Er war genauso standhaft, stark und unerschütterlich. Nur hatte kein Baum je solch wohlig prickelnde Empfindungen in ihrem tiefsten Innern ausgelöst oder sie wie ein naives kleines Schulmädchen erröten lassen.

An der Tür hielt Daigh inne und ließ Sabrina los, um noch einmal in das Arbeitszimmer zurückzukehren und die Kerze auszublasen. Für einen langen Moment blieb er dann im Dunkeln stehen und blickte sich mit steifen Schultern um.

»Daigh? Wir sollten gehen. Sie gehören nicht hierher.«

»Da haben Sie recht, Sabrina«, murmelte er. »Ich gehöre nicht hierher. Das ist das Einzige, was ich mit absoluter Überzeugung weiß.«

Sabrina drückte die kleine Flamme ihrer Kerze aus und schloss ihr Tagebuch, ohne auch nur eine der Fragen beantwortet zu haben, die ihr durch den Kopf huschten wie Mäuse durch einen voll gestopften Dachboden. Ihre Gedanken zu Papier zu bringen hatte das gewaltige Aufgebot an Rätseln höchstens noch vergrößert. Und mitten in jedem dieser Rätsel war Daigh, wie das Zentrum einer großen schwarzen Sturmwolke. Wer war er? Was für ein Ereignis in seiner Vergangenheit hatte die grausamen Narben an seinem Körper hinterlassen? Warum beharrte er darauf, sie zu kennen? Warum blitzten plötzlich Bilder eines anderen Daigh in voller Rüstung vor ihr auf? Und was hatte er in Ard-siúrs Büro gewollt? Hatte er die Wahrheit über die ihm dort angeblich erschienene Erinnerung gesagt? Was verbarg er? Und warum hatte sie das ungute Gefühl, dass kommende Ereignisse ihre Schatten vorauswarfen – und sie in seine Umlaufbahn zogen, ob sie wollte oder nicht?

»Jane?«, flüsterte Sabrina. »Bist du wach?«

Ein verdrossenes Murmeln erhob sich aus dem Dunkel. »Jetzt ja.«

»Darf ich dir eine Frage stellen?«

»Du hast mir bereits zwei gestellt. Drei sind das Äußerste mitten in der Nacht.«

»Hast du etwas Ungewöhnliches an Daigh MacLir bemerkt?«

»An diesem Mann ist alles ungewöhnlich. Darf ich jetzt weiterschlafen?«

»Nein. Hör zu! Seit er hier ist, habe ich das Gefühl, dass er irgendeine Bedeutung für mich hat. Und ich für ihn.«

Jane seufzte. Die Matratze quietschte, als sie sich umdrehte. »Er ist geradezu teuflisch gut aussehend und beobachtet dich mit einem sehr besitzergreifenden dunklen Blick. Hast du noch nie Verlangen verspürt?«

Sabrina bewegte sich unruhig unter ihren Decken. Ihr Körper wurde von Empfindungen ergriffen, die sie nicht benennen konnte. »Es ist mehr als das. Er durchbricht all meine Barrieren. Egal, was ich versuche, ich kann ihn nicht daran hindern. Und zweimal ist da auch schon mehr gewesen. Für einen kurzen Moment habe ich etwas gesehen. Eine Vision. Aber sie verschwand so schnell, dass ich dir nicht sagen könnte, was ich sah oder ob ich überhaupt tatsächlich etwas sah. Es war Daigh, doch er war es auch wieder nicht. Er war komisch angezogen. Als käme er aus einer anderen Zeit ... einem anderen Zeitalter. Und heute Abend ...«

»Also hast du mich geweckt, um mir zu erzählen, dass du vielleicht oder vielleicht auch nicht etwas oder nichts gesehen hast?«

»Nun ja, so gesagt ...«

»Du bist müde, Sabrina. Du arbeitest zu viel und schläfst zu wenig. Kein Wunder, dass du an Halluzinationen leidest. Schlaf! Dann wirst du dich morgen früh besser fühlen.«

Die Götter liebten sie, die praktische, vernünftige Jane. »Und sein Beharren darauf, dass er mich zu kennen glaubt? Dass er mir schon mal begegnet ist?«

Von Jane kam ein wenig schmeichelhaftes Knurren und dann ein weiterer tiefer Seufzer. »Er wurde aus dem Ozean gezogen, den Körper voller Meerwasser und ohne Puls. Ich würde nichts von dem glauben, was er sagt.«

»Du denkst also, dass er sich irrt?«

»Bist du ihm vorher schon einmal begegnet?«

»Nein.«

»Hast du ihn je zu Gesicht bekommen?«

»Ich glaube nicht.«

»Na also! Schlaf jetzt! Wir müssen beide im Morgengrauen schon wieder aus den Federn. Gute Nacht, Sabrina!«

Die Hände hinter dem Kopf verschränkt, lag Sabrina da und starrte zur Zimmerdecke auf. Ein leiser Ärger nagte an ihrem Bewusstsein, bevor ihr klar wurde, woher er kam. »Natürlich«, rief sie aus. »Seine Augen! Das war der Unterschied. Seine Augen waren grün, nicht schwarz.«

»Ob grün, schwarz oder getupft, gib jetzt endlich Ruhe und schlaf!«, stöhnte Jane.

Nun meldete sich auch Teresas mürrische Stimme vom letzten Bett der Reihe. »Ich werde froh sein, wenn Daigh MacLir verschwindet und wir alle wieder zur Normalität zurückkehren können.«

Sabrina schwieg und zwang sich, still liegen zu bleiben. Selbst wenn er nicht in der Nähe war, brachte Daigh MacLir ihre Sinne durcheinander. Was geschah mit ihr? Warum empfand sie so? Und warum erschien ihr eine Rückkehr zur Normalität jetzt wie das Allerletzte, was sie wollte?

Kapitel Fünf

Sabrina raffte die Röcke, zog die Tasche noch ein wenig höher auf die Schulter und stellte einen bestiefelten Fuß auf den umgestürzten Baumstamm. Schwankend und mit ausgestreckten Armen, um die Balance zu halten, betrat sie vorsichtig den Stamm.

Unter ihr schlug das schmutzige, aufgewühlte Wasser gegen die Ufer und schoss mit erstaunlicher Geschwindigkeit unter dem Baumstamm hindurch. Flussaufwärts verfingen sich abgebrochene Äste an einer freigelegten Wurzel und bildeten einen immer größer werdenden Damm aus Astwerk.

»Sind wir nicht über diese kindischen Spiele hinaus?«, fragte Jane.

»Lassen Sie es gut sein, Schwester Brigh«, scherzte Sabrina. »Eine erwachsene Frau zu sein ist nicht unbedingt damit gleichzusetzen, auch eine muffige alte Langweilerin zu sein.«

»Na schön! Aber dein erwachsenes Ich wird bis auf die Haut durchnässt werden, wenn du nicht vorsichtig bist«, warnte Jane.

»Ich *bin* ja vorsichtig. Und du auch.« Sie blickte sich über die Schulter zu ihrer Freundin um, die mit verschränkten Armen und missbilligender Miene noch auf der anderen Seite stand. »Komm! Du bist noch keine zur vollen Würde erhobene Priesterin.«

Jane wippte mit dem Fuß und verzog zweifelnd das Gesicht.

»Einfach …« Trittsicher und behände überschritt Sabrina den glatten Stamm. »… so!«, sagte sie, als sie auf der anderen Seite ans Ufer sprang und eine tiefe Verbeugung vor ihrer Freundin machte. »Das war's auch schon.«

Mit einem leidgeprüften Seufzer trat Jane auf den Baumstamm. »Du bist einfach unverbesserlich.«

Sabrina grinste sie an. »Das ist das Netteste, was mir je gesagt wurde.«

Jane verdrehte nur die Augen, als sie mit unsicheren Schritten zu Sabrina auf der anderen Seite des Baches hinüberging. »Es wird spät«, sagte sie dann und warf einen furchtsamen Blick auf den Wald um sich herum. »Ich wünschte, du hättest bei Mrs. O'Brian nicht so lange gebraucht. Wir müssten längst zu Hause sein.«

Durch die Baumkronen fiel das letzte graue und violette Licht der Abenddämmerung und warf lange Schatten in die Zwischenräume. Äste bewegten sich im auffrischenden Wind, und Wolken zogen tief und Unheil verkündend über den Himmel. Die Luft roch nach Regen und feuchter, schimmeliger Erde.

»Babys tragen für gewöhnlich keine Uhren«, erwiderte Sabrina. »Unter den gegebenen Umständen war es eine relativ kurze Geburt, also sei dankbar auch für kleine Gaben! Wir hatten Glück, dass wir nicht die ganze Nacht dortbleiben mussten.«

»Zumindest hätten wir dann am Morgen den Heimweg angetreten. Es ist schrecklich dunkel hier im Wald.«

»Na komm schon! Wenn wir uns beeilen, sind wir vielleicht noch gerade rechtzeitig zum Abendessen da.« Sabrina nahm Jane an der Hand, und die beiden Frauen eilten über den schmalen, gewundenen Pfad. Keine bemerkte die Fremden, bis sie ihnen den Weg verstellten. Andere bauten sich hinter ihnen auf wie Schreckgespenster.

»Sabrina?« Janes Stimme zitterte vor Furcht.

»Schon gut!« Sabrina musterte die schmutzigen Gesichter und verfilzten Haare der verwilderten, landlosen Gesellen. »Sie würden es nicht wagen, uns anzurühren.«

Hocherhobenen Hauptes ertrug sie die schmierigen, hohläugigen Blicke der Männer, die über das schneeweiße Tuch glitten, das ihr Haar bedeckte, und über die dunkle Ordenstracht. Sie schwieg und überließ es den Kerlen, von allein zu dem Schluss zu kommen, dass sie nicht verzweifelt genug waren, um zwei fromme Frauen zu belästigen.

Ein knochendürrer Mann in zerrissener Hose und einem

Hemd, das so aussah, als wäre es für eine viel stämmigere Figur gemacht, trat vor. Sabrina wurde die Kehle eng, als sie das Messer in seiner Faust aufblitzen sah.

Auf dem Land wimmelte es nur so von Banden mittelloser Bauern, die von ihrem Land vertrieben worden waren. Gerüchte über die von diesen Banditen begangenen Verbrechen waren das zentrale Thema des täglichen Klostertratschs. Ard-siúr warnte alle, auf den Straßen achtzugeben und nie allein den Schutz des Klostergeländes zu verlassen. Aber Sabrina und Jane befanden sich ja auf dem Land der *bandraoi*. Das Dorf lag nur eine halbe Meile hinter der Grenze des letzten Feldes. Sie hätten also in Sicherheit sein müssen.

Ihr Herz klopfte zum Zerspringen, ihr Mund war trocken, und die Zunge klebte ihr am Gaumen. Hätte, müsste, sollte – all das nützte ihnen jetzt nichts mehr. Was sie brauchten, waren gute Nerven und ein Plan. Was auch immer für ein Plan. Aber ihr verstörtes, von Panik regiertes Gehirn rollte sich zu einem Ball zusammen und stellte sich tot, was nicht gerade hilfreich war.

»Gib die Tasche her! Und alles andere von Wert!«, forderte der Knochendürre.

Von hinten legte sich ihr eine schmutzige Hand um die Taille und zog sie so fest an einen Männerkörper, dass sie den schlechten Atem des Kerls an ihrer Wange spürte. Und den Lauf einer Pistole an ihren Rippen. »Tut, was euch gesagt wird! Ist es nicht das, was diese Nonnen euch beibringen?«

Sabrina nahm ihre Tasche von der Schulter und ließ sie auf den Boden fallen. Sie mochte mutig sein, doch sie war nicht dumm. Sie konnten die Tasche haben, auch wenn sie wenig Nützliches unter den Medikamenten finden würden, die sie enthielt. »Das ist alles, was wir haben.«

Jane weinte leise und war so blass, dass ihre Sommersprossen sich wie dunkle Flecken von ihrem weißen Gesicht abhoben.

Ein zweiter Mann trat heran, griff nach ihrem Kinn und hob

mit einem lüsternen Glanz in den Augen ihr Gesicht ins Licht. Mit einem Ruck riss er ihr das Tuch vom Kopf, worauf das Haar ihr in weichen, kupferroten Wellen auf den Rücken fiel. »Ich würd sagen, wir nehmen uns mehr als bloß ein paar mickrige Groschen und ein Schmuckstück oder zwei. Die brauchen wahrscheinlich sowieso 'nen Mann. Hab ich recht, Mäuschen?«

Janes Blick huschte wild nach links und rechts, und sie zitterte wie Espenlaub.

Die Angst und Panik ihrer Freundin zu sehen zündete einen Funken in Sabrina, der augenblicklich ihren Zorn entfachte und in ihr aufloderte wie eine Stichflamme. Sie funkelte die Männer böse an und wünschte nur, dass die Flammen, die ihr Blut erhitzten, auch direkt aus ihren Augen schießen könnten. »Nimm deine Pfoten von ihr!«

Das lenkte das Interesse des schmierigen Kerls auf sie. »Eifersüchtig, Kleines?« Sein widerliches wieherndes Gelächter wirkte ansteckend auf die anderen, die nun auch losprusteten, mit den Füßen stampften und so seinen Scharfsinn würdigten. »Du kommst noch früh genug dran. Wir sind genug für mehrere Runden.«

»Sei vorsichtig! Du sprichst mit einer Lady.«

Ein vertrautes, drohendes Knurren durchdrang Sabrinas wachsendes Entsetzen und veranlasste sie, im sich verdunkelnden grauen Licht nach ihrem Retter Ausschau zu halten.

Aber er konnte gar nicht hier sein. Sie hatte ihn zuletzt unter dem wachsamen Auge Schwester Liothas Stroh für die Kühe zusammenrechen sehen. Sie musste sich irren. Trotzdem schickte sie ein stummes Stoßgebet zu den Göttern, sich nicht getäuscht zu haben!

Ein Schatten glitt zwischen den Bäumen hindurch, groß, dunkel und lautlos wie ein Gespenst. Er tauchte nicht einmal für eine Sekunde aus dem Unterholz auf, aber er war da, beobachtete sie und wartete.

»Zeig dich, Freundchen!«, schrie der Knochendürre mit gezücktem Messer und schmalen Augen.

»Lasst die Frauen gehen und verschwindet von hier!«, antwortete ihr Retter in knappem, kämpferischem Ton und mit ruhigem Selbstvertrauen, das so völlig anders war als die nervöse Prahlerei der Wegelagerer.

Der Bandit lachte höhnisch auf und spuckte aus. »Ich lass mir doch nix von einem Schisser sagen, der sich wie Ungeziefer in den Büschen versteckt. Und wenn du nicht freiwillig rauskommst, Bursche, lass ich dich von meinen Männern holen. Dann werden wir ja sehen, was ist. Und wer hier die Befehle gibt.«

Er winkte seinen Kameraden, die sich augenblicklich in die Büsche schlugen. Zwei hielten sich ein wenig zurück, während ein Dritter mit dem Lauf einer verrosteten Flinte das Unterholz beiseiteschob. Janes Peiniger zögerte, aber dann ließ er sie los, um seinen Kumpanen ins Gebüsch zu folgen.

Der schleimige Kerl, der Sabrina festhielt, ließ jedoch nicht locker, obwohl seine ganze Aufmerksamkeit der Suche galt.

Die Abenddämmerung vertiefte sich. Aus dem trüben Grau wurde Dunkelheit, in der sich die Umrisse der Bäume schwarz und unheimlich vor dem Himmel abzeichneten. Und nun begann auch noch ein leiser, kalter Regen durch Äste und Zweige herabzufallen. Die Rufe der Männer waren das Einzige, was die unnatürliche Stille der Szene unterbrach.

Plötzlich flog laut schwirrend ein Schwarm von Vögeln auf, als ein Schrei die Stille zerriss – und genauso abrupt wieder verstummte.

»Abe?« Suchend ließ der Knochendürre den Blick über den Waldrand gleiten und fuchtelte mit dem Messer in der Luft herum. »Kelly!«

Äste knackten. Jemand grunzte und atmete zischend aus, aber eine Antwort kam nicht.

Die verbliebenen Männer drängten sich zusammen wie eine Herde, die Gefahr spürte.

Der Schleimige zog Sabrina noch fester an sich und drückte ihr den kalten Pistolenlauf an den Nacken. »Komm raus da, oder die Schwester ist tot! Ruf ihn, Schwester! Sag ihm, dass ich's ernst meine!«

Sabrina öffnete den Mund, doch außer einem Quieken kam nichts heraus. Sie schluckte und versuchte es erneut. »Komm … heraus! Bitte, Daigh!«

»Ja, komm heraus, Daigh«, höhnte der Bursche hinter ihr in einem Ton, der ihr den Magen umdrehte. »Bitte!«

»Wie ihr wollt!« Ein riesiger, hoch aufragender Schatten löste sich aus der Dunkelheit wie eine Kreatur aus dem tiefsten *Unseelie*-Abgrund. Augen wie Höllenfeuer in einem grimmigen Gesicht. Ein Körper, der von ungeheurer Magie pulsierte. Das war nicht Daigh. Diese … Gestalt war irgendeine fürchterlich verzerrte Version von ihm. Er beschritt den Waldweg nicht wie ein verwirrtes Schiffbruchopfer, sondern wie ein Krieger, der sein Handwerk verstand. Der es verstand und es genoss.

»Lass sie los!« In Daighs ruhigem Befehl lag erstaunlich viel Nachdruck. Und selbst unbewaffnet, wie er war, brodelte Gefahr in der Luft um ihn. »Oder folge deinem Freund!«

Für einen Moment galt die ganze Aufmerksamkeit der Männer Daigh, und Sabrina erkannte, dass sie keine bessere Chance bekommen würde. »Lauf, Jane!«, zischte sie ihrer Freundin zu. »Hol Hilfe!«

Jane stöhnte vor Angst, gehorchte jedoch und stürzte aus der Reichweite des fluchenden Schleimigen. Sie flitzte an Daigh vorbei, als wäre er der Teufel selbst. Niemand hielt sie auf. Aller Augen hingen an dem monströsen, finster dreinblickenden Goliath, der ihnen den Weg verstellte.

Die restlichen Banditen rückten zusammen, um dem Störenfried entgegenzutreten. Nur der Schleimige blieb zurück und hielt Sabrina vor sich wie einen Schild.

Daighs Blick glitt über die Gruppe, und als er an Sabrina hängen blieb, flackerte ein Anflug verlorenen Gefühls in seinen leeren Augen auf.

Urplötzlich schwankte und drehte sich die Welt, der Pfad verschwand unter Sabrinas Füßen, die kahlen Bäume verfärbten sich zu frühlingshaftem Weiß und Grün. Während sie mit großen Augen zusah, überlagerten ein pelzbesetzter Umhang und die silberne Klinge eines Schwerts Daighs grobe Leinen- und Lederkleidung. Sie blinzelte, als die Vision wieder verschwand und Daighs unbändiger Zorn so heiß und schrecklich gegen die Innenseite ihres Schädels schlug, dass es fast nicht zu ertragen war.

Sie verzog das Gesicht, als der Kopfschmerz ihr jetzt buchstäblich das Gehirn zusammenpresste und sie das Gefühl bekam, dass Daighs Zurechnungsfähigkeit – obwohl er die Situation ganz und gar unter Kontrolle zu haben schien – nur noch an einem seidenen Faden hing. Und dass er, so unwahrscheinlich das auch klang, offenbar bei *ihr* Rettung zu finden hoffte.

Die fremde, suchende Präsenz hämmerte schier unablässig gegen Daighs Gehirn. Etwas undefinierbar Böses kroch an seinen Nerven entlang, und seine ganze Sicht war plötzlich von einem grellen, pulsierenden Licht erfüllt. Wie eine Wand aus erstarrtem Feuer, hinter der alles in albtraumhaften Schatten lag.

Durch den Dunstschleier seines eigenen Wahnsinns spürte er die Bewegungen der Männer und hörte ein Knurren, das wie entfernter Donner war, als sie ihn abschätzten und ihren Angriff miteinander abstimmten. Er erlaubte ihnen, sich an ihm sattzusehen. Es würde ihnen ohnehin nichts nützen, auch wenn er auf die Frage, woher er das wusste, genauso wenig eine Antwort hatte wie auf so viele andere Fragen.

Auf irgendein unsichtbares Zeichen hin sprang ein Mann aus den Bäumen; ein Messer bohrte sich in Daighs Seite und traf ihn an den Rippen.

Fluchend packte er den Angreifer am Handgelenk. Knochen zerbrachen knirschend unter seinen Fingern. Der Aufschrei des Kerls zerriss Daighs letzte Barriere zwischen bewusstem Denken und animalischem Instinkt.

Eine aufgewühlte, endlose Leere verbog ihn wie ein Schwert auf dem Amboss eines Schmiedes, dessen Hammer in perfektem Einklang mit seinem Herzen schlug und ihn zu etwas völlig Unnatürlichem verformte. Zu etwas Unaufhaltsamem, das keine Rücksicht auf Schmerz, Furcht oder Verlust nahm, sondern nur noch Töten, Hass und Tod kannte.

Die Qual des stöhnenden Mannes schien das Zögern seiner Freunde zu beenden, und sie stürmten vor wie ein Rudel knurrender, zähnefletschender Hunde, die Beute witterten.

Daigh reagierte, ohne nachzudenken. Muskeln spannten sich unter seiner Haut, Blut lief wie Säure durch verengte Adern und vernebelte ihm die Sicht mit rot glühendem Höllenfeuer.

Der Angriff endete erst, als die Toten und Sterbenden mit gebrochenen Gliedern den Erdboden um ihn herum bedeckten. Einmal merkte er, dass er einen schartigen, verrosteten Dolch umklammerte, von dem heiß und rot sein eigenes Blut herunterlief. Er drehte ihn in der Hand, sodass er den Griff zu fassen bekam, und stieß ihn einem Mann in den Bauch, der sich auf ihn stürzte wie ein brüllender Stier.

Schreie durchdrangen das Dröhnen in seinen Ohren, aber er ignorierte sie. Sie schrien einen Namen, der ihm nichts bedeutete, denn seine wahre Identität war zu Staub zerfallen zwischen den Fragmenten seines angegriffenen Hirns.

Er war nicht Daigh und auch kein Mann, sondern der ungeschehen gemachte Tod.

Sabrina sah mit wachsendem Entsetzen zu und hielt den Atem an für den kurzen Augenblick, in dem Daigh zögerte und schwankend wurde und sie wusste, dass die übrigen Männer jetzt zum entscheidenden Schlag ausholen würden.

Doch dazu kam es nicht. Denn der nächste Moment schien Daighs Killerinstinkt, diesen unheimlichen sechsten Sinn, der ihn wachsam und am Leben erhielt unter dem Angriff, gleichsam zu verschärfen. Die wenigen Überlebenden flohen vor dem Chaos und verschwanden in der schützenden Dunkelheit – um gleich darauf von den Schwestern ersetzt zu werden, die sich mit leise raschelnden langen Röcken und furchtsamem, besorgtem Murmeln näherten.

Nur der Schleimige, der Sabrina hielt, war noch geblieben und drückte ihr immer fester mit dem Ellbogen die Kehle zu. Er schnitt ihr die Luft ab, bis kleine rote Punkte vor ihren Augen tanzten und ihre Lunge sich vor Anstrengung verkrampfte. Bei jedem Verlust eines Kameraden zuckte er zusammen, seine Flüche wurden lauter und panischer, und er hielt Sabrina als letzten Puffer zwischen Daigh und seinem eigenen unmittelbar bevorstehenden Tod gepackt.

»Ich bringe sie um!«

Harte Worte durchdrangen den Dunstkreis seines Wahns, und Daighs umnebelter Blick fiel auf eine Szene, die ihm das Blut in den Adern gefrieren ließ.

Einer der Kerle drückte Sabrina eine Pistole an die Brust. Mit dem Ellenbogen umklammerte er ihren Hals und erwürgte sie beinahe.

Blutüberströmt hielt Daigh inne und rang nach Atem. Er erwiderte den Blick des Mannes; und beide sahen sie pure Mordlust in den Augen des anderen.

Dann schien sich plötzlich alles unendlich langsam abzuspielen. Der Mann löste sich ein wenig von Sabrina. Eine Waffe richtete sich auf Daighs Brust. Es gab eine Explosion von Schall und

Feuer, gefolgt von einem ebenso jähen Faustschlag gegen Daighs Brust. Blut strömte heiß und rot aus seiner Wunde. Und da war das plötzliche Gewicht bleischwer gewordener Glieder …

Daigh ließ sich auf die Knie fallen, visierte sein Ziel an und schleuderte den Dolch. Mit grausamer Genugtuung beobachtete er, wie er mit unfehlbarer Genauigkeit die Brust des Mannes traf.

Der Straßenräuber versuchte, sich im Fallen an Sabrinas Röcken festzuhalten, doch er war schon tot, bevor er auf dem Boden aufschlug.

Sie schrie.

Und Daigh schwanden die Sinne.

»Was machte er hier draußen?«

»Ich hatte ihn hergeschickt, um nach den Mutterschafen zu sehen.«

»Habt Ihr jemals so etwas gesehen?«

»Verrückt. Er ist verrückt. Gefährlich. Am besten holen wir die Polizei.«

»Er hat Jane gerettet. Und Sabrina. Er ist ein Held.«

Das besorgte Plappern der *bandraoi*. Das Gesumm nervöser Fassungslosigkeit. Das Rascheln schwerer Röcke und Umhänge, als die Frauen zwischen den Toten hin und her gingen und sich das Massaker ansahen.

Sabrina kniete neben Daigh und kramte in ihrer Tasche, als könnten die Tränke und anderen Heilmittel, die sie dabeihatte, die Blutung stoppen oder das Leben festhalten, das unter ihrer Hand zerrann. Der Schmerz grub tiefe Furchen in die graue Blässe seines Gesichts. Seine Lippen waren bläulich verfärbt. Keine menschliche Medizin würde ihm noch etwas nützen. Aber wenn sie die Magie ihrer Rasse, die magischen Kräfte der *Anderen*, zu Hilfe nahm, könnte sie ihm Zeit erkaufen, wenn nicht sogar sein Leben retten.

Sie zerriss die Überreste seines Hemdes und entblößte das blutige, zerfetzte Fleisch. Sabrina schluckte die Galle hinunter, die in ihrer Kehle aufstieg, und konzentrierte sich auf die Magie, die wie eine Flutwelle in ihr aufwallte, auf die Struktur, das Format und das Gewicht der Macht. Sie nutzte, was sie von Schwester Ainnir gelernt hatte, um ihren Fluss zu formen, sie zu verfeinern und zu skalpellartiger Schärfe zu vervollkommnen.

»Sabrina?«

Sie erwiderte Daighs schmerzgetrübten Blick mit einem Lächeln, in das sie erzwungene Zuversicht legte.

»Das ist nicht nötig«, stieß er zwischen zusammengebissenen Zähnen hervor.

»Sprechen Sie nicht!«, bat sie beruhigend. »Es wird alles gut. Ich kann ...«

Ein Schatten fiel über sie. Röcke raschelten wieder, und sie hörte schweres, schnelles Atmen.

Daighs Blick ging an ihr vorbei. »Sagen Sie es ihr! Sie verstehen.«

Sabrina warf einen verwirrten Blick über die Schulter. Ard-siúr und Schwester Ainnir standen hinter ihr. Beide runzelten die Stirn, und beide schienen große Angst zu haben.

»Er hat recht, Sabrina«, stimmte Ard-siúr tonlos zu. »Ihre Talente sind hier nicht erforderlich.«

»Aber ...« Sabrina unterdrückte die aufsteigende Furcht und konzentrierte sich stattdessen auf das Blut. Das *geronnene* Blut, das schwarz und klebrig war. Ein Geruch nach Mord und gewaltsamem Tod stieg in übel riechenden Wellen davon auf.

Daigh erschauderte, seine Muskeln zogen sich krampfartig zusammen, sein Atem kam schnell und flach und angestrengt. Seine Pupillen waren erweitert, und seine Augen schienen nichts mehr wahrzunehmen.

Doch er hatte keine Wunden!

Sabrina sah nichts als frisch verheilte rosa Haut, die an zwei

Stellen die harten Muskeln seines Bauchs und seiner breiten Brust verunzierte.

»Er ist …« Sie ballte so fest die Hände zu Fäusten, dass ihre Nägel sich in ihre Handflächen gruben. Es gelang ihr nicht, das Bild des Mannes abzuschütteln, der den Kampf genossen hatte, der wie berauscht gewesen war vom Chaos und nichts anderes mehr gekannt hatte als das Töten. »Das ergibt keinen Sinn. Er wurde angeschossen. Ich habe es selbst gesehen.« Sie blickte den beiden *bandraoi* prüfend ins Gesicht. »Warum? Wieso?«

»Das wäre eine Frage für Mr. MacLir.« Ard-siúrs Blick wich keinen Augenblick lang von dem Mann, der in seinem eigenen Blut zu ihren Füßen lag.

Er schüttelte den Kopf und sagte mit klappernden Zähnen und nicht weniger entsetzt als alle anderen: »Ich weiß es nicht. Ich kann mich nicht erinnern.«

Kapitel Sechs

Eine schnelle Heilung geringfügigerer Wunden habe ich schon beobachtet. Doch noch nie die von einer tödlichen Verwundung. Und auch noch niemals in einem solchen Ausmaß und so schnell.« Schwester Ainnir schüttelte den Kopf, als sie mit ihren langsamen arthritischen Schritten, die Hände hinter dem Rücken verschränkt, im Zimmer hin und her ging. »Ich würde sogar sagen, dass es unmöglich ist, wenn ich es nicht mit eigenen Augen gesehen hätte.«

»Es ist bedauerlich, dass Sie nicht die Einzige von uns waren, die es gesehen hat. Schon jetzt ist das Kloster von schaurigen Geschichten über unseren mysteriösen Gast erfüllt.« Ard-siúr verfolgte Schwester Ainnirs angestrengte Wanderung von ihrem Schreibtisch aus. Ihr Gesicht verriet Nachdenklichkeit und Sorge, während sie die dicke, schnurrende Katze streichelte.

Sabrina, die auf einem Stuhl in der Ecke hockte, brummte der Kopf von Fragen und Möglichkeiten. Doch nicht eine von ihnen war vernünftig, sondern alle aus dem Stoff, aus dem wilde, haarsträubende Fantasien bestanden.

War Daigh ein wahrer Magier? Das würde seine offensichtliche Unbesiegbarkeit erklären. Oder die zermürbende Undurchdringlichkeit seines Blickes und die Kraft, die in der Gestalt eines Titanen wohnte. Aber eine winzige Stimme leugnete hartnäckig diese Erklärung und bedrängte Sabrina, anderswo nach Antworten zu suchen. Es war die gleiche irritierende Stimme, die ihr in den dunklen Nachtstunden keine Ruhe ließ und sie warnte, dass Daighs Erscheinen im Konvent kein Zufall war. Er war zu einem bestimmten Zweck hierhergebracht worden. Und wenn sie nur die bizarre Verbindung enträtseln könnte, die zwischen ihnen bestand, würden all die anderen Antworten folgen wie bei einem Dominoeffekt.

»Also schließen wir uns Schwester Brighs strengem Urteil an und schicken ihn weg?«

»Das scheint der klügste Weg zu sein.«

Ard-siúrs und Schwester Ainnirs Hin-und-her-Überlegen war für Sabrina wie eine gedämpfte Hintergrundmusik zu ihren eigenen lärmenden Gedanken.

Wenn er kein Magier war, was dann? Kein normaler Mensch könnte einen Pistolenschuss in die Brust überleben. Oder die unzähligen Messerstiche und -schnitte, die einen Strom von Blut erzeugten, den Sabrina in Übelkeit erregender Klarheit jedes Mal von Neuem sah, wenn sie die Augen schloss. Aber wenn er weder ein reinblütiger Magier noch ein Mensch war, was blieb denn dann noch?

»Oder wäre es klüger, ihn in unserer Nähe zu behalten, während wir versuchen dahinterzukommen, was für eine Art von Mann er ist?«, setzte Ard-siúr ihre Überlegungen fort.

Sabrina entfernte derweil das getrocknete Blut unter ihren Nägeln, das trotz einer schnellen Handwäsche geblieben war. Ihre Haut kribbelte noch von dem Gefühl des Griffs des Banditen um ihre Kehle, und sie hatte auch nach wie vor den Gestank seines ungewaschenen Körpers in der Nase. Daigh hatte sie gerettet. Er war ihr Retter in der Not gewesen. Ihr edler Ritter. Konnte sie da weiter schweigen, während die anderen über sein Schicksal entschieden?

Sie hob den Kopf und suchte Ard-siúrs kühlen, abschätzenden Blick. »Sie können ihn nicht wegschicken«, erklärte sie.

Schwester Ainnir sah sie mit schockierter Miene an, als wäre sie ein zum Leben erwachtes Möbelstück. Oder eine für gewöhnlich unterwürfige Schülerin, die plötzlich einen eigenen Willen entwickelte und nicht zögerte, ihn kundzutun.

Ard-siúrs blasse Augenbrauen fuhren so weit in die Höhe, dass sie unter dem Tuch verschwanden. »Sie haben etwas zu sagen, Sabrina?«

Nun, da sie ihre Aufmerksamkeit hatte, verlor sie die Sicherheit ihrer eigenen Überzeugung. Wer war sie, um Ard-siúr zu erklären, wie mit Daigh zu verfahren war? Was wusste sie schon? Und es war ihr Herumtrödeln gewesen, was sie und Jane in den Hinterhalt hatte geraten lassen.

»Ich ... das heißt, er ... wir können nicht einfach ... ich meine, nachdem ...« Ihre Worte gingen in ein betretenes Schweigen über, als sie unter Ard-siúrs ruhigen, prüfenden Blicken den Mut verlor.

Schwester Ainnir schüttelte den Einwand ab wie eine lästige Fliege und nahm die unruhige Wanderung durchs Zimmer wieder auf. Ard-siúr hingegen schaute Sabrina weiterhin forschend an und schien auf unangenehme Weise geradewegs in sie hineinzublicken. »Fahren Sie fort! Wenn Sie etwas zu der Diskussion beizutragen haben, dann sprechen Sie sich aus!«

Unter einer eisigen Schicht von Nervosität kam wieder Sabrinas Mut zum Vorschein. Nun, da das Bedürfnis, ihre Meinung nicht länger zurückzuhalten, sich endlich eingestellt hatte, war ihr die neue Rolle wie auf den Leib geschrieben. »Ganz gleich, wer oder was er ist, er hat mich nicht im Stich gelassen. Deshalb kann auch ich ihn nicht im Stich lassen.« Schnell berichtigte sie sich: »*Wir* können ihn nicht im Stich lassen.«

Ard-siúrs Lächeln war wie ein Sonnenstrahl, der durch die Wolken brach. Sie nickte. »Das haben Sie gut gesagt, Sabrina. Und obwohl Mr. MacLirs Körper scheinbar unverwundbar ist, bin ich mir hinsichtlich seines Geistes nicht so sicher. Denn dieser Geist ist ein merkwürdiges Gewirr von Unmöglichkeiten, die mich an der Genauigkeit meiner hellseherischen Kräfte zweifeln lassen. Und infolgedessen glaube ich, dass es das Beste wäre, ihn hier in unserer Obhut zu behalten.«

Als hätte Schwester Ainnir nur auf ein offizielles Wort von Ard-siúr gewartet, wechselte ihre Aufmerksamkeit sogleich zu einem anderen Punkt. »Vielleicht sollten wir die Schriften konsultieren, die sich mit dieser Art Magie befassen«, stimmte sie eifrig zu. »Schwester Ursula wird wissen, wo wir am besten suchen.«

»Das ist eine gute Idee. Und ich habe auch so meine Quellen, die uns bei unserem Versuch zu verstehen leiten könnten.«

In ihre eigenen Planungen vertieft, wandten sie ihre Aufmerksamkeit wieder von Sabrina ab, die sich von Minute zu Minute tiefer in eine unbekannte, namenlose Furcht verstrickte, die ihr schier das Innerste zerriss und sie schließlich sogar aufspringen ließ. All das war falsch. Völlig falsch. Daigh brauchte *sie*. Er hoffte, dass sie ihm half. Nicht die anderen. Sie. Sie verspürte den Ruf mit jedem Moment stärker. Als lenkten die Götter selbst ihre Gedanken.

Sabrina rappelte sich auf, als ein jähes Bedürfnis zu entkommen ihr das Herz zusammenkrampfte. Sie brauchte frische Luft Und Regen in ihrem Gesicht. Sie musste den letzten Rest von Daighs Blut von ihrer Haut entfernen. Könnte sie doch nur genauso leicht auch die bodenlose Tiefe seines entsetzten Blickes aus ihrem Kopf entfernen! Und die nicht nachlassende Furcht aus ihrer Seele.

»Sabrina?« Ard-siúrs scharfe Stimme ließ Sabrina abrupt den Schritt verhalten.

»Ehrwürdige Priorin?«

»Vergessen Sie nicht, dass ein verwundetes Tier unberechenbar sein kann! Gefangen kann es besonders gefährlich werden.« Ihr Blick richtete sich nach innen auf eine für Sabrina unsichtbare Szene, und tiefe Sorgenfalten erschienen auf Ard-siúrs Stirn. »Und Daigh MacLir ist beides.«

Er ließ sich auf sein Bett fallen, schlug die Hände vors Gesicht und wappnete sich gegen einen Anfall von Schmerz, der ihn wie ein Axthieb zwischen die Augenbrauen traf.

Er sah die Züge eines Mannes, in dessen goldbraunen Augen

wahnsinniger Zorn wie Feuer aus der Hölle brannte und dessen Mund zu einem hasserfüllten Schrei geöffnet war.

Das Bild erfüllte jeden Winkel von Daighs Kopf, bis ihm das Gehirn aus den Ohren herauszuquellen drohte und Übelkeit ihm dermaßen den Magen umdrehte, dass er sein Abendbrot in den Nachttopf erbrach.

Sofort stieg die unerträgliche, albtraumhafte Wahrnehmung, die er im Wald gemacht hatte, aus den finstersten Winkeln seines Bewusstseins wieder auf. Er spürte, dass sie gleich auf der anderen Seite des immensen, leeren Abgrundes seines Erinnerungsvermögens wartete. Dass sie Einlass suchte und seine Qual genoss.

Wut sprang ihn an wie der Funke eines Feuersteins und loderte in ihm auf wie ein in Brand gesetzter Scheiterhaufen. Muskeln spannten sich in einem zerstörerischen emotionalen Strudel an, seine Sicht trübte sich, als die wutverzerrten Gesichtszüge des Mannes in einem alles verdeckenden roten Nebel verschwanden, der so schwer und dicht war wie die Regenwolken draußen.

Finger auf seiner Schulter ließen Daigh in einer instinktiven, verteidigenden Bewegung aufspringen, herumfahren und den Eindringling mit einer Hand zu sich heranziehen. Der andere Arm schloss sich um den Nacken des Angreifers und zerquetschte ihm fast die Luftröhre.

Eine gurgelnde Bitte vertrieb den roten Nebel vor seinen Augen und holte Daigh vom Rand des Wahns zurück. Der Feind in seinem Würgegriff stellte sich als grau gewandete Frau heraus, die ihr Kopftuch verloren hatte, sodass ihr Haar in einem Wasserfall aus Locken, die aus Nadeln gerutscht waren, über dünne, zitternde Schultern fiel.

Mit einem unterdrückten Fluch ließ Daigh sie los und stolperte zu seinem Bett zurück, um sich schwer darauffallen zu lassen. »Mögen die Götter mir vergeben!«

Sabrina stand zitternd in der anderen Ecke des Zimmers, ihr

Gesicht so weiß wie das Tuch, das sie in unsicheren Händen zerknüllte. »Ich habe Sie erschreckt. Ich ... ich weiß, dass Sie mir nichts antun wollten.«

Er spreizte die Hände. Die Narben an seinen Handflächen waren eine abscheuliche Erinnerung daran, dass das, was er nicht über sich wusste, töten konnte. »Sind Sie sich dessen sicher?«

Daigh blickte auf und sah, wie sie sich straffte und ihre Haltung zurückzugewinnen versuchte. Stählerne Entschlossenheit erschien in ihrem Blick, der bis jetzt immer weich und sanft gewesen war. »Sie wollten mir nichts antun«, wiederholte sie.

Wen versuchte sie hier zu überzeugen?

Der Ansturm der Gefühle wich einer Erschöpfung, als trüge er das Gewicht von Jahrhunderten auf seinen Schultern. »Sie waren im Wald. Sie haben gesehen, was geschehen ist, Sabrina. Eigentlich müsste ich tot sein.«

Die Männer an dem Strand ... Das Messer. Die groben Hände, die an ihm zerrten. Das Bild wurde klarer.

»Dies war nicht das erste Mal, dass es geschehen ist.«

»Es gibt eine Erklärung. Sie werden schon sehen.« Sie kniete sich hin, um Scherben zerbrochener Töpferware aufzuheben, weniger glückliche Opfer seines Angriffs, die ihm nun einen perfekten Blick auf glänzendes braunes Haar gewährten und die Biegung eines schlanken Nackens, an dem sich die zarten Knochen unter der leicht geröteten Haut bewegten.

Hitze, die nichts mit Ärger zu tun hatte, breitete sich in seinen bleischweren Gliedern aus und überbrückte eine Kluft zwischen Vergangenheit und Gegenwart, zwischen einer schwachen Vision dieser Frau, die ihn aus einem Berg von Decken anlachte, und einem anderen, greifbareren Eindruck eines wunderbar festen, an seine Brust geschmiegten Körpers. Und ihrer schnellen, flachen Atemzüge. Ihres sauberen, frischen Duftes, der nichts von dem des Grabes enthielt ... was wichtig für ihn war, obwohl er keine Ahnung hatte, aus welchem Grund.

Sie zog scharf den Atem ein, als ihre Hand sich um eine Scherbe schloss, die ihr in die Finger schnitt. Ihr ganzer Körper schwankte, als stünde sie kurz vor einer Ohnmacht.

»Sabrina?«, fragte er mit rauer Stimme, da seine Kehle heiser und kratzig war von seinem eigenen Zögern, stand auf und legte den Arm um sie, um sie zu stützen.

Sie zuckte zusammen, bevor sie ihm erlaubte, ihr zu helfen. Aber selbst dann schien sie noch immer aus dem Gleichgewicht gebracht und sehr verwirrt zu sein.

»Ihre Hand«, sagte er und drehte ihre Handfläche nach oben, um den schmalen Schnitt zwischen Daumen und Zeigefinger zu sehen.

»Es ist nicht schlimm.« Sie leckte das dünne Rinnsal Blut ab, bevor sie die Hand in die Schürzentasche steckte.

»Geht es Ihnen nicht gut?«, erkundigte er sich.

Sie zuckte mit den Schultern und lächelte verwirrt. »Mir ist nur ein bisschen schwindlig, weil ich nichts zu Abend gegessen habe. Ich hatte keinen Hunger.«

Sabrina betrachtete ihn, als suchte sie etwas in seinem Gesicht, und er erwiderte ihren Blick ganz offen. Sterne schimmerten in den blauen Tiefen ihrer Augen. Lichtpunkte, die eine mitternachtsschwarze Leere zurückhielten, die ihn stets in sich hineinzusaugen schien. Er hielt Sabrinas Blick so fest, als umklammerte er einen Klippenrand, richtete sich auf, um vor ihr stehen zu bleiben, und sie legte den Kopf zurück, um ihn ansehen zu können.

Sie reichte ihm kaum bis zu den Schultern, und er konnte mit den Händen ihre schmale Taille umfassen, aber sie sah ihn nie mit Furcht oder mit Zögern an. Als könnte sie über die bedrohliche Kraft seines Körpers und die in seinem Kopf lauernde Gewalttätigkeit hinaussehen.

»So viel zu dem Krug Wasser, den ich Ihnen gebracht habe.«

Daigh hob ihr Kinn ein wenig an, um ihr noch besser in die

Augen schauen zu können, und verlor sich in dieser sternenübersäten blauen See. Er spürte ihre Neugier und Erregung in dem zögernden Öffnen ihrer Lippen und der leichten Neigung ihres Körpers auf ihn zu. Wenn er sie küsste, würde sie den Kuss erwidern. Es würde nicht mehr als ein paar Momente dauern, bis sie mit dem gleichen Verlangen reagierte, das auch er empfand.

Als seine Finger streichelnd über ihr Kinn und ihren schlanken Hals glitten, spürte er ihre zunehmende Erwartung und eine Leidenschaft, die gefesselt, aber nicht gebrochen war von den Zwängen des Ordens.

Daigh senkte den Kopf, um mit seinen Lippen über die ihren zu streichen. Sie schloss die Augen, sodass ihre langen schwarzen Wimpern ihre rosigen Wangen beschatteten. Eine Hand berührte schüchtern seine Brust. Finger spreizten sich über den harten Muskeln unter seiner Haut.

Und mit einer welterschütternden Explosion, die ihn mit ungeheurer Gewalt durchfuhr, wechselte die Gegenwart zur Vergangenheit.

Die aufgerollte Schlange befreite sich, zerstörte seine Selbstbeherrschung und brachte eine unkontrollierbare Wildheit mit. Das Gesicht des Mannes kehrte zurück. Grausam, gnadenlos und zu kopflosem, schonungslosem Hass verzerrt. Ein Schwert durchschnitt die Luft und bohrte sich mit einem mächtigen, unerträglich schmerzvollen Hieb in Daighs Fleisch. Und dann noch einmal. Die Klinge sandte Eis durch seine Adern – und eine Wildheit, die ihm das Herz versengte, antwortete darauf.

Er stieß Sabrina von sich und ließ sich auf das Bett zurückfallen. Mit brennendem Schädel und gefühllosem Körper kämpfte er gegen die Erinnerung an, während er gleichzeitig die bedrohliche Präsenz bekämpfte, die in ihm war und ihre eigenen finsteren Absichten zu verfolgen schien. Sie wollte ihn. Aber wozu?

»Um Himmels willen, lass mich dir helfen!« Sabrina kniete sich neben ihn und nahm seine Hand, doch er schüttelte sie ab, weil er die Veränderung ihrer Berührung von verlangend zu mitfühlend nicht ertragen konnte.

»Lass mich!«

Schmerz umwölkte ihre klaren blauen Augen.

»Wenn Sie schlau sind, gehen Sie jetzt«, sagte er, wechselte bewusst wieder zum unpersönlichen »Sie« und verhärtete sein Herz gegen sie. Was nicht schwierig war, solange sein Körper in diesem bösartigen Sturm gefangen war. Nachdem er sich erneut erbrochen hatte, rollte er sich zusammen gegen die Krämpfe, die ihn wie Gewehrfeuersalven zusammenfahren ließen.

»Ich werde Schwester Ainnir holen.«

Daigh wischte sich mit dem Handrücken über den Mund. »Sie werden niemanden holen. Und Sie werden es niemandem erzählen, hören Sie?«

Trotz seiner Beschämung und Furcht enthielt seine Stimme immer noch eine gebieterische Schärfe.

Sabrina nickte langsam und streckte die Hand nach der Türklinke aus. »Sie werden mir nichts antun, Daigh, das weiß ich mit absoluter Sicherheit. Egal, was Ard-siúr sagt.«

Dann hatte man sie also schon vor ihm gewarnt? Trauer berührte einen zu Eis erstarrten Ort in ihm, und fast wünschte er, er würde sich nie erinnern. Wie wunderbar wäre es, wenn er seine Vergangenheit ablegen könnte wie eine Haut, aus der man hinausgewachsen war! Er könnte jemand Neues werden. Jemand Ehrenwertes. Jemand, der Sabrinas Vertrauen verdiente.

Sabrina taumelte in den feuchten, klirrend kalten Nebel der Nacht hinaus. Nach Atem ringend, lehnte sie sich an eine Säule und ließ die eisige Luft ihre konfusen Gedanken beruhigen, die von atemlosem Verlangen, das ihr Herz zum Rasen brachte, über alle möglichen anderen Emotionen bis hin zu beängstigendem Schrecken wechselten.

Ihr war schwindlig, und sie hatte ein flaues Gefühl im Magen. Genau wie vor ein paar Minuten, als sie sich nach dem zerbrochenen Wasserkrug gebückt und glasklare Bilder von sich und Daigh vor Augen gehabt hatte, die sie jetzt noch vor Verlegenheit erröten ließen. Sie hatte sich bei Handlungen gesehen, zu denen sie sich noch nie hatte hinreißen lassen. Weder von Daigh noch irgendeinem anderen Mann. Trotzdem war es sehr real gewesen. Einen Augenblick nur, aber sie hatte seine Hände auf ihrer Haut genossen, sich in dem Verlangen in seinen Augen gesonnt und ihr eigenes scharfes Einatmen gehört, als er in sie eingedrungen war.

Hatte er sie hypnotisiert oder irgendeinen Verführungszauber bei ihr angewandt? Erklärte das die seltsamen Bilder und eigenartigen Gefühle, die er in ihr hervorrief? Oder suchte sie nur nach Ausreden, um ihr eigenes schamloses Verhalten zu rechtfertigen? Sie hatte ihm fast gestattet, sie zu küssen. Sie hatte so sehr gewollt, dass er sie küsste.

Die Gedanken rasten durch ihr Hirn, einer jagte den anderen in einem endlosen Kreislauf völliger Verwirrung. Ihr drehte sich der Magen um, als ihre Sicht sich trübte und merkwürdige, speerähnliche Lichter und Farben in Schwarz, Gold, Rot und Violett vor ihren Augen explodierten.

Der Nebel verdichtete sich, erstickte die Geräusche und löschte alles um sie herum aus, einschließlich der Säule, an der sie lehnte. Sabrina hielt sich daran fest und hoffte, dass sie nicht das Bewusstsein verlor und die kalte Luft ihr helfen würde, Klarheit zu gewinnen, aber es war der süßliche Geruch von feuchtem Laub und Rauch, der ihr in die Nase stieg.

Als der Nebel sich auflöste, stand sie auf einer Lichtung und umarmte eine mächtige, moosbewachsene Eiche, deren hoch aufragende Äste sich mit denen von Hunderten und Tausenden anderer Bäume verschränkten, die alle ebenso massiv waren wie diese Eiche. Zu ihrer Linken wand sich ein Pfad zwischen den Bäumen hindurch, und sie hörte Wasser über Steine plätschern und das Klirren des Zaumzeugs eines angebundenen Pferdes. Ein Mann trat in das gesprenkelte Licht hinaus. Daigh. Auch wenn er im Gegensatz zu seinem üblichen angespannten Herumtigern mit leichten, ungezwungenen Schritten ging.

Sabrina trat vor, und er schloss sie so fest in die Arme, dass sein warmer Atem ihre Wange streifte. Und dann kam er, der Kuss, auf den sie gewartet hatte. Ihr Magen vollführte einen Satz, das Herz schlug ihr bis zum Hals, als er sich vorbeugte und …

Ein kalter Windstoß fuhr ihr ins Gesicht, und ein eisiger Regen ließ sie frösteln. Sabrina stand ganz allein im Dunkeln. Statt des urzeitlichen Waldes erhoben sich nun die hohen Mauern des Klosterhofs um sie. Der Nebel hatte sich zu feinen Dunstschleiern gelichtet, die ihr kalte Schauder über den Rücken jagten und sie ängstigten, sie aber auch mit einer unerwarteten, schon fast schmerzlichen Sehnsucht nach jener Waldlichtung erfüllten.

Beschwor Daigh diese Visionen in ihr herauf? Oder war sie es selbst?

Sie blickte zu den erleuchteten Fenstern von Ard-siúrs Arbeitszimmer hinauf und rief beinahe um Hilfe. Sie brauchte Schwester Ainnir. Ard-siúr. Jemand Älteren, Klügeren und Erfahreneren. Aber Daigh hatte sie gebeten zu schweigen … mehr als nur gebeten. Er hatte es von ihr verlangt. Und das war ja auch kein Wunder. Die Schwestern hatten über sein weiteres Verbleiben unter ihnen schon heftig debattiert. Noch mehr von seinem bizarren Verhalten, und sie würden nicht länger zögern, ihn fortzuschicken.

Sie sollte Ard-siúrs Warnung beherzigen. Das wäre das Vernünftigste. Das Sicherste.

Sabrina runzelte die Stirn, und der Entschluss verfestigte sich zu einem kalten Vorsatz.

Doch es war nicht das Richtige.

Sabrinas Körper versteifte sich, als stellte er sich einer unsichtbaren Herausforderung. Sie würde Daigh nicht verraten. Noch nicht. Nicht jetzt. Nicht, solange sie nicht verstand, was hier verdammt noch mal gespielt wurde.

Eine Decke wurde über seine bebenden Schultern gezogen. Worte überschwemmten sein Bewusstsein wie ein beruhigender Luftzug. Klar und melodisch. Oktaven, die leise summend an- und abschwollen wie ein Mantra und die Anspannung in seinem Rücken und den Schmerz in seinen Eingeweiden linderten.

Er hatte Sabrina nicht verschreckt. Sie war zurückgekommen, betrachtete ihn mit einem liebevollen Lächeln, das sein lange vereistes Herz erwärmte, und stellte sich der Dunkelheit, die seine Seele heimsuchte, um sich neben ihn zu setzen. Sie flüsterte ihm Worte zu und benutzte ihre Magie, um ihn in einen von Albträumen ungestörten Schlaf zu lullen.

Für einen Moment sah er einen dichten Wald, der nur von schmalen Lichtstreifen durchbrochen wurde, die ihr Haar vergoldeten und in ihren blauen Augen glitzerten. Sanfte Hände kühlten die fiebrige Hitze seines Körpers, und er benutzte diese Hände, um die Präsenz zu bekämpfen, die überrascht und unsicher am Rande seines Bewusstseins schwankte.

»Sabrina.« Er verschränkte die Finger mit den ihren und umklammerte ihre Hand, als könnte sie mit seinen anderen Träumen verschwinden.

Sie antwortete, doch sein Name auf ihren Lippen verlor sich in dem tiefen Schlaf, der ihn übermannte und ihn nichts mehr hören ließ.

Kapitel Sieben

»Kommen Sie, Schwester Clea! Sie müssten längst im Bett sein und schlafen.«

Sabrina legte einen Arm um die Schultern der gebrechlichen alten Frau und versuchte, sie zu ihrem Bett am Ende der Reihe zurückzuführen. Gleichzeitig vermittelte sie ihr das Gefühl eines warmen, weichen Bettes, die mollige Geborgenheit dicker Federbetten und die angenehme Empfindung, sicher und beschützt zu sein, während draußen das schlechte Wetter tobte.

»Ich muss Paul finden«, jammerte Schwester Clea. »Wo ist Paul? Mutter sagte, er würde gegen Ende des Sommers wieder zu Hause sein.« Sie stemmte sich Sabrina entgegen, um sich ihren Armen zu entwinden. »Ich will, dass Paul kommt. Er hat versprochen, zu meinem Geburtstag wieder da zu sein.«

»Pst! Sie werden noch die anderen wecken.« Abgeschirmte Lampen zu beiden Seiten des Zimmers warfen lange Strahlen schwankenden Lichts über den Boden, die wenigen belegten Betten und die Berge von Decken gegen die Feuchtigkeit des Regens, der gegen die Fenster schlug.

Schwester Clea sträubte sich weiter. »Aber er sagte, er würde wieder hier sein. Ich solle ihn am Hafen erwarten, und er würde mir ein Geschenk mitbringen.«

Ein Bild des blassen, grimmig dreinschauenden Brendan, wie er ihr versicherte, er werde spätestens in einem Monat zurückkehren, drängte sich ungebeten in Sabrinas Bewusstsein. Am selben Nachmittag noch war er fortgeritten. Der Kummer über seine Abreise war jedoch nur allzu schnell in dem kolossalen Schmerz über die Ermordung ihres Vaters und über den Tod ihrer Mutter untergegangen. Wenn sie doch nur gewusst hätte, dass es das letzte Mal sein würde, dass sie ihren Bruder sah, hätte sie sich anders von ihm getrennt. Ohne zu schmollen. Ohne ihm die kalte Schulter zu zeigen und steif wie eine Statue dazustehen, als er sie zum Abschied noch einmal umarmt hatte. Diese schrecklichen letzten Momente verfolgten Sabrina noch immer.

»Ich bin sicher, dass Paul bald wieder daheim sein wird«, sagte sie tröstend.

Aber das würde er nicht.

So wie auch ihr Bruder nie wieder zu der Schwester heimkehren würde, die ihn immer noch betrauerte.

»Ich will, dass Paul kommt. Er hat's versprochen. Es ist mein Geburtstag, und er hat gesagt, er würde kommen.« Schwester Clea wand sich in Sabrinas Armen, ihre Stimme wurde heftiger, ihre Bewegungen hektischer. Nicht einmal die Kraft in Sabrinas mitfühlender geistiger Verbindung reichte aus, um die verwirrte alte Frau zu beruhigen.

»Ich bin wieder da, meine Kleine. Wie ich es dir versprochen hatte.«

Ein Schatten fiel über Sabrinas Schulter und flackerte in dem ungleichmäßigen Licht wie ein von den Toten auferstandenes Gespenst.

Mit wild pochendem Herzen fuhr sie herum und sah sich Daigh gegenüber. Mit den nackten Füßen, dem aus der Hose heraushängenden Hemd und den dunklen Bartstoppeln um das Kinn war er ein irritierender Anblick, aber zumindest nicht der von Algen bedeckte Leichnam, den sie schon beinahe erwartet hatte.

»Paul?« Schwester Cleas dünne Stimme wurde schrill vor Aufregung, und ihr Gezappel ließ augenblicklich nach, als sie mit ihren wässrigen Augen Daighs im Schatten liegendes Gesicht anstarrte. »Bist du das?« Sie hob eine zitternde Hand, und ihre Lippen verzogen sich zu einem zahnlosen Lächeln. »Ja, du bist es. Ich wusste, dass du kommen würdest.« Mit einem zufriedenen Seufzen schmiegte sie sich in seinen Arm und ließ sich von ihm zu ihrem Bett zurückführen. »Ich habe lange auf dich gewartet, Paul. Es war nicht nett von dir, so lange wegzubleiben.«

»Ich habe versucht, zu dir heimzukehren, meine Kleine, aber ...« Sein Blick glitt über die gebeugten Schultern der alten Frau zu Sabrina. »Am Ende war es unmöglich.«

Ein Kribbeln vibrierte über ihren Rücken wie die perfekt getroffene Note einer Stimmgabel. Die Luft veränderte sich und schimmerte plötzlich von unzähligen herumzischenden Lichtern.

»Aber jetzt bin ich ja zurückgekommen ...« Daighs Stimme war tief und hohl, als spräche er durch Wasser. »Für dich.«

»Wirst du diesmal bleiben?«, fragte Schwester Clea mit ansteckender mädchenhafter Freude. »Für immer?«

Er antwortete mit einem ernsten, ruhigen Nicken, doch ob es Clea oder Sabrina galt, war nicht zu sagen.

Trotz des novemberlichen Regens draußen wurde die Luft auf einmal heiß und drückend schwül. Sabrina versuchte, Atem zu holen, aber ihre Lunge fühlte sich ganz seltsam breiig an. Ein Schwindel erfasste sie, der so heftig war, dass der Raum sich um sie drehte und ihr das Abendessen in die Kehle stieg. Das Lampenlicht zitterte und zuckte. Bevor sie etwas sagen konnte, verschwand das Zimmer, und sie stand wieder in Daighs Armen und lauschte seinem gleichmäßigen Herzschlag. Heiße Tränen brannten auf ihren Wangen.

Dann löste er sich von ihr und trat zurück. Er schenkte ihr ein verlegenes Lächeln, senkte den Kopf und gab ihr einen letzten Kuss. »Ich komme zurück, *cariad*. Ich verspreche es. Du sorgst dich ganz umsonst.«

Ihre Haut prickelte über Muskeln, die plötzlich aus Wasser zu bestehen schienen. Eine vertraute Stimme rief ihr etwas zu – und die Welt reduzierte sich auf zwei faszinierende grüne Augen.

»Besser?«

Sabrina, die flach auf dem Rücken lag, schaute blinzelnd zu Daighs besorgter Miene auf und lächelte unsicher.

»Ich werte das als ein Ja.«

Sie versuchte, sich aufzusetzen, aber es war viel anstrengender, als sie erwartet hatte. Sie nahm ihren Kopf, der sich seltsam wacklig anfühlte, zwischen die Hände. »Wie lange?«

»Ein, zwei Minuten. Dein Gesicht wurde völlig ausdruckslos, bevor du zusammenbrachst.«

Sie nahm den Becher, den er ihr hinhielt, schwang die Beine über den Rand des Bettes und setzte sich. Dankbar ließ sie das Wasser in ihrem Mund kreisen, weil ihre Zunge sich so pelzig anfühlte, als hätte sie ein Knäuel Garn verschluckt. Ihr Kopf pochte, vor ihren Augen tanzten Farben und Lichter, und sie verspürte einen Schmerz in ihrem Herzen, als wäre ihr ein Messer hineingestoßen worden.

»Schwester Clea?« Suchend blickte sie sich um, blinzelte die blendenden Lichtpunkte vor ihren Augen fort und merkte, dass das Zimmer sich noch immer drehte.

»Sie schläft. Ich habe sie mit einem Glas Wasser und einem Kuss auf die Stirn zu Bett gebracht, wie es sich gehört für einen guten Bruder.« Er nahm Sabrina den Becher ab, füllte ihn auf und stellte ihn auf einen nahen Tisch. Solch alltägliche Verrichtungen schienen so gar nicht zu einem Mann zu passen, der wie der personifizierte Tod eine ganze Bande Banditen niedergemäht hatte.

»Es war lieb von dir, den Bruder für sie zu spielen.«

»Ich habe es nicht für sie getan.«

»Oh!«, murmelte sie nur, und ein Zittern stieg in ihrer Magengrube auf, das nicht von der Übelkeit herrührte.

Sie massierte sich die Schläfen, schloss die Augen und schaffte es, sich einigermaßen zusammenzunehmen. Als sie die Lider wieder hob, war zumindest ihre Sicht schon etwas klarer. Der

Rest von ihr blieb irritierend instabil, als hätte sich das aufgeregte Flattern in ihrem Bauch auf alle anderen Teile ihres Körpers ausgedehnt.

Was hatte sie in jenen letzten Sekunden vor ihrer Ohnmacht gesehen? Ein weiteres unerklärliches Bild? War es ein Stück von Daighs Leben gewesen, das ihr eigenes Bewusstsein überlagert hatte? Hatte sie irgendwie mehr als Emotionen geweckt und eine wirkliche Erinnerung hervorgerufen? Vielleicht waren diese Visionen ja gar nicht von Daigh beabsichtigt. Kein Zauber, sondern nur eine vorübergehende Schwächung ihrer geistigen Barrieren. Eine Bresche, durch die Daighs Vergangenheit hineingelangte?

Nervös kaute Sabrina an einem Fingernagel und rieb sich die Stirn, als könnte sie so die schon nachlassende Vision zurückholen. Erneut wurde ihr so komisch im Magen, dass sie wieder nach dem Wasser griff und ihre ausgetrocknete Kehle mit der kühlen Flüssigkeit benetzte. »Ich neige normalerweise nicht zu Ohnmachten. Es muss etwas gewesen sein, was ich gegessen habe, oder vielleicht die späte Zeit ...«

Er zuckte mit den Schultern und zog sich noch tiefer in den Schatten zurück. »Du musst mir nichts erklären, Sabrina.«

»Ich will nur nicht, dass du denkst ...«

»Dass du vielleicht gar nicht so stark bist? Das denke ich keineswegs. Du hast Anlagen in dir, die so manchen kampferprobten Krieger beschämen würden.«

»Einen Krieger wie dich?«

Ein Muskel zuckte an seinem harten Kinn, und sein Körper versteifte sich, bis ihn kaum noch ein Atemzug bewegte. »Ich kann es nicht bestreiten. Nicht, nachdem ...« Er hob auf merkwürdige Art die Schultern, als versuchte er, dieses neu entdeckte Wissen über sich abzuschütteln, und senkte entschuldigend den Kopf.

Es war eine Eigenart, die sie erkannte. Sie hatte sie vor wenigen Momenten erst gesehen.

Vor ihrem geistigen Auge.

Das Bild einer tränenreichen Trennung zwischen ihnen, bei der er die gleiche kleinlaute Verlegenheit hatte erkennen lassen.

»Ich habe dich belogen, Daigh.«

Er zog fragend eine Augenbraue hoch.

»Ich bin nicht umgekippt wegen etwas, was ich gegessen hatte, sondern wegen etwas, was ich sah. Eine Vision, aber mit mehr Substanz. Mehr wie eine Erinnerung. *Deine* Erinnerung, Daigh. Doch ich war bei dir. Wie war das möglich?«

»Ich weiß nicht mehr als du.« Er verschränkte die Arme vor der Brust, aber die Luft war wie statisch aufgeladen von seinem Eifer und brachte ihr Gehirn zum Kribbeln. »Sprich weiter!«

»Die Vision – du warst es, den ich darin sah«, entfuhr es ihr, und plötzlich war der Schmerz in ihrem Herzen wieder da und breitete sich aus. Ihre Kehle war wund und kratzig, ihre Augen brannten von ungeweinten Tränen. »Du versprachst mir darin, du würdest zurückkommen.«

Sein Gesicht war ein Bild des Jammers, als trüge jedes ihrer Worte die Qualen eines Hammerschlags in sich. Er ergriff sie an den Ellbogen, zog sie auf die Beine und so dicht an sich heran, dass nur noch Zentimeter zwischen ihnen lagen. Sein Blick schien sich förmlich in sie hineinzubohren. »Zurück woher? Was hast du gesehen? Erzähl mir alles!«

»Du sagtest mir, ich machte mir ganz unnötigerweise Sorgen. Du versprachst zurückzukehren.«

Seine Pupillen weiteten sich, und er umklammerte noch fester ihre Ellbogen. Sein Brustkorb hob und senkte sich, seine Stimme war ganz ungewöhnlich rau geworden. »Ich bin nicht zurückgekehrt. Ich konnte nicht.«

»Warum nicht?« Die Luft war seltsam aufgeladen, außerhalb des Lichtkreises, in dem sie standen, war alles dunkel. Es war ein selten ungestörter Augenblick für sie. »Warum hast du dein Versprechen nicht gehalten?«

Seine Augen schienen zu glühen, als er sie ansah und nach einer Antwort suchte. »Ich habe es versucht. Aber auf der Straße« – er machte einen tiefen, unsicheren Atemzug – »geriet ich in einen Hinterhalt. Es waren zu viele.« Er schauderte bei der Erinnerung, und sein Gesicht nahm eine ungesunde graue Färbung an. »Ich erinnere mich an Blut. Und an den Morast, in den ich stürzte.«

Sein Blick glitt zu dem geringen Abstand, der sie trennte, als merkte er plötzlich, dass er Sabrina festhielt. Und als würde ihm erst jetzt bewusst, was für Fragen sie gestellt und was für Antworten er gegeben hatte.

Mit wild pochendem Herzen legte sie den Kopf zurück und erschauerte unter dem nervösen Kribbeln, das in ihr erwachte. Das Feuerwerk aus Licht und Farben kam zurück, und Hitze sprang von einem auf den anderen über. Magische Energie tanzte über Sabrinas Haut, rau, wild und überhaupt nicht wie der sanfte, meditative Fluss, den die Priesterinnen aussandten. Nein, diese Magie enthielt eine aggressive, rabiate Wut. Wie die eines tollwütigen Hundes, der zwar angekettet war, aber immer auf der Lauer lag, um zu entkommen.

Sabrina ertrank in dieser ungezähmten Energie; sie fühlte sich überschwemmt von Daighs Kräften.

»Du«, murmelte er. »Ich hatte recht. Du warst dort. Ich erinnere mich.«

»Nein«, entgegnete sie. Ihre gespreizten Hände lagen an seiner Brust, wie um ihn fortzustoßen. Aber ihn fortzustoßen war das Letzte, was sie wollte. Sie wollte ihn nur noch näher bei sich haben. Wie eine Motte vom Licht fühlte sie sich unausweichlich von ihm und der Faszination, die er auf sie ausübte, angezogen. Es war eine gefährliche Anziehungskraft.

Sein Mund presste sich wild und hungrig auf ihren, und er schob sie an die Wand zurück, um sie die ganze Härte seines kraftvollen Körpers spüren zu lassen. Nur das aufgeregte Pochen seines Herzens war ein Anzeichen dafür, dass seine Gefühle ebenso aufgewühlt waren wie die ihren.

Sabrina schob die Hände unter sein Hemd und ließ die Fingerspitzen über seinen Oberkörper und die rauen Narben darauf gleiten.

Daigh stöhnte, sein Mund öffnete sich auf ihrem, und sie teilte bereitwillig die Lippen, als seine Zunge zwischen sie glitt und ihr den Boden unter den Füßen wegriss mit der Leidenschaft, mit der er die warme Höhle ihres Mundes erforschte. Ein Soldat, der die Schwäche eines Feindes suchte.

Aber sie öffnete sich ihm, sie konnte gar nicht anders, weil ihr Kopf sich von ihrem Körper schon verabschiedet hatte. Gedanken schienen belanglos zu sein; das Einzige, was für sie noch zählte, waren Sinneseindrücke. Die glühende Hitze seiner Haut. Der warme Weingeschmack auf seiner Zunge. Der saubere Geruch nach Seife und Mann, der ihre Nase kitzelte. Das schnelle, raue Einatmen, mit dem er auf jede ihrer Zärtlichkeiten reagierte.

Er nahm ihr das Tuch vom Kopf und entfernte die Kämme aus ihren Haaren, sodass sie ihr offen über die Schultern fielen. Ein Erschauern durchlief sie, als er mit den Händen hindurchfuhr und sie langsam rückwärts auf das Bett zuschob.

Sie ließ sich auf die Matratze fallen, und er kniete zu ihren Füßen nieder wie ein Ritter aus einem Märchen und blickte ihr tief in die Augen. Seine Absichten waren mehr als offensichtlich, so wie seine sündhaft dunklen Augen glühten, und raubten ihr alle Kraft aus den Gliedern.

Doch plötzlich öffnete sich eine Tür am anderen Ende des Schlafsaals und sandte einen kalten Luftzug durch den Raum. Flackernd erlosch die einzelne Kerze, und der Zauber war gebrochen.

Daigh erhob sich von den Knien und rieb sich mit den Handballen die Augen. Tiefe Linien gruben sich in seine Mundwinkel, und das Lampenlicht ließ sein Gesicht geradezu gespenstisch hohl erscheinen.

»Du *warst* die Frau in meinem Traum. Ich irre mich nicht«, zischte er anklagend. »Warum gibst du vor, nicht zu wissen, wer ich bin?«

Sabrina blickte zur Tür, doch wer auch immer gestört hatte, war nach links in Richtung Treppe abgebogen.

»Antworte mir, Sabrina!« Mit finsterer Miene, die Brauen zu einem ärgerlichen Stirnrunzeln zusammengezogen, trat er beinahe drohend vor.

Wie konnte man von einer Sekunde auf die andere von glühender Hitze auf arktische Kälte umschalten? Sabrina schlang die Arme um ihren Oberkörper und zog die Knie an. »Ich gebe es nicht nur vor, das schwöre ich. Ich weiß nicht, warum du dich an mich erinnerst. Ich kenne dich nicht. Bis vor zwei Wochen hatte ich dich noch nie gesehen. Ehrlich nicht.«

Steifbeinig und mit gestrafften Schultern stand er da und ließ die Fingerknöchel knacken, als stellte er sich energisch seinem Schicksal in den Weg. »Aber du und ich ... und das Versprechen. Das war real. Wie kann ich mich an etwas erinnern, das nicht geschehen ist?«

»Ich weiß es nicht. Doch wir werden die Antwort nur zusammen finden. Dessen bin ich mir sicher.«

Er schien das zu überdenken, denn sein Gesicht verlor etwas von seiner beängstigenden Wildheit. »Warum solltest du ein solches Risiko für einen Mann eingehen, den du angeblich nicht mal kennst?«

»Weil es genauso viel mit mir zu tun hat wie mit dir.« Sabrina rieb sich die Stirn, als könnte sie so das herzzerreißende Bild ihrer letzten Trennung auslöschen. »Schließlich bin ich es, die Visionen hat von Dingen zwischen uns, die sich nie ereignet haben.«

Daigh durchbohrte sie geradezu mit seinem scharfen Blick. »Sie *sind* real, diese Dinge, Sabrina, auch ich erinnere mich an sie.«

Sie unterdrückte die in ihr aufsteigende Panik, weil sie wusste, dass er recht hatte. Denn wie könnte sie sich an Dinge erinnern, die nie geschehen waren?

Daigh erwachte von einer leichten Brise, die durch sein Zimmer strich, einer Veränderung des Luftdrucks und einem Geräusch, das eigentlich nicht da sein dürfte. Leise erhob er sich, zog ein Hemd und Stiefel an und löste vorsichtig den Riegel an der Tür, um sie einen Spaltbreit zu öffnen.

Doch der Gang war leer bis auf die sich überlagernden Schatten. Und außer einem stetigen Wassertröpfeln war auch nichts zu hören.

Was er vernommen hatte, war nicht Sabrina.

Sie war schon vor Stunden vor ihm geflohen. Die Qual in ihren Augen hatte ihn bis in sein vereistes Herz getroffen. Er hatte sie trotz seiner Fragen und seines Verlangens gehen lassen, aber er hatte nicht die Absicht, beides lange zu ignorieren. Nicht, wenn Sabrina imstande war, die rätselhafte Brücke zwischen Vergangenheit und Gegenwart zu überqueren und sein Schlüssel war, um beides zu verstehen.

Der gleiche Instinkt, der ihn geweckt und aus dem Bett getrieben hatte, veranlasste ihn, auf leisen Sohlen den Gang hinab zum Schlafsaal der Krankenstation zu gehen. Schwester Clea schlief noch, und auch sonst war alles unverändert in dem stillen Zimmer.

Draußen schlug ihm der Regen ins Gesicht wie Nadelstiche. Mit zusammengekniffenen Augen spähte er in die Dunkelheit und ließ den Blick über den Innenhof des Klosters gleiten. Über das verschlossene Tor, die gut verriegelten Scheunen und Lagerhäuser und die dunklen Fenster der gegenüberliegenden Gebäude.

Irgendwo klapperte eine Tür im Wind. Eine Regenrinne schepperte. Tiere bewegten sich auf ihrem Strohlager. All das waren normale nächtliche Geräusche. Nichts, was sein soldatisches Misstrauen hätte wecken sollen.

Wahrscheinlich hatte er nur eine Schwester gehört, die nicht schlafen konnte. Oder eine Dienstbotin, die aufgestanden war, um ein Feuer anzuzünden. Bestimmt war es nicht mehr als das gewesen.

Trotzdem hielt er Wache und wartete auf den kleinsten Fehler, der einen möglichen Eindringling verraten würde.

Da! Das Scharren eines Riegels. Ein verstohlener Schritt. Ein aufblinkendes Licht, das in einem Eingang schnell wieder erlosch. Es war also keine Einbildung gewesen. Der Eindringling befand sich auf der anderen Seite des Hofes im Hauptgebäude.

Das irritierende Gefühl einer unsichtbaren Kraft, die an seinen Geist rührte, war lästig, aber er duldete ihre suchende, ungute Präsenz und ließ sie hinter die Barrieren seines Geistes gleiten. Weil es einfacher und weniger schmerzhaft war, als dagegen anzukämpfen – und es ihm ermöglichte, sich an die Illusion zu klammern, dass er sich trotz allem noch unter Kontrolle hatte.

In geduckter Haltung trat er aus dem Schutz des Kreuzgangs und schlich lautlos über den dunklen Innenhof auf das imposante Hauptgebäude mit den schmalen, bogenförmigen Fenstern zu.

Den flachen Stufen, die zu der zweiflügeligen Eingangstür hinaufführten, schenkte er jedoch keine Beachtung, weil die Geräusche, die er gehört hatte, nicht von dort, sondern von der Seite des Gebäudes gekommen waren. Von einem unauffälligeren Nebeneingang.

Als er durch diesen das Haus betrat, spürte er den Luftzug von einem der oberen Gänge und hörte ein gedämpftes Atmen. Wer auch immer hier eingedrungen war, war listig. Aber auch das würde ihm nichts nützen, denn Daigh war besser: still und unabwendbar wie der Tod.

Am oberen Treppenabsatz folgte er dem schwachen Licht einer abgeschirmten Kerze einen breiten Gang hinunter.

In dieser Richtung lag Ard-siúrs Arbeitszimmer.

Wut pulsierte an seinen Nervenenden entlang und brodelte schwarz und bösartig in seinem Blut. Sie vergrub sich so tief in ihm, dass er nicht mehr sicher sein konnte, wo er endete und die fremde Präsenz in ihm begann. Die Kraft des einen erhöhte die des anderen, bis sie sich zu einer einzigen verbanden.

Nach den letzten Schritten zur Tür des Arbeitszimmers der Priorin schlüpfte er, auf alle möglichen Gefahren gefasst, völlig lautlos in den Vorraum. Bücherregale. Eine verglaste Aufsatzkommode und ein Schreibtisch mit einer offen stehenden Schublade. Ein Stapel Bücher. Zwei Stühle, die wie Wächter an der hinteren Wand des Zimmers standen. Eine Verbindungstür, die einen Spalt geöffnet war. Ein schmaler Streifen Licht fiel hindurch, der wie ein Dolch auf Daighs Füße zeigte.

Nachdem er diese Tür vorsichtig ein wenig weiter aufgedrückt hatte, trat er in den schmalen Durchgang … und konnte gerade noch einem schweren Gefäß ausweichen, das auf seinen Kopf zuschoss. Aber es traf ihn an der Schulter, und ein lähmender Schmerz wie von tausend Nadeln fuhr ihm durch den Arm. Nur weil er sich blitzschnell in den Raum hineinwarf, entkam er einem zweiten Versuch, ihm den Schädel einzuschlagen.

In der Dunkelheit war der Angreifer nicht auszumachen, deshalb nahm Daigh nur den Luftzug einer gespenstischen Bewegung wahr, bevor ihn ein Faustschlag in den Magen traf, der ihm den Atem raubte. Ein weiterer Hieb in den Nacken zwang ihn auf die Knie.

Wütend schüttelte er den Kopf, um Klarheit zu erlangen, und ließ die bösartige Präsenz in seinem Kopf das Raubtier in ihm wecken. Seine verengten Pupillen richteten sich auf einen Mann, der dunkel, schlank und von Kopf bis Fuß in Schwarz gekleidet war. Nur das silberne Glitzern des Dolches in seiner Hand verriet ihn. Die Klinge wurde nach Daighs Kehle gestoßen und erwischte seine Hand, die er hochwarf, um den Angriff abzuwehren.

Mit größter Vorsicht rappelte er sich vom Boden auf und warf seinem Angreifer einen bösen Blick zu. Erneut blitzte der Dolch auf und traf ihn an den Rippen. Beim dritten Angriff zielte er auf Daighs Magen.

Daigh warf sich zur Seite, aber nicht rechtzeitig genug.

Ein scharfer, heißer Schmerz durchfuhr ihn, als die Klinge sein Fleisch durchbohrte. Durch Muskeln und Sehnen drang sie bis ans Heft zwischen zwei Rippen, wo sie zitternd stecken blieb. Daighs Mund öffnete sich zu einem Schrei, den er jedoch tapfer unterdrückte, sodass nur noch ein dumpfes, gequältes Stöhnen über seine Lippen kam.

Dies war *seine* Jagd und der Eindringling seine Beute. Er würde nicht die Schwestern aufwecken. Nicht, bis er sich über die Gefahr im Klaren war.

Der Mann lächelte triumphierend, bevor er sich von Daighs zusammengekrümmtem Körper abwandte und den Kerzenstummel wieder anzündete. Dann setzte er in aller Ruhe und sehr methodisch seine schon begonnene Durchsuchung der Regale fort.

Ohne auf Daigh achtzugeben.

Was ein schwerwiegender Fehler war.

Weil Verletzungen seine enormen kämpferischen Fähigkeiten zwar verlangsamten, sie aber keineswegs zum Erliegen brachten. Und er ohnehin nicht sterben konnte.

Daigh legte eine Hand um den vom Blut glitschigen Dolch, riss ihn heraus und verlor beinahe das Bewusstsein von dem Schmerz. Er zitterte am ganzen Körper und biss die Zähne zusammen gegen die Krämpfe, die ihn sich verspannen ließen. Mit geschlossenen Augen zählte er bis hundert. Als er sie wieder öffnete, zog sich eine weitere frisch verheilte Narbe über seinen Oberkörper. Ein weiterer Strich auf dieser Straßenkarte durch die Hölle und zurück.

Mit der Fingerspitze fuhr er die noch unebene neue Haut nach und verspürte zwar eine kribbelnde, eisige Taubheit, darüber hinaus jedoch keine bleibende Nachwirkung einer Wunde, die ihn eigentlich hätte töten müssen.

Der Mann war vor dem Wandbehang hinter Ard-siúrs Schreibtisch stehen geblieben, auf dem dunkel gekleidete Gestalten eine verhangene Sänfte auf ein offenes Grab zutrugen. Einen Moment befingerte er den schweren Stoff, bevor er ihn mit einem Schulterzucken und zufriedenen Grunzen von der Wand losriss, ihn zusammenfaltete und in eine mitgebrachte Ledertasche stopfte.

Das war Daighs Stichwort. Den blutigen Dolch in der zitternden Hand, erhob er sich wie ein wandelnder Toter. Sein Körper war angespannt wie eine Bogensehne, und seine Nerven lagen blank. »Du solltest sichergehen, dass deine Opfer tot sind, wenn du mordest.«

Der Mann erstarrte in einer Mischung aus Erstaunen und Entsetzen. »Wie kann das sein?«, flüsterte er. »Ich hab doch gesehen ...« Sein Blick glitt zu dem Dolch. »Niemand könnte eine solche Verletzung überleben. Kein lebender Mensch könnte ...« Er straffte sich, und ein Ausdruck des Verstehens trat auf sein Gesicht. »Aber du bist ja auch kein Mensch, nicht wahr?«, höhnte er mit einem erbarmungslosen Grinsen. »Oder genau genommen nicht einmal lebendig, was?«

Die Präsenz in Daigh versuchte mit aller Macht, sich zu befreien. Die Schlange entfaltete ihre ganze Kraft, entrollte sich und schlug die giftigen Fänge in Daighs Blutstrom.

Er zuckte unter dem Biss zusammen, der seine Hände zum Zittern brachte und seine Atmung auf das Hecheln eines Tieres reduzierte, aber mit purer Willenskraft hielt er sie noch in Schach. Dieser schwarz gekleidete Schurke kannte ihn. Er wusste, wer er war. Und was er war.

Daigh konnte den Dieb jedoch nicht töten, bis er aus ihm herausgeholt hatte, was er wusste. Dann erst konnte er mit ihm machen, was er wollte.

Der Mann schnallte seine Tasche zu und hängte sie sich um. »Tut mir leid«, sagte er spöttisch. »Máelodor hielt dich für tot.«

Daighs Lippen verzogen sich zu einem nichtssagenden Lächeln. »Wie du siehst, ist das schwerer zu erreichen, als man glaubt.«

»Dann muss ich mich berichtigen. Du warst nicht tot, bist jedoch auch nicht zu eurem Treffen in Cork erschienen. Und Máelodor war so scharf darauf, den Wandteppich in die Hände zu bekommen, dass er mich an deiner Stelle losschickte.«

»Ach ja?«

Máelodor? Der Wandbehang? Nichts von alldem weckte irgendeine bedeutsame Erinnerung in Daigh, und so konzentrierte er sich auf seinen ersten Gedanken.

»Du sagst, ich sei kein Mensch. Als was würdest du mich denn bezeichnen?«

Der schwarz gekleidete Mann versteifte sich vor Misstrauen und Furcht und beäugte Daigh wie eine Krankheit, als er den Riemen der Tasche noch höher auf die Schulter zog. »Das war nicht böse gemeint.«

»Und wie war es dann gemeint?«, stieß Daigh zwischen zusammengebissenen Zähnen hervor, weil seine Geduld sich ihrem Ende näherte.

»Das ist ja wohl offensichtlich, oder? Sieh dich doch mal an! Tauchst aus dem Dunkel auf wie ein Dämon aus einem Albtraum. Ich hatte Máelodors Behauptung, einen *Domnuathi* von den Toten auferweckt zu haben, nie wirklich Glauben geschenkt. Es erschien mir zu weit hergeholt, wie etwas aus einem Märchen oder so.« Er verlagerte sein Gewicht und warf einen Blick zur offenen Tür. »Der Name passt aber zu dir. Lazarus, der von den Toten Auferstandene.«

Daigh fuhr zusammen, und der Raum verschwamm vor seinen Augen, als die letzte Tür zu seinem Gedächtnis aufgerissen wurde.

Nicht Lazarus. Nur ja nicht Lazarus.

Er hatte einen anderen Namen. Ein anderes Leben.

Die Kreatur durchbrach sämtliche Barrieren in seinem Schädel. Daigh hörte sie lachen, als sie ihn zwischen ihren schlangenartigen Windungen zermalmte.

Seine Vernunft verlor sich im Geheul der Ekstase des Tötens, als er sich auf den Fremden warf. Durch das Dröhnen in seinen Ohren hörte er den Knall einer Pistole und stürzte auf die Knie, als ein glühend heißer Stoß ihn traf und sich tief in seine Brust eingrub.

Der Dieb hielt keine Sekunde inne, sondern war mit einem Satz an der Tür, und Daigh konnte seine schnellen Schritte über die Steinplatten des Ganges poltern hören. Er hatte es aufgegeben, unbemerkt bleiben zu wollen.

Daigh musste hilflos mit ansehen, wie der Mann mit der Tasche in der Hand verschwand.

Máelodor. Ein Wandbehang. *Domnuathi*.

Er war kein Mensch. Nicht wirklich lebendig.

Nur ein von den Toten auferstandener Lazarus.

Er griff sich an die blutige Brust, doch es war der Wirbelsturm in seinem Kopf, der ihn bewegungsunfähig machte.

Oh Gott, in was für einen Albtraum war er da hineingestolpert? Und wie konnte er hoffen, sich je wieder herauszukämpfen?

Kapitel Acht

Wie hatte sie das alles verschlafen können? War sie wirklich so müde gewesen, dass sie nichts von dem Tumult bemerkt hatte, der das Kloster in eine brodelnde Masse erhobener Stimmen, feindseliger Verhöre und, in ein oder zwei Fällen, weiblicher, an Hysterie grenzender Niedergeschlagenheit verwandelt hatte?

Offensichtlich ja.

Und als Sabrina jetzt in der Tür des Zimmers stand, das Daigh bewohnt hatte, atmete sie tief durch die Nase ein und nahm ihr jämmerliches Ich zusammen, während sie sich in dem leeren Raum umblickte. Jede Spur seines vorherigen Bewohners war so gründlich ausgelöscht, dass sogar Daighs Geruch unter nach Lauge riechender Luft verschwunden war. Als hätte es ihn nie gegeben. Als wäre er nur eine sehr komplizierte und lebensechte Halluzination gewesen.

Sabrina versuchte, den heißen Kloß hinunterzuschlucken, der in ihrer Kehle steckte, und trotz der Enge in ihrer Brust tief durchzuatmen. Sie rieb sich die Arme, um die Gänsehaut zu vertreiben, die ihre Glieder überzogen hatte. Keine noch so überzeugende Halluzination könnte solch leidenschaftliche Empfindungen in ihr erzeugen. Daighs Umarmung war sehr real gewesen, sein Kuss sogar noch mehr als das.

Es waren nur die Bilder von ihr selbst als Bestandteil von Daighs Vergangenheit, die aus dem Stoff waren, den man als Wahnvorstellungen bezeichnen könnte. Und die schrieb sie im beruhigenden Licht des Tages dem Übermaß seiner aufgewühlten Emotionen zu, die sich gewissermaßen auf sie übertragen hatten. Als übertriebene Anteilnahme ihrerseits, nicht mehr.

Doch auf dem Weg zurück über den Gang stellte sie sich eine

endlose Reihe langer, leerer Tage vor, die sich vor ihr erstreckten. Ein Leben zwischen Sonnenauf- und -untergängen, wo ein Tag wie der andere war. Sicher, ruhig und abgeklärt.

Ohne Sinn.

Schwester Ainnir beugte sich über Schwester Moira und horchte ihre Brust ab.

»Wie konntet ihr ihn so einfach gehen lassen?«, fragte Sabrina schärfer als beabsichtigt.

Die alte Priesterin sah sie unter zusammengezogenen Brauen an. Dann straffte sie sich, scheuchte Sabrina an den Reihen von Betten entlang zu ihrem winzigen Büro und zog fest die Tür hinter sich zu.

»Wir haben ihn nicht gehen lassen. Er hat sich mitten in der Nacht aus dem Staub gemacht«, sagte sie, sobald sie allein waren. »Nachdem er Ard-siúrs Arbeitszimmer geplündert und geheiligte Wertsachen hatte mitgehen lassen. Sogar ein Pferd hat er gestohlen.«

Ard-siúrs Arbeitszimmer geplündert? Sabrina stieß entsetzt den Atem aus. In der Nacht, als sie Daigh dort begegnet war – hatte er sie da belogen? Hatte er den Diebstahl die ganze Zeit schon geplant? »Das glaube ich nicht.«

»Sie brauchen es auch nicht zu glauben. Es gibt unstrittige Beweise. Dieser Mann war ein gewöhnlicher Dieb, der uns alle zum Narren gehalten hat. Wahrscheinlich hat er von Anfang an nur darauf gewartet, genügend Freiheit zu erlangen, um sich unbeobachtet im Haus bewegen zu können. Sowie unsere Wachsamkeit nachließ, hat er seinen Komplizen Tür und Tor geöffnet.«

»Dann kann er nicht Herr seiner Sinne gewesen sein. Oder er wurde dazu gezwungen. Vielleicht haben diese anderen Männer ihn irgendwie bedroht.«

Schwester Ainnir schnaubte verächtlich. »Und Schweine können fliegen. Niemand kann diesen Mann zu etwas zwingen, was er nicht will.«

»Ich hörte, dass Blut in Ard-siúrs Büro gefunden wurde. Und zwar jede Menge. Wie erklären Sie sich das?«

Schwester Ainnir schürzte die Lippen. Offensichtlich war sie völlig ungerührt von Sabrinas leidenschaftlicher Verteidigung. »Ein Streit unter Verbrechern. Und MacLirs unerklärliche Fähigkeit, sich von Verwundungen zu erholen, die für einen normalen Menschen – selbst den mächtigsten *Anderen* – tödlich wären, haben wir ja schon gesehen. Das allein hätte uns mehr zu denken geben müssen.«

»Wir können ihn nicht so schrecklich falsch beurteilt haben Ard-siúr hätte seine Absichten erkannt und ihn als das gesehen, was er ist.«

Und *sie* hätte es erst recht sehen müssen.

Sein liebevoller Umgang mit Schwester Clea. Der heimliche Kuss in der Nacht ... Das konnte doch nicht nur ein arglistiges Komplott eines Schwindlers gewesen sein. Die List eines Betrügers. Was war mit seinem Kummer? Seinem Schmerz? Beides hatte sie gespürt. Wenn sie allerdings ganz ehrlich war, hatte sie auch eine tiefer liegende, beängstigend intensive Wut in ihm wahrgenommen.

Hatten diese flüchtigen Eindrücke auf etwas Finsteres hingewiesen? Auf unlautere Absichten, die er sogar vor den hellseherischen Fähigkeiten der *bandraoi* verborgen hatte? Hatten ihre eigenen kindischen Fantasien sie blind gemacht für alle Warnsignale?

»Sie können dagegenhalten, was Sie wollen, Sabrina. Selbst wenn es so ist, wie Sie sagen, und MacLir unschuldig ist, war sein Weggang überfällig. Als Schwestern des Hohen *Danu* bewegen wir uns auf dünnem Eis. Kein Hinweis auf die wahre Natur unseres Ordens darf aus diesen Klostermauern an die Öffentlichkeit dringen. Kein Verdacht darf das sorgfältige Konstrukt beflecken, das wir aus unserem Leben gemacht haben. Mr. MacLir hat das bedroht. Das wissen Sie so gut wie ich. Er war eine Gefahr, und er brachte Gefahren mit sich. Es ist gut, dass er gegangen ist. Jetzt können wir vielleicht zur Normalität zurückkehren.« Der vielsagende Blick, mit dem sie Sabrina ansah, schloss deren Rückkehr zum normalen Leben ein.

Es war offensichtlich, dass das Gespräch damit für Ainnir beendet war. Schon bevor sie aufhörte zu reden, begann sie, die Sachen wegzuräumen, die sie für ihre Arbeit gebraucht hatte. Sie stellte Flaschen in Regale zurück, überprüfte Vorräte und hakte sie auf ihrer Liste der Bestände ab.

»Aber was ist ...« Sabrina schluckte den Rest der Worte hinunter.

Mit mir?, hätte ihr neu entdecktes, aufsässiges Ich beinahe gefragt, doch Schwester Ainnirs Gesichtsausdruck ließ sie verstummen.

Die alte Frau beobachtete sie sowieso schon mit zunehmender Sorge. Auch Jane warf ihr besorgte Blicke zu, wenn sie glaubte, Sabrina bemerke es nicht, und Schwester Brigh suchte nach Gründen, ihre Ernennung zur Priesterin zu verschieben. Wenn sie jetzt auch noch ihre törichte Faszination für einen Mann preisgab, den sie nur wenige Tage gekannt hatte, den Wirrwarr der Erinnerungen und Emotionen, die sie überschwemmt hatten, oder jemandem erzählte, dass Daighs Verschwinden sie mit einem uralten, wieder in ihr aufgelebten Schmerz erfüllte, würde man sie für verrückt erklären. Und das zu Recht. Alles, was sie wollte, würde in Gefahr geraten. Das Beste war, den Mund zu halten. Immerhin war Daigh gegangen. Ohne auch nur ein Wort des Abschieds hatte er sich mitten in der Nacht davongestohlen. Und ihr Leben würde wieder so werden, wie es vor seinem Erscheinen gewesen war.

Und das war gut.

Genau das, was sie wollte.

Oder etwa nicht?

»Was ist womit?« Schwester Ainnirs kluge Augen waren wie ein Vergrößerungsglas auf Sabrinas Stirn gerichtet.

Hatte sie etwa laut gedacht? Sabrina versuchte, den Gesprächsfaden wiederzufinden. »Mit dem Zimmer«, sagte sie schnell. »Muss es nicht gereinigt werden?« Als hätte sie den beißenden Laugegeruch nicht schon gerochen und nicht selbst gesehen, wie leer und steril der kleine Raum schon wieder war.

Schwester Ainnir seufzte. »Das wurde bereits erledigt. Sie können sich freinehmen bis heute Nachmittag.«

Die betagte Schwester ließ es wie eine Belohnung klingen, obwohl es im Grunde nur bedeutete, dass Sabrina nun Stunden haben würde, um über die jüngsten Ereignisse nachzugrübeln, sie noch einmal Revue passieren zu lassen und jeden Blick und jedes Gespräch zwischen ihr und Daigh nach Hinweisen auf seine Falschheit zu beleuchten. Und um sich am Ende über ihre unglaubliche Leichtgläubigkeit zu ärgern.

Vielleicht wäre es gut, alles in ihrem Tagebuch festzuhalten. Es schwarz auf weiß zu sehen, würde ihr möglicherweise helfen, Daigh und ihrer naiven Schwärmerei für ihn den richtigen Stellenwert zu geben und die ganze Sache als das zu sehen, was sie wirklich war. Eine vorübergehende Ablenkung, als sie gerade dringend eine gebraucht hatte – und nicht die lebensverändernde Leidenschaft, die ihre übersteigerte Fantasie daraus gemacht hatte.

Plötzlich war Sabrina froh, allem entkommen zu können und ein paar Stunden für sich allein zu haben.

Durch den Gang eilte sie wieder zur Tür zurück und ignorierte Schwester Cleas Rufe. »Wo ist Paul? Wo ist mein Bruder? Er hat gesagt, er kommt zurück. Er hat es versprochen.«

Und was war ein Versprechen wert?

Absolut nichts, wie Sabrina zu ihrem Leidwesen immer wieder herausgefunden hatte.

Die Jagd war leicht. Zu leicht für Daigh, um das Offensichtliche zu ignorieren: Es war nicht das erste Mal, dass er hinter einer

Beute her war. Er hatte schon viele Male gejagt – und die Sache mit tödlicher Geschicklichkeit beendet.

Er folgte dem Mann in Schwarz zum Dorf und von dort nach Clonekilty und Bandon, wo der verängstigte Wirt des *King's Arms* ihm versicherte, dass ein Mann, auf den die Beschreibung des Diebes passte, dort haltgemacht hatte, um sein Pferd zu tränken und eine Kleinigkeit zu essen, bevor er auf der Straße nach Cork weitergeritten war. Was ihn in die Stadt führte, habe er nicht erwähnt, meinte der Wirt, seines fremdartigen Aussehens und ungeduldigen Gebarens wegen würde er jedoch jede Wette eingehen, dass der Mann zum Hafen wollte.

Auf diese Wette hätte Daigh sich eingelassen. Wie ein Hund einer Blutspur folgte er der Fährte.

Oder wie ein *Domnuathi* seinem nächsten Opfer.

Die Wahrheit befeuerte sein Gemüt mit fackelartiger Intensität und verbrannte jede Hoffnung. Seit er bei den *bandraoi* erwacht war, hatte er sich etwas vorgemacht und sich von der Ruhe der Tage, die nach Arbeit und Gebet bemessen wurden, zu dem Glauben verleiten lassen, er sei normal. Einfach nur ein Mann, der eine Tragödie erlebt hatte, die Zeit und Geduld beheben würden.

Doch nichts war einfach oder normal an ihm. Und er brauchte weder Zeit noch Geduld, um zu gesunden. Es war der Tod, der ihm verweigert wurde. Oder sollte er sagen, ein erneutes Sterben? Denn einmal war er schon ins Grab geschickt worden.

Aber obwohl ihm inzwischen klar war, *was* er war, wusste er immer noch nicht, wer er war. Welch dunkle Macht ihn aus dem Grab hatte wiederauferstehen lassen. Wie er halb ertrunken an dem kleinen Strand einer Felsenküste gelandet war. Was für eine fremde Präsenz sein Gehirn vergiftete wie eine schwere Krankheit. Diese Fragen blieben, zusammen mit den gelegentlichen Ausbrüchen vieler anderer, die ihm den Schädel dröhnen ließen.

Der Mann in Schwarz kannte die Antworten auf diese Fragen. Daigh musste ihn nur aufspüren und zwingen, damit herauszurücken – mit vorgehaltenem Messer, wenn es nicht anders ging.

Aus dem gestrigen Regen war ein nieseliger Dunst geworden, der Daighs Kleider durchfeuchtete und den Ritt sehr ungemütlich machte. Die Straße war schlammig und tückisch. Zweimal war sein Pferd schon ins Rutschen gekommen, und einmal hatte er einen Umweg um eine überspülte Stelle in Kauf nehmen müssen, wo die Straße völlig unter einem See aus Schlamm und Stein verschwunden war.

Als das Gelände besser wurde, trieb er den Braunen in einem leichten Galopp die Anhöhe hinauf und ließ suchend den Blick über die Straße darunter gleiten, die in ein flaches Tal hinunterführte. Ein paar Kutschen waren zu sehen, ein von zwei Pferden gezogener Wagen und ein Bauer in einem dicken Mantel, der am Straßenrand entlangmarschierte. Der Rest verlor sich im nachmittäglich grauen Dämmerlicht.

Daigh drehte sich im Sattel und blickte sich nach dem Weg um, den er gekommen war und der nach Glenlorgan und zu Sabrina führte.

Ich komme zurück. Die Worte – sein Versprechen an sie – stiegen aus irgendeinem verlorenen Ort in ihm auf. Einem Ort, an dem er sie voller Zärtlichkeit und Liebe lachen sah und an dem sie beide ein Leben teilten. Aber sie gehörte nicht zu ihm. Es war nur eine Illusion. Ein schöner Traum. Ein Wunsch, der einem Leben entrissen worden war, das vor Jahrhunderten aufgehört hatte zu existieren.

Seine Hände umklammerten die feuchten Zügel.

Es gab nichts Solides mehr in seinem Dasein außer der Qual der Trennung von Sabrina. Und die barg einen Schmerz in sich, der so real und frisch wie gestern war.

Nach vielen Stunden, in denen sie über ihr Tagebuch gebeugt gesessen hatte, hob Sabrina den Kopf, blinzelte in das rasch schwindende Tageslicht und ließ die Schultern rollen, um die Verspannungen darin zu lösen. Dann las sie noch einmal die vielen mit Eindrücken, Erinnerungen und Gesprächen gefüllten Seiten und hoffte wider besseres Wissen, dass ihre Zeit mit Daigh mehr Sinn ergeben würde, als es beim Niederschreiben der Fall gewesen war.

Aber weit gefehlt.

Tatsächlich war es sogar so, dass ihre in fieberhafter Eile angefertigten Notizen sich viel mehr wie das Gefasel einer besonders erfinderischen Wahnsinnigen lasen.

Erinnerungen an eine Vergangenheit, die nichts mit ihr zu tun hatte. Daighs Gesicht, das ihr durch den Kopf ging, als wäre es schon immer da gewesen. Und Kenntnisse von Dingen, die sie eigentlich gar nicht haben dürfte.

Oje! Falls diese Aufzeichnungen den *bandraoi* jemals in die Hände fielen, würden sie sie ans Bett ketten und alle scharfen Gegenstände vor ihr verstecken.

Sabrina schob das Buch unter ihr Kopfkissen, überlegte es sich aber schnell wieder anders und versteckte es unter der Matratze.

Und keinen Augenblick zu früh.

Mit schlappen Schritten und ungewöhnlich blass kam Jane herein. Sie hatte dunkle Schatten unter den Augen, und ihre Schultern waren gebeugt, als versuchte sie, sich vor irgendeinem unsichtbaren Angreifer zu schützen.

»Geht es dir nicht gut, Jane?«

Die Freundin zuckte erschrocken zusammen, bevor ihr Blick voller Erleichterung zu Sabrina glitt. »Schleich dich bloß nicht noch mal so an mich heran! Du hast mich fast zu Tode erschreckt.«

»Ich habe mich nicht herangeschlichen, sondern war schon hier.«

»Tatsächlich?«, entgegnete Jane mit einem schwachen Lächeln und winkte müde ab. »Dann muss ich dich wohl übersehen haben.«

Seufzend ließ sie sich auf den Stuhl vor der Frisierkommode fallen und zog das weiße Tuch vom Kopf. Sogar ihr schönes rotes Haar sah heute stumpf und leblos aus. Als sie mit zitternden Fingern die Kämme herausnahm, verfing sich einer von ihnen in ihrem Haar. Mit einem gemurmelten »Verdammt!« riss sie ihn los und brach in solch heftiges Schluchzen aus, dass ihre schmalen Schultern zuckten.

Sabrina sprang auf. »Was um Himmels willen ...? Lass mich dir helfen, bevor du dich skalpierst«, sagte sie zu Jane, die daraufhin nur noch wie eine lebensgroße Puppe dasaß und sich widerspruchslos von Sabrina Kämme und Nadeln aus dem Haar entfernen ließ. Sie starrte auch noch schweigend vor sich hin, als Sabrina ihre Locken mit ruhigen, gleichmäßigen Strichen zu bürsten begann, bis Janes Nacken und ihre Schultern sich entspannten und sie die Augen schloss und seufzte.

War diese Niedergeschlagenheit eine Folge des Überfalls im Wald? Sabrina fragte sich, wieso sie ihr nicht schon früher aufgefallen war. War sie so in ihre eigenen Probleme verstrickt gewesen, dass sie die Bedrücktheit ihrer besten Freundin übersehen, ja nicht einmal einen Gedanken daran verschwendet hatte, wie der brutale Übergriff sich auf sie ausgewirkt haben könnte?

Sabrinas Gesicht verfinsterte sich vor Ärger über ihre Ichbezogenheit. Eine schlechte Freundin war sie!

Jane versuchte, sich ein Lächeln abzuringen. »Ich sehe schrecklich aus.«

»Unsinn. Ein paar Bürstenstriche mehr, einige Nadeln und Kämme, und schon ist alles wieder bestens.«

Janes Augen waren gerötet und geschwollen. »Netter Versuch, aber du weißt genau, wovon ich rede. Wann immer ich zur Ruhe komme, sehe ich dieses schmierige, widerliche Gesicht und spüre den Atem dieses Kerls an meinem Nacken. Mir wird ganz schlecht davon, und ich fange an zu zittern und kann nicht schlafen. Schwester Ainnir hat mir einen Schlaftrunk gegeben, doch er schmeckt so ekelhaft, dass ich ihn nicht nehmen mag.«

Sabrina grinste. »Schwester Ainnir glaubt, dass alles, wovon einem nicht schlecht wird, auch nicht wirkungsvoll sein kann. Ein simpler Tee aus Poleiminze mit Honig würde dir besser helfen als irgendwelche ihrer Foltertränke.«

Jane entspannte sich auf dem Stuhl. Sie hatte auch schon wieder ein bisschen Farbe im Gesicht, aber Sabrinas anhaltende Schuldgefühle hielten sie am Reden.

»Ich hätte nicht zugelassen, dass sie dir etwas zuleide tun.«

Diese Feststellung trug ihr ein skeptisches Stirnrunzeln von ihrer Freundin ein. »Und wie hättest du sie daran hindern können? Du warst ja wohl kaum in einer besseren Lage.«

»Dann eben Daigh«, erklärte Sabrina in besitzergreifender Manier. »Er hätte diese Männer davon abgehalten, uns etwas anzutun. Hat er ja auch. Er hat mit ihnen gekämpft und hätte dabei sterben können. Und alles nur für uns.« Sie schenkte Schwester Ainnirs Beschuldigungen immer noch keinen Glauben. Es musste eine Erklärung für Daighs plötzliches Verschwinden geben. Nur ergab leider nicht eine der ihr bisher eingefallenen Möglichkeiten einen Sinn.

Janes Mund verzog sich zu einem spöttischen Lächeln. »Er hat dich wirklich vollkommen verhext, nicht wahr?«

Sabrina zuckte nur mit den Schultern und wickelte sich eine dicke Strähne von Janes Haar um den Finger.

Die Freundin senkte den Blick und spielte mit den Haarnadeln. »Hast du ihn geküsst?«

»Jane!«

Ein schalkhaftes Flimmern tanzte in ihren Augen. »Hat es dir gefallen?«

Sabrina steckte ihr ziemlich unsanft einen Kamm ins Haar.

»Au!« Jane fuhr hoch und warf ihr einen ärgerlichen Blick zu.

»Na schön, wenn du nicht antworten willst, dann lass es! Aber stech mich nicht, bloß weil ich frage!«

Sabrina zog den Kamm heraus und steckte die Strähne diesmal vorsichtiger auf. »Entschuldige!«

Ein kameradschaftliches Schweigen breitete sich zwischen ihnen aus, während das Nachmittagslicht lange goldene Strahlen über den kahlen Holzfußboden, die weiß getünchten Wände und die drei schlichten weißen Betten warf.

Sabrina ertappte sich dabei, dass sie den kargen, schmucklosen Raum mit ihrem farbenfrohen, verschwenderisch ausgestatteten Schlafzimmer auf Belfoyle verglich. Sie hatte es nicht mehr gesehen seit ... nun ja, seit jenem fürchterlichen Herbst vor sieben Jahren. So lange war sie nicht mehr daheim gewesen, um durch den Park zu spazieren, den steilen Klippenpfad zu dem schmalen Streifen Strand hinabzuklettern, Obst aus der Orangerie zu stibitzen oder in ihrem Lieblingssessel am Feuer im Salon zu sitzen.

Würde all das mit den Augen einer Erwachsenen betrachtet noch genauso aussehen? Oder würden ihr die Räume kleiner vorkommen? Die Pracht nicht ganz so beeindruckend? Würde sie sich fühlen, als käme sie nach Hause, oder würde es eine Fremde sein, die durch die Gänge schritt, als sähe sie alles dort zum ersten Mal? Würden sich die Geister ihrer Vergangenheit erheben, um sie auf jedem ihrer Wege zu begleiten? Und was für Geister würden es sein?

Ihr Vater mit seinen wechselhaften Stimmungen?

Die geduldige, aber unaufmerksame Hand ihrer Mutter auf der Schulter?

Oder würde es Brendan sein, der ihr auf den verschlungenen Gängen und in den stillen Räumen erschiene und zu erklären versuchte, warum er sie im Stich gelassen hatte und weshalb solch furchtbare Anschuldigungen gegen ihn erhoben worden waren? Der ihren Verdacht wegdiskutieren und ihr versichern würde, alles würde wieder gut? Dass es nicht so war, wie es sich anhörte, und die *Amhas-draoi* sich irrten?

Weil er schuldlos war.

Was für eine Närrin sie doch war! Zweimal schon war sie von einem Mann getäuscht worden, dem sie dummerweise vertraut hatte und der so falsch gewesen war wie seine Worte.

Anscheinend hatte sie ein Talent dafür, einen Gott in jemandem zu sehen, der alles andere war als das.

Sie riss sich zusammen und schüttelte die Träumereien von ihrem verlorenen Zuhause ab.

Auf gar keinen Fall würde sie nach Belfoyle zurückkehren. Ungeachtet Aidans Bitten blieb sie den *bandraoi* verpflichtet. Selbst wenn dieses Leben ihr jetzt leer erschien nach den Aufregungen der letzten Tage.

Und was Daighs Verrat anging, so würde sie ihn überwinden. Die Gedanken an ihn würden mit der Zeit verblassen und ihre Schwärmerei nichts als Anlass für zukünftige Neckereien sein.

»Sabrina? Hast du das ernst gemeint, was du neulich abends sagtest? Über Daigh MacLir, meine ich?«

Wie kam Jane ausgerechnet jetzt auf diese Frage? Sabrina blickte sich genauer im Spiegel an. Ihr musste eine Botschaft auf die Stirn geschrieben sein: *Verliebt. Nur mit Vorsicht zu genießen.* Oder verfügten alle Priesterinnen auf einmal über hellseherische Kräfte?

Sie gab sich alle Mühe, Unwissenheit vorzutäuschen. »Du wirst schon ein bisschen genauer werden müssen, Jane. Wann neulich abends? Und vor allem – was habe ich denn gesagt?«

Jane fuhr fort, die unbenutzten Haarnadeln zu ordentlichen Häufchen zusammenzuschieben, als hätte sie Angst, die Freundin anzusehen. »Du sagtest, du hättest das Gefühl, als würdet Daigh und du euch schon sehr lange kennen. Und dass du Visionen hast.«

Du liebe Güte, das hörte sich tatsächlich wie etwas aus dem Munde eines brabbelnden Idioten an! Sie legte letzte Hand an den sorgfältig wieder aufgesteckten Knoten und versuchte, möglichst unbeteiligt und desinteressiert zu wirken. »Es klingt lächerlich, wenn man es laut ausspricht, nicht?«

Jane schenkte ihr ein verständnisvolles Lächeln. »Beim ersten Hören vielleicht ja. Aber glaubst du es immer noch?«

Die Erinnerung an den Abschied im Wald. Der bohrende Schmerz einer längst vergangenen Trennung, der ihr selbst jetzt noch das Herz schwer machte. Daighs unerschütterliche Überzeugung, dass sie einander kannten. Seine Behauptung, er käme zurück zu ihr. Doch zurück von wo? Und warum zu ihr?

Sabrina erkaufte sich Zeit, indem sie zurücktrat und ihr Werk begutachtete, hier ein Härchen zurechtzog und dort eine Nadel umsteckte. Nicht schlecht. Wenn sie als Priesterin des Hohen *Danu* scheiterte, könnte sie vielleicht immer noch eine Stelle als Kammerzofe bekommen.

»Du weichst mir aus, Sabrina.«

»Nein, das stimmt nicht.«

»Oh doch! Du hast jetzt schon dreimal dieselbe Locke festgesteckt. Wenn du nicht reden willst ...«

»Ich weiß einfach nicht, was ich noch glauben soll«, unterbrach Sabrina sie schnell. »Aber Schwester Ainnir hat recht. Der Orden – und ich – muss vergessen, dass Daigh jemals hier war. Sein Erscheinen hat uns nichts als Ärger eingebracht.«

Sie beugte sich über Janes Schulter, um das weiße Tuch zu nehmen, breitete es behutsam über das jetzt wieder glänzende dunkelrote Haar und steckte es ordentlich fest. Dann seufzte sie, als sie ihr Werk betrachtete. So viel Arbeit, und niemand würde das Ergebnis bewundern können.

»Ich habe gesehen, wie er dich beobachtete, Sabrina.« Janes Lächeln war wehmütig, neidisch und verträumt zugleich, als sie sich zu ihrer Freundin umwandte, aber im Moment zumindest nicht gequält. »Und du hast ihn genauso aufmerksam beobachtet. Viel Glück, wenn du das alles vergessen willst!«

Sabrina betrachtete sich im Spiegel. Ihr Gesicht war schmal und spitz, mit dunklen Schatten unter den Augen und einem unzufriedenen Zug um den Mund.

Und sie sorgte sich um Jane? Kehr erst mal vor deiner eigenen Haustür, Mädchen!, sagte sie sich.

Ein scharfes Anklopfen ließ sie herumfahren. Es war Schwester Brigh, die mit finsterer Miene in der Tür stand – doch es war nicht ihre übliche »Alles geht den Bach hinunter«-Miene, sondern ein Ausdruck, in dem ein Anflug unterdrückter Aufregung mitschwang. Und Triumph. Das war kein gutes Zeichen, weil jeder Triumph Schwester Brighs für gewöhnlich neue Qualen für irgendeine nichts ahnende Novizin bedeutete.

»Sabrina. Sie werden in Ard-siúrs Arbeitszimmer erwartet. Sofort.« Und damit war sie auch schon wieder weg.

Keine Tirade über Sabrinas und Janes Herumfaulenzen und mangelndes Pflichtbewusstsein? Kein Verhör, wieso, weshalb und wozu sie sich in ihrem Zimmer aufhielten, während anständige, schwer arbeitende Priesterinnen mit den Angelegenheiten des Ordens beschäftigt waren? Nicht einmal ein missbilligendes Naserümpfen?

Das war nicht gut, wirklich gar nicht gut.

Jane nahm die Hand ihrer Freundin und lächelte ihr ermutigend zu.

Aber das Einzige, was Sabrina denken konnte, war, dass das Ganze sehr nach einer bevorstehenden Katastrophe aussah.

Sabrina musterte den Boten verstohlen, der nervös einen Hut zwischen seinen Wurstfingern drehte. Mit einem dicken Mantel und Schal bekleidet, tropfte der Mann Ard-siúrs schönen Teppich nass. Seine rote Nase war genauso feucht und wässrig. Doch es war vor allem seine Statur, die Sabrinas Interesse weckte. Er war nicht größer als ein halbwüchsiges Kind, obwohl die Falten in seinem Gesicht und das silbergrau melierte Haar von einem mittleren Alter sprachen. Was für Dienstboten stellte Aidan neuerdings ein? Wahrscheinlich hatte er ihn von dieser Frau übernommen, die er geheiratet hatte.

»Seine Lordschaft hat Mr. Dixon geschickt, um Sie nach Dublin zu begleiten. Sie sollen Ihre Sachen packen und bereit sein, sich nicht später als übermorgen einzuschiffen.«

»Was?« Sabrinas Blick flog wieder zu Ard-siúr. »Nein! Ich meine, ich kann nicht verreisen. Nicht jetzt. Das ist unmöglich. Das muss ein Irrtum sein.«

Ard-siúr räusperte sich und rückte die Brille gerade, um den Brief noch einmal zu lesen. Nur das langsame Ticken der Standuhr unterbrach die Stille. »Lord Kilronan hat sich deutlich genug ausgedrückt. Er verlangt, dass Sie sich auf die Reise begeben, sobald es sich arrangieren lässt. Er sagt, er müsse Sie schnellstmöglich bei sich und seiner Frau in Dublin haben.«

»Aber wieso denn? Bisher hat er noch nie irgendeine Anstrengung unternommen, um mich zu sehen.«

Ard-siúr wandte sich dem Kleinwüchsigen zu, der unbehaglich in einer Ecke stand. »Wenn Sie mit Schwester Anne gehen, wird sie dafür sorgen, dass Sie ein Zimmer und etwas zu essen erhalten. Unsere Gästezimmer sind einfach, aber trocken«, sagte sie mit einem Blick auf seinen tropfenden Hut.

Er verbeugte sich und patschte durch einen letzten Guss aus seiner Hutkrempe hinter Schwester Anne her.

Ard-siúr ordnete die Papiere, mit denen ihr Schreibtisch übersät war. Tatsächlich erstreckte sich die Unordnung auf das ganze Zimmer, wie Sabrina jetzt bemerkte. Nicht so, dass sie auf den ersten Blick auffiel, doch wer das Zimmer kannte, merkte es. Es war eine Folge des unerlaubten Eindringens, und ein Hauch von Gewalttätigkeit lag sogar noch immer in der viel zu warmen Luft. Selbst die Katze schien unruhig zu sein, denn sie tigerte über den Boden und schnupperte an einem Fleck, der bei Sabrinas letztem Besuch noch nicht da gewesen war. Braun, frisch und hastig aufgewischt.

Ich erinnere mich an Blut. Und an den Morast, in den ich stürzte.

Was hatte Daigh wirklich in dieses Zimmer geführt in der Nacht, in der sie ihn hier getroffen hatte? War es in irgendeiner Weise mit seinem Verschwinden heute früh verbunden? War sie eine naive kleine Närrin gewesen? Sabrina holte tief Luft, weil ihr plötzlich schwindlig wurde, und konzentrierte sich auf Ard-siúr, um sich davon abzulenken, dass sich das ganze Zimmer um sie drehte.

Ard-siúr nahm die Brille ab und sah Sabrina so lange an, dass sie sich voller Unbehagen zu bewegen begann. »Ich könnte mir vorstellen, dass die kürzliche Genesung Seiner Lordschaft diese neue Entschlossenheit hervorgerufen hat. Viele, die mit ihrer eigenen Sterblichkeit konfrontiert werden wie ihr Bruder in diesem Frühjahr, versuchen, ihr Leben in Ordnung zu bringen und vergangene Fehler zu berichtigen. Zu ändern, was sie als Schwäche sehen.«

»Dann bin ich also ein Fehler oder eine Schwäche?«

»Sie sind seine Schwester. Ich bin sicher, dass er sich Ihrer Zufriedenheit hier vergewissern will, um gewiss sein zu können, dass Ihr Herz sich noch immer an ein Leben unter uns gebunden fühlt.«

»Oder will er mich nur benutzen, um die vorteilhafte Heirat zu erreichen, die er selbst ausschlug, als er … diese Frau heiratete?« Sabrina konnte sich noch nicht dazu überwinden, ihre frischgebackene Schwägerin beim Namen zu nennen. Aus irgendeinem Grund wurmte Aidans schnelle, unüberlegte Heirat sie, obwohl sie selbst nicht sagen konnte, aus welchem Grund. Es war ja nicht so, als gönnte sie ihrem Bruder sein Glück nicht. Nur …

»Sabrina, Sie sind als verwundetes junges Mädchen zu uns gekommen, und wir haben Ihnen erlaubt, sich bei uns zu verbergen und den Frieden in diesem Konvent zu nutzen, um sich zu erholen. Und das haben Sie. Aber heute sind Sie eine erwachsene Frau. Sie müssen Ihre Stärke testen und zu einem Leben außerhalb unserer Mauern zurückkehren. Nur so können Sie Ihre Wahl treffen und sich Ihres Weges sicher sein.«

»Doch was ist, wenn Aidan mir nicht erlaubt zurückzukehren?«

»Ich bin mir sicher, dass Ihr Bruder Sie nicht daran hindern wird, Ihrem Herzen zu folgen und den Weg zu wählen, der der richtige für Sie ist.«

»Dann sind Sie noch nie auf Douglas'sche Beharrlichkeit gestoßen. Wenn Aidan etwas will, gibt er nicht eher Ruhe, bis er es erreicht.« Wie ihre sofortige Abreise beispielsweise.

»Oh, aber Sie verfügen über die gleiche Beharrlichkeit, Sabrina.«

Wie konnte das passieren? Wie konnte Aidan ihr das antun? Wusste er nicht, was der Orden ihr bedeutete? Verstand er ihr Bedürfnis nicht, hier bei den *bandraoi* zu bleiben, wo sie ein Gefühl der Zugehörigkeit und Gemeinschaft empfand und wo sie sich sicher fühlte? Aber Aidan hatte sie ja noch nie verstanden. Sich noch niemals die Zeit dazu genommen. Es war immer Brendan gewesen, der sich bemüht hatte, sie aus ihrem Schneckenhaus herauszulocken. Oder, falls nötig, zu ihr hineinzukriechen und sie sie selbst sein zu lassen, ohne Kritik an ihr zu üben.

Sabrina umklammerte den Stuhlrücken und konzentrierte sich auf das kühle, glatte Holz unter ihren Händen. Auf den Luftzug, der die Tapisserien bewegte. Alle bis auf eine. Die Wand hinter Ard-siúrs Schreibtisch war gähnend leer. Nur ein Fetzen Wolle hing noch an einem Nagel. Sabrina konnte den Blick nicht abwenden von diesem zerrissenen Stückchen Stoff, dieser sich auf einem Hauch von Wind bewegenden Erinnerung an Daighs Verbrechen.

Ein Mann mehr, den sie in ihrer Vorstellung zu etwas aufgebaut hatte, was er nicht war. Allerdings war dieser Mann schon nach wenigen Tagen von seinem Sockel gestürzt statt nach einer ganzen Lebenszeit.

»Fahren Sie, Kind! Ich schicke Ihnen jemanden, der Ihnen beim Packen hilft.«

»Ja, Ehrwürdige Priorin.« Sabrina wandte sich zum Gehen, doch ein plötzlicher Einfall veranlasste sie, sich noch einmal umzudrehen. »Hat mein Bruder eine Zofe für mich mitgeschickt?«

»Außer Mr. Dixon habe ich niemanden gesehen. Vielleicht hat Seine Lordschaft angenommen, dass eine der Schwestern Sie begleiten würde.«

»Darf ich dann um eine bitten?«

»Wenn wir sie erübrigen können. Wen hätten Sie denn gern?«

»Jane Fletcher.«

Ard-siúr überlegte. Dabei trommelte sie mit den Fingern auf den Tisch. »Sie war nervös und nicht mehr sie selbst seit diesem Überfall. Vielleicht würde ein Ortswechsel ihr guttun.« Die Priorin nickte. »Gut, sie darf Sie nach Dublin begleiten und bleiben, bis Sie sich eingelebt haben.«

»Danke, Ard-siúr!«

»Ich bin sicher, dass Lord Kilronan überzeugt ist, in Ihrem besten Interesse zu handeln. Sie sind die einzige Familie, die ihm geblieben ist.«

»Sind Sie sich dessen so sicher?«, gab Sabrina, wie berauscht von ihrem kleinen Sieg und unbesonnen vor Groll, ganz ungewöhnlich scharf zurück.

Ard-siúr Trommeln brach ab, und es war nicht zu übersehen, wie sie aufhorchte.

»Sie haben mich einmal gefragt, ob ich je Post von Brendan erhalten hätte«, sagte Sabrina. »Sie glauben den *Amhas-draoi*, nicht? Sie denken, dass er noch lebt.«

Ard-siúr spreizte abwehrend die Hände. »Ich kenne bloß die Gerüchte, und auch wenn sie täglich lauter werden, sind sie nach wie vor nur das: Gerüchte.«

Sabrinas Blick fiel wieder auf den Fetzen Stoff an dem Nagel über Ard-siúr. »Glauben Sie, dass er all das wirklich getan hat? Dass er so böse und gefährlich war, wie man von ihm behauptet?«

Ard-siúr entging nicht, in welche Richtung Sabrina blickte. »Und von wem sprechen wir jetzt?«, erkundigte sie sich sanft. »Von Brendan Douglas oder Daigh MacLir?«

Sabrina tat die Frage mit einem Schulterzucken ab. »Ach, vergessen Sie es, Ard-siúr! Das ist ja jetzt wohl nicht mehr wichtig, oder?«

Die klügste und mächtigste der Priesterinnen legte die Fingerspitzen unter dem Kinn aneinander. »Für Sie, Sabrina, ist es, glaube ich, sogar sehr wichtig.«

Kapitel Neun

Cork war eine Stadt, in der es nur so wimmelte von Leben. Die Bürgersteige waren verstopft von drängelnden Menschen, die schmalen Straßen von Kutschen und Karren, die über das Kopfsteinpflaster rumpelten. Ein erstickendes Getümmel aus Lärm, Gerüchen und Leben, das Daigh völlig überwältigt hätte, wäre die kühle, salzige Seeluft nicht gewesen. Aber so konnte er sich auf sein Opfer konzentrieren. Der Mann in Schwarz hatte sein Pferd in einem Mietstall untergebracht und sich zu Fuß durch Straßen und Gassen aufgemacht. Nachdem er die halbe Stadt durchquert hatte, ohne sich seines Verfolgers bewusst zu sein, dieses stets präsenten Schattens, dem keine seiner Bewegungen entging, hatte er sich zu einem gemütlichen Wirtshaus am Hafen und dort in einen privaten Salon im ersten Stock begeben.

Der Privatsalon befand sich am Ende eines schmalen, wackeligen Außengangs. Unten im Hof brüllten Knechte herum, wenn Pferde an- oder ausgespannt wurden, und Passagiere plauderten, während ihr Gepäck verladen und Kutschen reisefertig gemacht wurden. Pferde scharrten ungeduldig auf dem Kopfsteinpflaster, und Kutscher fluchten und stampften mit den Füßen gegen die feuchte Kälte auf. Es herrschte genug Krawall, um selbst den ungeschicktesten Beschatter unsichtbar zu machen. Doch Daigh war nicht ungeschickt – und es erforderte tatsächlich eine gewisse Geschicklichkeit, die Tür einen Spalt zu öffnen und untätig auf dem Außengang herumzustehen, als genösse er nur das Spektakel unter sich.

»... hoffe ich doch. Denn sonst wird Máelodor uns den Kopf abreißen.« Das musste der Partner des schwarz gekleideten Schurken sein, der eine helle, kultivierte, ja fast schon ein wenig unmännliche Stimme hatte.

»Er muss es sein. Ich habe das Gebäude von oben bis unten abgesucht. Außerdem ist es doch nur allzu offensichtlich, dass dies der richtige Wandbehang ist. Siehst du die Sänfte und das Grab? Beide wurden im Tagebuch des Earl of Kilronan erwähnt.«

Daigh stockte der Atem.

Kilronan. Sabrinas Bruder. Was zum Teufel hatte er damit zu tun? Und war Sabrina in diese Angelegenheit verstrickt?

Aber das war unwichtig. Sabrina spielte keine Rolle mehr in seinem Leben. Daigh ignorierte den Schmerz, der ihn seit seinem Aufbruch von Glenlorgan quälte, die Last nutzloser Emotionen, und konzentrierte sich auf das Gespräch.

Ein Schweigen folgte, und die Bewegungen in dem Salon gingen in dem ständigen Kommen und Gehen unten im Hof unter. Etwas weiter den Gang hinunter öffnete sich eine Tür, und ein Mann und eine Frau erschienen, deren Gespräch über Wetter, Schiffspassagen und Zimmerpreise völlig fehl am Platz erschien neben den dunklen Verschwörungen gleich nebenan. Auf dem Weg zur Treppe tippte sich der Mann im Vorbeigehen an den Hut, während die Frau Daigh mit unverhohlener Bewunderung beäugte.

»Und Máelodors Kreatur?«

Daigh strengte sich an, um das Gesagte über das Horn einer ankommenden Postkutsche, das Klirren von Pferdegeschirr, Hufgeklapper und das neuerliche rege Treiben unter ihm verstehen zu können. Im Gasthaus und auf dem Hof ging es zu wie in einem Bienenstock, was das Lauschen fast unmöglich machte.

Der Gedanke, einfach in einem Ausbruch tödlicher Gewalt zur Tür hineinzustürmen, entlockte Daigh ein dünnes Lächeln, und seine Muskeln zuckten, als sich in den finstersten Winkeln seiner Seele die Schlange regte, aber er unterdrückte den Impuls.

Es war besser, abzuwarten und die Verfolgung fortzusetzen.

»... dort ... griff mich an ... nicht einmal ein *Domnuathi* hätte das überleben können.«

»... Narr!« Das Scharren von Stühlen folgte. »Bring es zu Máelodor ... erzähl ihm von Lazarus ... was er damit tun will ... mach dich auf nach Dublin ... zu den *Amhas-draoi* ...«

Beide Männer lachten.

»... aller Augenmerk liegt auf Douglas. Máelodor hält man für tot.« Wieder lachten die beiden Verschwörer. »... Information für ihn. Sorg dafür, dass er sie sofort bekommt!« Gläser klirrten, und Dielen knarrten. Die Zusammenkunft war offenbar beendet.

Daigh verließ seinen Standort, huschte den Gang hinauf und schlüpfte in die erste offen stehende Tür. Dort wartete er, bis der schwarz gekleidete Mann vorbeikam. Er brauchte ihm nur zu folgen, um den mysteriösen Máelodor zu finden, die Spinne im Zentrum dieses scheußlichen Gespinsts.

Er war gerade wieder auf den Gang hinausgetreten, als er die kalte Klinge eines Messers an seinem Hals spürte. »Alles mitbekommen, Lazarus? Oder soll ich die Lücken für Sie füllen?« Es war die hohe Stimme des Mitverschwörers des schwarz gekleideten Schurken.

Das Messer drückte sich so fest an seinen Nacken, dass Blut auf Daighs Kragen tropfte. Der Wunde blieb keine Zeit zu heilen, bevor ein weiterer Schnitt des Messers eine neue öffnete.

»Hier drinnen, wenn ich bitten darf.«

Etwas Finsteres, Bösartiges rann heiß und schnell durch Daighs Blut. Es zirkulierte in ihm wie ein fremdartiges Übel, das irgendwie ein Teil von ihm, aber auch unabhängig war und ihm den Drang nach Blut und Tod eingab: das fast schon animalische Bedürfnis, Leben auszulöschen.

»Ich würde an Ihrer Stelle nichts versuchen«, warnte die Stimme. »Meine Waffen mögen Ihre Abwehr nicht besiegen, doch meine Magie kann Sie wünschen lassen, Sie wären tot.«

Daigh kämpfte gegen einen Ansturm aggressiver Empfindungen an, als er sich in das Zimmer ziehen ließ, und räumte einen Platz in sich von diesen unerwünschten Emotionen frei. Einen lichten Punkt zwischen all dem Wahnsinn.

»Ich habe Mr. Bloom gesagt, dass Sie sich nicht so leicht ins Grab bringen lassen würden.« Das Messer schnitt noch tiefer in Daighs Fleisch. Sein Blut floss schneller und heißer, versengte ihm den Nacken und durchdrang sein Hemd und seinen Rock. »So ist es doch, Lazarus? Nicht jetzt, da Sie einen zweiten Geschmack vom Leben bekommen haben?«

Das Messer wurde zurückgezogen, und Daigh schauderte es bei dem Gedanken an den Quell des Giftes, das ihn infizierte wie eine ansteckende Krankheit.

»Setzen Sie sich, mein Freund! Darf ich Ihnen einen Brandy holen? Oder ein Glas Wein vielleicht?«

Daigh ließ sich in den angebotenen Sessel fallen und konnte seinen Angreifer nun endlich richtig sehen. Er war blond und jung. Gesichtszüge, die so kühl und umgänglich wie seine Stimme waren. Ein drahtiger Körper von geschmeidiger Stärke. Blasse Augen, die hart wie Stein waren. »Ich konnte es kaum erwarten, mich selbst davon zu überzeugen, wie erfolgreich Máelodor war, und ich muss sagen, dass seine Behauptungen keine Prahlereien waren.«

»Dann gefällt Ihnen, was Sie sehen?«

»Oh ja!« Der Blick des Mannes glitt langsam, aber mit professionellem Interesse über Daigh. »Erstaunlich«, gurrte er. »Einfach erstaunlich.«

Daigh lief es eiskalt den Rücken hinunter, und alle Nerven in seinem Körper schienen plötzlich unter Strom zu stehen. »Wer sind Sie?«

»Kein Grund, gleich so gereizt zu sein. Ich bin auf Ihrer Seite. Aber es ist klug von Ihnen zu fragen. Informanten können überall sein.« Er schob einen Ärmel zurück, um ein Brandzeichen an seinem Unterarm zu entblößen, das eine von einem gebrochenen Pfeil durchbohrte Mondsichel darstellte.

Daigh spürte, wie sein Magen sich verkrampfte.

»Sie erkennen das Zeichen der Neun, Lazarus?«

Der Name traf ihn wie ein Schlag. »Aye. Doch nennen Sie mich nicht Lazarus. Ich bin jetzt ... Daigh.« *Und wir können nur hoffen, dass Sie nicht enden wie er.*

Seine Berichtigung stieß auf ein ironisches Lächeln. »Ach, Sie benennen sich jetzt selbst? Wie drollig! Aber durchaus angebracht unter den gegebenen Umständen. Ich habe auch einen neuen Namen angenommen, der zu der Rolle passt, die bald die meine sein wird. Sie können mich Lancelot nennen.«

»Sind Sie ein loyaler Freund? Oder ein heimtückischer Verräter?«

Ein gleichgültiges Schulterzucken antwortete ihm. »Das wird sich zeigen.«

Der Mann umkreiste ihn, wobei er wie zufällig eine Hand über Daighs Schultern gleiten ließ. Dann spürte Daigh eine Berührung an seinem Nacken und einen kühlen Atemhauch an seiner erhitzten, blutverschmierten Haut. Das professionelle Getue des Mannes verschwand hinter einem mit einem anzüglichen Lächeln vorgebrachten Vorschlag. »Sie sind vollkommen durchnässt. Vielleicht sollten Sie Ihre Sachen ausziehen und sich am Feuer trocknen.«

Ein kalter Schauder durchlief Daigh, und sein ganzer Körper schien zu erstarren, als er die Übelkeit, die in ihm aufstieg, unterdrückte. Wütend biss er die Zähne zusammen und verbot sich, den Kopf zu wenden, um den Mann im Auge zu behalten. »Wo geht Bloom von hier aus hin?«

Lancelot erschien wieder in seinem Blickfeld, als er den Raum durchquerte, um sich ein Glas Wein einzuschenken. Er ließ ihn geziert kreisen, bevor er daran nippte und Daigh mit kühler Belustigung über den Rand des Glases hinweg musterte. »Sein

Schiff läuft morgen früh aus. Máelodor müsste den Wandbehang in ein paar Tagen haben. Und wir werden dem endgültigen Erfolg einen Schritt näher sein.«

»Wie schön für unsere Seite!« Wessen Seite es auch immer war. Daigh wollte verdammt sein, wenn er es wusste.

Der Mann stellte das Glas behutsam auf den Tisch. »Das klingt aber nicht besonders begeistert.«

»Weil ich nie mit Erfolg rechne, bevor er erlangt ist.«

»Oh, er ist uns sicher, vertun Sie sich da nicht. Die Sache ist seit Jahren in der Planung. Máelodor hat sein ganzes Leben der Vollendung des Werks der Neun gewidmet. Er wird die Welt in einem neuen goldenen Zeitalter für die *Anderen* zurückerobern.«

Ein goldenes Zeitalter? Unter der Herrschaft *Anderer?* Daigh setzte eine unergründliche, neutrale Miene auf, an der nichts auf das wilde Durcheinander der Gedanken hinwies, die ihm durch den Kopf jagten.

»Bloom erzählte mir, dass Sie ihn angegriffen haben. Dass Sie ihn sogar daran hindern wollten, den Rywlkoth-Wandbehang zu stehlen. Ein merkwürdiges Verhalten für jemanden, der ursprünglich beauftragt wurde, ihn zu stehlen.«

Daigh zuckte mit den Schultern. Er spielte mit, um Zeit und Informationen zu gewinnen. »Ich kannte diesen Bloom nicht und dachte, er sei dort, um *mich* daran zu hindern, den Wandbehang zu stehlen.«

Lancelots Augen wurden schmal. »Er glaubt, sie wären abtrünnig geworden. Dass Sie sich irgendwie von Máelodors Leine losgerissen haben.«

»Von mir aus kann er denken, was er will.«

Das Kerzenlicht flackerte wie Höllenfeuer in Lancelots Augen, und sein blondes Haar schimmerte im Feuerschein. »Vielleicht sollten Sie Bloom begleiten. Máelodor wird froh sein, zu erfahren, dass seine Kreatur noch lebt und wohlbehalten ist.«

»Fahren Sie auch mit?«

Lancelot bedachte ihn mit einem kühlen Lächeln, doch seine Augen brannten immer noch von einem wilden, irren Licht. »Ich fühle mich geschmeichelt, dass Sie fragen, aber nein, ich fahre nicht mit. Es geht das Gerücht, dass Brendan Douglas sich mit seiner Familie in Verbindung gesetzt hat und auf dem Weg nach Dublin sein könnte. Máelodor würde den Verräter nur zu gern zu fassen bekommen. Er würde einen hohen Preis bezahlen für das Vorrecht, ihn zu brechen.«

Sabrinas Bruder in den Händen dieser Männer. Ein langer, grausamer Tod würde ihn dort erwarten. Ein Sterben in kleinen Schritten, bis das Opfer um den Gnadenstoß bitten würde, das Ende seiner Folterqualen. Aus irgendeinem Grund wusste Daigh das. Genauso sicher, wie er wusste, dass auch er einmal um diese Gnade gebeten hatte … und sie ihm verweigert worden war.

Seine Hände ballten sich zu Fäusten, weil sein Zorn seine Vernunft allmählich überwog.

Der Mann kam zu Daigh herüber und blieb vor ihm stehen. Sein Blick glitt jetzt mit einer Gier über Daighs Körper, die er nicht einmal mehr zu verbergen suchte. »Ich muss Ihnen gestehen, dass ich neugierig bin.«

»Worauf?«, krächzte Daigh, dessen Mund plötzlich wie ausgetrocknet war.

Sie starrten einander in die Augen. Schweiß glitzerte auf der Oberlippe des Mannes, und ein Tropfen rann an seiner Wange hinunter. »Als einer der *Domnuathi* sind Sie mit Körper und Seele an Ihren Schöpfer gebunden. Ein Sklave jeder seiner Launen.«

Daigh spürte, wie ihm das Blut in die Wangen schoss und dicke, widerliche Galle in seine Kehle stieg. Aber er antwortete auf die einzige Weise, die ihm das Vertrauen dieses Mannes erhalten würde. »Aye.«

Lancelot beugte sich vor, so nahe, dass Daigh den starken Schweiß- und Moschusgeruch des Mannes wahrnehmen konnte. Er sah auch den Schnitt, den Lancelot sich beim Rasieren zugefügt hatte, und die winzige Narbe an einem seiner Mundwinkel.

»Wenn ich also das hier täte«, murmelte er und presste die Lippen an Daighs Nacken, »und Ihnen sagte, Máelodor habe es befohlen ... Oder das ...« Jetzt küsste er ihn auf die Wange.

Am ganzen Körper zitternd, sprang Daigh auf und packte Lancelot am Kragen. »Dann würde ich Ihnen den Kopf abreißen.«

Der Mann schien mehr belustigt als besorgt zu sein. »Tatsächlich?«

Im selben Moment hörte Daighs Lunge auf zu arbeiten. Sein ganzer Körper befand sich im Griff einer unsichtbaren Magie, die ihm Hände und Füße band und ihn gefangen hielt wie ein Kaninchen in der Falle.

Der Mann umkreiste ihn langsam, seine Wangen waren gerötet vor Triumph und noch etwas anderem, etwas Üblem, Sexuellem. »Es ist, als würde man einen menschenfressenden Tiger anketten«, sagte er und zog Daigh den Rock über die Schultern, »der einen eher in Stücke reißen würde ...« – jetzt löste er Daighs Schalkrawatte – »als einen anzusehen.«

In dem Moment ließ Daigh die Bestie heraus. In einem Sturzbach schwarzer Magie, die sogar die Luft zum Knistern brachte, ließ er sie aus sich hervorbrechen. Ein scharfer Schmerz durchfuhr dabei sein Hirn und griff mit schlangenartiger Geschwindigkeit auf jeden seiner Nerven über.

Er war frei.

Blitzschnell legte er die Hände um Lancelots Kehle und drückte zu.

Und schrie gellend auf über den schneidenden Schmerz, der ihn durchfuhr, als würde er vom Schädel bis zum Unterleib gespalten, durch Knochen und durch Sehnen hindurch, die sich buchstäblich zu verflüssigen schienen. Schreiend brach er zusammen und wand sich stöhnend auf dem Boden. Aber sämtliche Geräusche, die von seinen Lippen kamen, wurden von Lancelots Hand auf seinem Mund erstickt.

»Dachtest du wirklich, du könntest einen *Amhas-draoi* besiegen? Beruhige dich, mein schönes Monster! Je mehr du dich wehrst, desto mehr wirst du leiden.«

Der Zauber und der Schmerz ließen nach, und gierig presste sich der Mund des Mannes auf Daighs. Eine Zunge schob sich zwischen seine Lippen und begann ein lüsternes Spiel mit seiner, saugte ihn förmlich aus in einem perversen, machtbesessenen Akt der Schändung.

Daigh riss den Kopf weg, aber Lancelot packte ihn am Kinn und nahm sich, was er wollte, bevor er ihn mit einem zufriedenen Seufzer wieder freigab.

Dann straffte er sich und zog seinen Rock zurecht, strich sich übers Haar und stürzte den Wein in einem einzigen langen Schluck hinunter. »Ein Jammer, dass wir unser kleines Zwischenspiel vorzeitig beenden müssen.« Er zuckte mit den Schultern. »Aber Sie können Máelodor ausrichten, dass ich tun werde, was immer nötig ist, um Douglas lebend und unversehrt zu fassen. Er wird es sehr genießen, Kilronans Bruder nach und nach zu brechen. Máelodor ist ja so einfallsreich, was das Zufügen von Schmerz angeht.« Eine Hand schon an der Türklinke, drehte er sich mit einem letzten triumphierenden Blick noch einmal zu Daigh um. »Aber das wirst du ja selbst am besten wissen, Lazarus.«

Sabrina holte tief Luft und musste augenblicklich niesen.

Staub kitzelte ihre Nase, klebte an ihren Fingern und bedeckte das Buch, das sie las, und den Tisch, an dem sie saß. Schwester Ursula, die Bibliothekarin des Ordens, schien ebenso mit Spinnweben bedeckt und verblichen zu sein wie die Bücher, Schriftrollen und Pergamente, die sie hütete.

Oder vielleicht war sie auch nur so bläulich blass vor Kälte.

Teresa hatte recht gehabt. Es war wirklich eisig kalt hier drinnen. Obwohl Sabrina zwei Unterröcke trug und die dicksten Socken, die sie besaß, klapperten ihr die Zähne.

»Haben Sie gefunden, was Sie suchten?« Schwester Ursula stopfte eine Strähne feinen weißblonden Haares unter ihr Tuch zurück und blickte Sabrina aus hellen blauen Augen an.

Sabrina, die sich gerade die Nase putzte, erwiderte das Lächeln und versuchte, die Seiten mit ihrem Ellbogen zu verdecken. »Ja, das habe ich, vielen Dank!«

Die Schwester hatte ihre Neugierde und Überraschung über Sabrinas Erscheinen in ihrer Domäne nicht verbergen können. Und sie beobachtete sie noch immer mit leicht verwirrtem Blick.

Gut, es gehörte vielleicht nicht zu Sabrinas Gewohnheiten, sich mit gelehrten Schriften zu befassen, aber das hieß noch lange nicht, dass sie nicht las. Sie liebte gute Kriminalromane oder eine spannende Liebesgeschichte, in der Gespenster mit Ketten rasselten und die arme Heldin, nur mit einem Kerzenstumpf bewaffnet, in höhlenähnlichen Gängen herumirrte.

Das war zwar nicht gerade hochgeistige Literatur, doch Schwester Ursula brauchte sie dennoch nicht so anzusehen, als könnte sie nicht zwischen Poesie und Prosa unterscheiden.

Mit einem kleinen Nicken ging die Priesterin weiter, und Sabrina war wieder allein mit ihren Versuchen, das Kauderwelsch zu verstehen, das ihr aus dem riesigen verstaubten Buch entgegenstarrte.

In der Hoffnung, dass es beim zweiten Mal mehr Sinn ergeben würde, las sie den letzten Abschnitt noch einmal durch. Der Verfasser dieses Traktats setzte sich mit großer Detailgenauigkeit und vielen Fußnoten mit der Natur des Erinnerungsvermögens auseinander. Mit der Biologie, Physiologie, Psychologie, ja sogar mit der Chemie des Ganzen. Es gab Diagramme, Tabellen, Schautafeln und Quellenangaben. Aber den umständlichen Formulierungen zu folgen brachte Sabrina nur wieder genau dorthin, wo sie begonnen hatte. Wie ein Hund, der sich in den Schwanz beißt.

Trotzdem war es die bisher beste Informationsquelle, die sie zu den seltsamen Halluzinationen, die sie gehabt hatte, gefunden hatte. Nicht, dass das noch wichtig wäre. Daigh war verschwunden. Was immer sie veranlasst hatte, in seine Erinnerungen einzutauchen, würde nun, da er fort war, ohnehin aufhören. Warum also ihre letzten Stunden im Kloster mit wissenschaftlichen Wälzern verbringen, sich mit uralten Texten herumschlagen und unentzifferbare Hieroglyphen zu enträtseln versuchen?

Das war die Frage, über die sie sich *wirklich* Gedanken machen sollte.

Sabrina stützte das Kinn auf die Hand, blickte zu dem schwachen Licht auf, das durch die schmalen, hochgelegenen Fenster fiel, und versuchte, sich in eine Erinnerung zu stürzen, als spränge sie von den Klippen unterhalb Belfoyles. Doch weder begann sich der Raum um sie zu drehen, noch wurden die Bücherstapel und Regale von einem feuchten, verregneten Eichenwald verdrängt. Und auch kein Daigh presste den Mund auf ihren in einem Kuss, der die Welt zum Stillstand brachte und ihr Innerstes in Flammen setzte.

Sabrina seufzte. Dem Himmel sei Dank!

Und schloss das Buch.

Die Nacht brach herein. Das Feuer brannte bis auf die Glut herab und kühlte zu grauer Asche ab. Die Temperatur sank mit jeder Stunde, bis Daighs Atem die kühle Luft vernebelte und sein Körper sich vor Kälte verkrampfte.

Blooms Schiff lief am nächsten Morgen aus. Daigh hatte nur noch Stunden, bevor er die Chance vertan haben würde, dem Mann zu folgen. Um Máelodor zu finden und etwas überschauen zu können, was eine immer gefährlicher werdende Verschwörung zu sein schien.

Er versuchte aufzustehen, ließ sich aber mit einem gequälten Stöhnen wieder zurückfallen. Seine Nerven waren schmerzhaft angespannt, und selbst das Atmen kostete ihn fast mehr Anstrengung, als er aufbringen konnte.

Deshalb suchte er den Trost des Schlafs. Das Einzige, was er damit jedoch erreichte, waren scheußliche Träume, von denen ihm so übel wurde, dass er sich erbrechen musste. Doch wenn er wach war, sah er nur wieder das gerötete, lüsterne Gesicht des Mannes, der sich Lancelot nannte, und hörte wieder seine grauenerregenden Schilderungen der Folterqualen, die Brendan Douglas erwarteten.

Sabrinas Bruder. Einen Mann, dem er nie begegnet war, dem aber vom Schicksal ein Tod bestimmt war, wie er grausamer nicht sein könnte.

Wenn der Mann, der sich Lancelot nannte, Brendan Douglas suchte, könnte er auch Sabrina ins Auge fassen, um sie als Schachfigur bei der Jagd nach ihrem Bruder einzusetzen. Doch solange sie bei den *bandraoi* blieb, würde wahrscheinlich nichts ihr etwas anhaben können. Nicht einmal Lancelots üble Kräfte.

Andererseits jedoch war auch Daigh in die geheiligten Hallen ihres Klosters eingedrungen – und nicht nur er, sondern auch Bloom. Es wäre nicht schwer, Sabrina von den anderen zu trennen oder sie irgendwo allein anzutreffen und gefangen zu nehmen.

Daighs Herz verkrampfte sich, als jedes Bild, das in seinem Kopf erschien, noch erschreckender als das vorangegangene war.

Er bezwang die Angst, indem er sich auf die Gesprächsfetzen konzentrierte, die er mitbekommen hatte, und die Lücken zu füllen versuchte. Bloom und Lancelot hatten von einem Tagebuch gesprochen. Von Kilronans Tagebuch.

Das erinnerte Daigh an seine erste Unterhaltung mit Sabrina.

Sie fragten jemanden nach einem Tagebuch. Verlangten, dass er es Ihnen gibt.

Er schien es bekommen zu haben. Doch zu welchem Preis?

Ein Mann mit hassverzerrtem Gesicht ... Ein auf ihn herabfahrendes Schwert. Ein Kampf, den er fast verloren hätte. Und die tränenreichen Bitten einer Frau um Gnade. Bruchstückhafte Erinnerungen stiegen auf wie Haie zum Fressen und riefen Grauen und Übelkeit in Daigh hervor. Er rollte sich zu einem Ball zusammen, bis es vorüberging.

Schwarz verblasste zu Grau, als die Morgendämmerung nahte, und in schier unerträglich kleinen Schritten kehrte seine Kraft zurück. Zuerst rollte er sich auf die Knie, wartete einen Moment und zog sich auf die Beine. Er straffte sich trotz der Stiche in seinen viel zu angespannten Muskeln.

Das Tagebuch des Earl of Kilronan hatte ihnen verraten, wo sie nach der Rywlkoth-Tapisserie suchen mussten. Nach einem Bildteppich, der sich bei den *bandraoi* befand und den er zuletzt in Ard-siúrs Arbeitszimmer hatte hängen sehen.

Sabrina.

Lady Sabrina.

Tochter und Schwester der Earls of Kilronan.

Brendan Douglas' Schwester.

Novizin des Ordens des Hohen *Danu*.

Das Puzzle setzte sich zusammen und ließ ein entmutigendes Bild entstehen.

Daigh riss die Tür auf und stieß fast mit demselben Paar zusammen, dem er schon am Vortag begegnet war. Der unterdrückte Fluch des Herrn und die furchtsam aufgerissenen Augen der

Dame gaben ihm eine gute Vorstellung von dem Anblick, den er bieten musste: von erschreckend bis zu beängstigend verrückt.

Zumindest sah man ihm das Monster an. Lancelot dagegen verbarg das Böse, das in ihm war, hinter einer Fassade aristokratischer Kultiviertheit.

Die Erben von Kilronan würden nicht merken, dass sie gejagt wurden, bis es zu spät war.

Andererseits – und hier schloss sich Daighs Faust um eine unsichtbare Waffe – würde es auch Lancelot nicht merken.

»Die Kutsche ist bereit, Lady Sabrina.«

Sie schrak zusammen bei dem Titel, den die schüchterne junge Priesterin benutzte, die geschickt worden war, um sie zu holen. Ihr Exil hatte schon begonnen. Das Lockern der Bande. Der Wechsel von einem Leben zu einem anderen.

Zärtlich strich Sabrina über die weiße Decke auf ihrem Bett und ließ ein letztes Mal den Blick durchs Zimmer gleiten. Zu dem Riss im Gips an einer Wand, der wie eine auf den Kopf gestellte Ente aussah, zu Teresas eselsohriger Ausgabe von *Die Kinder der Abtei*, die auf einem Nachttisch lag, und dem schiefen Eckschrank, den nur ein zwischen die Türen geklemmtes Stück Papier geschlossen hielt.

Sabrina wollte nicht gehen, und trotzdem kam ihr das Schlafzimmer schon nicht mehr wie das ihre vor. Es schien bereits eine spürbare Distanz entwickelt zu haben. Würde heute in einer Woche schon jede Spur von ihr verschwunden sein?

Tränen brannten hinter Sabrinas Lidern. Könnte sie sich doch nur in ihre Decken einrollen und sich unsichtbar machen, bis Mr. Dixon, Aidans kleiner Handlanger, aufgab und verschwand!

»Mylady?«

Sabrina fuhr herum. »Nennen Sie mich nicht so! Niemals.«

»Nein, My…, ich wollte sagen, nein, Madam.« Auf Sabrinas

fortgesetzten bösen Blick hin murmelte sie: »Ich meinte, nein, das werde ich nicht ... Schwester Sabrina.« Die junge Priesterin schlich hinaus wie ein geprügelter Hund.

Sabrina seufzte. Warum regte der Titel sie so auf? Weil Mr. Dixon sie schon seit zwei Tagen unablässig mit »Lady Sabrina« angesprochen hatte. Kein Wunder, dass die Schwestern verwirrt waren.

Langsam erhob sie sich und zog die Handschuhe über, schloss die pelzbesetzte Pelisse und strich die Bändchen ihrer Haube glatt. All das hatte Dixon mit einer Nachricht der neuen Lady Kilronan mitgebracht.

Verzeihen Sie die Kühnheit! Aidan bestand darauf, dass ich genügend Kleidung mitschicke, um Sie bis zu Ihrer Ankunft in Dublin auszustatten. Und Sie wissen ja, wie er ist. Hätte ich nicht zugestimmt, wäre er selbst einkaufen gegangen, und wer weiß, was Sie dann bekommen hätten! Ich kann es kaum erwarten, Sie endlich kennenzulernen. Ich habe schon so viel gehört. Nur Gutes natürlich.
Cat

Als Sabrina sich im Spiegel ansah, musste sie, wenn auch widerwillig, zugeben, dass Aidans Frau Geschmack besaß. Niemand würde die elegante, modebewusste junge Dame im Spiegel je mit der schlichten, schmucklosen Novizin von vor ein paar Tagen verwechseln.

Zu schade nur, dass alles umsonst war! Sie würde nie die auf eine vorteilhafte Heirat erpichte Dame der Gesellschaft sein, als die Aidan sie so gern sähe. Und das würde sie ihm bei der ersten sich bietenden Gelegenheit auch klarmachen.

Seufzend nahm sie ihr Retikül, blickte sich noch einmal um und sandte ein stummes Stoßgebet um Führung an die Götter.

Dieses Exil war nur vorübergehend. Im Frühling würde sie zu den *bandraoi* zurückkehren. Spätestens.

Warum hatte sie dann das Gefühl, als nähme sie nicht nur für eine lange Zeit, sondern für immer Abschied?

Kapitel Zehn

Lord Kilronan halte sich nicht in der Stadt auf. Er werde erwartet, aber für wann, das könne er nicht sagen. Mrs. Norris, die Tante Seiner Lordschaft, sei für Besucher nicht zu sprechen. Nein, Mr. MacLir könne keine Nachricht hinterlassen.

Der seltsame Kleinwüchsige war fest geblieben. Und ausgesprochen unfreundlich gewesen.

Da Daigh seine Warnung nicht überbringen konnte, ging er, bevor seine Frustration zu etwas noch Unschönerem wurde. Schon jetzt stieg Wut aus dem dunklen Winkel seines Bewusstseins auf, wo die Präsenz verharrte. Sie schoss an seinen überstrapazierten Nerven entlang und rührte die schwärzesten Teile seiner Seele an.

»Also wirklich, Sabrina! Lord Kilronan kann doch kein kompletter Unmensch sein.«

Daigh fuhr zusammen, als erhielte er einen Faustschlag in den Magen und einen Speer ins Hirn. Beides half ihm jedoch, sich von der wachsenden Spirale der Gewalt der fremden Präsenz zu lösen. Er ging noch ein paar Schritte weiter, dann verhielt er den Schritt und drehte sich zu den beiden Frauen um, die vor Kilronans Tür aus einer Kutsche stiegen.

Sehr gerade, das Gesicht weiß wie Marmor unter dem Rand ihres eleganten Hutes, blickte Lady Sabrina Douglas mit unverhohlener Furcht zu der Ziegelsteinfassade des Hauses auf.

Ohne das Murren der Passanten zu beachten, die sich an ihm vorbeidrängten, blieb Daigh stehen und beobachtete, wie sie die Eingangsstufen hinaufstieg. Noch viele Minuten später stand er da und starrte auf die geschlossene Eingangstür, als wünschte er, Sabrina käme zurück und würde es ihm erklären.

Verdammt noch mal! Was machte sie hier? Sie hätte in Glenlorgan sein müssen. Weggeschlossen hinter einer undurchdringlichen Front von Hohen-*Danu-bandraoi*. Geschützt. Sicher. Außer Gefahr.

Und weit entfernt von ihm.

»Meine Liebe! Du kannst dir gar nicht vorstellen, wie ich mich freue, dich zu sehen.«

Tante Delia schwebte die breite Marmortreppe hinunter und zog Sabrina in eine nach Lavendel duftende Umarmung, die sie nach Atem ringen ließ, aber den Schwindel beruhigte, der sie auf den Eingangsstufen ergriffen hatte.

»Wir haben dich schon vor Tagen erwartet. Ich war sicher, dass du einen furchtbaren Unfall auf der Straße hattest und nur diesen komischen Zwerg an deiner Seite, um dich zu beschützen. Komm, wir setzen uns, damit wir plaudern können! Ich habe all meine Besuche heute Nachmittag abgesagt, sodass wir also Stunden haben, um Versäumtes nachzuholen.«

Delia nahm ihre Hand und zog die völlig überwältigte Sabrina in einen der Salons im Erdgeschoss. Jane winkte ihr voranzugehen und hielt sich selbst im Hintergrund.

»Ich weiß nicht, was dein Bruder sich dabei gedacht hat, eine solche Jahrmarkts-Monstrosität einzustellen, doch da hast du's. Aidan fragt mich nicht nach meiner Meinung. Ich bin ja nur seine Tante. Kaum überhaupt eine Verwandte. Und müsste er wählen zwischen mir und dieser Frau ...« Sie warf einen schnellen Blick auf Sabrina, die sich versteift hatte, als sie ihre eigenen unfreundlichen Gedanken aus dem Munde der Tante hörte. »Aber nun ja«, sagte sie und schwenkte eine schwer beringte Hand, »wenn Kilronan sich ins selbst gewählte Exil begeben will, indem er eine gesellschaftliche Außenseiterin heiratet, wer bin ich schon, um ihn davon abzuhalten?«

Der Salon – und die Frau – strahlten eine übertrieben feminine Note aus. Putten erhoben sich von jedem Tisch, Seite an Seite mit nackten, muskelbepackten Göttern. Treibhausblumen verbreiteten einen aufdringlichen Duft in der ohnehin schon parfümierten Luft, und selbst das Feuer erstrahlte in durch Magie erzeugten pinkfarbenen und violetten Farben.

Sprachlos über Tante Delias Vorstellung von Dekor, murmelte Sabrina: »Ich bin sicher, dass Aidan nicht die Absicht hat, dich zu brüskieren.«

Nun, da sie hier war, konnte sie sehen, warum ihr Bruder es vermutlich vorzog, ihre Tante so wenig wie nur möglich um Rat zu bitten.

Wieder winkte Delia ab. »Es steht mir nicht zu, mich zu beklagen. Ich tue nur, was mir befohlen wird. ›Miete mir ein Stadthaus, Tante Delia! Richte es ein und stell das nötige Personal ein, Tante Delia!‹ Wenn Kilronan House nicht nur ein Haufen Trümmer wäre, hätte ich wahrscheinlich überhaupt nichts von deinem Bruder gehört.«

Sabrina warf einen weiteren schockierten Blick auf Tante Delias albtraumhafte Vorstellung von Stil. Was würde Aidan bloß dazu sagen? »Du hast ... Wunder gewirkt«, bemerkte sie ausweichend. »Dieses Haus ist schlicht unglaublich.«

»Danke, Liebes! Du warst schon immer ein liebes Ding. Fügsam. Gar nicht so wie deine Brüder. Aber das spielt jetzt keine Rolle. Sieh nur, wie du gewachsen bist! Das letzte Mal, als ich dich sah, fehlte es dir sehr an Schliff. Doch jetzt ...« – sie lehnte sich zurück, um Sabrina mit einem langen, kritischen Blick zu betrachten – »bist du fast schon hübsch.«

Sabrina, die Tante Delias Vorliebe dafür, Gift in ihre Komplimente einzustreuen, schon vergessen hatte, lächelte mit schmalen Lippen.

»Ja, dein Aussehen hat sich sehr verbessert. Ich gebe zu, das überrascht mich. Ich dachte, die *bandraoi* würden dich in Sack und Asche und mit Sandalen an den Füßen kleiden.«

»Lady Kilronan war so freundlich, mir diese Sachen zu schicken.«

Die Tante zog die aufgemalten Augenbrauen hoch. »Hat sie das? Dann muss ich der Frau zugestehen, dass sie einen ... nun ja, etwas schlichten Stil hat, den einige ›geschmackvoll‹ nennen würden.«

Da Tante Delia ein violett und gelb gemustertes Kleid trug, das sich um ihren üppigen Busen und ihre ausladenden Hüften spannte, konnte Sabrina nur ihrem Glücksstern danken, dass ihre Schwägerin sie mit einer angemessenen Garderobe ausgestattet hatte. Wäre Sabrina auf die Hilfe ihrer Tante angewiesen gewesen, sähe sie jetzt wahrscheinlich wie eine Kreuzung zwischen einem Blumengarten und einem Zirkuszelt aus.

»Sind mein Bruder und seine Frau hier?« Bitte sag, dass sie hier sind!, flehte Sabrina im Stillen. Sie wusste nicht, wie lange sie dieses Verhör noch ertragen würde.

»Nein, Liebes. Ich habe heute Morgen einen Brief erhalten. Sie konnten leider nicht verhindern, dass sie aufgehalten wurden, werden aber alles in ihrer Macht Stehende tun, um so bald wie möglich hier zu sein. Und das möchte ich auch hoffen. Ich musste meine Reise nach Bray schon verschieben und habe nicht die Absicht, meine Pläne erneut zu ändern.«

Sabrinas Hoffnung sank. Der liebe Himmel wusste, wie lange sie hier noch allein in der Gesellschaft ihrer Tante festsaß. Und sie hatte sich Sorgen gemacht, mit der frischgebackenen Lady Kilronan auskommen zu müssen! Was auch schon schlimm genug gewesen wäre. Doch das hier schien sich zu etwas noch weitaus Entnervenderem zu entwickeln.

»Apropos Familie. Ich muss dir unbedingt den neuesten Skandal erzählen.« Tante Delia machte es sich gemütlich wie eine Henne auf ihrem Nest. »Miss Rollings-Smith hat geschworen, dass sie eher als alte Jungfer sterben wird, als jemand anderen als deinen Cousin Jack zu heiraten.«

»Aber er ist tot.«

»Natürlich ist er das. Und wie kläglich das berühmte O'Gara-Glück bei dieser traurigen Gelegenheit versagt hat! Ich wusste ja immer, dass der Junge ein unrühmliches Ende finden würde, so labil und übermütig, wie er war.«

Ein makabres Vergnügen spiegelte sich im Gesicht der Tante wider. Sie gab nicht einmal vor, eine Träne für den Sohn ihrer Schwester zu vergießen. Sabrina konnte sich vorstellen, wie Tante Delia auf Aidans kürzliche Begegnung mit dem Tod reagiert haben mochte. Wahrscheinlich hatte sie Wetten auf sein Überleben abgeschlossen.

»Das dumme Ding dramatisiert bloß alles«, sagte sie mit einem affektierten Lächeln. »Sie war schon immer eine, die große Gesten liebte. Seit dem Frühjahr trägt sie Schwarz, was sie schrecklich teigig aussehen lässt. Und es ist ja nicht mal so, als wären dein Cousin und sie richtig verlobt gewesen. Es war ein Wunsch seiner Eltern, doch beileibe kein *fait accompli*. Jedenfalls begann das Mädchen, nachdem Jacks Tod bekannt geworden war, die tragische Witwe zu mimen, und führt sich auf, als hätten sie sich schon von Kindheit an leidenschaftlich geliebt.« Sie beugte sich vor und senkte die Stimme zu einem bühnenreifen Flüstern. »Ich persönlich glaube nicht, dass Jack O'Gara fähig war, irgendetwas mehr zu lieben als die Flasche und das Glücksspiel.«

Sie sprach, als verriete sie ein lang gehütetes Familiengeheimnis, ohne den Umstand zu beachten, dass sie in den letzten fünf Minuten nur Kritik an dem lieben Verstorbenen geübt hatte.

Sabrina hatte Jack nicht gut gekannt. Er war ungefähr so alt wie Aidan gewesen und hatte seine schüchterne jüngere Cousine bei seinen gelegentlichen Besuchen nie beachtet. Was auch kein Wunder gewesen war, da sie immer ein bisschen Angst vor dem großen, gut aussehenden, pfiffigen Jungen mit dem tollkühnen Hang zu Problemen gehabt hatte. Sie hatte stets mit scheuem Schweigen auf ihn reagiert und sich davongestohlen, wenn er einen Raum betreten hatte. Es war gut möglich, dass Jack nicht einmal bewusst gewesen war, dass Aidan und Brendan eine Schwester hatten.

Doch Aidan und er hatten sich sehr nahegestanden, und sein Tod hatte ihren Bruder hart getroffen. Seine Briefe im Laufe des Sommers waren voller Gewissensbisse und Selbstvorwürfe gewesen, obwohl Sabrina sich beim besten Willen nicht vorstellen konnte, warum er sich die Schuld daran geben sollte, dass Jacks Kutsche von Straßenräubern überfallen worden war.

»Hörst du mir zu, Sabrina?«

Nein. Aber sie zwang sich, ihrer Tante wieder Gehör zu schenken. »Entschuldige bitte, Tante Delia! Ich glaube, die Reise fordert nun doch ihren Tribut«, sagte sie und bemühte sich, entsprechend müde auszusehen.

Tante Delia schnalzte missbilligend mit der Zunge. »Du hattest schon immer die zarte körperliche Verfassung deiner Mutter. Kein Wunder, dass sie so verkümmerte, nachdem dein Vater starb. Sie hatte keinen Elan, die Arme.« Sie stieß einen Seufzer aus, der ihre ausladende Brust zum Wackeln brachte. »Aber wenn du erschöpft bist, rufe ich ein Mädchen, das dich zu deinem Zimmer begleiten wird. Und was deine Begleiterin betrifft, so hoffe ich doch, dass sie sich zu benehmen weiß.«

»Miss Fletcher ist die Tochter eines sehr angesehenen Rechtsanwalts, Tante Delia.«

»Nun ja, dann wird sie schon in Ordnung sein. Zwar nicht gerade die passende Gesellschaft für die Tochter eines Earls, doch wahrscheinlich bist du ohnehin daran gewöhnt, in diesem Orden mit allem möglichen Gesindel zu verkehren.«

Sabrina konnte es kaum erwarten, Jane zu sagen, dass sie Gesindel war.

»Ich hätte dich selbst abholen sollen, aber ich musste ja die Einrichtung vervollständigen, Personal einstellen und Vorräte einlagern, und abgesehen davon fand ein wichtiges Dinner in Dublin

Castle statt, an dem ich einfach teilnehmen musste. Ich war sicher, dass du Verständnis dafür haben würdest.«

»Mr. Dixon hat sich sehr gut um mich gekümmert. Und sobald es ihm möglich war, ist er vorausgeeilt, um dir meine bevorstehende Ankunft zu melden.«

»Hmmpff! Dieser Zwerg! Eine weitere Laune dieser Frau, der Kilronan nachgegeben hat. Ich weiß nicht, was er sich dabei gedacht hat. Die Geschichten, die ich gehört habe …« Und während Tante Delia die gleiche Klage wie schon zu Beginn der Unterhaltung anstimmte, verabschiedete sich Sabrina, um sich auf die Suche nach Jane zu machen.

»Bloom ist soeben eingetroffen, Sir. Er sagt, er habe gute Neuigkeiten.«

»Bringen Sie ihn sofort zu mir!« Máelodor schloss die zerfallenden Pergamentseiten, die Artus' letzte Schlacht veranschaulichten, und bemühte sich, seine Erregung hinter halb geschlossenen Lidern zu verbergen. Die letzten, von der Kunst mittelalterlicher Mönche festgehaltenen Momente eines durch Abtrünnigkeit und Verrat zu Fall gebrachten Königs. Das durch das Verschwörertum eines verräterischen Sohnes zerstörte goldene Zeitalter der *Anderen*.

Eine Geschichte, die sich vor sieben Jahren in allen blutigen Einzelheiten wiederholt hatte. Brendan Douglas' Falschheit und Intrige, die mit der Ermordung seines Vaters durch die *Amhas-draoi*, der Vernichtung der Neun und allem, wonach sie gestrebt hatten, geendet hatte.

Aber bald würde der ganze Douglas'sche Verrat umsonst gewesen sein.

Lazarus hatte das Kilronan-Tagebuch an sich gebracht, dessen Geheimnisse sich nun jemandem offenbarten, der die Schutzzauber brechen und die geheimnisvolle Sprache übersetzen konnte.

Und nun kam Bloom mit dem Rywlkoth-Wandbehang, der den Plan zu Artus' geheimer Grabstätte enthielt.

Jetzt fehlte nur noch der als Sh'vad Tual bekannte Stein. Der Schlüssel, um die Grabstätte zu öffnen und die Gebeine des geheiligten Königs der *Anderen* zu bergen.

Der Stein, den Brendan Douglas in den letzten Wochen vor dem Angriff der *Amhas-draoi* versteckt hatte, würde sich jedoch nur mit seiner Hilfe finden lassen – ob freiwillig oder unfreiwillig.

Und wenn alles wie geplant lief, würde der Stein sich – wie das Tagebuch und der Wandbehang – schon bald in Máelodors Besitz befinden.

Eine heftige körperliche Erregung erfasste ihn, als er sich vorstellte, wie er Brendan Douglas brechen würde. Er hoffte nur, dass der Verräter betteln würde, dass er weinen, ihn um Gnade und schließlich sogar um den Tod anflehen würde.

Denn Verzweiflung weckte Máelodors sexuellen Appetit, wie keine Frau es je vermocht hatte.

Und es war lange her, seit er das eine oder andere genossen hatte.

Er konnte es kaum erwarten.

Ein kurzes Anklopfen, und sein Butler betrat den Raum. »Mr. Bloom, Sir«, sagte er und winkte einen Herrn in Hut und Mantel herein, die noch ganz verstaubt waren von der Reise, und schloss leise die Tür hinter sich, als er sich wieder zurückzog.

Máelodor blickte mit strenger Miene auf und hob in einem zeremoniellen Gruß die Hand. »Ich nehme an, Ihre Rückkehr bedeutet, dass Sie erfolgreich waren.«

»Das war ich, o Großartiger!« Der Besucher schob eine Hand in das Futter seines Mantels und zog ein zusammengerolltes Stück Stoff heraus. Er gab sich keine Mühe, ein selbstgefälliges Grinsen zu verbergen, als er Máelodor die Rolle überreichte.

Máelodor nahm sie an sich, löste das Band, das sie zusammenhielt, und breitete den Wandbehang auf seinem Schreibtisch aus.

»Die Tapisserie war dort, wo Sie sie vermutet hatten«, erklärte Bloom. »Bei den *bandraoi* in Glenlorgan.«

Das einst weiße Fasergewebe wies heute die Stockflecken von Jahrhunderten auf. Einige Stellen waren rostbraun, während andere zu einem dumpfen Gelb mit grauen Flecken verblasst waren. Eine Ecke des Wandteppichs war beschädigt, die Fäden zerrissen und der Stoff zerfetzt. Aber die Abbildungen darauf hatten nichts von ihrer Farbenpracht und Lebendigkeit verloren.

Eine in wunderschönen Schattierungen von Purpurrot, Gold, Königsblau und Smaragdgrün dargestellte Szene zeigte eine Bahre mit sechs Trägern in voller Rüstung und mit erhobenen Visieren, die in tiefer Trauer den Kopf senkten. Einige grau verhüllte Getreue folgten der Bahre, auch sie weinten. Einer war auf die Knie gefallen, ein anderer stehen geblieben, um ihm Trost zu spenden. Vor ihnen war der Eingang zu einer Grabstätte im Fels zu sehen. Eine der grau verhüllten Gestalten stand neben der offenen Höhle; er hatte die Arme zu einem Stern erhoben, der in einem tiefen Blau auf die Bahre herabschien.

Eine exquisite Arbeit. Ein von den uralten Händen, die es bestickt hatten, zum Leben erwecktes Kunstwerk. Ein unschätzbar kostbares historisches Artefakt der *Anderen*.

Máelodor packte das grobe Leinen, warf es in das Feuer im Kamin und richtete seine ganze Wut auf den Mann, der ihm wie erstarrt vor Entsetzen gegenüberstand. »Sie verdammter Narr! Hohlköpfiger Sohn der Hure eines Bastards! Sie haben mir den falschen Wandbehang gebracht!«

Kapitel Elf

Die Kathedrale erhob sich grimmig vor dem bewölkten Himmel, oder vielleicht versuchte sie sich auch nur zwischen dem wüsten Durcheinander schmutziger Gassen und schäbiger Behausungen zu verbergen, von denen sie umgeben war. Ein Windstoß zerrte an Sabrinas haubenartigem Hut und bewegte ihre Röcke, als sie sich mit dem Rest von Tante Delias Besichtigungsgruppe über den schlammigen Boden dem Eingang näherte.

Vor ihnen gingen die Trimble-Schwestern Arm in Arm mit den Herren, die eingeladen worden waren, die Gruppe zu vervollständigen. Die drei albernen Schwestern klimperten mit den Wimpern, tänzelten und lachten affektiert wie erfahrene Veteraninnen. Generäle verstanden weniger von Strategie und Taktiken als diese jungen Frauen. Die Männer hatten keine Chance gegen sie.

Tante Delia führte ihre Schützlinge hinein, wo ihnen ein gehetzt wirkender junger Mann in mottenzerfressenem Überzieher und oft geflickten Socken entgegeneilte.

»Mr. Munsy hat sich freundlicherweise bereit erklärt, uns herumzuführen«, zirpte Tante Delia. »War das nicht nett von ihm?«

Der junge Kurat verbeugte sich lächelnd.

Die Schwestern kicherten.

Sabrina verdrehte die Augen und versuchte, so zu tun, als kenne sie sie nicht.

Die Gruppe folgte dem stolzen Vortrag des aufgeregten jungen Hilfsgeistlichen, dessen dröhnende Stimme so gar nicht zu seiner vogelscheuchenartigen Schlaksigkeit zu passen schien. »... ursprünglich von den Dänen erbaut ...«

Glenlorgans schlichte Kapelle war nicht mit der Grandiosität dieser Kathedrale zu vergleichen, aber die Gerüche in beiden

Gotteshäusern waren ähnlich. Es roch nach Kerzenwachs, Weihrauch und feuchter Wolle. Vergleichbar waren auch der von enormem Alter und großem Glauben herrührende Frieden und die Klarheit schaffende Atmosphäre, die Sabrina einhüllten wie eine warme Decke oder tröstliche Umarmung und die ihr die Last der Unsicherheit, Nervosität und das unaufhörliche boshafte Geschnatter Tante Delias erleichterten und sie in ihrer Entschlossenheit bestärkten, so bald wie möglich zu ihrem Orden zurückzukehren. Aidan würde nicht gewinnen. Nicht in dieser Frage. Sie, Sabrina, war nicht mehr das gefügige Kind, das er in Erinnerung hatte, und sie dachte nicht daran, sich herumschubsen zu lassen wie ein Bauer auf einem Schachbrett.

»... älteste Gebäude in Dublin ...«

Über ihnen übten die Chorknaben, die von einer kratzigen Violine begleitet wurden, ihre Tonleitern.

»... der walisisch-normannische Strongbow ...«

»Ich glaube, unser enthusiastischer Führer wird uns am Ende seines Vortrags auch noch einer Prüfung unterziehen.«

Sabrina warf einen überraschten Blick zu dem Herrn, der lautlos neben sie getreten war. Groß, schlank und von jugendlicher Frische, strahlte Mr. St. John von seinem weizenblonden Haar bis zu der mit Diamanten besetzten Uhrtasche, die aus seiner Westentasche hing, kühle Eleganz und Reichtum aus. Wie hatte Tante Delia es bloß geschafft, ihn dazu zu überreden, sie zu dieser Besichtigung zu begleiten? Und wieso hatten die Trimble-Schwestern ihn entwischen lassen?

»Ich fürchte, dann wird er schwer enttäuscht von seinen Schülern sein.« Sabrina betrachtete die gelangweilt wirkende Gruppe. »Sie sehen alle nicht besonders interessiert aus, nicht?«

St. John deutete auf Jane. »Miss Fletcher scheint sogar ganz fasziniert zu sein.«

Er hatte recht. Jane hing an den Lippen des jungen Geistlichen, der vor Freude darüber ganz heiße Wangen bekommen hatte und seine Bemühungen verdoppelte, jetzt auch noch mit weit ausholenden Armbewegungen.

»Bedauerlicherweise für den Kurat ist es eher Mitgefühl als Interesse«, erklärte sie belustigt. »Je weniger die anderen ihn beachten, desto mehr Aufmerksamkeit wird Jane ihm schenken. Sie hasst es, wenn jemand brüskiert wird.«

»Eine bewundernswerte Eigenschaft bei einer jungen Dame. Aber ich bin sicher, dass Sie über ganz ähnliche Gaben verfügen.«

Sah er sie mit einem ganz bestimmten Blick an, wenn er sprach? Wurde sein Lächeln noch ein wenig charmanter? War diese letzte Pause ein bisschen zu lang gewesen? Und was meinte er mit »Gaben«? Versuchte er herauszufinden, ob sie eine *Andere* war? Oder war er nur höflich und sie übertrieben misstrauisch?

Sabrina murmelte eine Antwort und hoffte, dass sie ihn zufriedenstellen und er zu der Gruppe zurückkehren würde, die schon das halbe Mittelschiff hinter sich gebracht hatte und jetzt die gotische Architektur bewunderte und erfuhr, welche Stücke aus welcher Zeit stammten.

Dummerweise nahm St. John jedoch Sabrinas Arm und zwang sie praktisch, ihn zu begleiten, als er weiterschlenderte. Na wunderbar – jetzt musste sie auch noch Konversation machen! Und dabei hasste Sabrina es, freundliche Belanglosigkeiten auszutauschen. Außerdem schickte seine Berührung selbst durch den Ärmel der Pelisse hindurch noch Kälte ihren Arm hinauf.

Nervös suchte Sabrina nach einem Thema, um das unangenehme Schweigen auszufüllen. »Leben Sie schon lange in Dublin, Sir?«

»Seit Beginn dieses Frühjahrs. Aber wie ich hörte, sind Sie gerade erst eingetroffen. Wie gefällt Ihnen die Stadt bisher?«

Es war nichts Aufdringliches an seiner Frage. Vielleicht bildete sie sich ihr ungutes Gefühl ja auch nur ein. »Ehrlich gesagt, muss ich mich erst noch daran gewöhnen.« Sie suchte Janes Blick und gab ihr das universelle Zeichen für *Hilfe, ich brauche Unterstützung*. Aber diesmal hatte sie kein Glück.

»Ihre Tante erwähnte, dass Ihr Bruder und seine Frau schon bald zurückerwartet werden.« St. John beugte sich zu ihr hinüber und drückte ihren Ellbogen, worauf ein weiterer kalter Schauder ihren Arm hinauffuhr. »Mit seiner unerwarteten Heirat hat Lord Kilronan einige hübsche Damen vor den Kopf gestoßen«, fügte er mit einem leichten Nicken zu den kichernden Trimble-Schwestern hinzu.

Sabrina versteifte sich und zog den Arm zurück. »Komisch«, sagte sie gereizt. »Als er am Rande des finanziellen Ruins stand, haben sie sich nie sehr für ihn interessiert.«

Er lächelte breit und zeigte dabei blendend weiße Zähne. »Ich hatte Sie für einen kleinen Spatz gehalten, doch Sie haben den Mut eines Adlers, Lady Sabrina. Ich wünschte, meine Schwestern wären genauso schnell bereit, mich gegen meine Feinde zu verteidigen.«

Sabrina, die sich ihrer übertriebenen Reaktion wegen jetzt ein bisschen dumm vorkam – und weil Aidan ihren Schutz ja wohl auch kaum benötigte –, schwenkte verzweifelt ihren Reiseführer hinter dem Rücken, um Jane auf sich aufmerksam zu machen. »Entschuldigen Sie, dass ich die Beherrschung verloren habe«, sagte sie und räusperte sich auffällig. »Ich hätte nicht unterstellen sollen … ich meine …« Diesmal hustete sie mehrmals laut. »Kilronan braucht meine Unterstützung nicht. Er ist sehr gut in der Lage, sich selbst zu verteidigen.«

Jane war jedoch derart von Mr. Munsy in Anspruch genommen, dass sie Sabrinas Zeichen nicht bemerkte.

St. John hingegen musterte sie besorgt. »Geht es Ihnen nicht gut, Lady Sabrina? Möchten Sie vielleicht etwas trinken? Lassen Sie mich Ihnen etwas holen!«

Er machte sich auf die Suche nach Wasser und gab ihr damit

die Gelegenheit, sich in den nächststehenden Kirchenstuhl zu flüchten. Sie lächelte, als sie um eine Säule spähte und sah, dass St. John von der jüngsten und kecksten Trimble aufgehalten wurde, die es nicht eilig zu haben schien, ihre Eroberung wieder freizugeben. Er blickte sich einmal um und runzelte die Stirn, als er die leere Stelle sah, wo Sabrina gestanden hatte, bevor er von der sehr entschlossenen Miss Trimble weggeführt wurde. Die ganze Gruppe bewegte sich auf die Treppe zu, die in die Krypta hinunterführte.

»... aus dem zwölften Jahrhundert ...«, erhob sich die Stimme des Hilfsgeistlichen über die der lauter werdenden Chorknaben.

Die Trimble-Mädchen gaben ein ängstliches Kichern von sich – was sonst?–, und dann verschwanden alle.

Endlich!

Sabrina setzte sich in eine Kirchenbank und versuchte, das unangenehme Gespräch mit Mr. St. John aus ihrem Bewusstsein zu streichen und ihren verlorenen Frieden wiederzuerlangen. Vermutlich würde ihr gesamter Aufenthalt in der Stadt aus ähnlich demütigenden Belanglosigkeiten bestehen.

Nach so vielen Jahren bei den *bandraoi*-Priesterinnen hatte sie den Trubel und die Gefahren der Außenwelt vergessen, das unaufhörliche Gedränge und den Lärm, die unverhohlen neugierigen Blicke und den Geräuschpegel erhobener Stimmen. Schon jetzt zermürbte das anhaltende Sperrfeuer ungefilterter Emotionen, das sie bestürmte, ihren Kopf und überspülte ihren Geist wie eine unaufhörlich gegen den Strand schlagende See. Ein paar Minuten für sie allein waren daher ein wahrer Segen.

Der Chor begann leise und unsicher, bevor er an Stärke und Anzahl junger Stimmen zunahm. Ein zum Himmel aufsteigender Jubel, den das uralte Gestein der Kathedrale sammelte und verbreitete, bis der Rhythmus durch die Sohlen von Sabrinas Stiefeln auf ihre Knochen übergriff und ihren Kopf mit Melodien und Licht erfüllte. Eine Stimme erhob sich über all die anderen, ein klarer, lebhafter Sopran.

Sabrina schloss die Augen und ließ sich von der Musik und dieser wundervollen Stimme durchfluten.

Ein Tenor gesellte sich dazu, wurde lauter, als der Sopran nachließ, und übernahm dann ganz. Auch die Melodie änderte sich. Nicht länger ernst und ehrfurchtsvoll, begann sie nun, auf und ab zu springen wie die Takte eines Tanzes. Die lateinischen Worte wichen einer seltsam singenden Sprache, die Sabrina nicht verstand, obwohl sie irgendwie wusste, dass das Lied von Liebe, Herzweh und Verlust handelte.

Als sie die Augen öffnete, schnappte sie bestürzt nach Luft. Nein! Nicht schon wieder! Das war nicht möglich. Das konnte nicht passieren, nicht jetzt, da Daigh nicht mehr in ihrer Nähe war. Sie konnte nicht neben einem leise knisternden Feuer sitzen, dessen schwaches Licht einen feurigen Schimmer auf Daighs Haar warf, während er seine Klinge schärfte. Es war völlig unmöglich, dass sie das rhythmische Auf und Ab des Schleifsteins auf dem mächtigen Schwert oder die geschickten Finger und das glockenhelle Singen eines Harfenisten hörte.

Aber so war es.

Daigh schob das Schwert in die Scheide zurück, erhob sich und zog Sabrina mit sich hoch. Als sie verwundert zu ihm aufblickte, begegnete sie nicht seinem üblichen leeren schwarzen Blick, sondern klaren graugrünen Augen, die völlig frei von Schatten waren.

»Bei Tagesanbruch breche ich nach Caernarvon auf. Dort braut sich etwas zusammen, und Prinz Hywel hat mich gebeten, seinen Vater zu beschützen.«

Sabrina runzelte die Stirn. »Dann begleite ich dich. Ich habe gesehen, wie die Frauen bei Hof dich ansehen. Wie ein Festbankett.«

Er lachte und küsste sie auf die Wange. Seine Brust hob und senkte sich unter ihrer Hand von seinen schnellen Herzschlägen, und sie spürte das Vibrieren seiner tiefen Stimme bis in ihren Arm. »Eifersüchtig? Das schmeichelt mir, doch leider kann ich dich nicht mitnehmen. Diesmal nicht.«

Der Harfenspieler zupfte die letzten Saiten und beendete sein Lied.

Sabrina öffnete gerade den Mund, um zu widersprechen, als sich eine große Hand darüberlegte und ein Arm sie an einen harten Körper zog.

Mit jähem Schreck erwachte sie.

Erfolg.

Máelodor öffnete die Augen, obwohl selbst diese kleine Bewegung ihn ermüdete. Das Herz pochte ihm gegen die Rippen, und Schmerz presste ihm die Brust zusammen und schoss an seinen Armen herab. Er keuchte, und jedes Luftholen verkrampfte ihm die Lunge.

Er hatte Entfernungen und Dimensionen durchquert und die dunkelsten Wege beschritten. Er war dem Pfad in den tiefsten Abgrund und wieder hinaus gefolgt. Die *Unseelie* spürten ihn, wenn er vorbeikam. Sie riefen ihn und flehten um Erlösung, doch er ignorierte ihre Bitten. Sie würden auf ihre Belohnung warten müssen. Noch war nicht die Zeit gekommen.

Stattdessen streckte er seine geistigen Fühler immer weiter nach außen aus, versuchte, eine telepathische Verbindung herzustellen, und trieb sich über die Grenze seiner Belastbarkeit hinaus. Aber seine Anstrengungen waren belohnt worden. Er hatte es geschafft. Hatte eine antwortende Berührung seines Geistes und die magische Verbindung zwischen Herrn und Sklave gespürt. Gut, sie war sehr angespannt gewesen und hatte fast nicht funktioniert – doch sie war noch intakt.

Nun würde er sich ausruhen, sich erholen. Und wenn er das nächste Mal versuchte, Kontakt zu dem *Domnuathi* aufzunehmen, würde er die Verbindung zwischen ihnen wiederherstellen, seine eigene Überlegenheit verstärken und die Kontrolle über Lazarus zurückgewinnen.

»Du hast mich fast zu Tode erschreckt!«

Daighs Augen brannten in seinem gehetzten, gequälten Gesicht, als er sich zu Sabrina vorbeugte und die Arme über die Rücklehne ihrer Bank legte. »Ich wollte keine Szene riskieren.«

»Mich zu packen und mir den Mund zuzuhalten sollte mich beruhigen?«, versetzte sie, während sie versuchte, das Bild von ihm zu verdrängen, wie er in ihrem Traum gewesen war. Das schalkhafte Lächeln, den Kuss, die Wärme seines Körpers unter ihrer Hand... Sie massierte sich die Schläfen. Warum widerfuhr ihr das?

Der Daigh, den sie jetzt vor sich hatte, sah aus, als stünde er kurz davor, in Flammen aufzugehen. Er schäumte förmlich vor unterdrückter Wut und strahlte eine beängstigende Gewalttätigkeit aus. »Nein, ich wollte nur, dass du ruhig bleibst.« Wieder beugte er sich vor und strich mit dem Daumen über ihre Wange. »Du hast geweint, Sabrina.«

Bestürzt griff sie sich mit ihrer behandschuhten Hand an die Wange. »Wirklich? Das muss der Traum gewesen sein, den ich hatte. Aber es war nichts Wichtiges. Und bestimmt nichts, was mit dir zu tun hatte.«

Belustigung erhellte für einen Moment seinen düsteren Blick. »Erzähl mir von dem Traum, der nichts mit mir zu tun hatte!«

Oh nein! Sie würde sich nicht wieder in seinen Bann ziehen lassen. Er hatte sie belogen und sie eine Sehnsucht verspüren lassen, die sie nicht verspüren wollte. Seinetwegen hatte sie sich ein Leben vorgestellt, das nicht das ihre war, das sie sich aber trotzdem mit jeder neuen Begegnung zu ersehnen begonnen hatte. Und allein schon dieser Vorstellungen wegen hatte sie sich zum Narren gemacht.

»Na schön«, sagte sie und schob kampflustig das Kinn vor. »Wir sprachen miteinander. Und dann …« Verlegen hielt sie inne. »Dann hast du mich geküsst.«

Kummer verdüsterte sein Lächeln. »Und weiter?«

»Du sagtest, du seist nach Caernarvon gerufen worden. Prinz Hywel brauche dich.«

Sein Blick richtete sich nach innen. Seine Stimme war leise und sicher. »Es sollte eine Besprechung mit den Engländern stattfinden. Ich wurde an den Hof gerufen, um zu übersetzen. Und zu spionieren.«

Sofort krümmten sich seine Schultern, als wäre er geschlagen worden. Schweiß trat ihm auf die Stirn, und er ließ sich schwer gegen die Lehne der Kirchenbank zurückfallen.

»Daigh!« Sie griff nach ihm, aber er schüttelte den Kopf. »Es ist nichts. Es passiert, wenn ich mich erinnere. Doch es hält nie lange an.«

Er atmete tief durch die Nase ein. Seine Zähne klapperten, und er zitterte am ganzen Leib.

Sabrinas Augen brannten, eine Träne lief über ihre Wange. »Wen solltest du ausspionieren? Die Engländer? Bist du Franzose? Ein Soldat Napoleons? Das ist es, nicht? Ach, du meine Güte – ich habe einem Kriegsflüchtigen Unterschlupf gewährt!«

»Nein, Sabrina«, sagte er schnell, um sie vom Rand der Hysterie zurückzuholen. »Diese Befürchtung brauchst du deinen anderen nicht hinzuzufügen.«

»Aber was ich vorhin träumte, das war eine Erinnerung. *Deine* Erinnerung. Genau wie beim letzten Mal.«

»Aye.«

»Würdest du mir dann bitte erklären, wer Hywel ist? Und was für ein Prinz ist er, aus welchem Land? Und warum träume ich von *deinen* Erinnerungen, als wäre ich dort gewesen und ein Teil davon?«

Er wandte sich ab und presste die Lippen zusammen. Sein

Blick wurde abweisend, seine Stimme vorsichtig. »Ich kann es nicht erklären. Ich weiß es nicht.«

Sie glaubte ihm keine Sekunde lang. Selbst wenn sie nicht gespürt hätte, wie seine Anspannung sich verdichtete wie ein kalter Nebel, war da ein Ton in seiner Stimme, der ihr verriet, dass er nicht die Wahrheit sagte. »Was machst du hier, Daigh? Verfolgst du mich?«

»Nicht dich. Den Mann, der bei dir war. Was wollte er? Was hat er dich gefragt?«

»Mr. St. John …« Sie unterbrach sich stirnrunzelnd. »Du kennst ihn?«

»Wir sind uns schon begegnet.« Er erschauderte sichtlich und wandte sich wieder halb ab. »Und wenn ich ihn nicht lebend bräuchte, würde ich ihm auf der Stelle eine Kugel in den Kopf jagen.«

Sabrina griff nach seiner Hand. »Daigh, was geht hier vor? Warum bist du in jener Nacht davongelaufen? Und warum benimmst du dich, als wäre Mr. St. John der Handlanger des Teufels?«

»Als *wäre* er es? Der Mann könnte Satan noch den einen oder anderen Trick beibringen.«

»Das beantwortet nicht meine Frage.«

»Wie haben die Schwestern sich mein Verschwinden erklärt?«

»Sie nannten dich einen Dieb. Sie sagten, du wärst in Ard-siúrs Arbeitszimmer eingebrochen und hättest Gegenstände mitgehen lassen.«

»Und das Blut?«, hakte er so beiläufig nach, als wäre sein Leben nicht von Wand zu Wand verspritzt worden. Und dennoch stand er hier. Unverletzt und aufreizend verschlossen.

»Ein Streit zwischen Dieben«, antwortete sie.

Einer seiner Mundwinkel zuckte, und sein Gesicht verhärtete sich. »Was gar nicht mal so falsch ist.«

»Was soll das denn heißen?«

Seine Züge wurden wieder kühl und undurchdringlich, als er die Frage mit einer Gegenfrage beantwortete. »Jetzt bin ich dran. Was tust du hier in Dublin? Verdammt noch mal, Sabrina! Du müsstest in Glenlorgan sein, wo du sicher bist. Nicht hier. Und schon gar nicht in Gesellschaft dieses Schurken.«

»Mein Bruder ließ mich abholen.«

Daigh versteifte sich und schien seine ganze Kraft zusammenzunehmen. Dann baute er sich vor ihr auf wie eine kurz vor der Entladung stehende Gewitterwolke, drohend, mächtig und gefährlich. »Der Earl of Kilronan? Hat er gesagt, warum, Sabrina? Oder dich nach einem Wandbehang gefragt? Er befand sich bei den *bandraoi* zur Aufbewahrung.«

Die leere Wand. Die Stofffetzen an dem Nagel. »Du hast ihn gestohlen. Schwester Ainnir hatte recht.«

Darauf ging er gar nicht ein. »Hör mir zu, Sabrina! Hat Kilronan einen Wandbehang erwähnt? Oder jemanden namens Máelodor? Oder deinen Bruder Brendan?«

»Wie konntest du den Wand...« Sie brach abrupt ab. »Was hast du gesagt?«

»Hat Kilronan deinen Bruder Brendan erwähnt? Dass er ihn gesehen hat? Mit ihm in Verbindung stand?«

Wieso führte dies alles zu Brendan zurück? Es war, als hätte sie durch ihr Schreiben über jenen lang zurückliegenden, furchtbaren Tag irgendein dunkles, drohendes Übel aus der Vergangenheit heraufbeschworen. Sie starrte Daigh mit ausdrucksloser Miene an. »Was hast du gehört? Was weißt du von Brendan?«

Schritte und Stimmen näherten sich. Tante Delia sprach so laut, als befände sie sich auf der Jagd. »Sabrina! Liebes! Wo steckst du nur?«

Sabrina sprang auf. »Ich muss gehen.«

Daigh ergriff ihre Hand und zog sie so dicht an sich heran, dass sein Gesicht nur noch Zentimeter von ihrem entfernt war. »Halte dich von St. John fern! Sprich nicht mit ihm und vertrau ihm nicht!«

Sie nickte stumm. Seine schwarzen Augen fesselten sie und schienen sie in sich hineinzuziehen, bis die Hitze eines Feuers, das Lied eines Harfenisten und das Kratzen eines Wetzsteins wieder ihren Kopf erfüllten. Sie brauchte sich nur mitziehen zu lassen, um an diesen Ort zurückzukehren.

»Wir sehen uns bald.« Daigh ließ ihre Hand los und zerstörte den Moment.

»Versprochen?«, fragte sie in herausforderndem Ton.

Darauf wollte oder konnte er nicht antworten.

Kapitel Zwölf

Daigh stürzte den Wein hinunter und schenkte sich aus der Flasche nach, die der Wirt ihm dagelassen hatte. Zum wiederholten Mal versuchte er, die verlorenen Teile seines Lebens zusammenzufügen. Hywel. Caernarvon. Sabrina mochte die Bedeutung dieser Wörter nicht kennen, er hingegen schon. Mit ihnen hatte sie eine Flut von Bildern ausgelöst. Bilder von zwei Leben, die nun gleichzeitig in seinem angeschlagenen Gehirn abliefen.

Das eines Mannes, der seinem Prinzen und Lehnsherrn verpflichtet war und dessen gemischtes Blut ihn zu einer Bereicherung von Gwynedds Hof machte.

Das eines Sklaven, der an einen verhutzelten, ausgezehrten Meistermagier mit bösartigem Charakter gebunden war, dessen Hände grauenvollen Schmerz zufügen konnten und dessen Mund Gift ausspuckte, das einen Mann in den Wahnsinn treiben konnte.

Máelodor. Der *Andere*, der Daighs Gebeine ausgegraben hatte. Der seinen Geist aus dem Abgrund von *Annwn* herausgeholt und ihn wieder einmal als *Domnuathi*, einen Soldaten Domnus, an diese Welt gefesselt hatte. An ein zersplittertes, zerbrochenes Leben, in dem Erinnerungen einen grausamen körperlichen Schmerz mitbrachten und in dem immer eine dunkle Kraft gleich hinter seinem eigenen Bewusstsein lauerte. Etwas Böses, Übles, das sowohl ein Teil von ihm selbst als auch ein Mittel war, ihn zu beherrschen.

Fast hätte dieser dunkle Zorn ihn heute Nachmittag besiegt. Sein Albtraum war wahr geworden. Lancelot – oder St. John, wie er nun wusste – in Begleitung von Sabrina! Dieser Hurensohn hatte ihren Arm genommen, ihr seinen ekelerregenden Dreck ins Ohr geflüstert und war ihr nahe genug gewesen, um sie zu entführen und als Köder zu benutzen.

Sie zusammen zu sehen zerstörte nahezu sämtliche Barrieren, die Daigh so mühsam zwischen seiner Vernunft und dem Ansturm des Wahns errichtet hatte. Es erweckte den Killerinstinkt in ihm, verengte seine Sicht auf Nadelstärke und vereiste eine vor Hass ganz schwarze Seele.

Was hatte ihn vom Rande der Tobsucht und des Wahns zurückgeholt? Was hatte die Dämonen, die ihn ritten, dazu veranlasst, ihn entkommen zu lassen?

Er schloss die Finger über dem Gewebe von Narben an seiner Handfläche und stieß sich von dem Tisch ab, an dem er saß, um aufzustehen.

Eine Erinnerung. Ein Traum. Ein kostbarer Moment aus einem Leben, der sich nicht ereignet haben konnte.

Sabrina.

Diesmal öffnete der Zwerg die Tür nur einen Spalt, bevor er ihn mit einem angriffslustigen Blick bedachte. »Lord Kilronan ist noch immer nicht zu Hause.«

»Ich weiß«, sagte Daigh und schob schnell einen Fuß in den Türspalt, bevor der kleine Mann sie zuschlagen konnte. »Es ist Lady Sabrina, die ich sprechen möchte. Sagen Sie ihr, Daigh MacLir sei hier.«

Genauso gut hätte er dem Mann auch auftragen können, sich auszuziehen und blau zu bemalen. Jedenfalls fuhr er fort, ihn wie eine ansteckende Krankheit zu beäugen.

»Lady Sabrina ist nicht zu Hause«, beharrte der Zwerg in gebieterischem Ton. »Doch selbst wenn sie es wäre, würde sie bestimmt keine Leute empfangen, die aussehen, als kämen sie geradewegs aus dem Gefängnis.«

Daigh war kurz davor, die Beherrschung zu verlieren. »Es ist dringend!«

Der Kleinwüchsige blieb fest, auch wenn seine Stimme schon

ein wenig unsicherer als vorher klang. »Dringend oder nicht, wenn ich jeden dahergelaufenen Kerl hereinließe, der behauptet, Mylady zu kennen, hätte ich bald keine Stellung mehr.«

Es würde nicht mehr als einen kleinen Schubs erfordern, um sich Zutritt zu verschaffen. Aber wenn der Mann nun die Wahrheit sagte und Sabrina an diesem Abend ausgegangen war? Dann würde Daigh nichts gewinnen und wäre viel schlechter dran, als wenn er sich höflich zurückzog und es später noch einmal versuchte.

Also trat er zurück und versuchte nicht einmal, seinen Sarkasmus zu verbergen, als er dem Zwerg »für seine Hilfe« dankte.

Der Kleine schnaubte nur, schlug die Tür zu und schob mit einem schallenden Geräusch den Riegel vor.

So viel zu der Möglichkeit, wie jeder andere Besucher durch die Tür ins Haus zu gelangen.

Daigh blickte zu dem Stadthaus auf. In einem der oberen Fenster brannte Licht, die unteren dagegen waren alle dunkel. Neben dem Gebäude verlief eine schmale Gasse, in der Stufen zu einer verschlossenen Tür hinaufführten. Durch ein Eisentor dahinter, das nicht verriegelt war, gelangte Daigh in einen kleinen Garten, der zum Haus gehörte.

Das Licht aus dem Fenster im ersten Stock warf gelbe Rechtecke auf den Rasen. Dicke Rosenstöcke, an denen sogar noch ein paar verwelkte Blüten hingen, wuchsen an einem Spalier an der hinteren Wand hinauf.

Lautlos zog Daigh sich zurück.

Aber er würde wiederkommen.

Schon im Halbschlaf, stand Sabrina auf und ging, von einer unerklärlichen Unruhe getrieben, durch den Raum zum Fenster. Die kalten Fußbodendielen vertrieben ihre Müdigkeit, und die eisige Luft, die Sabrina einatmete, riss sie aus den letzten Träumen.

Als sie durch das Zimmer ging, versuchte sie, die auf dem Kaminsims herumtanzenden Engelchen und den geflügelten, wie mitten im Flug erstarrten Hermes auf ihrem Schreibtisch zu ignorieren. Aber Tante Delias seltsame Vorliebe für Schnickschnack führte Sabrina die Welt, in die sie gegen ihren Willen hineingestoßen worden war, nur noch deutlicher vor Augen. Eine Welt, die ihr heute so fremd war, als wäre sie nie in sie hineingeboren worden, als hätte sie das Leben der Tochter eines Earls niemals gekannt und wäre schon immer nur eine *bandraoi*-Schülerin gewesen.

Die Stadt schien sie von allen Seiten einzuschließen, sie einzuengen und zu übertönen. So viele Stimmen, so viele Gefühle, die ihr summend und dröhnend durch den Kopf schwirrten wie ein aufgebrachter Bienenschwarm.

Sie schob die schweren Vorhänge beiseite, um in den Garten hinunterzublicken. Laub klebte an den feuchten Ästen der Bäume, obwohl ein steifer Wind wehte. Eine Katze miaute, um hereingelassen zu werden. Das raue Gelächter einiger junger Gecken, die die Nacht durchmachten, schallte die Straße hinauf und hinunter.

Sabrina hatte das Gefühl, als schrumpfte sie mit jeder Stunde, die verging, mehr. Als würde sie in die Zeit zurückversetzt, in der sie nicht hatte sprechen können, ohne ins Stottern zu geraten, keinen Schritt hatte tun können, ohne zu stolpern, und ständig mit dem Gefühl hatte leben müssen, dass alle sie beobachteten, um ihr nächstes Missgeschick mitzuerleben. Selbst die schmale Mondsichel tief am westlichen Horizont schien ihr verächtlich zuzuzwinkern.

Die Tage in Tante Delias Gesellschaft hatten dieses Gefühl nur noch intensiviert. Das größte Vergnügen ihrer Tante schien zu sein, Familienmitglieder und Freunde beim Abendessen unter Beschuss zu nehmen und an ihnen herumzumäkeln.

Wie heute Abend beispielsweise.

Jane hatte höflich lächelnd dagesessen und gegessen, Sabrina hin und wieder amüsierte Blicke zugeworfen und immer wieder mit den Lippen das Wort *Gesindel* geformt. Darüber hinaus war sie jedoch absolut keine Hilfe gewesen, um Tante Delias Aufmerksamkeit abzulenken oder deren einseitiges Geplapper zu unterbrechen – ihre Tante war mehr als nur imstande, alle Seiten einer Unterhaltung zu bestreiten.

Vielleicht war es ja gut, dass es so war. Sabrinas Gedanken sprangen hin und her, fingen hier und da eine Bemerkung auf, waren ansonsten aber mit der Erinnerung an ihr letztes Gespräch mit Daigh beschäftigt.

Tante Delia erzählte von der nicht gerade beeindruckenden Herkunft von Aidans Ehefrau …

»Die Stieftochter eines Brauereibesitzers. Das muss man sich mal vorstellen, Liebes!«

Hat Kilronan deinen Bruder Brendan erwähnt?

Weiter ging es mit dem Skandal in Verbindung mit einem noch ungenannten Herrn, der Cats Ausschluss aus der Gesellschaft herbeigeführt hatte …

»Manche behaupten sogar, sie habe ein Kind erwartet, aber solche Geschmacklosigkeiten höre ich mir nicht an. Aidan würde niemals den Familiennamen beschmutzen, indem er die Hure eines anderen Mannes heiratet.«

Was weißt du von Brendan?

Die Gerüchte über Cats verlorene Jahre, die alle möglichen absurden Vorwürfe beinhalteten, wie ein Leben als Diebin in den Diensten eines ermordeten Erzgauners …

»Es geht das Gerücht, er sei regelrecht abgeschlachtet worden. Es sei nicht einmal genügend von ihm übrig geblieben, um ihn zu begraben.«

Halte dich von St. John fern!

Aidans Vernarrtheit, die ihn in die abgelegenen Gebiete von Belfoyle verbannt hatte, wo Lady Kilronans gesellschaftliche Akzeptanz kein Thema sein würde …

»Ich habe Aidan nicht mehr gesehen, seit Kilronan House abgebrannt ist. Sie haben sich von dem Dorfpriester trauen lassen. Kein Familienmitglied war zugegen. Sie haben nicht einmal einen richtigen Empfang gegeben!«

Sprich nicht mit St. John und vertrau ihm nicht!

Bis die Dienstboten das Dessert abgeräumt hatten, lagen Sabrinas Sympathien eindeutig auf Lady Kilronans Seite, und Sabrina freute sich schon fast darauf, die schillernde und viel geschmähte Gräfin kennenzulernen. Wer Tante Delia dermaßen verärgern konnte, konnte nicht ganz übel sein.

Trotzdem machte das Gerede ihrer Tante Sabrina wieder einmal bewusst, welch scharfe Kontrolle sie würde ertragen müssen, solange sie unter der Aufsicht ihrer Tante stand. Was um Himmels willen würde passieren, falls sich Daigh hier sehen ließ? Wäre es besser, wenn er sich ihr nicht nähern würde?

Ein Erschauern durchlief sie bei der Erinnerung an die Wärme seiner Berührung, seine vollen, sinnlichen Lippen und seine harte, kalte Schönheit. Sabrina schluckte, als sich ein Kloß in ihrer Kehle bildete und Hitze sich tief in ihrem Innersten zu bündeln schien. Am wichtigsten war jedoch die Frage, wie sie mit ihrer zunehmenden Hingezogenheit zu einem Mann umgehen sollte, dessen Vergangenheit sich immer wieder mit der Klarheit der Erinnerung in ihr Bewusstsein drängte?

Wir sehen uns bald.

Was für eine unbekannte Macht führte sie zusammen?

Was für eine unbekannte Verbindung vereinte sie?

Und was für unbekannten Schwierigkeiten würden sie gemeinsam gegenüberstehen?

Denn dass Schwierigkeiten nahten, spürte Sabrina sogar in dem kühlen Novemberwind und in dem Pulsieren ihres Blutes unter ihrer Haut.

Sie schloss die Vorhänge vor dem Fenster wieder und ging zu ihrem Schreibtisch. Nach einem stirnrunzelnden Blick auf den geflügelten Hermes öffnete sie ihr Tagebuch und griff zur Feder, um sich von der Erkenntnis abzulenken, dass das, was sie für den Sturm gehalten hatte, nur die Ruhe vor dem noch bevorstehenden Unwetter gewesen war.

Die Mauer, das Spalier und das schlecht zusammengefügte Mauerwerk hinauf, und schon war Daigh im Haus.

Sabrinas Duft hing in der Luft. Ein verglimmendes Feuer glühte rot auf dem Kaminrost. Das Bett war nur eine graue Silhouette vor den tieferen Schatten.

Er trat noch einen Schritt weiter in den Raum, und die Welt explodierte hinter seinen Augen. Seine Beine gaben unter ihm nach, der Boden kam ihm rasend schnell entgegen.

»Du!«, zischte Sabrina.

Er rollte sich auf die Seite und griff sich an den Kopf. Seine Finger waren klebrig, als er sie zurückzog. »Verdammt noch mal, Frau! Bist du verrückt?«

Sie starrte böse auf ihn herab, noch immer die schwere Marmorstatue in der Hand, die sie ihm über den Schädel gezogen hatte. »Nicht ich bin es, die mitten in der Nacht ins Schlafzimmer einer Dame einbricht.«

Er bereute schon den leichtsinnigen Impuls, der ihn hierhergeführt hatte, als er sich auf einen Ellbogen stützte und zusammenzuckte. Alles um ihn drehte sich. »Du hast mich gebeten zu kommen.«

»Aber nicht wie ein Dieb in der Nacht. Das ist jetzt schon das zweite Mal, dass du mich fast zu Tode erschreckt hast.«

»Ich musste dich sehen.«

»Das ist dir zweifellos gelungen.« Sie zog den Gürtel ihres Morgenrocks noch fester um die Taille, doch er betonte nur die wohlgeformte Biegung ihrer Hüften, die glatte Haut, die sich unter dem Ausschnitt zeigte, und die Fülle ihres Haares, das ihr weit über den Rücken fiel und in weichen Wellen ihr Gesicht umrahmte. Das Feuer spiegelte sich in ihren Augen wider wie Flammen auf einer dunklen See.

Ihr Gesicht geisterte durch seine Erinnerungen. Er hatte diese zarten Wangen gestreichelt, ihre sinnlichen Lippen geküsst und ihre schönen Augen zum Lachen gebracht.

Warum hatte er sie in dieser Weise in Erinnerung? Verlor er den Verstand? Oder war es schon passiert?

»Wenn meine Tante dich hier findet …« Ihr Blick glitt vielsagend zur Tür.

Daigh schob seine Erinnerungen beiseite. Sie brachten ihn nicht weiter. Egal, an was für eine Vergangenheit er sich erinnerte, es war auf jeden Fall eine, die er nicht zurückerlangen konnte. Gleichgültig, an welche Frau er dachte, sie war heute nur noch Staub. »Das wird sie nicht. Wenn du deine Waffe weglegst, können wir reden. Dann gehe ich wieder, und niemand wird erfahren, dass ich hier war.«

Sabrina betrachtete die Statue unsicher, legte sie dann aber auf einen nahen Tisch in ihrer Reichweite.

Daigh zog sich langsam auf die Beine und war froh, dass das Zimmer beruhigend stabil blieb. Vorsichtig berührte er seinen Kopf. Er hatte aufgehört zu bluten, und nur noch eine Beule war zu spüren. Nein, dies war wirklich kein besonders schlauer Plan gewesen. Aber er hatte ihn ins Haus gebracht. Und zu Sabrina. Endlich war er einmal ganz allein mit ihr.

Er biss die Zähne zusammen, damit ihm seine verrückten erotischen Fantasien nicht in die Quere kamen. Er brauchte Informationen. Das war alles.

Daigh tat einen tiefen, etwas unsicheren Atemzug.

»Ich habe dich doch hoffentlich nicht zu sehr verletzt?«, fragte sie mit einem zerknirschten Blick und spielte an der Gürtelschlaufe ihres Morgenrocks herum.

»Es ist nichts Bleibendes«, erwiderte er und verzog das Gesicht.

»Natürlich nicht.« Ihre Stimme wurde schärfer. »Dann kannst du mir ja erklären, warum du in mein Schlafzimmer eingestiegen bist.«

Er ging ein paar Schritte, lehnte sich an den Kamin und starrte in das verglimmende Feuer. »Erzähl mir von Brendan!« Daigh hörte, wie sie scharf die Luft einzog, und drehte sich zu ihr herum. »Dann werde ich dir sagen, was ich *kann*.«

Ihre Augen verengten sich bei seiner Wortwahl, doch sie widersprach nicht, sondern ließ sich in einem Sessel nieder. Ihr Profil hob sich in sanften dunklen Linien vor dem Schein des Feuers ab. »Was willst du wissen?«

»Alles, was du mir erzählen kannst.«

Sie schüttelte den Kopf, als schmerzte es sie, darüber zu sprechen. »Er verschwand vor sieben Jahren, kurz vor der Ermordung meines Vaters. Aber …«

»Ermordung?«

Sie warf ihm einen erbitterten Blick zu. »Mein Vater wurde von den *Amhas-draoi* hingerichtet.«

Daigh schrak auf seinem Platz zusammen, und zuerst war es Hitze, dann Eiseskälte, die ihn von Kopf bis Fuß durchlief.

Dachtest du wirklich, du könntest einen Amhas-draoi *besiegen?*

Lancelots Spott stieg aus einem Winkel seiner Erinnerung auf, in den Daigh die abartige Sexualität des Mannes verbannt hatte. Daigh glaubte, wieder Lancelots gierigen Mund auf seinem eigenen zu spüren, die nervenaufreibende Welle der Magie, die Daigh inmitten seines eigenen Erbrochenen um den Tod hatte beten lassen.

Den Blick noch immer auf den Schoß gesenkt und ohne sich Daighs Kampfes gegen den scheußlich kalten Schweißausbruch bewusst zu sein, fuhr Sabrina fort. »Vater und seine Freunde wurden aufgespürt und hingerichtet«, sagte sie mit ausdrucksloser Stimme.

Waren Máelodor und St. John im Zuge einer offiziellen *Amhas-draoi*-Operation hinter Douglas her? Nein, das konnte nicht sein. Sie hatten zu große Angst gehabt, entdeckt zu werden. Und St. John hatte von *ihrem* Plan gesprochen. Von der Vorherrschaft der *Anderen*. Der Neun. Es musste also ein geheimer Plan sein.

Daigh folgte einem inneren Gefühl. »Hat Máelodor das gleiche Schicksal erlitten?«

Sabrina blickte auf; eine kleine Falte stand zwischen ihren Brauen. »Diesen Namen habe ich nie gehört«, erwiderte sie kopfschüttelnd.

Hier kam er nicht weiter, also machte Daigh einen Umweg. »Womit hatten dein Vater und seine Freunde die *Amhas-draoi* so gegen sich aufgebracht?«

»Daigh, sag mir, was hier vorgeht!«

»Das werde ich, aber zuerst – was planten sie? Was für Verbrechen hatten sie begangen, um mit dem Tod dafür bestraft zu werden?«

Sabrina gab nach, doch ein Anflug von Furcht huschte über ihr Gesicht. »Die *Amhas-draoi* kamen zu mir nach Glenlorgan. Sie stellten mir Fragen. Immer wieder, bis ich hätte schreien können. Dann erzählten sie mir schreckliche Geschichten über Vater und Brendan. Ich wollte sie nicht glauben, aber sie sagten, sie hätten Beweise.«

Daigh konnte sehen, wie die Vergangenheit von ihr Besitz ergriff. Ihr Körper verschmolz immer mehr mit dem Dunkel, als hoffte sie, dass niemand sie dort finden würde. Dass die Welt und die Erinnerungen vielleicht an ihr vorbeiziehen würden.

»Sie behaupteten, Vater und die anderen schlügen gefährliche Wege ein mit ihrer Magie. Dass sie mit schwarzer Magie arbeiteten und mit Dingen experimentierten, von denen sie die Finger hätten lassen sollen.«

Mit dem Wiederbeleben von *Domnuathi* vielleicht? Daigh

schob diesen Gedanken als wenig nutzbringend beiseite. »Dein Bruder verschwand also«, sinnierte er.

Sie versteifte sich. Ihr Gesicht wurde wieder quälend lebendig, ihre Augen fiebrig von ungeweinten Tränen. »Es war kurz vor Vaters Ermordung. Brendan sagte, er müsse für eine Weile fort. Aber dann hat er nie geschrieben, niemals versucht, Verbindung zu mir aufzunehmen. Nach all diesen Jahren ging ich schließlich davon aus, dass er nicht mehr am Leben war. Wie Vater und Mutter. Wie sie alle.« Versuchte sie, ihn oder sich selbst zu überzeugen?

Daigh ging zu ihr, hockte sich vor sie und nahm ihre Hände in die seinen. Wie feingliedrig sie waren! Seine von der Arbeit raue Haut stand in krassem Gegensatz zu ihrer zarten Weiblichkeit. »Er ist es nicht, Sabrina. Brendan Douglas lebt.«

Sie wandte das Gesicht ab und senkte die Lider, um ihre Gedanken zu verbergen. »Wie kannst du dir so sicher sein?«

»In der Nacht, in der ich aus Glenlorgan verschwand, überraschte ich einen Einbrecher in Ard-siúrs Arbeitszimmer. Er war von einem Mann namens Máelodor geschickt worden, um den *bandraoi* einen Wandbehang zu stehlen. Ich bin ihm bis nach Cork gefolgt, bevor er entkam, doch ich hörte ihn von Brendan reden. Er war in Dublin gesehen worden, und man vermutete, dass er versuchte, mit dem Earl of Kilronan in Kontakt zu treten.«

Sabrinas Gesicht verhärtete sich, und sie ballte auf dem Schoß die Hände zu Fäusten. »Und du glaubst, dass Aidan mich deswegen nach Dublin kommen ließ?«

Sie sahen einander in die Augen, ihre waren von einem fast schon schmerzhaft tiefen Blau. Bodenlose Seen, in denen er vielleicht die Schrecken seiner Existenz und die Wahrheit über seine monströse Herkunft vergessen könnte. Tränen verliehen dem Indigoblau Glanz, hingen kurz in ihren Wimpern und rannen dann glitzernd über ihre Wangen.

Daigh stand auf und trat wieder an das Feuer, weil er plötzlich

Abstand zwischen ihnen brauchte. Raum zum Atmen – um die Kontrolle wiederzuerlangen und nicht zu vergessen, was er war. Und was nicht sein konnte. »Ich weiß es nicht. Aber es passt alles zusammen. Der Wandbehang war bei den *bandraoi*. Du wurdest nach Dublin gerufen, wo Brendan Douglas zuletzt gesehen wurde.«

»Ja, das ergibt tatsächlich Sinn.« Sie stand auf, um zu ihm an den Kamin zu treten.

Er starrte auf ihr erhobenes Gesicht herab. Volle Lippen, die zu einem unsicheren Lächeln verzogen waren. Dunkelbraunes Haar, das in ungebändigter Fülle ihren Kopf umrahmte und frisch und angenehm roch wie der Wind. Ein jähes, heftiges Verlangen erfasste ihn.

Daigh konnte gar nicht anders, als die Linie ihres Kinns und die anmutige Biegung ihres schlanken Halses nachzustreichen.

Sie wich nicht zurück, aber er konnte ihr nervöses, ungleichmäßiges Atmen spüren und den wild pochenden Puls an ihrer Kehle sehen. Und das gleiche Verlangen in ihren Augen, das gewiss auch in den seinen brannte.

Wie es sich wohl anfühlen würde, sie unter sich zu haben, Haut an Haut, und ihren anmutigen Körper zu streicheln, bis sie nach Erfüllung schrie? In ihre warme, feuchte Hitze einzudringen und einen überwältigenden Höhepunkt zwischen ihren schlanken Beinen zu erleben? Und warum hatte er das Gefühl, dass er dies alles bereits wissen müsste?

Er ließ die Hand an seine Seite fallen, wo sie sich zu einer wütenden Faust zusammenballte. »Ich muss jetzt gehen.«

Sabrina warf ihm einen neugierigen Blick zu. »Daigh, du hättest bei den *bandraoi* bleiben und Ard-siúr erklären können, was geschehen war. Sie hätte verstanden und geholfen.«

»Es gab Gründe, derentwegen es das Beste war zu gehen.«

Sie lächelte bedauernd. »Und die du mir natürlich nicht erklären wirst.«

»Ich kann es nicht, Sabrina. Du wirst mir vertrauen müssen.«

»War der Mann, den du in Ard-siúrs Zimmer überrascht hast, Mr. St. John?«

»Nein. Aber St. John gehört dazu.«

»Gehört wozu?«

»Ich weiß es nicht. Halte dich einfach nur von ihm fern, und falls du von deinem Bruder hörst, dann warne ihn! Sag ihm, dass er gesucht wird und Máelodor hinter ihm her ist! Vielleicht wird er besser verstehen als ich, was das alles zu bedeuten hat.«

Um sich von dieser Frau, diesem Zimmer und dieser Fantasie zu befreien, in der Sabrina seinem Herzen immer noch so nahe blieb, holte er tief Luft und wandte sich zur Tür.

Bloom hatte ihn einen Dämon genannt, Lancelot ein Monster. Und waren sie so sehr im Irrtum? Allein Sabrina hatte ihn ohne Sorge und ohne Furcht betrachtet. Ohne Abscheu. Tatsächlich hatte sie ihn sogar mit einer Glut in ihren blauen Augen angesehen, die selbst die Teile von ihm wärmte, die den Makel des Grabes in sich trugen.

Aber diese Hitze würde erkalten, sollte Sabrina die Wahrheit je erfahren: dass Daigh MacLir ein Mythos war.

Und Lazarus die Wirklichkeit.

Kapitel Dreizehn

Daigh verschwendete keine Zeit, um St. John aufzuspüren. Er war gestern Nacht schon in das Gebäude auf der anderen Straßenseite gegangen und hatte es noch nicht verlassen. In der Zwischenzeit setzten Kutschen ihre vom Regen durchnässten Fahrgäste vor den Stufen einer grün gestrichenen Tür mit hell erleuchtetem Oberlicht ab. Andere Kutschen hielten ratternd, um die Herren aufzunehmen, die sich unter Regenschirmen in den herbstlichen Platzregen hinauswagten.

Als Daigh einen Passanten nach dem Zweck des Gebäudes gefragt hatte, hatte der nach einer schnellen, ängstlichen Musterung stockend erwidert, es handle sich um einen Herrenclub.

Da stellte sich dann doch die Frage, wieso eine modisch gekleidete junge Frau die Stufen dieses Clubs hinunterschritt?

Eine Edelhure? Möglich. Mit ihrem gut sitzenden Kostüm und der stolzen Kopfhaltung sah sie zwar nicht aus wie eine Gunstgewerblerin, aber andererseits konnte Daigh sich auch nicht vorstellen, dass die Art von Herren, die er im Laufe des Tages gesehen hatte, sich mit einer gewöhnlichen Hure mit ginbeflecktem Rock und fettigem Haar zufriedengeben würden.

Während er sie beobachtete, blickte sie sich mit einem ungehaltenen Stirnrunzeln um, bevor sie über die Straße auf einen nahen Droschkenstand zueilte.

Daigh hängte sich an ihre Fersen. Eine Hure könnte der leichteste Weg sein, an die Informationen heranzukommen, die er brauchte. Bettgeflüster gegen ein diskretes Bestechungsgeld. Sicher kein genialer Plan, doch Daigh hatte St. Johns abscheuliche Gelüste und den Schmerz, den dieser Mann zuzufügen pflegte, bereits kennengelernt und kein Verlangen nach einer Wiederholung.

Sie wurde langsamer, als sie sich der Ecke näherte, und Daigh huschte schnell in eine Gasse. Falls sie merkte, dass sie verfolgt wurde, könnte sie in eines der vielen Geschäfte gehen, die die Straße säumten, und er würde wieder einmal zum Warten verdammt sein. Nach wenigen Momenten beschleunigte sie jedoch wieder ihre Schritte und rief eine Droschke herbei.

Der Fahrer half ihr unter Verbeugungen hinein, schloss die Tür und nahm seinen Platz auf dem Bock hinter einem mageren, müde aussehenden Kutschpferd wieder ein.

Sowie die Zügel klatschten, handelte Daigh. Blitzschnell drängte er sich durch die wenigen gegen den Regen vermummten Fußgänger und sprang auf die Droschke. Nach einem drohenden Blick zum Fahrer, der daraufhin Feigheit über Verpflichtung stellte und das Ganze ignorierte, riss er die Tür auf, glitt ins Droschkeninnere und schüttelte den Regen von seinem Rock.

»Wie schön, dass Sie kommen konnten, Sir«, sagte die Frau mit einem hochmütigen Lächeln, als sie eine kurzläufige Pistole auf seine Brust richtete.

Miss Helena Roseingrave durchschritt das Zimmer wie ein Feldherr. Sie war eine *Amhas-draoi.* Der harte Glanz in ihren dunklen Augen war ein weiteres Anzeichen für ihre Ausbildung durch die Kriegsgöttin Scathach, wie auch die Breite ihrer Schultern oder das kampflustig vorgereckte Kinn.

»Warum sollte ich irgendetwas glauben, was Sie mir erzählen?«, fragte sie gereizt. »Sie sind nichts als Douglas' wieder wachgerufener Killer.«

»Fragen Sie Lady Sabrina selbst!«

Sie maß ihn mit einem ihrer durchdringenden Blicke, die ihn – mehr noch als die Waffe – während der kurzen Kutschfahrt und dem darauffolgenden Wortwechsel im Zaum gehalten hatten. »Vielleicht sollte ich das tun.«

»Es ist Máelodor, den Sie suchen sollten, und nicht Douglas«, knurrte Daigh.

»Máelodor? Der wurde von uns schon vor Jahren in Paris exekutiert. Douglas hingegen ist noch immer ein gesuchter Flüchtling. Und Gervase St. John ist kein skrupelloser Kopfgeldjäger, sondern ein angesehenes Mitglied der *Amhas-draoi*.«

»Dann werden Sie meine Warnungen also als Gefasel eines Irren abtun?«

»Sie sind schlimmer als ein Irrer ... *Lazarus*«, entgegnete sie mit einem Lächeln, das die Wärme eines Eisbergs hatte.

Die Präsenz in ihm kreischte vor Vergnügen und hieb mit einer Faust, die wie eine Keule war, gegen die Innenseite seines Schädels. Daigh zuckte auf dem Stuhl zusammen und unterdrückte einen Schmerzenslaut. Schweiß trat ihm auf die Stirn, aber er würde sich nicht von dieser Bestie vereinnahmen lassen. Sie nicht gewinnen lassen. Denn genau das war es, was Máelodor erreichen wollte: Kontrolle, Dominanz und Verdammnis.

Miss Roseingrave verfolgte Daighs inneren Kampf mit wissenschaftlichem Interesse. »Ihr Schöpfer lebt in Ihnen. Sein Blut hat Ihre Erschaffung ermöglicht, sein Wahnsinn zündete das Feuer unter Ihren Knochen. Und während Sie beide existieren, wird er immer da sein und Ihren Verstand mit seiner Bosheit infizieren.«

»Ich wehre mich gegen ihn.«

Sie zuckte mit den Schultern. »Sie sind seinem Willen nicht gewachsen. Wie gesagt, er ist Ihr Schöpfer.«

»Dann beenden Sie mein Elend! Töten Sie mich!«

Ihr Blick flog zu seinem und machte mehr als offensichtlich, wie gern sie Daighs Bitte erfüllt hätte. »Nichts wäre mir lieber, doch ich kann es nicht. Als *Domnuathi* und geschützt durch Douglas' dunklen Zauber, sind Sie gegen alles bis auf die allerstärksten Magien gefeit. Und damit meine ich die Magie der Magier selbst. Sie sind also an Ihren Herrn gefesselt, bis er Ihrer müde wird.«

Daigh erschauderte bei der Erinnerung an das Gift in St. Johns gezischten Worten, seine suchenden Hände und seinen widerlichen Kuss. »Ich bin keines Mannes Sklave«, fauchte er.

Sie legte den Kopf ein wenig schief und taxierte ihn mit ihren harten dunklen Augen. »Sie sind das bizarre Ergebnis der Ambitionen Ihres Schöpfers.«

»Wie auch Artus es sein wird, falls es wahr ist, was Sie sagen, und diese Verschwörer vorhaben, ihn wiederauferstehen zu lassen.« Bei den Göttern, was für ein Gedanke! Daigh schüttelte innerlich den Kopf.

»So weit wird es nicht kommen. Wir werden Douglas finden, bevor er die Grabstätte des Hochkönigs aufspüren und seine Ruhe stören kann.«

»Und was ist, wenn Sie Douglas finden und erkennen, dass es Máelodor ist, den Sie fürchten sollten? Dann wird es zu spät sein.«

Sie blieb aufreizend gelassen, ihr Blick wurde höchstens noch kälter. »Das ist eine Möglichkeit, die die Bruderschaft riskieren wird.«

Ihre ruhigen Worte gaben keinerlei Hinweis auf den Ansturm magischer Energie, den sie entfesselte.

Aber er schleuderte Daigh so heftig von seinem Stuhl, dass er sich schreiend wand und aufbäumte wie ein wildes Tier in einer Falle – und sich der Macht der Präsenz überließ, die sich in ihm entfaltete, und sie in einer Flutwelle von Magie und Kraft aus sich herausströmen ließ.

Daigh rappelte sich auf die Knie auf und wendete Helena Roseingraves Zauber mit einem eigenen ab, der sie ins Taumeln brachte. Und ihn vollkommen verblüffte.

Er konnte derart viel Magie einsetzen? Ein weiteres Geheimnis, das in den unerreichbaren Tiefen seiner vergessenen Erinnerungen verloren gegangen war.

Doch nun, da er sie entdeckt hatte, durchfluteten diese Kräfte seine Sinne. Fähigkeit und Instinkt beherrschten die Magie, die in seinem Blutstrom aufloderte wie brennendes Öl auf Wasser.

Er füllte seine Lunge mit belebender Luft, als er die stärksten von Miss Roseingraves Angriffen parierte, seine eigenen jedoch dämpfte. Was nicht leicht war, da sie ihn mit einem Zauber nach dem anderen bombardierte, doch er war fest entschlossen, sich nicht zu allzu harten Gegenschlägen hinreißen zu lassen. Er brauchte diese Frau lebendig – und gewillt, ihm zuzuhören.

»Warum?«, stieß er zwischen zusammengebissenen Zähnen hervor, als der brennende Schmerz in seinem Kopf fast nicht mehr zu ertragen war.

»Weil ich geschworen habe, die Menschheit vor Kreaturen wie Ihnen zu beschützen.«

Wie aus dem Nichts herbeigezaubert, erschien ein Dolch in ihrer Hand, dessen Aufblitzen er gerade noch rechtzeitig aus dem Augenwinkel sah. So verfehlte die herabstoßende Waffe ihn nur um Millimeter, als er sich blitzschnell duckte.

Daigh begegnete dem Angriff, indem er Miss Roseingrave mit einem Ausstoß von Magie, die er aus irgendeinem verborgenen Winkel seiner Erinnerung bezog, zu Boden schleuderte und sie dort festhielt.

Wütend starrte sie zu ihm auf, ihr Hass und Abscheu waren nur zu deutlich in ihren angespannten Nackenmuskeln und den bleichen, bitteren Zügen zu erkennen, als sie nach der Waffe sprang.

Daigh riss ihr den Dolch jedoch aus der Hand und drückte ihn an ihre Kehle. »Wollen Sie alles für die Rache opfern? Máelodor hat den Wandbehang. Er braucht nur noch den Stein, und Artus gehört ihm.«

Ihre Magie schlug über ihm zusammen wie eine Sturmflut, und nur seine eigene zurückgewonnene Kampfmagie hielt ihn auf den Beinen und half ihm, Ruhe zu bewahren.

»Wenn es St. John und Máelodor gelingt, diesen Krieg zu beginnen, ist es das Ende der *Anderen*. Máelodor geht es einzig um Macht und Vorherrschaft.«

Er konnte sehen, wie sie darüber nachdachte.

»Die *Duinedon* sind zu zahlreich und zu stark. Sie werden euch alle töten.«

Miss Roseingraves Zauber ließen nach. Gerade genug, dass nicht jeder seiner Atemzüge mit Glassplittern gespickt war. Daigh nutzte die Pause für einen letzten Appell. »Was haben Sie zu verlieren?«

Ein angespanntes Schweigen folgte, und das Misstrauen in ihrem Blick war nicht zu übersehen. Als sie wieder sprach, klang es wie ein Zischen. »Was schlagen Sie vor?«

Er zog sie auf die Beine. »Helfen Sie mir! Sollte ich mich irren, werde ich jede Strafe akzeptieren, die mir die *Amhas-draoi* auferlegen.«

»Und wenn Sie die Wahrheit sagen?«

Er dachte an Scathach, die Kriegsgöttin und das Oberhaupt der Bruderschaft der *Amhas-draoi*. Eine wahre Magierin …

Plötzlich kam ihm ein Gedanke. Ein Geistesblitz, der ihm einen regelrechten Schlag versetzte. »Dann schickt Scathach mich zurück.«

»Sie wollen, dass sie …«

»Mich tötet, ja.«

Sie maß ihn mit einem langen nachdenklichen Blick. »Also bekommen Sie so oder so, was Sie wollen, ob Sie recht haben oder nicht.«

Er dachte an Sabrina. An die lückenhaften Erinnerungen, die sie freigesetzt hatte, Erinnerungen an sie und ihn und eine Vergangenheit, die sich nie so zugetragen haben konnte. An die zerbrechlichen Träume, die sie in ihm wachgerufen hatte. Auch sie handelten von ihnen beiden und einer Zukunft, die sie niemals haben würden.

»Ist es so?«

Miss Roseingrave antwortete nicht sofort, sondern ging zum Fenster und starrte für ein paar endlos lange Minuten in die Nacht hinaus. Als sie sich wieder umdrehte, war ihr Gesicht von einer grimmigen Entschlossenheit geprägt. »Abgemacht. Ich werde sehen, was ich herausfinden kann. Aber Sie müssen etwas für mich tun.«

»Ich höre.«

»Helfen Sie mir, Douglas zu finden!«

»Wenn die *Amhas-draoi* ihn in sieben Jahren nicht aufgespürt haben, wie kommen Sie dann darauf, dass ich es kann?«

»Ganz einfach«, erwiderte sie mit vielsagend erhobener Augenbraue. »Fragen Sie Lady Sabrina!«

Aha! Es befand sich genau dort, wo die Bibliothekarin sie hingeschickt hatte. Sabrina nahm das Buch gerade aus dem Regal, als Jane aus dem nächsten Gang zu ihr herüberkam.

»Hast du gefunden, was du suchtest?«

Statt einer Antwort hielt Sabrina das dicke Buch hoch: *Die vollständige Geschichte von Wales, wiedergegeben von einem hochgelehrten Professor und Reisenden dieses schönen Landes.*

Der Titel war mit solch winzigen Schriftzeichen auf den Buchrücken gedruckt, dass man ein Vergrößerungsglas brauchte, um ihn zu entziffern.

Jane legte den Kopf zur Seite und verzog das Gesicht. »Ach herrje! Hast du immer noch Schlafprobleme?«

Allerdings.

Daighs Trommelfeuer von Fragen und dürftigen Erklärungen hatte Sabrina ins Grübeln gebracht über bisher unerforschte Möglichkeiten, die alle weder ermutigend noch beruhigend waren. Ein gestohlener Wandbehang? Máelodor? Der Tod ihres Vaters? Brendans Rückkehr? Wie war das alles miteinander verknüpft? Und wie passte Daigh in dieses Rätsel? Und erklärte irgendetwas von alldem die unheimliche Faszination von Daighs Erinnerungen an ein Leben, das sie als das ihre sah, mit einem Mann, dem sie jedoch in Wirklichkeit erst vor ein paar Wochen begegnet war?

Tage und Nächte eines endlosen Kreises unbeantworteter Fragen hatten sie zermürbt, als Jane schließlich mit einer Dosis ihres eigenen Schlafmittels in Sabrinas Zimmer gekommen war.

»Hier.« Sie hatte ihr einen Becher gereicht. »Das hat mir eine wirklich großartige Heilerin gegeben. Es hilft, wenn du nicht schlafen kannst.«

Daraufhin war Sabrina nahe daran gewesen, ihrer Freundin all ihre Sorgen anzuvertrauen, aber am Ende hatte sie geschwiegen und nur still den Tee getrunken. Gerade jetzt, da ihre Freundin endlich aufhörte, wie ein erschrockenes Kaninchen dreinzuschauen, wollte sie sie nicht erneut beunruhigen. Und was sollte sie ihr auch sagen? *Ach, übrigens, der Mann, den ich in meinen Visionen sehe, ist wieder da. Und er hat mich gewarnt, dass mein Bruder noch lebt und von jemandem namens Máelodor gejagt wird?*

Nicht gerade ein Gespräch für jemanden mit gesundem Urteilsvermögen.

Tante Delia würde ihr auch keine Hilfe sein. Sie hatte sich schon lange von ihrer *Anderen*-Herkunft losgesagt, da sie weder gesellschaftliche noch finanzielle Vorteile in ihrem Magierblut gesehen hatte. Wenn überhaupt, benutzte sie nur die simpelste Magie – wie die, die sich in pausbackigen Engeln oder Feuern offenbarte, die weniger wie Rauch und mehr wie Rosenwasser rochen.

Sabrina hatte sogar versucht, einen Brief an Ard-siúr zu schreiben, doch nicht nur der erste, sondern auch die nächsten vier Versuche waren im Kaminfeuer gelandet. Die Priorin ihres Ordens hatte nach Brendan gefragt. Aber aus welchem Grund? Weil sie davon ausging, dass er schuldig war, oder weil sie an seine

Unschuld glaubte? Sabrina konnte es nicht sagen, und falls ihr Bruder wirklich um sein Leben rannte, würde sie ihm keinen guten Dienst erweisen, wenn sie ihn verriet.

Jetzt drückte sie das Buch an ihre Brust. »Die Geschichte von Wales hat mich schon immer interessiert.«

»Seit wann?«

»Ach, schon ewig.« Sie tat die Frage mit einer Handbewegung ab und hoffte, dass Jane nicht weiter nachhaken würde. Das war das Problem mit einer Freundin, die einen schon so lange kannte.

»Wenn du meinst. Wir treffen uns an der Tür der Bibliothek, wenn du fertig bist.«

Gut, dass Jane so gar nicht neugierig war! Sabrina strahlte sie dankbar an.

Als sie einen freien Tisch fand, setzte sie sich, schlug das Inhaltsverzeichnis des Buches auf und ließ einen Finger über die Seite gleiten. Hier war *ein* Rätsel, das sie ohne fremde Hilfe lösen konnte.

Topografie
Flora und Fauna
Bevölkerung

Nein. Nein und nochmals nein.

Die Liste setzte sich mit frühen Bewohnern, Religion, Traditionen und Nahrungsmitteln fort.

Schließlich näherte Sabrina sich dem Ende. *Powys. Dyfed. Gwent. Gwynedd.*

Könige
Ahnentafeln

Wieder ließ Sabrina den Finger über die Liste gleiten, bis sie zu *Hywel ab Owain Gwynedd* kam. *Sohn des Owain Gwynedd. Verstorben 1170.*

Sabrina blinzelte und las es noch einmal.

Verstorben 1170.

In Pentraeth.

Von den Söhnen seiner Stiefmutter aus dem Hinterhalt ermordet.

Aus dem Hinterhalt ermordet ..

Sabrina schlug das Buch zu und atmete tief durch, um sich zu beruhigen. Entsetzen schnürte ihr das Herz zusammen, und ihr Verstand weigerte sich, das Gelesene zu glauben und über das Datum und den Namen hinauszudenken und nach einer Erklärung zu suchen.

Die Luft in der Bibliothek wurde feucht und schwer von dem Geruch nach Holzfeuer und verschimmeltem Laub. Ein beißender, modriger Herbstgeruch, von dem Sabrina so schwindlig wurde, dass sie sich am Tisch festhalten musste. Aber der Tisch war nicht mehr da. Auch die Bücherregale waren nur noch geisterhafte, gespenstische Konturen. Das ganze Gebäude löste sich zu nebelhaften Schwaden feuchter Wolken auf.

Schwankend versuchte Sabrina, das Gleichgewicht zu halten, wobei ihr Blick auf ihre Hände fiel. Sie waren gebräunt von der walisischen Sommersonne und umklammerten Halt suchend lange wollene Röcke. Ein Gürtel aus reich verziertem Leder saß tief an ihrer Taille, an ihrer Hüfte baumelte ein Schlüsselbund.

Während sie vom Kuhstall über den Hof zum Haus hinübereilte, sprangen ihr wie Feldmäuse Gedanken durch den Kopf. Die Kühe mussten gemolken werden. Mit dem Spinnen der Wolle waren sie Wochen im Verzug. Astrid lag mit Fieber im Bett, und Daigh war nicht zu Hause. Trotz ihrer Bitten, bei ihr daheim zu bleiben, hatte er sich auf die Reise zu Prinz Hywel gemacht. Er hatte nicht nachgegeben, von Loyalität seinem Lehnsherrn gegenüber gesprochen und seiner Pflicht, Hywel zu helfen, den von seinen Stiefbrüdern usurpierten Thron zu sichern. Und keine ihrer Warnungen hatte Daigh umstimmen können. Bitte, flehte sie die Götter an. Bitte bringt ihn heil zu mir zurück!

Sabrina pochte der Kopf von verzerrten Bildern ihrer selbst, aber die einzigen Gedanken, die in ihr aufkamen, drehten sich um Hywel: im Kampf gefallen. Bei einem Massaker ermordet, dem nur wenige lebend entkommen waren – Daigh mit eingeschlossen.

Eine Hand legte sich auf ihre Schulter. Eine harte, vernarbte Hand, an der die Spitze eines Fingers fehlte. Mit dem leisen Rascheln von Papier schloss sich das Buch. »Weibliche Neugier ist gefährlich.«

Der singende Tonfall legte sich um ihr Herz und trieb sie auf einer Woge machtvoller Gefühle in die Gegenwart zurück.

Sie wirbelte auf ihrem Platz so schnell herum, dass ihre Rippen sich in ihre Lunge bohrten und ihr Atem jetzt ganz schnell und flach kam.

Unaufgefordert ließ Daigh sich auf dem Stuhl neben ihr nieder und betrachtete sie ruhig, obwohl sie das Chaos seiner Emotionen wie Hammerschläge in ihrem eigenen Schädel spürte. Sein Körper vibrierte wie eine zu straff gespannte Bogensehne, doch sein Gesicht blieb wie aus Stein gemeißelt und verriet nur stille Resignation. »Jetzt kennst du die Wahrheit.«

Sie musterte ihn und suchte nach den Anzeichen, die ihr bisher entgangen waren. Aber nichts an ihm verriet, dass sie einen Toten vor sich hatte. Weder seine sonnengebräunte Haut noch sein dichtes schwarzes Haar, die titanische Kraft seines Körpers oder die Geschmeidigkeit des Soldaten ließen auch nur die Vermutung zu, dass dieser Mann von den Toten wiederauferstanden war.

»Bist du ein Geist?«, fragte sie mit einer Stimme, die kaum mehr als ein Flüstern war.

Seine Augen verdunkelten sich zum Schwarz der Geisterstunde, und er schüttelte so langsam den Kopf, als täte ihm jede Bewegung seiner Muskeln weh. »Nein. Ich bin ein Mann aus Fleisch und Blut. So menschlich wie alle anderen.«

»Aber du warst …« Sabrina versuchte, das Buch zu öffnen, doch er hielt es unter seinen Händen fest. »Du warst dort. Bei Hywel.«

»Aye. Ich bin in Pentraeth mit ihm gestorben.«

Ich erinnere mich an Blut. Und an den Morast, in den ich stürzte.

»Aber wie …?« Sabrina war schwindlig, und sie hatte ein flaues Gefühl im Magen, als müsste sie sich übergeben. Sie versuchte, die Übelkeit mit ruhigen, tiefen Atemzügen zu überwinden, und sagte mit beschämend schriller Stimme: »Das würde bedeuten, dass du über sechshundert Jahre alt bist!« Weil sie es nicht verkraften konnte, wandte sie sich ab, doch Daigh legte eine Hand unter ihr Kinn und erlaubte ihr nicht, ihr Entsetzen vor ihm zu verbergen.

»Was hast du gesehen?« Seine Augen offenbarten seinen Schmerz und Kummer. Seine Gesichtsknochen zeichneten sich überdeutlich unter seiner Haut ab, seine Lippen waren grimmig zusammengepresst, und der Puls an seiner Kehle trommelte wie wild.

»Ich war dort und habe auf dich gewartet, obwohl ich wusste, was geschehen würde. Ich wusste, dass du nie zurückkehren würdest.« Sabrina bohrte die Fingernägel in die Handflächen und ließ sich von dem Schmerz im Hier und Jetzt verankern. »Bisher hatte ich nur deine Vergangenheit gesehen. Aber in dieser letzten Vision warst du nicht da. Du warst fortgeritten, und ich war allein. Es war also auch meine Vergangenheit – und meine Erinnerung.« Sie schüttelte frustriert den Kopf. »Was auch immer geschieht, es verändert sich und zeigt mir Erinnerungen, die ich unmöglich kennen kann. Denn falls du es nicht bemerkt haben solltest, bin ich keine sechshundert Jahre alt; ich bin weder ein Geist noch ein Gespenst noch ... sonst was in der Art.«

»Aber du bist eine *Andere*.«

Und was hat das damit zu tun?, besagte der gereizte Blick, den sie ihm zuwarf.

»In deinen Adern fließt das Blut der Magier. Vielleicht ist das die Antwort. Oder deine Gabe.«

»Meine Gabe ist das Heilen. Eine Gabe, von der wir bereits klargestellt haben, dass du sie nicht benötigst.«

»Beim Heilen geht es nicht immer nur um den Körper.« Sein Blick ließ sie nicht los, und die Sehnsucht, die sie vom ersten Moment ihrer Begegnung an darin gesehen hatte, war nun durchsetzt mit Hoffnungslosigkeit.

Ohne zu überlegen, ergriff sie seine Hände, verschränkte die Finger mit seinen und drückte sie ermutigend.

Er blickte auf ihre Hände, zog die seinen jedoch nicht zurück. Seine Finger waren fest und warm, und ein elektrisierendes Kribbeln sprang von ihnen auf Sabrinas über.

»Was bist du, Daigh?«

Ein ausgedehntes Schweigen folgte, das nur von dem Gemurmel der anderen Bibliotheksbesucher unterbrochen wurde, von dem Bimmeln der Glocke über der Eingangstür und der ziemlich lautstarken Forderung einer Frau an die Bibliothekarin, eine vollständige Ausgabe von *Fanny Hill* für sie herauszusuchen, in der nicht die Seiten dreiundsiebzig bis vierundachtzig fehlten.

Daigh strich nun mit seiner breiten, schwieligen Hand über den Ledereinband des dicken Buches, was Sabrina wie eine Liebkosung ihrer eigenen Haut empfand. Ihr war, als glitten seine Finger über ihre Hüften und den Ansatz ihrer Brüste, als berührte er sie an all ihren geheimsten Körperstellen, bis aus ihrem Sehnen heftiges Verlangen wurde. Sie bewegte sich unruhig, während sie ihren Fantasien, Erinnerungen und Träumen von dieser Hand auf ihr nachhing. Es war wie der reinste Voyeurismus, zu beobachten und gleichzeitig diese sinnlichen Empfindungen zu haben, die ihr einen trockenen Mund bescherten und ihr Herz zum Rasen brachten.

»Was weißt du über die *Domnuathi?*«

Außerstande, etwas zu erwidern, schüttelte sie nur den Kopf. Eine beschämende Hitze stieg aus ihrem tiefsten Inneren zu ihrem Gesicht auf.

»Wir sind Männer, die aus ihren ausgegrabenen Gebeinen zum Leben wiedererweckt wurden. Und wir leben nur dank der Gnade unserer Schöpfer und der schwärzesten Magie.« Er hielt inne und knirschte mit den Zähnen. »Dank Männern, die wahre Ungeheuer sind.«

»Also ist das Leben, an das du dich erinnerst, eines, das …«

»… vor Jahrhunderten schon endete.« Seine Hand schloss sich zu einer Faust, an der dicke blaue Adern aus sonnengebräunter Haut hervortraten. Ein Zeichen beherrschter, aber stets präsenter körperlicher Kraft.

»Und wer …?«, flüsterte sie.

»Ein Meistermagier namens Máelodor.«

Der Mann, nach dem er sie gefragt hatte. Der Mann, der Brendan jagte.

Wann immer sie glaubte, das wachsende Chaos besser zu durchschauen, tauchten neue Informationen auf, die sie wieder völlig durcheinanderbrachten. Deshalb hielt sie sich an die einzige Konstante zwischen ihnen. »Du sagst, du erinnerst dich an mich. Dass ich das Gesicht in deinen Träumen war. Das hast du schon in der ersten Nacht gesagt. Aber wie ist das möglich? Wenn das Leben und die Gesichter, an die du dich erinnerst, die von …«

Er starrte das Buch an, als ließen sich die Antworten zwischen den Seiten finden, wo in vier kurzen Zeilen sein Tod erwähnt wurde. »Ich weiß es nicht, Sabrina. Ich verstehe es ja selbst nicht und bin genauso verloren, verwirrt und beängstigt wie du. Wenn ich die

Augen schließe, sehe ich dich so deutlich, als hätten sich diese Momente zwischen uns erst gestern zugetragen. Doch warum du sie genauso siehst?« Er zuckte mit den Schultern und stieß einen tief empfundenen Seufzer aus. »Dein Bruder Brendan kannte Máelodor. Vielleicht könnte er unsere Fragen beantworten. Hast du von ihm gehört? Irgendeine Nachricht erhalten?«

»Nichts.«

Daighs Blick zog sie in ein bodenloses schwarzes Loch hinein, in Augen ohne Licht, Wärme oder Menschlichkeit. Es war, als sähe man durch sie in die Ewigkeit, die ihm verweigert worden war. Aber Sabrina erinnerte sich an die graugrünen Augen ihrer Träume, die so lebendig und voller Leidenschaft gewesen waren, und verlor die Angst vor diesem anderen, schwarzen Blick.

Daigh lachte humorlos auf. »Zumindest wissen wir jetzt, warum ich nicht getötet werden kann. Weil ich ohnehin schon tot bin.«

Die Heilerin in Sabrina wollte seine Qualen lindern und ihm zeigen, dass er mehr war als das, was Máelodor erschaffen hatte. Impulsiv legte sie eine Hand an seine Brust, und die Wärme seines Körpers und das Pochen seines Herzens weckten wieder die Hitze in ihr, die ihr Innerstes in Flammen setzte. Dann nahm sie seine Hand und legte sie über ihr Herz, ein wenig beschämt darüber, dass die Berührung das heiße Prickeln zwischen ihren Schenkeln noch verstärkte.

Für einen langen, spannungsgeladenen Moment begegneten sich ihre Blicke. »Und nun sag mir, wo der Unterschied liegt, Daigh«, erklärte sie mit einem unsicheren Lächeln.

Kapitel Vierzehn

Ich werde Sabrina nicht in diese Sache hineinziehen. Nicht für Máelodor und nicht für Sie.«

Unruhig ging Daigh in Miss Roseingraves kleinem Salon hin und her, fuhr mit der Hand über ein Regal und warf einen Blick durchs Fenster auf den dunkelgrauen Himmel draußen. Jeder seiner Gedanken war von rasendem Kopfschmerz begleitet. So war es schon die ganze Zeit gewesen, seit er an diesem Morgen in aller Frühe aufgestanden war. Daighs Muskeln waren verkrampft, seine Nerven flatterig wie die eines Trinkers, seine Sicht in grausigen Schattierungen von Gewalt gesprenkelt. Was auch immer Böses in ihm lebte, erwachte, und es war hungrig.

Miss Roseingrave bedachte ihn mit einem ärgerlichen Blick. »Sie ist eine Douglas und somit ohnehin schon involviert, ob es ihr gefällt oder nicht.«

»Sabrina wird glauben, ich verriete sie.«

»Das ist nicht mein Problem. Ich habe den Leuten, denen ich vertraue, so viele Fragen gestellt, wie ich konnte. Bisher gibt es nichts, was St. John mit Máelodor in Verbindung bringt, bis auf den Umstand, dass die *Amhas-draoi* bei seiner Hinrichtung zugegen waren.«

»Dann fragen Sie weiter!«

»Wenn ich meinen Ruf mit verrückten Beschuldigungen riskieren soll, brauche ich mehr. Wenn Máelodor *nicht* hingerichtet wurde, wer hat die Sache dann gedeckt? Und wo ist er jetzt? Wie konnte er einen *Domnuathi* wieder zum Leben erwecken«, entgegnete sie und kräuselte verächtlich die Lippen, »wenn alle meine Quellen mir sagen, dass das unmöglich ist? Wer außer St. John könnte noch an dieser Verschwörung beteiligt sein? Wie weit verbreitet ist sie?«

»Sie täten besser daran, diese Fragen St. John zu stellen. Vergessen Sie Douglas!« Die Präsenz glitt zwischen die Kammern seines Hirns wie ein Dieb, sah seine Gedanken, spürte seine Furcht und stärkte sich an seinem Schmerz. Erschaudernd sog Daigh tief den Atem ein.

»Brendan Douglas war einer der gescheiterten Neun, der Gruppe, die von seinem Vater, dem vorherigen Earl of Kilronan, gegründet und geleitet worden war.« Miss Roseingrave durchquerte den Salon, riss die Tür auf und warf die am Schlüsselloch lauschende Gestalt fast um. »So ist es doch, Grand-mère?«

Die gebückte alte Frau straffte sich und warf ihrer Enkelin einen bösen Blick aus goldbraunen Augen zu, bevor sie zu einem Sofa humpelte und sich mit gekränkter Miene darauffallen ließ. »Was weiß ich von solchen Dingen, *ma minette*? Alles Aufrührer und Volksverhetzer, die ganze Bande. Und das habe ich Henry Simpkins auch gesagt, als er mit seinem aalglatten guten Aussehen und Süßholzgeraspel auf mich zukam. Nennt sich Máelodor, als könnte ihn das grandioser machen, als er wirklich war. Ich bin zu alt und hässlich, als dass solche Tricks noch bei mir wirken. Ich habe ihn abblitzen lassen.«

Miss Roseingraves Augen glänzten vor zärtlicher Belustigung – der erste Anflug von Menschlichkeit, den Daigh an ihr bemerkte.

»Ich könnte Ihnen nicht mal helfen, wenn ich wollte«, sagte er. »Sabrina ist so von Aufpassern umgeben, dass keine Chance besteht, sie unter vier Augen zu sprechen.«

»Sie geht doch aus, oder nicht? Dann gehen wir, wohin sie geht. Sir Lionel Halliwell gibt in ein paar Tagen einen Ball. Dort können Sie sie allein erwischen.«

»Und wie komme ich dort herein?«

»Mit mir.«

»Warum solche Anstrengungen unternehmen? Warum gewinnen Sie Ihr Vertrauen nicht selbst?«

»Die Douglas vertrauen den *Amhas-draoi* nicht. Lord Kilronan hat Lady Sabrina bestimmt schon von seinem Misstrauen gegenüber unseren Absichten erzählt. Aber Ihnen«, schloss sie mit einem zynischen Lächeln, »vertraut sie. Also lassen Sie ein paar Muskeln spielen, und sie wird Ihnen alles sagen.«

»Kannst du ihr das verdenken?«, warf Grand-mère mit einem mädchenhaften Erröten auf ihren verwelkten Zügen ein.

»Na schön«, gab Daigh verärgert nach. Er fühlte sich in die Enge getrieben. Um St. John zu entlarven, brauchte er Miss Roseingraves Hilfe. Und sobald St. Johns wahre Absichten klar zutage lagen, würde alles andere klar werden. Die *Amhas-draoi* würden erkennen, wo die wahre Gefahr lag, und Brendan Douglas' Unschuld wäre erwiesen. Sabrina würde verstehen. »Ich werde sie fragen, was sie weiß, doch Douglas geht frei aus. Sie müssen mir Ihr Wort darauf geben.«

»Dem kann ich nicht zustimmen. Was würde geschehen, wenn Scathach und die Bruderschaft erführen, dass ich ihn entkommen ließ?«

Daighs weiße Zähne blitzten auf. »Das ist nicht mein Problem.«

Seine Verdrossenheit stärkte die Bestie, die ihre Fänge an seinen Knochen schärfte. Das Zimmer schwankte unter seinen Füßen, seine Sicht verschwamm, und ein stechender Schmerz bohrte sich wie eine Axt in seinen Nacken. Er unterdrückte ein Aufstöhnen, und nur die kalte Wand in seinem Rücken hielt ihn aufrecht in dem Strudel, der sich zu seinen Füßen öffnete. Die Präsenz schwoll zu einem ohrenbetäubenden Brüllen an, als sie versuchte, ihn hineinzuziehen. Zurückzuziehen …

Als er danach wieder den Blick hob, schaute er in die schlauen goldenen Augen der alten Frau, die sich über ihn beugte und eine Hand an seine Stirn legte. Die andere lag auf seiner Brust, direkt über der Stelle, wo das Herz ihm wie rasend gegen die Rippen schlug.

Hinter ihr stand Miss Roseingrave und beobachtete ihn mit unverhohlener Verachtung in Haltung und Gesichtsausdruck. »Ich sagte Ihnen ja, dass es unmöglich sein würde, lange gegen ihn durchzuhalten. Er beherrscht Ihren Körper und Ihre Seele.«

»Nein!«, brüllte Daigh und versuchte, sich aufzurappeln. Aber die alte Frau hielt ihn fest. Er musste schwächer sein, als er angenommen hatte. Fluchend ließ er sich zurückfallen.

Ihr Mund verzog sich zu einem dünnen weißen Strich. »Die Magie Ihres Schöpfers ist stark und gefährlich. Er versucht, Sie für seine Sache zurückzugewinnen, und benutzt dazu alle dunklen Kräfte, die ihm zur Verfügung stehen. Es würde einen mächtigeren Mann als Sie erfordern, um seiner schwarzen Magie zu widerstehen.«

Daigh schloss die Augen, weil er plötzlich völlig ausgelaugt war, seine Glieder sich schwer wie Blei anfühlten und ihm schon wieder schwindlig war. »Ich spüre ihn immer. Doch heute ist es irgendwie anders. Fast so, als stünde er neben mir. In diesem Zimmer.«

Ein aufmerksames Schweigen folgte, als strengten sich alle an, irgendetwas wahrzunehmen, was auf Máelodors Präsenz hinwies.

Helena Roseingraves Großmutter brach die Spannung. »Bekämpfen Sie ihn!«, sagte sie gebieterisch. »Zeigen Sie ihm, dass Sie ihn nicht fürchten! Er schöpft Lebenskraft aus Tod? Dann ersticken Sie ihn mit Leben! Übersättigen Sie ihn damit, bis er unter einem Berg von Schönheit, Freundschaft, Liebe und Vertrauen erstickt!«

Daigh durchforschte sein Gedächtnis nach einem solchen Moment. Nach irgendetwas, um sich von dem Schlund zu seinen Füßen zu entfernen, wo Máelodor ihn erwartete.

Aber da war nichts.

Nur ein kreischendes Geräusch wie von Metall an Metall, das seinen Kopf erfüllte und alles Denken verhinderte, seine Konzentration zunichtemachte und ihm den Atem raubte. »Ich kann nicht …«

Der Schrei der alten Frau durchdrang den Lärm in seinem Kopf und erreichte Daigh. »Greifen Sie tiefer in sich!«

Und so richtete er seine Aufmerksamkeit mehr und mehr nach innen und fütterte die Präsenz mit den wenigen bruchstückhaften, undeutlichen Erinnerungen, die ihm geblieben waren.

Wie mit den Gesichtern von Männern, die um einen Tisch saßen und gut gelaunt ihre Becher hoben. Oder mit dem Bild eines dunkelgrauen Hengstes mit elegant gewölbtem Nacken und gespitzten Ohren, der seine Hand beschnupperte.

Die Präsenz verschlang diese Bilder und ließ nur schwarze Löcher zurück, wo Daighs Vergangenheit gewesen war. Doch zumindest ließ der Schmerz nach, und er konnte wieder atmen.

Leider erkannte er nun aber auch, was es tatsächlich war: nur ein vorübergehender Aufschub. Eine Atempause.

Und dass es keine Freiheit für ihn geben würde, solange er Máelodor nicht tötete.

Oder Máelodor ihn.

Entschuldige die Verzögerung! Wollte vor dir in Dublin sein. Hoffe, Tante Delia hat dich noch nicht verrückt gemacht. Cat und ich kommen so bald wie möglich. Es gibt Dinge, die wir alle besprechen müssen und die nicht in einem Brief entschieden werden können, egal, wie lang er ist.

Aidan

Ihr Bruder. Der König der Untertreibung.

Sabrina faltete den Brief wieder zusammen, steckte ihn in ihr Tagebuch und ließ sich mit einem enttäuschten Seufzer auf ihr Bett zurückfallen.

Was meinte er mit »Dingen«? Ihre baldige Rückkehr nach Glenlorgan? Seine völlig unerwartete Hochzeit mit einer mittellosen, skandalumwitterten jungen Frau von fragwürdiger Moral? Die Gerüchte über Brendans angebliche Rückkehr? Máelodor? Einen Wandbehang? Die Liste ließ sich endlos weiterführen.

Hätte er sich noch rätselhafter ausdrücken können?

Verärgert drehte Sabrina sich zur Seite, wobei ihr Blick auf den dicken Wälzer über walisische Geschichte fiel, den sie aus der Bibliothek mit heimgebracht hatte. Er schien auf ihrem Schreibtisch zu hocken und darauf zu warten, dass sie ihn in die Hand nahm, dass sie die mit Lesezeichen markierte Seite aufschlug und die Sätze wieder und wieder durchlas, als könnten sie sich zu einer Geschichte umformen, die nicht mit Daighs Tod vor Jahrhunderten endete.

Doch leider ließen sich Geschichten, die einmal gedruckt waren, nicht mehr umschreiben.

Wenn Daigh die Wahrheit sagte, waren die Worte, die sie las, und die Momente, an die er sich erinnerte, ein und dieselben. Konnte das sein? Es gab keinen Grund für ihn zu lügen. Und die wenigen gestohlenen Erinnerungen Daighs, über die sie gestolpert war, legten auf jeden Fall nahe, dass es so war. Die ganze Situation suchte sie heim wie ein schlechter Traum. Und davon hatte sie ja leider neuerdings jede Menge.

Aber wenigstens hatte Aidans Brief sie von dem Strudel ihrer Gedanken abgelenkt und sie davon abgehalten, über ihr impulsives, leichtfertiges Benehmen in der Leihbücherei nachzudenken. Daighs Hand auf ihrer Brust. Seine Berührung, die sie von Kopf bis Fuß mit elektrisierenden Empfindungen durchflutet hatte. Ihr Herz, das so heftig gepocht hatte, dass sie gefürchtet hatte, es würde ihr aus der Brust herausspringen. Und trotzdem hatte er sie einfach nur mit dem gleichen ruhigen, herzergreifenden Blick angesehen, in dem sie sich für immer verlieren könnte, hatte nichts gesagt und durch nichts auf seine Gedanken schließen lassen.

Aber offenbar hatte der Brief ihres Bruders sie noch nicht genügend abgelenkt, da sie schon wieder genau am gleichen Punkt angelangt war, an dem sie begonnen hatte.

Zum zweiten Mal ließ sie sich stöhnend auf ihr Bett zurückfallen. Götter im Himmel, hätte sie sich noch schamloser benehmen können? Hatte sie jetzt völlig den Verstand verloren? Sie musste Jane dankbar sein, dass sie ausgerechnet diesen Moment gewählt hatte, um einen Armvoll Bücher fallen zu lassen. Das hatte die Stimmung sofort zerstört. Und Daigh hatte den Moment genutzt, um so schnell zu verschwinden, als hätte er sich mithilfe der *feth-fiada*, jenes alten keltischen Zaubers, in die Unsichtbarkeit geflüchtet.

Und eigentlich müsste sie total schockiert sein. Entsetzt und völlig fassungslos vor Abscheu. Daigh war ein wandelnder Toter, ein Mann, der bis vor Kurzem nichts als Gebeine in einem Friedhofsgrab gewesen war, ein wiederbelebter Leichnam. Ein *Domnuathi*.

Sie hätte keine Schmetterlinge in der Größe von Geiern in ihrem Bauch haben oder diese prickelnde Vorfreude auf ihr nächstes Wiedersehen verspüren dürfen. Sabrina hieb sich mit der Faust gegen die Stirn. Was war nur los mit ihr?

Während sie verdrossen auf die Bettvorhänge starrte, lauschte sie den Geräuschen im Haus, die von unten zu ihr heraufdrangen: Tante Delias schrille Anweisungen an ihre Zofe, die sie für den Halliwell'schen Ball an diesem Abend zurechtmachte. Die leisen Schritte einer Hausmagd, die den Gang ausfegte. Das Bimmeln der Dienstbotenglocke. Schritte auf der Treppe.

Es hatte Tage gedauert, sich ohne die Hilfe der Klosterglocken ans Aufstehen zu gewöhnen. Noch länger, sich nicht mehr ständig nach Schwester Brighs missbilligender Miene umzudrehen. Selbst jetzt noch erschien es Sabrina beinahe dekadent, fünfzehn Minuten länger als sonst zu dösen. Und jede Minute, die sie nicht mit Arbeit, Studium oder Meditation verbrachte, fühlte sich wie etwas ganz und gar Frivoles an.

Sie gab es nur sehr ungern zu, aber tatsächlich empfand sie ihr Nichtstun als wohltuende Atempause. Es erinnerte sie an die entspannte Langeweile ihres Lebens, daran, wie es gewesen war, bevor sie sich in den Orden zurückgezogen hatte. An eine Freiheit, die sie damals nicht zu schätzen gewusst hatte.

»Nein, vielleicht lieber das Fliederfarbene mit dem hübschen goldenen Überrock und der Spitze an den Seiten.« Tante Delias Unentschlossenheit war nicht zu überhören. »Und wenn du hier fertig bist, kümmerst du dich um Lady Sabrina. Ich möchte sichergehen, dass sie auffällt. Sie ist ja leider so ein unscheinbares kleines Ding.«

Sabrina verzog das Gesicht über die Charakterisierung. Was war so schlimm daran, unscheinbar zu sein? Und warum in der Gesellschaft auffallen, wenn sie ohnehin spätestens bis Juni nach Glenlorgan zurückkehren wollte? Sie wusste, warum. Und alles ging auf Aidans Brief zurück. Er hatte *Dinge zu besprechen*. Ha! Wem versuchte er, etwas vorzumachen? Sie wusste, was er wollte. Ihre glänzende Einführung in die Gesellschaft, gefolgt von einer vorteilhaften Heirat mit einem möglichst hohen Adligen mit vollen Taschen und gutem Ruf – beides Eigenschaften, die den Douglas von Kilronan seit mehr Jahren abgingen, als sie zählen konnte.

Sie sollte Aidans jüngstes Glücksspiel sein.

Das dachte er zumindest.

Ein Klopfen riss Sabrina aus ihren rebellischen Gedanken.

Oh nein! Tante Delias Zofe kam, um Wunder bei dem »unscheinbaren kleinen Ding« zu wirken.

»Darf ich hereinkommen?« Zu Sabrinas Erleichterung war es Jane, die den Kopf durch die einen Spaltbreit geöffnete Tür steckte.

Sabrina setzte sich auf und zwang sich zu einem ruhigen, gelassenen Lächeln.

»Netter Versuch, doch du hast an den Fingernägeln gekaut.

Und der sture Zug um dein Kinn ist auch nicht zu übersehen.« Jane, die ein Tuch um die Schultern trug, setzte sich ans Feuer. »Was ist denn los?«

Sabrina versteckte die Hände in den Falten ihres Rocks und kehrte mit einem Seufzer der Erleichterung zu ihrem Stirnrunzeln zurück. »Wenn ich nicht aufpasse, werden Aidan und Tante Delia mich noch vor Ende des Sommers mit einem steifen, langweiligen Geldsack verheiraten. Und dann ist Schluss mit meinem Leben bei den *bandraoi*.«

Jane legte die Füße auf den Kaminrand. »Kilronan wird deiner Rückkehr nach Glenlorgan doch sicher nicht im Wege stehen. Nicht, wenn du ihm zeigst, dass es wirklich das ist, was du willst.«

Sabrina schnaubte zweifelnd, und sie betrachtete wieder das wartende Buch über walisische Geschichte.

Jane, die ihrem Blick gefolgt war, zog eine Augenbraue hoch. »Es *ist* doch, was du wirklich willst, oder?«

»Natürlich!«, erwiderte Sabrina ungehalten. »Habe ich das nicht immer gesagt?«

»Ja, aber du hast früher auch den ganzen Schulschlafsaal mit Geschichten von Prinzen und Prinzessinnen unterhalten. Von stampfenden Pferden, bösen Schurken, Heldentaten, Romanzen und ›... wenn sie nicht gestorben sind, dann leben sie noch heute‹.«

»Was willst du damit sagen?«

»Vielleicht – nur vielleicht, wohlgemerkt – glaubst du, du wärst deinem Prinzen schon begegnet.« Sie errötete. Oder waren Janes Wangen vorher schon so rot gewesen?

Sabrina sprang auf und ging zu ihrem Schreibtisch, hob das schwere Buch auf und legte es in eine Schublade, wo es sie nicht mehr anstarren konnte. Dann lehnte sie sich an den Tisch und richtete mit grimmiger Entschlossenheit den Blick auf Jane. »Das spielt keine Rolle. Daigh MacLir ist nicht mein Märchenprinz. Ich darf ihn gar nicht wollen.«

»Er ist dir nach Dublin gefolgt.«

»Nein. Er ist aus Glenlorgan geflohen und mir in Dublin zufällig über den Weg gelaufen. Das ist etwas anderes.«

»Erinnerst du dich, dass du einmal gesagt hast ...«

Sabrina ließ sie nicht ausreden, weil es zu demütigend war. »Nur allzu gut. Fang gar nicht erst davon an! Es war dumm und lächerlich. Schicksal, Bestimmung, Liebe auf den ersten Blick – das alles gibt es gar nicht wirklich.«

Diesmal war es Jane, die das Kinn vorschob. »Wie du meinst. Dann sprechen wir nicht mehr darüber.«

»Danke!«

»Aber hat er dich geküsst?«, fragte Jane grinsend und mit einem schelmischen Funkeln in den Augen.

»Jane!«

»Na schön!« Sie seufzte. »Wenn du über Daigh MacLir nicht sprechen willst, dann lass uns über Kilronans Pläne reden. Was schlägst du vor, was man unternehmen könnte, wenn du wirklich so beunruhigt bist?«

»Ich weiß es noch nicht.« Sie ertappte sich dabei, dass sie wieder an einem Fingernagel kaute, und versteckte die Hand schnell hinter dem Rücken, bevor Jane sie tadeln konnte. »Doch falls Aidan Streit will, wird er ihn bekommen. Ich bin nicht mehr so gefügig, wie er mich in Erinnerung hat.«

Die Freundin kicherte. »Ard-siúr hatte recht. Dich gehen zu lassen hat Wunder gewirkt für dein Selbstvertrauen. Und für deinen Eigensinn.«

»Ard-siúr hat mit dir über mich gesprochen?« Sabrina wusste nicht, ob sie erfreut oder verärgert sein sollte.

»Das ist zu viel gesagt. Sie meinte nur, dass du, wenn du zu uns zurückkämst, eine doppelt so gute Priesterin sein würdest, wie du wärst, wenn du das Kloster nicht verlassen hättest.«

»Ach ja?« Sabrina versteifte sich, als sie sich vom Schreibtisch löste. »Dann werde ich es ihr zeigen. Doppelt und dreimal so gut – die beste!«

»Und Daigh?«

»Wir wollten doch nicht mehr über ihn sprechen.« Enttäuschung legte sich auf ihre Brust wie ein harter, kalter Stein, der sich auszubreiten schien, bis ihr ganzer Körper schwer wie Blei wurde und schmerzte. »Er ist nicht meine Zukunft.« Sie dachte an seine Sicherheit, die fast schon wütende Überzeugung, mit der er geschworen hatte, sie zu kennen. Sie war sein Traum. Aber es konnte nicht sein. Egal, wie sehr ihr Herz vielleicht auch wünschen mochte, es sei möglich. »Und egal, was er sagt, ich bin auch nicht seine Vergangenheit.«

Kapitel Fünfzehn

Die Musiker stimmten einen schwungvollen schottischen Reel an, und von ihrem versteckten Platz hinter einem Wald aus Topfpflanzen beobachtete Sabrina die Aufstellung der Paare.

Tante Delia war schon kurz nach ihrer Ankunft auf dem Ball ihrer eigenen Wege gegangen und bot damit Sabrina eine willkommene Atempause. Während der ganzen Kutschfahrt hatte die alte Dame ihr in Lob verpacktes Gift versprüht und erst damit aufgehört, als sie die marmorne Eingangshalle von Sir Lionel Halliwells Haus betreten hatten, wo sie sich überaus charmant und kultiviert gegeben hatte. Natürlich hatte sie sich eine letzte Spitze nicht verkneifen können, als der livrierte Diener ihnen vor dem Stadthaus aus der Kutsche geholfen hatte: »Keine Bange, es wird schon gutgehen, Kinder. Es gibt immer ein paar Einfaltspinsel, die neu in der Stadt sind und Tanzpartnerinnen brauchen.«

Sabrina hatte das mit einem gleichmütigen Lächeln beantwortet und war sogleich zur nächsten Ecke mit Topfpflanzen hinübergeschlendert, allerdings nicht ohne unterwegs bei jedem Diener stehen zu bleiben, der mit einem Tablett an ihr vorbeikam, und sich mit einem Glas Claret zu stärken.

Dann begann die Musik. Hinreißend schön in einem cremefarbenen Seidenkleid, ihr wundervolles Haar zu einer eleganten Lockenfrisur aufgesteckt, stand Jane einem Inbegriff der Männlichkeit in scharlachroter Uniform gegenüber, der sie schon Momente nach ihrem Eintreffen um einen Tanz gebeten hatte.

Sehr zum Kummer ihrer Tante und Sabrinas Erleichterung hatte sie keine solche Aufforderung erhalten. Sie konnte sich auch nicht vorstellen, oberflächliche Konversation führen und sich gleichzeitig auf die Schritte des Reels konzentrieren zu müssen. Zu viele Jahre waren seit ihren Tanzstunden auf Belfoyle vergangen. Und sie war schon damals nicht sehr gut gewesen.

Na ja, und wenn schon! Hier musste sie zumindest ihre ganze Energie darauf verwenden, sich nicht lächerlich zu machen. Wäre sie hingegen zu Hause, würde sie wieder die Geschichte von Wales lesen, sich Daigh als über sechshundert Jahre alten Krieger vorstellen oder an seinen glutvollen schwarzen Blick denken – und vor allem an seinen Kuss, der ihr Herz noch immer schneller schlagen ließ, wenn sie ihn im Geiste noch einmal durchlebte.

Die Paare standen sich in präziser Aufstellung gegenüber, blickten einander in die Augen, drehten sich und fassten sich an den Händen.

Wie es wohl wäre, noch mal von ihm geküsst zu werden? Oder seine Arme um sich zu spüren? Seine Hände auf ihr …

Sabrina schloss die Augen und atmete tief ein. Was geschah mit ihr? Was an Daigh war es, das ihr Innerstes nach außen kehrte?

Schon als Kind hatte sie sich aller möglichen verwundeten Geschöpfe angenommen. Des Vogels mit dem gebrochenen Flügel, der von den Söhnen des Gärtners getriezten Katze, des mageren Hundes mit den hervorstehenden Knochen und flehenden Augen, der ihr nach Hause gefolgt war. Sie alle hatten einen Platz in ihrem Herzen gefunden. Und war Daigh so anders? Mit seinem gehetzten Blick und der Verzweiflung, die sich darin widerspiegelte? Der grimmigen Anspannung seines muskulösen Körpers und dem Gram, der seine markanten Züge prägte?

War er vielleicht einfach nur ihr neuester Streuner?

Damen und Herren bewegten sich im Rhythmus der Musik, kamen zusammen und trennten sich wieder. Hände wurden ergriffen und mit einem Lächeln freigegeben.

Sabrina trank ihren letzten Schluck Claret und suchte den Raum nach einem nahen Diener ab, um sich nachschenken zu lassen. Als ihr Blick auf Mr. St. Johns kultivierte, lächelnde Erscheinung fiel, erstarrte sie. Er und ihre Tante standen plaudernd beieinander und blickten mit unverhohlenem Wohlgefallen zu ihr herüber.

Die Unterschiede zwischen ihnen hätten nicht auffallender sein können. Mr. St. Johns strenge, schwarz-weiße Eleganz stand in krassem Gegensatz zu dem grauenhaften Zartlila und Gold, das ihre Tante trug.

»Da bist du ja, Liebes«, gurrte Delia, als sie sich einen Weg in Sabrinas grüne Grotte bahnte. »Warum um Himmels willen verkriechst du dich hier im Gebüsch? Ich sagte dir doch schon in der Kutsche, dass du keine Angst zu haben brauchst. Der Puder verdeckt ganz ausgezeichnet deinen Pickel.«

Welche Strafe stand auf Tantenmord? Jeder Richter, der Tante Delia kannte, würde Sabrina wahrscheinlich sogar mit einer Medaille für große Verdienste zum Wohle der Allgemeinheit heimschicken.

»Wenn dein Kleid doch auch nur so unauffällig wäre!«, murmelte Sabrina hinter ihrem Fächer und richtete den Blick zur Tanzfläche, wo sich die Paare für den nächsten Tanz aufstellten. Jane war von einem schwindsüchtig aussehenden Herrn aufgefordert worden, der sie mit melancholischem Blick betrachtete.

Wo waren die Diener mit dem Rotwein, wenn Sabrina welchen brauchte?

Tante Delia zog Mr. St. John zwischen die Pflanzen. »Sieh nur, wen ich im Spielzimmer getroffen habe! Du erinnerst dich doch sicher an Mr. St. John, der so freundlich war, uns in die Kathedrale zu begleiten?«

»Schön, Sie wiederzusehen, Lady Sabrina.« Er verbeugte sich mit der Anmut einer Ballerina, bevor er ihre Hand nahm und einen Kuss in die Luft darüber hauchte. Seine Berührung war kalt wie immer, sein Blick bedauerlicherweise jedoch nicht. Er ruhte mit genügend Wärme auf ihrem Busen, um ihr eine Gänsehaut zu verursachen. »Ich sagte Ihrer Tante gerade, wie sehr ich gehofft hatte, Gelegenheit zu bekommen, die schönste Frau in Dublin noch einmal zu sehen.«

Daigh hatte sie gewarnt, sich vor diesem Mann in Acht zu nehmen und sich so weit wie möglich von ihm fernzuhalten. Um ihre ablehnende Haltung nicht allzu offensichtlich zu machen, als sie ihm die Hand entzog, zupfte sie den Hauch von Seide, der gerade eben als Schal durchging, noch fester über ihrer Brust zusammen. »Meine Tante galt schon immer als Diamant von höchster Güte. Ich bin mir sicher, dass sie sich geschmeichelt fühlte.«

Tante Delia kicherte in ihr Taschentuch, während ein Anflug von Unmut über St. Johns Züge glitt, bevor das charmante Lächeln zurückkehrte. »Oh, aber Sie sind Verwandte, und daher ist die Ähnlichkeit verblüffend. Die gleichen strahlenden Augen.«

Als hätten sich Tante Delias für diese Gelegenheit blau verfärbt!

»Das gleiche glänzende Haar.«

Das ihrer Tante war knallrosa und zu mädchenhaften Ringellöckchen gekräuselt.

»Der gleiche biegsame Körper.«

Tante Delia war nicht mehr biegsam gewesen seit dem vergangenen Jahrhundert. Falls sie es überhaupt jemals gewesen war.

»Zwei große Schönheiten. Und ich habe das Vergnügen, beide für mich allein zu haben.«

Der Mann war entweder ein ausgemachter Lügner oder blind wie eine Fledermaus.

»Oh, da ist ja Lady Townsend«, sagte Tante Delia, winkte aufgeregt einer knochendürren Frau in einem dunkelblauen Kleid zu und bewahrte damit Sabrina davor, das plötzlich verlegene Schweigen mit einer geistreichen Bemerkung brechen zu müssen. Was nur gut war, da ihr Kopf plötzlich wie leer gefegt war. »Hat sie an Gewicht verloren? Sie sieht krank aus, die Arme! Ich gehe besser hinüber, um sie meiner Anteilnahme zu versichern«, erklärte Tante Delia vergnügt. »Ich kann mich doch darauf verlassen, dass Sie während meiner Abwesenheit nicht die Unerfahrenheit meiner Nichte ausnutzen, Mr. St. John?«

»Diskretion ist Ehrensache, Madam«, versicherte er mit einer weiteren galanten Verbeugung, die Tante Delia dazu veranlasste, ihm kichernd mit ihrem Fächer auf den Arm zu schlagen.

Dann entfernte sie sich mit einem provokanten Schwung ihres ausladenden Hinterteils, das die Blicke aller Männer im Saal anzog. Nur Mr. St. John schien immun dagegen zu sein. Seine Aufmerksamkeit galt einzig und allein Sabrina. »Haben Sie Ihren Bruder schon gesehen? Bei unserer letzten Begegnung schienen Sie sich ja sehr auf das Wiedersehen zu freuen.«

Tatsächlich? Sie konnte sich nicht erinnern, doch sie würde ihm ganz gewiss nicht offenbaren, wie wenig ihr daran lag, den Bruder zu sehen, der sie gegen ihren Willen hierherbeordert hatte. »Kilronan wurde aufgehalten, fürchte ich.« Schnell nahm sie sich ein Getränk vom Tablett eines vorbeieilenden Dieners. Vielleicht half ihr angetrunkener Mut, wenn all ihre Instinkte – und Daigh – sie warnten, St. John aus dem Weg zu gehen.

»Das ist schade, aber möglicherweise lenkt Ihr anderer Bruder Sie ja von der anhaltenden Abwesenheit Seiner Lordschaft ab.« St. Johns Augen glänzten wie durchsichtige Glasmurmeln.

Sabrina erstickte fast, als Feuer sich einen Weg durch ihre Speiseröhre brannte. Du liebe Güte! War das Brandy in dem Glas? »Mein anderer Bruder?«, krächzte sie.

»Der Herr, in dessen Gesellschaft ich Sie in der Kathedrale sah.« Er lächelte besorgt, als hätte er sie bei einer Indiskretion ertappt. »Ich hoffe, ich bin nicht aufdringlich. Ich konnte ihn nicht gut sehen, doch Sie beide schienen sich nahezustehen.«

»Oh!« Sabrina hielt den Atem an. Um Zeit zu gewinnen, trank sie einen zweiten Schluck des höllischen Gebräus, das ihren Magen traf wie ein dumpfer Schlag. »Das war nicht mein Bruder, sondern ein ... Cousin. Mein Cousin Jack.«

»Sie meinen Jack O'Gara?«, fragte er und drängte Sabrina

noch tiefer zwischen die Palmen, hinter eine Säule und noch weiter weg von den Augen anderer Gäste. Er hatte jeden Schürzenjäger-Schachzug drauf.

»Sie kennen ihn?«

Wieder grinste er bis über beide Ohren. »Nur vom Hörensagen.«

Sabrina griff auf ihren Fächer zurück, um eine Barriere zwischen sich und dem routinierten Charme dieses durchtriebenen Schurken zu schaffen.

»Nun ja, er bedauerte es sehr, nicht zu einer angemessenen Vorstellung bleiben zu können.«

St. John schwenkte den Wein in seinem Glas und beobachtete sie über dessen Rand hinweg. »Oh, das glaube ich Ihnen gern.«

Diesmal war Sabrina wie gelähmt, statt sich nur zu versteifen. Warum zum Teufel hatte sie Jacks Namen erwähnt? St. John hatte vermutlich schon von O'Garas Tod gehört, und wenn ja, hatte er sie bei einer Lüge ertappt, und sie würde ihm eine Erklärung geben müssen. Was nicht nur demütigend, sondern auch gefährlich war, falls Daighs Warnungen berechtigt waren.

Während sie nervös den Fächer flattern ließ, versuchte sie, St. Johns Bewusstsein anzurühren, um einen Hinweis auf seine Gedanken zu erhalten. Aber es war, als prallte sie gegen eine Wand, die jedes Eindringen unmöglich machte. Sie drang noch weiter vor, stieß aber wieder nur auf eine starre, glatte Leere. Und auf ein Brennen wie von Eis. Erschrocken unterbrach sie den Kontakt und zog sich schwindelnd und mit einer jähen Hitze in den Wangen in sich selbst zurück. Dieser Mann hatte eine meisterhafte Ausbildung genossen. Es gab nicht den kleinsten Spalt in seiner Deckung, durch den sie einen Gedanken stehlen könnte.

»Die Getränke sind heute Abend ziemlich stark«, sagte er, nahm ihr den leeren Kognakschwenker aus der Hand und stellte ihn auf einen Tisch. »Sie sollten vielleicht besser zu Limonade übergehen.«

Seine Augen funkelten mit einer gewissen Schärfe. Hatte er

ihre geistige Berührung gespürt? Lachte er jetzt insgeheim über ihr Scheitern?

Sabrina bekam einen trockenen Mund, und der Saal erschien ihr plötzlich stickig und zu warm. Ihr war, als klebte ihr das Kleid am Körper, und ihr Mieder zwickte in ihre Rippen. Sie versuchte, tief durchzuatmen, aber die warmen Gerüche miteinander konkurrierender Parfums und die von Schweiß und Alkohol drehten ihr den Magen um und benebelten ihr den Verstand. Sie verengte die Augen und versuchte, sich auf das schwankende Gesicht St. Johns zu konzentrieren. War sie betrunken? So viel Alkohol hatte sie doch gar nicht genossen, oder?

»Vielleicht wäre Limonade das Beste. Ich fühle mich irgendwie nicht wohl«, sagte sie und blickte sich nach einer Bank oder einem Sessel um. Nach irgendetwas, um sich hinzusetzen und zu sammeln, doch niemand hatte daran gedacht, Sitzgelegenheiten in dieser abgelegenen Ecke bereitzustellen. »Wenn Sie mich entschuldigen würden, werde ich mir ein ruhiges Plätzchen suchen, um Atem zu schöpfen.«

Aber er ließ sie nicht entkommen, sondern nahm ihre Hand und führte Sabrina zu einer sogar noch abgelegeneren Ecke. »Ihre Tante würde bestimmt nicht wollen, dass ich Sie allein lasse, wenn Sie sich unwohl fühlen.«

»Sie wird nicht allein sein.«

Sabrina und St. John erstarrten gleichzeitig. Seine Hand umklammerte so fest die ihre, dass Sabrina zusammenzuckte, als sein Ring in ihre Finger schnitt.

Der Raum schwankte und drehte sich, sie verlor den Boden unter den Füßen, und die Wände verschwammen zu einem verrauchten Saal voller leiser, verwirrter Stimmen. Männer und Frauen bewegten sich wie Gespenster, mit müden Augen und gebeugten, leidgeprüften Körpern. Er stand direkt hinter dem Licht des Feuers. Sie kannte seine Haltung, die Neigung seines Kopfes, die ruhige Gelassenheit hinter jeder seiner Gesten, egal, wie klein und leicht sie waren. Er stand mitten in einer Gruppe derb aussehender, schlammbespritzter Männer, die schwer atmeten und gekleidet waren, als wären sie gerade erst eingetroffen. Das Flackern des Feuers tanzte über seine Augen, als er für einen Moment in ihre Richtung schaute. Sein Blick schärfte sich und heftete sich auf ihr Gesicht.

Mit einem Krachen wie von Donner fiel die Welt wieder in ihre ursprüngliche Form zurück, und obwohl Sabrina Übelkeit und Schwindel verspürte, war ihr Kopf doch klar genug, um den Hünen zu erkennen, der ihnen den Weg verstellte.

Daigh. Dunkel, schön und wutentbrannt baute er sich vor ihnen auf. Sein Blick drohte sie zu Asche zu verglühen, und der, mit dem er Mr. St. John bedachte, war sogar noch tödlicher.

St. John erschrak nicht einmal. Sein Lächeln wurde höchstens noch strahlender, und seine Augen glänzten von fast teuflischer Erregung, als er Sabrinas Hand freigab und mit einer schwungvollen Bewegung zurücktrat. »Wie ich sehe, haben Sie Ihr Schiff verpasst, *Sir.*«

»Hat er dir wehgetan? Sag es mir, Sabrina, und ich reiße ihm den Kopf ab und stecke ihn ihm in den Hals!«

Daighs Hände glitten über sie, als wollte er sich vergewissern, dass sie unangetastet war und atmete.

Eine beunruhigende Hitze durchflutete sie, und sie trat von Daigh zurück und erhob das Kinn, um ihm in die Augen sehen zu können. Sie musste eine angemessene Distanz zu ihm bewahren, besonders nach ihrer unerhörten Impulsivität bei ihrer letzten Begegnung. »Was tust du hier?«

»Ich kam, um dich zu sehen.« Er blickte kurz durch den Raum zu einer großen, schlanken Frau in weinroter Seide und goldgefütterter Pelisse hinüber, bevor er sich mit schmalen Augen wieder Sabrina zuwandte. »Wir müssen miteinander reden.«

Ohne eine Antwort abzuwarten, legte er eine Hand um ihren Ellbogen, deren Wärme sofort die Kälte vertrieb, die St. Johns eisige Berührung in ihr hinterlassen hatte. Daigh zog sie noch tiefer zwischen die Pflanzen, aus der Nische heraus und einen Gang hinunter, ein paar Stufen hinauf und durch eine Glastür auf eine Terrasse, die auf einen kleinen Lustgarten hinausging. Oder etwas, das im Frühjahr und im Sommer einer wäre, aber jetzt, im Dezember, eher wie ein Kühlhaus war. Der Frost, der alles überdeckte, erzeugte eine von glitzernden Eiskristallen bedeckte Landschaft. Die Lichter aus den Fenstern spiegelten sich auf Sträuchern, Bäumen und Wegen wider. Goldene Pfützen schimmerten auf dem Rasen. Musik und das Gemurmel von Stimmen schwebten auf der kühlen Brise.

Hätte Sabrina nicht gefroren, wäre sie entzückt gewesen.

»Du fröstelst.« Daigh schlüpfte aus seinem Rock und legte ihn ihr um die Schultern, um ihn dann so behutsam zuzuknöpfen, als wäre sie ein kleines Kind. Allerdings konnte sie sich nicht erinnern, dass ihre Eltern je eine solch simple, aber liebevolle Geste für sie übrig gehabt hatten.

Dankbar kuschelte sie sich in die Wärme des Rocks, der ihr fast bis zu den Knien reichte, und atmete seinen Duft nach Wolle und Rotwein, Seife und Daigh ein, bis ihr fast schon schwindlig davon wurde. Die frische Luft und seine Gegenwart benebelten ihren schon beschwipsten Verstand noch mehr, statt ihn zu klären.

Sie straffte die Schultern und schüttelte die Verwirrung ab. »Was denkst du dir dabei, mich in einem Ballsaal anzusprechen? Und mich hier herauszuschleppen, wo wir ganz allein sind?«

»Es war entweder das oder zuzulassen, dass St. John sich dein Vertrauen erschleicht. Ich hatte dich gewarnt, dich von ihm fernzuhalten ...«

»Was hätte ich deiner Meinung nach denn tun sollen? Ihm vor aller Augen die kalte Schulter zeigen? Ich weiß ja nicht einmal, warum ich ihm aus dem Weg gehen soll.«

»Reicht es nicht, dass ich es dir gesagt habe?«

Was glaubst du denn?, gab sie ihm mit einem Blick zu verstehen und war erleichtert, als sie sah, dass seine unterdrückte Wut nachließ und sogar ein Anflug von Belustigung in seinen dunklen Augen aufblitzte. »Frauen haben sich in sechshundert Jahren nicht viel verändert. Sie sind noch immer stur wie Esel«, bemerkte er.

»Männer auch nicht«, versetzte sie verächtlich. »Sie sind anmaßend und herrisch wie eh und je.«

»Gut, da wir uns jetzt auf deine Sturheit und meine Arroganz geeinigt haben, halte dich in Zukunft fern von ...«

»Du bist schon wieder so despotisch.«

Er presste die Lippen zusammen, bis sie schwören könnte, dass sie seine Zähne knirschen hörte.

»Bitte, Daigh. Ich weiß, dass du auf deine Weise nur versuchst, mich zu beschützen. Zumindest nehme ich an, dass das der Grund ist, aber ich weiß nicht, wovor du mich zu schützen versuchst. Oder warum ich überhaupt Schutz benötige. Was hat St. John mit Brendans Rückkehr und einem gestohlenen Wandbehang zu tun? Befürchtest du, ich würde indiskret sein? Oder schockierter, als ich ...«

»Er ist Máelodors Gefolgsmann«, fiel Daigh ihr ins Wort.

»Der deines Schö...« Ihre Worte gingen in ein Schweigen über, das so spröde war wie die Eiskristalle auf den Bäumen.

»Meines Schöpfers. Sprich es ruhig aus, Sabrina!«

Sie hüllte sich noch tiefer in die Wärme des Jacketts, und Daighs Duft verstärkte das alberne Bedürfnis, sich in seine Arme zu werfen. Aber sie verhärtete ihr Herz gegen die in ihr aufsteigenden Empfindungen. Sie würde ihre Gefühlsduselei von vorhin nicht wiederholen.

Außerdem sah Daigh nicht so aus, als wäre ihm nach Trost zumute. Er war wie versteinert, und das Mondlicht verlieh seinen schwarzen Augen einen harten Glanz. »St. John ist ein Mitglied der *Amhas-draoi*.«

Nun war sie es, die sich versteifte, und der Magen sackte ihr bis in die Zehen.

»Máelodor benutzt ihn, um Brendan aufzuspüren. Er will deinen Bruder für einen vergangenen Verrat bezahlen lassen. Es ist alles ein Teil des wenigen, an das ich mich erinnere. Was auch immer mich an euren Strand gespült hat, hat mir den größten Teil meiner Erinnerungen an dieses Leben genommen, mir jedoch die an meine Zeit mit Hywel gelassen. Ich erhalte Eindrücke, Bilder und Hinweise auf Dinge, doch das meiste ist verloren, und ich kann nur versuchen, die Bruchstücke zusammenzusetzen wie einen zerrissenen Quilt. Deshalb brauche ich St. John. Lebend. Weil er mich zu dem Meistermagier führen kann.«

Sabrina spürte einen Kloß im Hals, der ihr das Schlucken fast unmöglich machte.

»Falls Gervase St. John Brendan findet, wird der Tod deines Bruders kein schneller sein«, warnte Daigh. »Máelodor hat die Folter zu einer Kunst entwickelt.«

»Woher weißt du das?«, flüsterte sie entsetzt.

Daigh vermied es, sie anzusehen, als er mit rauer Stimme erwiderte: »Du hast den Beweis gesehen, Sabrina.«

Natürlich. Die Narben. Tausende von Narben, die Daighs Körper bedeckten, als wäre er eine Leinwand für die unmenschliche Grausamkeit eines anderen Mannes gewesen. Übelkeit stieg in ihr auf. Wer war das Monster? Daigh, der alles daransetzte, einen Mord zu verhindern, oder Máelodor, der noch mehr Folter und Tod anstrebte?

Und warum nur hatte sie gefragt? Es wäre so viel besser gewesen, es nicht zu wissen. Männliche Fürsorge hatte also wohl durchaus ihre Berechtigung.

»Dein Bruder wird erst frei sein, wenn Máelodor tot ist«, sagte Daigh, dann wandte er sich ab und ging ein paar Schritte.

Und du auch, setzte Sabrina im Stillen hinzu.

Er tigerte durch den Garten und murmelte obszöne Flüche

vor sich hin, während er sich lautlos zwischen den Sträuchern hin und her bewegte. Dann blieb er plötzlich mitten im Garten stehen, legte den Kopf zurück und erhob den Blick zum nächtlich dunklen Himmel.

Sabrina stockte der Atem, als sie sich wieder einmal in eine Welt hinübergleiten spürte, die nicht die ihre war. Ein seltsamer Wechsel von Licht und Schatten, Luft und Erde. Ein jähes Loslassen ihres Bewusstseins, als Realität und Illusion sich urplötzlich zu scharfen, einander überschneidenden Bildern vermischten. Doch dieses Mal endete der freie Fall in die Erinnerung so schnell, wie er begonnen hatte. Sabrina stand wieder unter dem sternenglitzernden Himmel, und Dampfwölkchen stiegen bei jedem ihrer unsicheren Atemzüge vor ihr auf.

Daigh lockerte die Fäuste und rieb sich mit einer Hand über den Nacken. Seine schwarzen Augen glänzten vor Erleichterung, als er zu ihr zurückkam. »Du bist noch hier. Ich dachte, du würdest die erste Gelegenheit zur Flucht ergreifen.«

Sie streckte die Hände aus, die in den langen Ärmeln seiner Jacke vollkommen verschwanden. »Ich kann ja wohl kaum so ins Haus zurückgehen. Außerdem …« Hatte ich Angst um dich, setzte sie in Gedanken hinzu. »Die kühle Luft hier draußen tut mir gut. Sie ist wunderbar erfrischend.«

Er rieb sich das Kinn, um sich ein Lächeln zu verkneifen. »Du bist eine miserable Lügnerin. Ich kann deine Zähne klappern hören. Lass mich dich hineinbegleiten. Ich mag zwar nicht aus dieser Zeit sein, aber ein Mann und eine Frau und ein dunkler Garten setzen in allen Zeitaltern Gerüchte in Gang.«

Die Idee traf sie wie ein Schlag ins Gesicht. Natürlich! Zum Teufel mit Aidan und Tante Delias Plänen – sie dachte nicht daran, sich zu einer Heirat drängen zu lassen, nur weil ihr Bruder es für das Beste für sie hielt. Und gleich hier vor ihr stand die Lösung. Denn welcher Mann würde sie noch zur Frau wollen, wenn ihr guter Ruf beschmutzt war? Sie würde gesellschaftlich so gründlich ruiniert sein, dass Aidan sie nur zu gern wieder zu den *bandraoi* zurückschicken würde. Er würde froh sein, eine Schwester loszuwerden, die nicht mehr heiratsfähig und daher auch nicht länger von Nutzen für ihn war.

Der Plan war allerdings gefährlich. Gefährlich, leichtsinnig und verrückt. Aber Ard-siúr hatte ihr gesagt, sie solle ihre Zukunft suchen und das Leben außerhalb der Klostermauern riskieren, bevor sie sich endgültig dazu entschloss, dem Orden der Schwestern des Hohen *Danu* beizutreten. Und Daigh war das leibhaftige »Risiko« mit seinem unerhört guten Aussehen und dem kraftvollen, gestählten Körper, der eine köstliche Hitze durch ihr Innerstes pulsieren ließ.

Die Schmetterlinge in ihrem Bauch vollführten einen Freudentanz, und eine sommerliche Hitze vertrieb die kribbelnde Taubheit ihres frierenden Körpers. Aber darum ging es nicht, sondern nur um eine Möglichkeit, nach Glenlorgan zurückzukehren. Das war alles, mehr steckte nicht dahinter. Ihre Idee hatte nichts mit dem wilden Ansturm abenteuerlicher Empfindungen zu tun, die Daigh in ihr hervorrief. Absolut nichts.

Jetzt musste sie nur noch Daigh dazu bewegen mitzumachen.

Entschlossen schob sie das Kinn vor und traf einen Entschluss. »Ich gehe nicht wieder hinein. Ich kann Tante Delias unter Zuckerguss verborgene Beleidigungen keine Sekunde länger ertragen, und wenn Mr. St. John so entschlossen ist, wie du sagst, wird er mich kein zweites Mal entkommen lassen.«

»Du kannst nicht hier draußen bleiben.«

Die Hände auf den Hüften, erwiderte sie trotzig Daighs Blick. »Du hörst dich wie der prüdeste Anstandswauwau an. Ich habe nicht gesagt, dass ich unbedingt hier draußen bleiben will.«

Daigh krauste misstrauisch die Stirn, doch er hatte sie wenigstens nicht ausgelacht. So weit, so gut. Tatsächlich sah er sogar ziemlich interessiert aus. »Und was schlägst du vor?«

»Nimm mich mit! Ich will nicht nach Hause und weiß nicht,

wo ich sonst hinsoll. Ich möchte nur ein bisschen länger bei dir sein.« Sie reckte das Kinn wie eine Bulldogge, bevor sie sich erinnerte, dass sie ja eigentlich verführerisch erscheinen müsste. Das Problem war nur, dass sie keine Ahnung hatte, wie sie das anstellen sollte, weil Flirten ein Buch mit sieben Siegeln für sie war. Sabrina schürzte die Lippen, klimperte mit den Wimpern – und kam sich augenblicklich wie eine ausgemachte Närrin vor.

»Sabrina …«

»Ich weiß, dass ich dich nicht darum bitten sollte und du nur hier bist, weil du mich vor St. John beschützen willst.«

»Du hast keine Ahnung, was ich will«, entgegnete er mit kalter, fast schon ärgerlicher Stimme.

Sabrina fuhr schnell fort, bevor sie wieder Vernunft annehmen konnte. »Ich ertrage sie nicht mehr, die neugierigen Blicke, die spitzen Bemerkungen und dummen Fragen. Nicht jetzt. Noch nicht.«

War das besser? Betrachtete er sie schon mit etwas anderem als Ärger? Sabrinas Wangen begannen zu glühen, und das Blut dröhnte ihr in den Ohren.

Daigh maß sie mit einem durchdringenden Blick. »Bist du dir sicher, dass das der Weg ist, den du gehen willst? Ist dir klar, dass es danach kein Zurück mehr gibt?«

War sie sich sicher? Sie rief sich jeden einzelnen von Aidans Briefen in Erinnerung. Das ominöse bevorstehende Gespräch mit ihm. Seinen Wunsch, sie in den Schoß der Familie zurückzuholen. Ihren eigenen Wunsch, nach Glenlorgan zurückzukehren und ihr altes Leben wiederaufzunehmen, wo sie es verlassen hatte. All diese Gedanken machten ihr Mut, auch wenn ihre Vernunft ihr sagte, dass sie mit dem Feuer spielte.

Sie straffte die Schultern. »Ja. Ich bin mir sicher.«

Daigh öffnete den Mund, wie um zu widersprechen, schloss ihn aber wieder unter dem grimmigen Blick, den sie ihm zuwarf, und gab mit einem schiefen kleinen Lächeln nach. Sein schwarzes Haar hatte einen bläulichen Glanz, sein Körper strahlte eine

Hitze aus, die Sabrina bis in die Zehen spürte, als er mit ihr durch den Garten zum Tor und der Straße dahinter ging. Seine Hand auf ihrem Rücken war wie ein Brandeisen, und seine dunklen Augen glühten, als er eine wartende Kutsche heranwinkte.

»Wohin möchtest du?«

Sabrina schüttelte den Kopf, außerstande, etwas zu sagen oder auch nur darüber hinauszudenken, dass dieser Mann sie allein schon durch seine Nähe völlig aus der Fassung brachte. »Egal.«

Daigh half ihr einzusteigen. Nachdem er sie in warme Decken gehüllt hatte, klopfte er ans Dach und befahl dem Kutscher in herrischem Tonfall loszufahren.

Und verdarb den Eindruck des Despoten, indem er Sabrina einen Blick zuwarf, der alles andere als herrisch war.

Kapitel Sechzehn

Daigh beobachtete sie vom gegenüberliegenden Kutschensitz, über dessen Lehne er entspannt den Arm gelegt hatte. Wäre da nicht der unablässige Ansturm seines Geistes gegen ihren gewesen, hätte Sabrina ihm seine gelassene Haltung sogar abgenommen.

Doch nun, da sie sich ihm anvertraut hatte, war sie sich nicht mehr sicher, wie es weitergehen sollte. Würde er sie leidenschaftlich in die Arme nehmen? Oder wartete er darauf, dass sie den ersten Schritt machte? Empfand nur sie es so, oder war es wirklich furchtbar warm im Innern der Kutsche?

»Bei den Halliwells ... da spürte ich es wieder, Daigh. Es war wie all die anderen Male.«

»Ein Traum?«

»Glaubst du etwa, ich hätte dort geschlafen?«

Eine seiner Hände ballte sich zur Faust, aber das war das Einzige, was auf seine innere Erregung schließen ließ. »Beschreib es mir!«

»Ich war in einem Saal voller Leute. Sie waren nervös, ja geradezu aufgeregt. Du warst auch dort, in Gesellschaft einer Gruppe von Männern. Ich war ...« Ihre Hand glitt zu ihrem Magen, und sie konnte gerade noch ein scharfes Einatmen unterdrücken. Ihr Blick schoss zu Daighs. Sie sagte nichts, ließ die Hand jedoch wie beschützend auf ihrem Bauch liegen.

Mit jedem seiner Worte verhärteten sich seine Züge, seine Lippen wurden schmal, und Schatten fielen über sein Gesicht. »Als ich dich mit St. John sah, war ich nahe daran ... Ich kämpfte es auf die einzige Weise nieder, die mir zur Verfügung stand. Da war eine Erinnerung an ... ich weiß es nicht. Hywel war nach dem Tod seines Vaters schon nach Irland geflohen, doch es hieß, er wolle zurückkommen. Ich … verdammt, ich kann mich nicht an mehr erinnern. Die Dunkelheit hat es verschluckt wie alles andere.«

»Aber einiges weißt du noch. Genug, um zu erkennen, dass deine Erinnerungen uns verbinden. Ich sehe, woran du dich erinnerst, Daigh.«

»Also verursache ich deine Visionen? Oder du löst meine Erinnerungen aus?«

»Ich wünschte, ich wüsste es.« Sabrina bemühte sich, das Zittern aus ihrer Stimme fernzuhalten.

Er wechselte zu ihrer Bank hinüber und zog Sabrina an sich. Sein Herz hämmerte so hart in seiner Brust, dass es gegen ihre Hand schlug und in der kalten Luft der Kutsche zu vibrieren schien.

Ein Mann und eine Frau. Ein Kuss. Ein Versprechen. Ein zerwühltes Bett, auf dem zwei Liebende in inniger Umarmung lagen. Sabrina merkte plötzlich, dass ihr diese Erinnerungen gefielen. Und dass sie sie nicht nur vor ihrem inneren Auge sehen, sondern sie erleben wollte.

»Das Wie oder Warum spielt keine Rolle, Sabrina«, sagte er. »Nur, dass es so ist. Denn ohne diese Erinnerungen hätte mich die Präsenz, die in mir ist, schon längst verschlungen. Die Erinnerungen sind das Einzige, was zwischen mir und Máelodor steht.«

Danach schwieg er, nur das Geräusch seines Atmens und das gelegentliche Ächzen der Kutsche brachen die angespannte Stille und lösten den Druck seiner Emotionen, die sich um sie herum aufstauten wie Eis auf einem Damm.

Sabrina schmiegte sich in seine Armbeuge und benutzte ihr ganzes Einfühlungsvermögen, um den wüsten Aufruhr seiner Gedanken zu beruhigen und die wütenden Fragen, die sein Herz belasteten, zu entschärfen. Langsam entspannte sich sein Körper neben ihr, und auch sein Geist erholte sich von dem Sturm der Wut und der Verwirrung.

»Du hast ein Geschenk erhalten, Daigh. Eine zweite Chance. Eine Gelegenheit zurückzugewinnen, was dir vor sechshundert Jahren gestohlen wurde.«

»Alle, an die ich mich erinnere, sind nur noch Staub und Knochen, Sabrina.«

Der Kummer in seiner Stimme verkrampfte ihr das Herz. Sie beugte sich vor, strich ihm mit einer Hand über die Brust und erfreute sich an dem Zittern, das durch seine Muskeln lief. Endlich fand sie die Worte, die sie gesucht hatte. »Nicht jeder, an den du dich erinnerst, Daigh.«

Miss Roseingraves Kutsche war gut gefedert und gepolstert, und dennoch warf jeder Stoß Sabrinas Körper gegen Daighs, und der frische Duft ihres Haares weckte den Wunsch in ihm, seine Nase an ihren Hals zu drücken und tief einzuatmen.

Eine Stimme in seinem Kopf drängte ihn, Sabrina beim Wort zu nehmen, was ihren nur allzu offensichtlichen Vorschlag anging. Sie begehrte ihn. Wer war er, um sie zurückzuweisen? Außerdem wäre es dann viel leichter, ihr die Informationen zu entlocken, die Miss Roseingrave verlangte.

Er bewegte sich nervös, als die Kutsche um eine Ecke bog und Sabrina fast auf seinen Schoß geworfen wurde.

Nein, er sollte ritterlich sein und den Wüstling, der sie in lustvoller Ekstase stöhnend genau dort haben wollte, zum Teufel schicken. Und Miss Roseingrave gleich mit.

Eine weitere Kurve, und wieder drückte sich Sabrinas weicher Körper an den seinen. Eine Hand stützte sich auf sein Bein, als sie sich wieder straffte. Eine Hand, die verdächtig warm und flatterig war, bevor sie schnell zurückgezogen wurde.

Als er aufblickte, sah er in ihren Augen das gleiche glühende Verlangen, das auch seinen Blick erhitzte.

»Tante Delia sagte, es gäbe sicher einen erst kürzlich in die

Stadt gekommenen Einfaltspinsel, der sich damit zufriedengäbe, mich als Partnerin zu haben.« Ihr schüchternes Lächeln bewegte ihn weit mehr zum Handeln als ihre ungeschickten Versuche, sich verführerisch zu geben.

»Deine Tante hatte recht.«

Sie lachte unsicher. »Wahrscheinlich zum ersten Mal in meinem Leben.«

Mit geschlossenen Augen beugte sie sich vor und erhob in solch unschuldiger Sehnsucht ihr Gesicht zu ihm, dass ein scharfes Ziehen durch Daighs Lenden ging. Ein Gefühl, das bis zu seinem Herzen aufstieg und dafür sorgte, dass seine höheren Instinkte dem überwältigenden Begehren, das ihn erfasste, unterlagen. Sanft hob er mit einem Finger Sabrinas Kinn an, hauchte einen Kuss auf ihren Mund – und war verloren.

Sehr zärtlich zunächst nur strich er mit der Zungenspitze über ihre Lippen, glitt dann zwischen sie und kostete Sabrinas Süße, bevor er seine Zunge mit der ihren zu einem verführerischen Spiel vereinte.

Sabrina streichelte Daighs Wange, strich ihm das Haar aus der Stirn und umfasste sanft sein Kinn, bevor sie die Hand zu seiner Brust hinuntergleiten ließ. Selbst durch den dicken Stoff seines Jacketts konnte Daigh ihre festen Brüste spüren, die sich an ihn pressten, und so unsicher und ungeschickt ihre Zärtlichkeiten auch noch waren, erregten sie ihn doch über alle Maßen.

Er pulsierte vor Verlangen, und Flammen durchzüngelten seinen Körper, die eine schier unerträgliche Hitze in ihm auslösten.

»Es ist wie die Erinnerung an uns«, flüsterte Sabrina. »Und auch wieder nicht.«

»Mmm.« Er konnte kaum noch sprechen, nur noch fühlen. »Nicht real. Nur ein Geist. Wie ich.«

»Ein sehr solider Geist«, wisperte sie und kicherte.

Daigh zog sie auf seinen Schoß, nahm ihr seinen Rock ab und entblößte ihre makellosen weißen Schultern und die wohlgeformten Rundungen ihrer festen Brüste, die sich unter dem seidigen Material ihres Kleides abhoben. Sanft umfasste er sie mit seinen großen Händen und reizte mit den Daumen ihre harten kleinen Spitzen, zog Zentimeter für Zentimeter den Ausschnitt weiter hinunter und folgte mit Lippen und Zunge der makellosen hellen Haut, die er entblößte. Langsam und sanft liebkoste er Sabrina, um ihr Gelegenheit zu geben, es sich doch noch anders zu überlegen.

Sabrina zitterte, aber sie entzog sich ihm nicht, sondern beugte sich nur noch weiter zu ihm vor, folgte seinem Beispiel und ließ auch ihre Hände immer kühner werden. Seine Schalkrawatte musste als Erstes weichen. Dann folgte sein Hemd, das sie mit zitternden Händen aufknöpfte, ihm über die Schultern streifte und auf die Bank neben ihnen fallen ließ.

»Oh, Daigh«, sagte sie traurig, als sie mit der Fingerspitze das Gewirr silbrig schimmernder Narben nachstrich.

Ein Erschauern durchlief ihn, und eine Gänsehaut bildete sich, wo immer ihre Finger ihn berührten. Aufstöhnend zog er sie an sich und presste den Mund auf ihre Lippen, während eine Hand unter ihren Rock und an ihrem Bein hinaufglitt und dann über ihren Schenkel und zu ihrer intimsten Körperstelle fuhr …

Plötzlich schnappte sie nach Luft und riss die Augen auf. Sogleich hielt Daigh in seinen Liebkosungen inne, damit sie sich an dieses neue Gefühl gewöhnen konnte. Er ließ ihr Zeit, obwohl es alles andere als einfach für ihn war.

Langsam entspannte sie sich unter seinen Küssen und intimen Zärtlichkeiten. Er spürte, wie sie den Rücken durchbog und sich an ihn schmiegte, wie sie die Hände um seinen Nacken legte, sie unter sein dichtes Haar schob und ihn näher zog.

Sie war bereit für ihn, heiß und feucht. Es würde nicht mehr viel erfordern, die gleiche ungestüme Lust in ihr zu wecken, die auch ihn beherrschte.

Und während er das noch dachte, hob sie den Kopf, um ihm

tief in die Augen zu sehen. Dabei spielte ein verführerisches Lächeln um ihre von seinen Küssen geschwollenen Lippen. »Hör nicht auf, mein Liebster!«, flüsterte sie.

Daigh hielt den Atem an und wagte nicht, sich zu bewegen, aus Angst, den Zauber dieses geflüsterten Kosewortes zu brechen. Es entsprach nicht der Wahrheit, doch es tat ihm gut.

Er erinnerte sich plötzlich an ihre Unterhaltung in der Bucht. An den wehmütigen, sehnsüchtigen Blick, mit dem sie auf die See hinausgestarrt hatte. An die geschmeidige Anmut ihrer Bewegungen, als sie ihr Gesicht in den Wind erhoben hatte. An den aufkeimenden Mut in ihren schier unglaublich blauen Augen. Wie ein Habicht in Gefangenschaft, der an eine Stange angekettet war, aber voller Sehnsucht, die Flügel zu erproben.

Dann küsste sie ihn, und in einem grellen Aufblitzen der Realität löste sich der Zauber auf – in der blitzartigen Erkenntnis, was er war und was er niemals sein konnte.

Aber kümmerte ihn das? Er könnte das quälende Verlangen befriedigen, das ihn seit jenem lang zurückliegenden Kuss beherrschte. Er könnte sich tief in ihrer samtenen Hitze verlieren und diese korallenroten Lippen mit seinen Küssen noch mehr anschwellen lassen. Sabrina war bereit. Es würde nur noch ein paar letzte Finessen erfordern, um sie unter sich zu haben. Und seit wann bestimmte sein Gewissen sein Verhalten?

Daigh konnte sich nicht erinnern. Und genau dort lag der Kern seines Dilemmas.

Er erinnerte sich nicht, Sabrina hingegen schon. Sie erinnerte sich an ihn, und sie vertraute ihm. Durfte er dieses Vertrauen wirklich für ein kurzes Schäferstündchen aufs Spiel setzen?

Daigh griff nach ihren Händen und löste sie sanft von seinem Nacken.

Sie runzelte verwirrt die Stirn. »Daigh?«

Er rutschte unter ihr hervor und zog sein Hemd wieder an. Dann strich er ihre Röcke glatt, wie es sich gehörte, und klopfte an das Dach der Kutsche, um dem Fahrer eine Anweisung zu geben. »Fahren Sie zu den Halliwells zurück!«

Entsetzt ergriff Sabrina seinen Arm. »Was hast du vor, Daigh?«

»Dich nicht zu verführen«, stieß er zwischen zusammengebissenen Zähnen hervor. »Du kannst dich ein andermal dafür bedanken.«

Aus nur ihm bekannten Gründen wollte Daigh sie nicht gehen lassen, ohne ihr zumindest die Reste ihres angeschlagenen Selbstbewusstseins zu erhalten. Deshalb beschloss er, voll und ganz den Kavalier zu spielen. Er half ihr aus der Kutsche und begleitete sie durch den eisigen Garten, der zum Glück noch immer still und leer war, sodass niemand ihre Ankunft sah. Oder Sabrinas Verlegenheit, die ihre Wangen zum Glühen brachte.

Würde er doch nur gehen!, dachte sie, damit sie Jane suchen und eine Migräne vortäuschen konnte, um heimzufahren und sich mit ihrer Scham in ihrem Zimmer zu verkriechen.

Aber stattdessen führte er sie durch die Terrassentür wieder ins Haus, die wenigen Stufen hinunter, den Gang hinauf und zurück in die Nische – wo sie geradewegs auf Jane und Tante Delia stießen, die die Köpfe zusammensteckten und besorgte Blicke tauschten.

»Da bist du ja, Liebes.« Tante Delia seufzte vor Erleichterung. »Wir fragten uns schon, wo du hingegangen sein könntest.« Ihr Blick glitt über Daigh, und ihre Stirn bewölkte sich. Sabrina konnte fast hören, wie sich die Rädchen in ihrem Kopf drehten. Vielleicht war ja doch noch nicht alles verloren. Sie brauchte nichts zu sagen; Tante Delias schmutzige Fantasie würde schon die Lücken füllen.

Bevor sie jedoch den Mund öffnete, um das Offensichtliche zu fragen, hakte Jane sich bei Daigh unter, packte ihn am Ohr und zog ihn zu sich herab, um ihn auf die Wange zu küssen. »Daigh, du Schelm! Du bist ja doch gekommen. Und Sabrina hast du auch schon gefunden.« Dann wandte sie sich Tante Delia zu. »Mrs. Norris, darf ich Ihnen meinen Bruder vorstellen? Mr. Fletcher ist gerade erst in Dublin angekommen.«

Seine dunklen Augen funkelten wieder belustigt, und er lächelte sogar, als er sich mit einem Flair, das jeder Frau den Kopf verdrehen würde, über Tante Delias Hand beugte. »Ich traf Lady Sabrina bei der Bowlenschüssel, und sie klagte über Kopfschmerzen. Vielleicht wäre es das Beste, wenn sie heimgebracht würde.«

Nicht einmal Tante Delia war immun gegen Daighs Charme. »Sie hatte schon immer die schwache Konstitution ihrer armen Mutter. Der kleinste Windhauch reichte, damit sie sich eine Erkältung zuzog«, sagte sie, aufgeregt wie ein Schulmädchen

»Wenn Sie es gestatten, begleite ich die beiden jungen Damen gern nach Hause.«

Sabrinas Kopf fuhr zu ihm herum. Bitte nicht!, dachte sie. Sie könnte seine Gesellschaft jetzt keinen Moment länger ertragen.

»Das wäre wunderbar. Vielen Dank, junger Mann!«

Sabrina warf Jane einen bösen Blick zu. »Wunderbar« war es gerade *nicht!*

»Bruder?«, fauchte Sabrina ihre Freundin an. »*Bruder?* Was hast du dir dabei gedacht?«

»Na, was wohl? Ich habe an deinen guten Ruf gedacht. Den du offensichtlich völlig vergessen hast.«

»Im Gegenteil. Das war genau das, was ich im Sinn hatte. Oder vielmehr seine Zerstörung. Und es wäre mir gelungen. Tante Delia hätte es mit Sicherheit Aidan erzählt. Und er wäre entsprechend entsetzt gewesen. Genug, um mich mit der Geschwindigkeit einer Kanonenkugel nach Glenlorgan zurückzuschicken.«

»Das war dein Plan? Einen Skandal mit Daigh MacLir hervorzurufen?«

»Es hätte geklappt, wenn ...«

»Wenn was?«

»Ach, vergiss es!« Sabrina rieb sich die Schläfen.

»Ihr beide wart eine ganze Weile weg. Hat er ... habt ihr ...«

»Jane!«

»Er ist mein Bruder«, entgegnete sie grinsend. »Ich habe ein Recht, es zu erfahren.«

»Du willst wissen, was geschehen ist? Die ganze hässliche, unerfreuliche Geschichte? Dann werde ich sie dir erzählen. Ich habe mich ihm buchstäblich an den Hals geworfen! Habe mich nach Kräften bemüht, ihm mein Interesse an ihm zu zeigen. Und weißt du, was *er* getan hat?«

»So, wie es sich anhört ...«

»Nichts! Überhaupt nichts. Er war – mehr oder weniger – der perfekte Gentleman, dieser verfluchte Kerl!«

»Ist es das ›mehr‹ oder das ›weniger‹, was dich stört?«

Sabrina schloss die Augen und sah wieder die harte, arrogante Schönheit des Mannes vor sich, als er sie gestreichelt hatte, erlebte erneut die Überzeugungskraft seiner Küsse und erinnerte sich an die vollkommene Zufriedenheit, die sie in seinen Armen gefunden hatte. Als könnte sie ihr ganzes Leben in der Geborgenheit dieser starken Arme verbringen.

»Das ist unwichtig. Es war eine dumme Idee.«

Daigh bezahlte die Droschke. Er war noch vier oder fünf Häuserblocks entfernt von dem Zimmer, das er auf der Wood Street genommen hatte, aber er brauchte jetzt frische Luft, Zeit für sich und Raum zum Denken.

Er hatte einen Traum in den Armen gehalten, als er Sabrina so nahe gewesen war: substanzlos wie Spinnweben, zerbrechlich wie der Schaum auf Wellen. Es spielte keine Rolle, wie sicher er sich ihres Platzes in seinem früheren Leben war, heute war sie für ihn genauso unerreichbar wie seine halb vergessene Vergangenheit.

Ein Windstoß klappte ihm den Kragen um und rüttelte an Fensterläden. Abfälle hüpften und rollten die Straße hinunter. Doch unter den normalen nächtlichen Geräuschen waren plötzlich leise, ungleichmäßige Schritte wahrzunehmen und ein hin und wieder unterbrochenes Atmen.

Daigh spürte all das zwischen einem Herzschlag und dem nächsten, und sein kampferprobter Körper spannte in Erwartung eines Angriffs augenblicklich alle Muskeln an. Als er an einer von gespenstischen Schatten erfüllten Gasse vorbeikam, warf er einen Blick hinein. Jemand beobachtete und verfolgte ihn. Seine Hand glitt zu dem Dolch an seiner Taille, doch Daigh behielt die gleichmäßigen Schritte bei und ging scheinbar ohne Eile weiter.

Eine Kutsche hielt an der nächsten Ecke, und ein Mann stieg im Licht der Straßenlaterne aus. Der Kutscher ließ die Zügel klatschen, und das Gefährt fuhr rumpelnd weiter.

Galle stieg in Daighs Kehle auf. Ein furchtbarer, demütigender Ekel beschlich ihn, aber er zauderte nur einen Moment, bevor er mit langen, geschmeidigen Schritten weiterging.

»Haben Sie unser Spätzchen heimgebracht?« St. Johns Lächeln war von engelhafter Unschuld, nur seine blassen Augen spiegelten im Schein der Laterne seine abgrundtiefe Bosheit wider. »Wie ritterlich von Ihnen!«

Daigh packte ihn am Kragen. »Lassen Sie sich noch einmal in Lady Sabrinas Nähe sehen, und ich zerreiße Sie in tausend Stücke.«

»Sagen Sie bloß, Sie empfinden etwas für die Kleine! Faszinierend. Das Monster ist verliebt. Weiß sie, was Sie sind, Lazarus? Kann sie den Leichengestank riechen, den Sie an sich haben? Oder ist sie so hingerissen von Ihrer sinnlich-animalischen Schönheit, dass es sie nicht kümmert?« Er musterte Daigh mit der gleichen Lüsternheit im Blick wie schon in Cork, die Daigh

Übelkeit verursachte und ihn erschaudern ließ vor Wut und Scham. Mit einem gemurmelten Fluch löste St. John den widerlichen Blick von Daigh. »Man verliert zu leicht die Perspektive, wenn man fast zwei Metern purer animalischer Attraktivität gegenübersteht. Das sollte ich am besten wissen.«

Daigh schnaubte verächtlich, als kümmerten ihn diese Worte nicht. Er setzte sich wieder in Bewegung, doch so leicht ließ sich St. John nicht abschütteln, sondern passte sich Daighs großen Schritten an.

»Weiß sie, wo Douglas sich versteckt?«

»Lassen Sie sie in Ruhe, St. John!«, knurrte Daigh.

»Vielleicht tue ich's, vielleicht auch nicht. Das hängt ganz von Ihnen ab. Sie haben sich das Vertrauen der Kleinen erschlichen, also können Sie auch herausfinden, was sie weiß, und mich zu Brendan Douglas führen.«

»Sie sind der Kopfgeldjäger. Suchen Sie ihn selbst!«

In einer Geste der Resignation breitete St. John die Arme aus und seufzte. »Er erweist sich als schwerer zu finden als erwartet. Aber mit Lady Sabrinas Unterstützung – freiwillig oder unfreiwillig ... und unfreiwillig könnte die spannendere Lösung sein – werde ich ihn fassen.«

Daigh packte ihn an der Schulter, riss ihn zu sich herum und zog ihn dicht zu sich heran. »Rühren Sie sie an, St. John, und Sie sind so tot, wie ich es bin! Und ohne einen Máelodor, um Sie zurückzuholen.«

St. Johns Magie fraß sich an Daighs Nerven entlang wie Säure und explodierte wie ein Hammerschlag in seinem Hinterkopf. Daigh sah nur noch roten Dunst und hörte nichts anderes als St. Johns gezischte Flüche. Dann spürte er eine kalte Hand an seiner Brust, die kurz vorher noch gebrannt hatte von Sabrinas zärtlicher Berührung. Kalte Lippen pressten sich auf seinen Mund und ließen ihm den Inhalt seines Magens in die Kehle steigen.

Daigh wehrte sich mit aller Kraft dagegen und schaffte es, die unsichtbaren Fesseln zu sprengen, die ihn hielten. Entschlossen riss er sich von den Händen los, die ihn mit sexueller Gier begrapschten. Von Krämpfen geschüttelt, beugte er sich vor und erbrach sich in die Gosse, krank vor Ekel und Wut.

»Sehen Sie? Ihnen liegt ja doch etwas an ihr.« St. Johns Hand legte sich besitzergreifend auf Daighs Rücken. »Mein schönes, unsterbliches Tier, du vergisst wohl schon, was ich dich neulich erst gelehrt habe. Dass ich dir Lust bereiten kann, wie keine Frau es jemals könnte. Oder dass ich dich zerbrechen kann.« Wieder befingerte ihn die kühle Hand, doch diesmal wurde sie hart, und eine Waffe erschien in ihr. Die scharfe Klinge des Dolches bohrte sich in Daighs Magen. Mit einem Aufschrei krümmte er sich unter dem jähen Schmerz und wich zurück. Aber schon kam der nächste Stich, diesmal traf er ihn ins Kreuz, als er zusammenbrach, und dann wieder in die Rippen.

Kraftlos sank Daigh auf den Boden. Blut floss in Strömen aus seinen Wunden, und der Fluch, den St. John ihm entgegenschleuderte, verlangsamte nicht nur seine Heilung, sondern machte ihn auch noch bewegungsunfähig.

Und als er wie gelähmt am Boden lag, beugte St. John sich über ihn und stieß ihm das Messer erneut zwischen die Rippen.

Es gab kein Entkommen mehr für Daigh. Keine Möglichkeit, sich zu erholen. Blut füllte seinen Mund, und alles verschwamm vor seinen Augen, bis er nur noch St. Johns blasse, seelenlose Augen und sein engelhaft-dämonisches Lächeln sah.

»Lady Sabrina wird Douglas so oder so für mich finden.«

»Hurensohn«, formte Daigh mit den Lippen.

Der Tritt, der darauf folgte, entriss ihm einen Aufschrei und ließ ihn auffahren unter dem höllischen Schmerz, der ihn durchfuhr. Er rang nach Atem, seine Nerven schrumpften förmlich vor dem nächsten Angriff.

»Sie suchen Douglas?«

Die tiefe Stimme ertönte irgendwo rechts von Daigh, und St.

Johns Aufmerksamkeit wandte sich augenblicklich einer nahen Gasse zu.

»Dann haben Sie ihn gefunden. Aber Finden und Fassen sind zwei verschiedene Dinge.« Die Worte waren in einem spöttisch-herausfordernden Ton gesprochen, in dem jedoch auch unnachgiebige Härte und Kraft mitschwangen. Wer auch immer dieser Mann war, er war sehr gut in der Lage, auf sich aufzupassen.

Daigh versuchte, den Kopf zu bewegen. Aber er konnte nicht einmal atmen, ohne aufzustöhnen. Sein Blut war von schwarzer Magie infiziert, deren dunkle Macht durch seine Adern floss. Er war gefangen in einem Netz aus Schmerz, bis die Wirkung der Magie nachließ.

St. John verschwand von seiner Seite. Macht vibrierte in der Luft und schoss in grellen Lichtstreifen von Straße zu Straße. Dann ertönte ein Schrei, dem ein Fluch folgte. Als die Gegner sich verzogen, war alles still.

Die dunkle Gasse. Die leisen Schritte. Douglas war ihm gefolgt, das wurde Daigh jetzt klar. Brendan Douglas hatte ihn beobachtet und eingegriffen, um ihn zu retten. Aber erst nachdem er alles gehört hatte. Er wusste nun von der Gefahr, in der Sabrina schwebte, von der Schlechtigkeit St. Johns und seiner Erpressung.

Allein lag Daigh auf dem Gehsteig und starrte in die schwarze Nacht hinaus. Er spürte die Qual der Heilung, als sein Körper – jetzt frei von der Einmischung des *Amhas-draoi* – sich von den Verletzungen kurierte und Sehnen, Muskeln, Arterien und Knochen wieder zusammenfügte.

Die einzige Wunde, die nie verheilen würde, war die, die St. Johns Drohung ihm zugefügt hatte.

Kapitel Siebzehn

Máelodor hievte sich in die Kutsche und erlaubte dem beflissenen Diener, ihn mit einem halben Dutzend Reisedecken zuzudecken und erhitzte Ziegelsteine auf dem Kutschenboden zu verteilen. Trotzdem versteifte die Kälte Máelodors Gelenke und drang in seine Knochen, bis er die Zähne zusammenbiss vor Schmerz.

Nur Blooms Versagen hatte diese Reise erforderlich gemacht. Aber Blooms Leiche war den Hunden vorgeworfen worden, sodass er Máelodor nicht noch einmal enttäuschen würde.

»Sie müssten gegen Einbruch der Nacht die Küste erreichen, Sir.« Der übereifrige Diener breitete noch eine weitere Decke über Máelodors Knie. »Und in ein oder zwei Tagen sind Sie in Dublin, wenn sich das Wetter hält.«

Máelodor winkte die lästige kleine Kröte weg. »Und St. John ist über meine Ankunft informiert?«

»Aye, Sir. Wir haben ihn angewiesen, Sie am Hafen abzuholen.«

»Und Lazarus?«

»Bisher noch nichts, Sir.«

Die Faust des Meistermagiers schloss sich fester um den Knauf des Gehstocks.

Nur Máelodors Schutzzauber hielten Lazarus zusammen, und seine Magie bewirkte, dass seine Kreatur ihm untertänig blieb. Wo steckte er also? Warum hatte Lazarus nichts von sich hören lassen?

Er hatte dem *Domnuathi* schon bis ins kleinste brutale Detail gezeigt, was denjenigen in seinen Diensten widerfuhr, die einen enttäuschenden Mangel an Gehorsam zeigten. Máelodor lächelte bei dem Gedanken. Wie viel aufregender und wohltuender es war, wenn der Schmerz für immer auferlegt werden konnte! Kein ungelegener Tod durfte die Vollkommenheit des Leidens schmälern. Nur ein Narr würde eine Wiederholung der Prozedur herausfordern. Und was auch immer Lazarus' Fehler sein mochten, Dummheit gehörte nicht dazu.

Máelodors Wiedererweckung eines Soldaten von Domnu hatte als Experiment begonnen, sich aber mit so viel unerwartetem neuem Wissen bezahlt gemacht, dass die zweite Wiedererweckung nach allem, was er dazugelernt hatte, ein noch viel größerer Erfolg sein würde.

Artus würde genauso an Máelodor gefesselt sein, wie Lazarus es war; immun gegen den Tod und fasziniert von seinem Schöpfer. Ein perfektes Werkzeug, um eine perfekte Welt zu erschaffen.

Daigh öffnete die Augen, doch sein Blick fiel nicht auf die Frau, die seine Fieberträume heimsuchte und ihm Schweißausbrüche und Herzrasen verursachte, sondern auf die kalte Schönheit Miss Roseingraves, die ihn mit einer Mischung aus Widerwillen und Spott betrachtete.

»Wie sind Sie hier hereingekommen?«, knurrte er.

»Ihre Vermieterin hat mich hereingelassen.« Ihr kritischer Blick glitt durch die karge, verstaubte Dachkammer. »Sie haben den Ball gestern Abend verdächtig früh verlassen. Ich nehme an, Sie haben noch etwas anderes vorzuweisen als Lady Sabrinas Defloration.«

»Eifersüchtig?«, höhnte er, weil er Miss Roseingraves Feindseligkeit müde war. Vorsichtig schwang er die Beine aus dem Bett, zog sich das Hemd über den Kopf und fuhr sich nervös mit einer Hand durchs Haar.

Sie errötete und schürzte die Lippen, doch ihre Augen sprühten Feuer. »Wohl kaum.«

»Dann versprühen Sie Ihr Gift auf mich und nicht auf sie! Sie hat nichts getan, um Ihre Bosheit zu verdienen.«

»Nein? Die Douglas befinden sich im Auge eines enormen Wirbelsturms. Ihr Vater begann ihn mit seinen wahnsinnigen Ideen zur Vorherrschaft der *Anderen*, und die Erben von Kilronan folgen seinen Schritten wie Lemminge. Brendan Douglas bedroht unsere Welt mit Enthüllung und Vernichtung. Und wenn Lord Kilronan nicht so ein sturer Dummkopf wäre, hätten die *Amhas-draoi* das Tagebuch seines Vaters, und sein Cousin würde noch leben.« Sie atmete tief durch. Ihre Augen glitzernd von Tränen, ihr Gesicht war verzerrt vor Wut und Schmerz.

In einem unbeholfenen Versuch zu trösten streckte Daigh eine Hand aus, aber sie fuhr vor ihm zurück.

»Wagen Sie es nicht, mich jemals anzufassen!«, warnte sie ihn mit kalter, harter Stimme. »Ich bin kein unerfahrenes junges Ding, das sich von Ihrem herkulischen Aussehen blenden lässt. Und wenn Lady Sabrina die Wahrheit wüsste, wäre sie mit Sicherheit genauso angewidert von Ihnen, wie ich es bin.« Sie richtete sich groß und kraftvoll auf. Ihre Haltung strahlte nur mühsam unterdrückte Gewalttätigkeit aus.

»Sie kennt die Wahrheit.«

»Ist es so?«

»Was zum Teufel soll das heißen?«

»Es heißt, dass es mir egal ist, wie Sie es machen, aber suchen Sie mir Brendan Douglas.«

»Und was ist mit St. John?«

»Er ist im letzten Frühjahr nach Dublin gekommen.«

»Ist das alles? So viel wusste ich auch schon. Doch was wissen Sie über seine Bewegungen vor dem letzten Frühjahr? Und was ist mit dem Brandzeichen auf seinem Arm?«

»Ich habe kein Brandzeichen gesehen, und ich kann ja wohl kaum von ihm verlangen, sich für mich auszuziehen. Was seine Bewegungen angeht, bringen Sie mir Neuigkeiten über Douglas, und wir werden reden.«

Um ihr nicht die Hände um den Hals zu legen und zuzudrücken, aber auch, um vollends wach zu werden, tauchte Daigh die Finger in das eisig kalte Wasser seiner Waschschüssel und wusch sich das Gesicht. Zum Glück kühlte das Wasser auch seinen zunehmenden Ärger ab.

»Wollen Sie nun Scathachs Hilfe oder nicht?«, fragte Miss Roseingrave.

Als er sich wieder umdrehte, war sie nicht mehr da.

Daigh stützte beide Hände auf den Rand des Waschtischs, starrte in den fleckigen, gesprungenen Spiegel und suchte in dem harten, kantigen Kinn, dem grausamen Zug um seinen Mund und in der Leere seiner Augen, die schwarz waren wie die Hölle, nach einem Überrest des Mannes, der er einst gewesen war.

Dann zog er kopfschüttelnd den Ärmel hoch und betrachtete mit finsterer Miene das Brandzeichen an seinem Unterarm, die von einem Pfeil durchbohrte Mondsichel. Máelodors Stempel. Das Zeichen seiner Inbesitznahme, das genauso bindend war wie ein Sklavenhalsband.

Daighs Entschluss stand fest, als er den Spiegel umdrehte und seinen Ärmel wieder herunterzog.

Helena Roseingrave hatte recht. Sabrina wusste nichts über ihn.

Absolut nichts.

Sabrina verließ das Stadthaus der Ogilvies in St. Stephens Green mit der gleichen erschöpften Benommenheit, wie kampfesmüde Soldaten sie verspüren mochten: mit einer Art dumpfer Erstarrung und einem Gefühl, als wäre ihr Gehirn aus seiner Verankerung gerissen worden. Die unaufhörlichen Fragen! Die verborgenen Stolperfallen! Die ständige Suche nach Unvollkommenheiten in ihrer Kleidung, ihrer Redeweise und ihren Manieren.

»Das ist gut gelaufen«, gurrte Tante Delia, als sie zu einer geschlossenen Kutsche geführt wurden, um die wenigen Häuserblocks nach Hause chauffiert zu werden. Mit einem zufriedenen Seufzer ließ Tante Delia sich auf ihre Sitzbank fallen und legte einen pinkfarben gestreiften Schal um ihre Schultern. »Die Schwestern Ogilvie sind immer so reizend«, sagte sie und befingerte die Perlenkette unter ihrem Doppelkinn, die ihr fast den Hals zuschnürte. »Aber das müssen sie ja auch sein, nicht wahr? Miss Mary-Ann mit dieser schrecklich platten Nase, die sie wie eine Kröte aussehen lässt. Und Miss Henrietta mit dem fliehenden Kinn und den dunklen Ringen um die Augen. Ihre Mutter weiß sich keinen Rat mehr, wie sie vorteilhafte Ehen für ihre Töchter in die Wege leiten soll.«

»Ich dachte, ihre Mutter wäre deine beste Freundin.«

»Das ist sie, Liebes. Letty Ogilvie und ich sind schon zusammen zur Schule gegangen und wurden auch im selben Jahr in die Gesellschaft eingeführt. Doch sie hätte wirklich mehr für sich erreichen können.«

»Und du hast mir gesagt, ich solle mir ein Beispiel an diesen Mädchen nehmen.«

»Aber natürlich. Sie mögen zwar, was das Aussehen angeht, nicht viel hermachen, doch sie sind sehr angesehen. Und es würde deinem Erscheinungsbild nicht schaden, in ihrer Gesellschaft gesehen zu werden. Du würdest strahlen wie ein Diamant zwischen zwei Kohlen, Liebes.«

Was mochte ihre Tante erst über Leute sagen, die ihr *nicht* sympathisch waren? Sabrina schauderte es bei dem Gedanken.

Janes Schultern zuckten von unterdrücktem Lachen, und sie begann sich plötzlich auffallend für einen Pfefferkuchenverkäufer auf der Straße zu interessieren.

Eins hatte diese Reise nach Dublin wenigstens bewirkt: Jane trug keine gequälte Miene mehr zur Schau, und sie hatte auch keine Angst mehr vor ihrem eigenen Schatten. Sabrina beschloss, sich an diesen einen positiven Aspekt zu klammern. Bis ihre Fingerknöchel weiß hervortraten.

Nach ihrer Ankunft in der Upper Mount Street legte Sabrina ihre Pelisse und Haube ab und übergab sie dem wartenden Diener, um so schnell wie möglich Tante Delias spitzen Bemerkungen und ihrer Kleingeistigkeit zu entkommen.

Der Diener räusperte sich jedoch diskret. »Entschuldigen Sie, Lady Sabrina, aber es ist ein Herr da, der Sie sprechen möchte. Er wartet im oberen Salon.«

Daigh. Er musste es sein. Ein nervöses Kribbeln breitete sich in ihr aus, bis ihr vor Aufregung der Kopf schwirrte und sie kaum noch einen klaren Gedanken fassen konnte. Dümmer ging es wirklich nicht mehr nach seiner peinlichen Zurückweisung!

»Danke«, sagte sie zu dem Diener. »Ich werde gleich hinaufgehen.«

Sabrina raffte die Röcke und stieg langsam die Treppe hinauf, um sich zu sammeln. Sie würde sich würdevoll und distanziert geben und ihm zeigen, dass er ihr gleichgültig war.

Vor der geschlossenen Tür blieb sie stehen und prüfte schnell noch den Sitz ihres Haares. Dann griff sie entschlossen nach dem Türknauf und öffnete die Tür.

Zu einem leeren Zimmer. Das Fenster stand offen. Auf dem Tisch lag eine Karte.

Musste weg. Komme wieder, wenn ich kann.
B.

»Sie schon wieder!« Der Kleinwüchsige starrte ihn finster an, was ihm aber nicht wirklich ernst gemeint zu sein schien. Vielleicht ermüdete Daighs Beharrlichkeit ihn allmählich. »Habe ich Ihnen nicht gesagt, Sie sollten nicht mehr herkommen? Seine Lordschaft ist nicht zu Hause. Mrs. Norris ist ausgegangen, und ich werde nicht …«

»Sagen Sie Miss Fletcher, dass ihr Bruder hier ist.« Daigh trat noch tiefer in den Eingang, um aus dem Nieselregen herauszukommen.

Der kleine Mann schien zu glauben, dass Daigh die Burg erstürmen wolle, denn er warf sich augenblicklich in die Bresche, und seine geringe Körpergröße täuschte nicht über seine massige Gestalt oder Stärke hinweg. »Bruder? Ich dachte, Sie hätten gesagt, Ihr Name sei MacLir.«

»Sie ist meine Halbschwester.«

»Hm«, brummte der Mann; er war bei Weitem noch nicht überzeugt, aber immerhin bereit, Daigh nicht länger draußen im schlechten Wetter stehen zu lassen, sondern ihn in die Eingangshalle zu bitten. »Warten Sie hier! Ich werde sehen, ob sie verfügbar ist, um …« – er maß ihn mit einem weiteren furchterregenden Blick – »ihren Halbbruder zu empfangen.«

Daigh hatte sich vorgenommen, es kurz und schmerzlos zu machen. Er würde Sabrina nach Brendan fragen und die Informationen an Miss Roseingrave weitergeben, St. John aufhalten, bevor der seine Drohungen wahr machen konnte, und Scathach dazu bringen, ihn höchstpersönlich ins Grab zurückzuschicken.

Er würde keine Erklärungen oder Entschuldigungen für die vergangene Nacht vorbringen und sich nicht in Erinnerung rufen, wie Sabrina gewesen war, die Augen ganz glasig vor Verlangen, Haut wie Seide und Kurven, die perfekt in seine Hände passten. Und er würde auch nicht der Fata Morgana einer unmöglichen Vergangenheit nachhängen, wo er all das und noch viel mehr genossen hatte.

Es spielte keine Rolle. Es war nichts passiert.

Es würde nichts geben, was er im Grab bereuen müsste.

Sabrina las die kurze Nachricht immer wieder, obwohl sie die wenigen Worte schon auswendig kannte. Zum hundertsten Mal untersuchte sie die Vorder- und Rückseite der Karte, als könnte dort irgendwo eine unsichtbare Botschaft versteckt sein.

Offensichtlich hatten Brendan und Aidan sich die gleiche Art zu schreiben angewöhnt. So kurz und mehrdeutig wie möglich. Aber warum jetzt? Warum nach sieben Jahren ohne ein Wort von Brendan?

»Mylady?«

Mr. Dixon stand in der Tür des Salons und sah verärgert und nervös aus. »Unten ist ein Herr.«

Brendan war zurückgekehrt! Sabrina steckte die Nachricht in die Schürzentasche.

»Er sagt, er sei Miss Fletchers Halbbruder.«

Daigh.

Ihre Wangen färbten sich dunkelrot. Was um Himmels willen konnte er wollen?

»Aber sie ist mit Mrs. Norris ausgegangen. Soll ich ihn fortschicken?«

»Nein. Ja. Nein«, stammelte Sabrina. »Das heißt, ich werde ihn empfangen.«

Mr. Dixon presste missbilligend die Lippen zusammen, nickte jedoch stumm.

Sabrina hatte nur Momente, um sich zu fassen, dann war Daigh schon da. Seine hünenhafte Gestalt füllte den Türrahmen aus, und er musste den Kopf senken, um nicht den Türsturz zu berühren. Sein Gesicht sah im grauen Licht des Nachmittags blass und ärgerlich aus.

Sabrinas Aufregung hatte nicht nachgelassen, sondern war neben ihrer Beschämung höchstens noch gewachsen. Sie hoffte nur, dass sie nicht so durcheinander wirkte, wie sie sich fühlte, als sie aufstand, um Daigh zu begrüßen.

»Ich hatte nicht erwartet, dich wiederzusehen.« Sie zwang sich, seinen Blick zu erwidern, obwohl ihre Wangen glühten. »Oder hast du Mr. St. John vor dem Haus herumlungern sehen?«

Ihr Versuch, blasiert zu wirken, kam nicht an. Daigh ballte die Hände zu Fäusten, und sein Gesicht verdüsterte sich sogar noch mehr.

Sabrinas Magen krampfte sich vor Nervosität zusammen, und ihre Kehle war mit einem Mal wie zugeschnürt. Wie hatte sie glauben können, diese Begegnung überstehen zu können, ohne sich wie eine komplette Närrin vorzukommen? Sie hatte ihn praktisch angebettelt – und war das nicht schon erniedrigend genug? Doch es war sogar noch schlimmer geworden: Er hatte sie abgewiesen. Welcher normale Mann lehnte leicht zu habenden Sex ab? Keiner, dem wenigen nach, was sie von der männlichen Spezies wusste. Und was sagte das über ihre Reize aus? Es war gut, dass sie sich für ein Leben unter den *bandraoi* entschieden hatte. Wenn sie einen Mann nicht einmal reizen konnte, indem sie sich ihm schamlos an den Hals warf, wie sollte sie dann je einen mit oberflächlichem Geplauder und gespielt schüchternem Lächeln für sich interessieren? Vielleicht war sie sicherer vor Aidan und Tante Delia, als sie dachte.

»Bitte setz dich doch«, sagte sie und deutete auf einen Sessel.

Daigh warf einen Blick darauf, machte aber keine Anstalten, der Einladung zu folgen.

Was ihre Verärgerung zu ausgewachsener Wut steigerte und Sabrina mit dem ersten Gedanken, der ihr in den Sinn kam, herausplatzen ließ. »Du bist vor unerwünschten Avancen sicher. Ich verspreche, dir meine unerträgliche Gegenwart nie wieder aufzudrängen.«

»Deine unerträgliche …« Er lachte grimmig auf. »Ist es das, was du denkst?«

»Was soll ich denn sonst denken?«

»Dass ich kein lüsterner Wüstling bin, der deine Zukunft für sein eigenes Vergnügen ruinieren würde?«

Nun ließ er sich doch in dem Sessel ihr gegenüber nieder, und sie bemerkte die Anzeichen von Erschöpfung in seinem Gesicht und die Anspannung, die seinen Körper und seine Gefühle beherrschte. Er stand kurz vor dem Zusammenbruch.

Daigh rieb sich den linken Unterarm, als wollte er einen Fleck entfernen. »Sabrina, ich weiß nicht, wie oder wieso, doch du bist die Frau, die ich sehe, wenn ich die Augen schließe. Ich kenne deinen Duft. Ich erinnere mich an das Strahlen deines Lächelns und daran, wie sich dein Körper anfühlt, wenn er sich unter mir bewegt. Und wie ich mich fühle, wenn ich dich nehme. Bruchstücke eines unmöglichen Lebens mit dir schießen mir ständig durch den Kopf. Ich kann es nicht verhindern und will es auch gar nicht. Aber es ist genau das – unmöglich. Ich werde nicht zulassen, dass du dich an mich vergeudest. Nicht, wenn du noch dein ganzes Leben vor dir hast.«

Sie schluckte den Kloß hinunter, der ihr in der Kehle saß und ihr das Atmen fast unmöglich machte. Daigh träumte diese Dinge, genau wie sie. Sie waren jetzt ebenso sehr ein Teil ihrer Erinnerungen wie der seinen. Vielleicht war es deshalb so leicht gewesen, ihre Emotionen über ihren Verstand zu stellen. Weil Daigh kein Fremder war. Er war schon einmal ihr Geliebter, Ehemann und Freund gewesen. Das sei unmöglich, hatte er gesagt, und irgendwie wusste sie, dass er recht hatte. Aber es machte die Erinnerungen an dieses Leben, auf das sie einen Blick geworfen hatte, nicht weniger machtvoll.

»Er hat es nicht direkt gesagt, doch mein Bruder will mich verheiraten«, bemerkte sie leise.

Daigh zuckte fast unmerklich zusammen, bevor er schnell erwiderte: »Dann wirst du irgendeinen Mann sehr glücklich machen.« Einer seiner Mundwinkel verzog sich zu einem bedauernden Lächeln. »Aber nicht ich werde dieser Mann sein.«

Sabrina verhärtete ihr Herz. »Es wird niemand sein. Ich will nicht heiraten. Nie.«

»Das wäre eine Schande. Du hast viel Liebe zu geben.«

Darauf wusste sie nichts zu erwidern; aber sie konnte sowieso nicht sprechen.

Daigh erhob sich. »Ich kam, um dich etwas zu fragen, und dann gehe ich wieder.« Er schwieg einen Moment, und von Neuem verhärtete sich sein Gesicht. »Dein Bruder Brendan – hast du etwas von ihm gehört, seit du in Dublin bist?«

Sabrina stockte der Atem, und unwillkürlich legte sie eine Hand über ihre Schürzentasche. Standen Brendans Rückkehr und Daighs Ankunft irgendwie in Verbindung? Konnte es sein, dass ihr Bruder sich darauf vorbereitete, seinen eigenen *Domnuathi* zu erschaffen? Nein, das wollte sie nicht glauben. Er könnte nie einen solchen Wahnsinn und ein solches Elend in die Wege leiten.

»Wenn ich Máelodor und St. John aufhalten soll, muss ich ihn finden, Sabrina. Bald.«

»Du glaubst, dass er ein Teil all dessen ist?«

»Ich weiß es nicht, und es ist mir auch gleichgültig. Es ist Máelodor, den ich will, und ich glaube, Brendan kann mir helfen, ihn zu finden.«

Sieben Jahre, und ihre Familie versuchte immer noch, sie in ihren zerstörerischen Kreis zurückzuziehen. In die Tragödie, das Leid und die Qual, von denen Sabrina geglaubt hatte, sie hinter sich zurückgelassen zu haben, als sie dem Orden beigetreten war.

Würde sie je frei sein von den Sünden ihres Vaters? Den Verbrechen ihres Bruders? Dem langen Schatten, der noch immer über ihnen allen zu liegen schien?

»Hast du von ihm gehört?«, beharrte Daigh. »Irgendetwas?«

Sabrinas Hand glitt in die Schürzentasche. Sie zerdrückte die Nachricht und spürte, wie der Rand des Papiers in ihre Finger schnitt. Brendan lebte. Er war heimgekehrt. Aber war er heute sicherer, als er es je gewesen war? Die *Amhas-draoi* jagten ihn noch immer. Und jetzt auch Máelodor und Gervase St. John, falls Daigh die Wahrheit sagte. Würde es Brendan helfen oder schaden, zu enthüllen, was sie wusste? Nicht, dass sie viel mehr wüsste als zuvor. Nur, dass Brendan wieder da war und hoffentlich Erklärungen mitbrachte.

Die Luft war wie elektrisiert von Daighs intensivem Blick. Er brachte ihre Haut zum Kribbeln und erfüllte ihren Kopf mit Schrecken und Ärger, Furcht und Scham.

Sollte sie es Daigh sagen oder nicht? Sabrina schloss die Augen und bat in einem stummen Stoßgebet die Götter, ihr den rechten Weg zu weisen.

In dem Moment öffnete sich unten die Eingangstür und schloss sich wieder.

»Sabrina, Liebes! Wir sind wieder da!«

Die Götter – und Tante Delia – hatten gesprochen.

Kapitel Achtzehn

Lord und Lady Kilronan kamen mitten in der Nacht. Sabrina erinnerte sich am nächsten Morgen vage an Stimmen und Schritte in der Halle, Anweisungen, die erteilt wurden, und hin und her eilende Dienstboten. Sie ignorierte all das jedoch, indem sie sich ein Kissen über den Kopf zog und sich noch tiefer unter ihrem Federbett vergrub.

Am Morgen konnte sie es jedoch leider nicht mehr übergehen. Sie war von ihrer Zofe angekleidet, frisiert und für den Gang zur Schlachtbank vorbereitet worden. Die Frau schien die Heirat seiner Lordschaft für überaus romantisch zu halten. »Eine große Leidenschaft wie die dieses berühmten Pärchens namens Romeo und Julia«, schwärmte sie.

Sabrina verzichtete darauf, die arme, verblendete Zofe darüber aufzuklären, wie diese Beziehung geendet hatte, und erhob sich von ihrer Frisierkommode mit dem grimmigen Lächeln der Verdammten um den Mund.

Aidan war glücklich. Das war Sabrinas erster, überraschender Eindruck, als sie um die Salontür herum einen Blick ins Zimmer warf. Ihr Bruder strahlte zwar nicht und grinste auch nicht wie ein verliebter Narr, aber eine ruhige Zufriedenheit ließ seine normalerweise strengen Züge weicher erscheinen und verlieh seinen goldbraunen Augen einen ungewohnten Glanz.

Mit leicht gespreizten Beinen, die Hände hinter dem Rücken verschränkt, stand er vor dem Kamin, und sein Blick glitt voller Entsetzen über die Blümchentapete, die zierlichen, mit Spitzendeckchen verzierten Möbel und die Scharen von Putten, deren Augen alle auf eine Skulptur des hüllenlosen Zeus mit einem Blitzstrahl in der Hand gerichtet zu sein schienen. »Was hat sie sich bloß dabei gedacht, Cat? Hier sieht es aus wie in einem Pariser Bordell! Und woher kommt dieser widerliche Geruch nach überreifen Früchten?« Er schnupperte die Luft am Kamin, in dem violette und blaue Flammen glommen. »Ich wusste ja, dass ich mich besser selbst darum gekümmert hätte.«

Aus einer anderen Ecke, die Sabrina nicht einsehen konnte, antwortete eine amüsierte, samtig weiche Frauenstimme, bevor sie in ein mädchenhaftes Kichern ausbrach. »Sie hat wirklich einen einzigartigen Geschmack.«

»Das ist nicht lustig«, brummte er.

»Du kannst lachen oder weinen. Ich lache lieber. Tränen habe ich in meinem Leben schon genug vergossen.«

Aidan blickte auf seine Taschenuhr und ließ die Kette durch seine Finger gleiten, während er unruhig auf dem Teppich auf und ab marschierte. »Wo ist sie? Ich habe schon vor über einer Stunde ein Mädchen hinaufgeschickt, um sie zu wecken.«

»Reg dich nicht auf! Sie wird schon noch herunterkommen.«

»Ich rege mich nicht auf.«

»Du bist nervös wie ein Kätzchen bei einem Gewitter. Entspann dich! Sie ist deine Schwester. Es wird schon gutgehen.«

»Du klingst überhaupt nicht nervös.«

»Sie wird mich akzeptieren oder nicht. Ich bin ziemlich gut darin geworden, mir nicht viel daraus zu machen, ob mich jemand mag.«

»Nein, du bist nur gut darin geworden, zu verbergen, dass du dir etwas daraus machst. Das ist etwas völlig anderes, mein Liebling.«

Liebe, Vertrautheit und Zärtlichkeit prägten seine Worte, und Sabrina kam sich vor wie ein Eindringling in einem sehr privaten Augenblick.

Deshalb trat sie schnell von der Tür zurück und räusperte sich, machte ein paar schwere Schritte und betrat den Salon, als wäre sie gerade erst heruntergekommen.

Daigh stakste in dem kleinen Dachzimmer herum. »Ich habe es versucht, aber vergeblich. Wenn Sie Douglas wollen, werden Sie ihn schon selbst finden müssen.«

»Und Sie? Haben Sie es aufgegeben, St. John in diese Geschichte hereinziehen zu wollen? Oder hat Kilronans Schwester sich eines Besseren besonnen und will nun doch nicht mit einer Leiche ins Bett?«, fauchte Miss Roseingrave. »Vielleicht hat sie ja endlich herausgefunden, wessen Sie sich schuldig gemacht haben. Was Sie ihr und ihrer Familie angetan haben.«

Daighs Augen verengten sich. »Wovon reden Sie?«

Ihr Blick durchbohrte ihn mit der Schärfe einer Speerspitze. »Sie sind Lazarus. Egal, wie Sie die Realität zu beschönigen versuchen, Sie sind ein Geschöpf des Todes. Und Sie teilen ihn genauso gedankenlos aus wie ein Tier.« Sie stieß ein sprödes, hartes Lachen aus. »Haben Sie und Brendan Douglas miteinander angestoßen, als Sie ihm erzählten, dass Sie seinen Cousin ermordet haben?«

»Verdammt noch mal ...«

»Sie haben ihn getötet. Ohne auch nur mit der Wimper zu zucken. Sie haben nicht einmal abgewartet, um zu sehen, ob er litt. Ließen ihn einfach auf der Straße liegen und in seinem eigenen Blut ertrinken. Hat es Ihnen etwas ausgemacht? Haben Sie auch nur einen Anflug von Bedauern verspürt?«

»Ich habe nie ...« Oder doch?

Eine dunkle, regennasse Straße. Eine Kutsche und ein Mann mit einer Waffe. Die Befehle seines Schöpfers, des Großartigen, Anweisungen, die Lazarus nicht missachten konnte.

Die Flut von Bildern versetzte ihm einen Schock.

Furcht. Überraschung. Das tote Gewicht eines Körpers, der im Schlamm zusammenbrach. Der Schrei einer Frau, der das Heulen des Sturms zerriss.

Daigh ließ sich auf das Bett fallen und griff sich mit den Händen an den Kopf. Galle verätzte seine ohnehin schon wunde

Kehle. Sein Körper war wie taub und mit kaltem Schweiß bedeckt, als wieder andere Bilder in seinem Kopf aufblitzten. Eine tödliche Jagd von Dublin durch die Slieve-Aughty-Berge zu der kargen Steilküste des County Clare. Ein Kampf mit wogenden Flammen und *Unseelie*-Magie. Lord Kilronans erbitterter Hass. Lady Kilronans Flehen um Gnade. Und ein Tagebuch, das er, Lazarus, für Máelodor und dessen Bestreben, König Artus wieder zum Leben zu erwecken, erbeutet hatte. Und all das nur für Máelodors gewalttätige, morbide Ambitionen …

»Leben Sie damit, Lazarus«, spottete Miss Roseingrave. »Ich tue es.«

Daigh erinnerte sich. An alles. In einer einzigen verheerenden Flutwelle von Erinnerungen kam alles schlagartig zurück.

Die Gegenwart zerrann in seinem Kopf, als es ihm wie Schuppen von den brennenden Augen fiel und rasende, versengend heiße Wut seinen Körper von innen heraus zu verzehren drohte. Mit jedem Schlag seines Herzens intensivierte sich Máelodors giftige, verderbliche Magierenergie. Seine magischen Kräfte und Daighs Energie erzeugten ein monströses Wesen. Daigh hielt es zurück, so gut er konnte, doch es war, als wollte er die Gezeiten aufhalten.

»Du spielst mit einer gefährlichen Waffe, *Amhas-draoi*«, zischte er. »Wieso glaubst du, dass du nicht so enden wirst wie Jack O'Gara?«

»Weil ich nicht so leicht einzuschüchtern bin, Lazarus.«

Er packte sie am Arm und zog sie so dicht an sich heran, dass sie den Kopf zurücklegen musste, um seinen Blick zu erwidern. Sie wich nicht zurück, aber er spürte ihre Unsicherheit und vielleicht sogar einen Hauch von Furcht, zu der sie auch allen Grund hatte.

»Dann bist du eine Närrin«, sagte er und ließ sie das tödliche Ausmaß seiner wiedererlangten Kräfte spüren.

Sie wehrte sich, doch er hielt sie so fest gepackt, dass sich seine Finger in ihre Arme gruben.

Seine Magie durchflutete ihn, legte sich wie eine Schlange um Helena Roseingraves Herz und verlangsamte es Schlag für Schlag, bis sie nach Luft schnappte und in Daighs Griff erschlaffte. Erst dann hob er den Zauber auf und ließ die *Amhas-draoi* auf einen Sessel fallen, bevor er nach dem Nachttopf griff und seinen gesamten Mageninhalt erbrach. Seine Beine trugen ihn kaum noch, sein Körper wurde von unkontrollierbaren Krämpfen geschüttelt, als die Präsenz in ihm sich wieder einmal zurückzog.

»Ich werde tun, was ich von Anfang an hätte tun sollen.« Ein Schuss in den Kopf. Ein sauberer Mord, und Sabrina und ihr Bruder würden vor St. John sicher sein.

Er brauchte sich den Kopf nicht mehr darüber zu zerbrechen, Máelodor zu finden.

Sein Herr würde *ihn* finden ... oder hatte ihn bereits gefunden.

Aidan stützte das Kinn auf die Hände und blickte Sabrina mit der Verärgerung des älteren Bruders an, die ihr mächtig auf die Nerven ging. »So hatte ich mir unsere erste Begegnung wirklich nicht vorgestellt«, sagte er seufzend und mit einem verzweifelten Blick zu der unerwünschten Zuhörerin dieses vertraulichen Gesprächs, die still und wachsam in der Ecke saß.

Sabrina wappnete sich gegen den unbewussten Rückfall in die Gefügigkeit der kleinen Schwester. Sie verspürte Lady Kilronans aufmerksamen Blick wie ein an ihrem Rücken auf und ab laufendes Prickeln. »Dachtest du, wir würden uns bei Tee und Kuchen in Erinnerungen ergehen, Aidan? Uns gegenseitig mit unserer verlorenen Jugend necken und unsere Erfahrungen der letzten sieben Jahre austauschen?«

»Aye. So ungefähr.« Aidan verbarg ein Lächeln hinter seiner Hand, doch seine funkelnden Augen verrieten ihn, als er einen stummen Scherz mit seiner Frau teilte, den nur sie verstanden.

Aus irgendeinem Grund schaltete Sabrina deswegen nur noch mehr auf stur. »Du hast mich herbeordert wie einen deiner Dienstboten, Aidan. Oder wie einen Hund, dem du bloß zu pfeifen brauchst, damit er kommt. Hast du dich auch nur eine Sekunde lang gefragt, ob ich das Kloster verlassen wollte, um hierherzukommen? Hast du je darüber nachgedacht, was meine Wünsche sein könnten?«

»Wie könntest du wissen, was du willst, wenn du in den letzten sieben Jahren nichts als Glenlorgan und das Leben einer Priesterin gekannt hast?« Sein Gesicht hatte wieder einen ernsteren Ausdruck angenommen. »Du warst lange genug in diesem Kloster eingeschlossen. Seit Vaters und Mutters Tod bist du kein einziges Mal zu Hause auf Belfoyle gewesen.«

»Ich will nicht nach Belfoyle. Was soll ich dort? Es ist ein Haus, Aidan, doch kein Zuhause. Und ist es in den letzten sieben Jahren auch nie wieder gewesen.«

»Das könnte es aber sein.« Wieder warf er einen Blick in Lady Kilronans Richtung, der Sabrina ausschloss. Anscheinend erhielt Aidan die stumme Antwort, die er suchte, denn mit neuer Entschlossenheit wandte er sich Sabrina zu. »So wollte ich das Thema eigentlich nicht anschneiden, aber da wir schon einmal dabei sind, kann ich genauso gut auch fortfahren. Cat und ich möchten, dass du mitkommst, wenn wir nach County Clare zurückkehren, Sabrina. Um dort bei uns zu leben. Ich möchte, dass du Cat kennenlernst und sie als Familie betrachtest. Als Schwester sozusagen.«

Diese Frau? Ganz sicher nicht! Sabrina fuhr herum, um sich endlich das dreiste Frauenzimmer anzusehen, das Aidan dazu verleitet hatte, es zu heiraten. Zu ihrem Erstaunen sah sie eine junge Frau vor sich, die höchstens ein oder zwei Jahre älter war als sie selbst. Schlank und zierlich, mit kohlrabenschwarzem

Haar und grünen Katzenaugen, entsprach sie so gar nicht dem üppigen, vollbusigen Covent-Garden-Typ, der Aidan in Sabrinas Vorstellung vor den Altar geschleppt hatte. Aber die Art, wie Lady Kilronan Sabrinas unbewegten Blick erwiderte, hatte etwas Besonderes. Reife lag in ihren ernsten Zügen, Erfahrung in den feinen Linien um ihre herabgezogenen Mundwinkel.

Statt mit einem überfreundlichen Lächeln oder auch nur wohlwollender Miene betrachtete sie Sabrina mit der gleichen zurückhaltenden Wachsamkeit, die ihr selbst zuteilwurde – mit ein wenig schräg gelegtem Kopf und der Unterlippe zwischen den Zähnen.

Nervosität, Stolz, Hoffnung und Traurigkeit – Sabrina spürte all diese Empfindungen, während sie Aidans Frau taxierte. Emotionen, die sich nur in dem Flackern ihrer Augen und der selbstsicheren Haltung zeigten, in der sie, die Hände in den Schoß gelegt, im Sessel saß.

Nein. Sabrina wollte sie nicht mögen, sie nicht einmal kennenlernen. Sie musste fest bleiben, sehr fest. Sie war nicht mehr die leicht zufriedenzustellende kleine Schwester, und Aidan – auch wenn er sie noch so sehr bedrängte – konnte sie nicht in diese Form zurückpressen.

»Meine Familie sind die Priesterinnen des Hohen *Danu*«, erklärte Sabrina sehr betont. »Und mein Zuhause ist Glenlorgan. Je eher ihr das versteht, desto schneller können wir diese Farce einer Familienzusammenkunft beenden, damit ich zu meinen Schwestern zurückkehren kann.«

Und bevor sie der Mut verließ oder einer der beiden sie überreden konnte, verließ Sabrina fluchtartig den Raum.

Cats sarkastisches »Sollten wir das dann als ein Nein werten?« echote ihr hinterher.

Sabrina strich die Karte glatt, um sie noch einmal zu lesen, und fuhr die verschnörkelte Schrift nach, die genauso extravagant und kryptisch war wie Brendan selbst.

Wo war er in all diesen Jahren gewesen? Warum hatte er nicht schon vorher versucht, Verbindung zu ihr aufzunehmen? Weshalb hatte er alle glauben lassen, er sei tot? Und was hatte das alles mit Daigh und Máelodor, St. John und ihrem Vater zu tun?

Sabrina hatte mit der Idee gespielt, mit der Nachricht zu Aidan zu gehen, bis er begonnen hatte, von Glenlorgan und seinen großartigen Plänen hinsichtlich der Familienzusammenführung zu reden. Dadurch waren ihre Absichten in Vergessenheit geraten. Außerdem würde Aidan ihr ohnehin nicht zuhören. Er würde an ihren Erklärungen und Fragen vorbeireden, sie ignorieren und wie ein Kind behandeln, mit gedankenloser Herablassung und einem Tätscheln ihres Kopfes, als müsste das genügen.

Wer blieb ihr also noch?

Ihre Finger strichen über die Tinte und den Rand der Karte. Brendan hatte dieses Papier berührt. Brendan, der Bruder, dem sie unzählige Nächte nachgeweint hatte, dessen Gesicht sie noch Jahre danach in ihren Träumen heimgesucht und der ein Stück von ihrem Herzen mitgenommen hatte, als er gegangen war.

Daigh hatte sie nach Brendan gefragt, weil er seine Hilfe brauchte und ihn vor St. John und Máelodor warnen wollte.

Vielleicht hatte sie das Zeichen der Götter missverstanden. Vielleicht hatten sie ihr gar nicht geraten, Schweigen zu bewahren, sondern sie sogar ganz im Gegenteil vor dem Leben gewarnt, das sie erwartete, wenn sie nicht mit Daigh über Brendan sprach.

Oder vielleicht musste sie auch aufhören, sich auf die Götter zu verlassen, weil sie alles andere als hilfreich waren.

Ein milchig trüber Himmel tauchte die Welt in monotones Grau, ließ die Kanten der Gebäude verschwimmen und die Männer und Frauen, die sich auf den Straßen aufhielten, bleich erscheinen. Selbst die Luft verdichtete er zu einem neblig feuchten Dunst aus Rauch und Regen.

Mit verschränkten Händen und wild pochendem Herzen stand Sabrina auf der anderen Straßenseite vor der Pension auf der Wood Street und blickte zu den leeren Fenstern auf. Hier musste er wohnen. Mithilfe ihrer magischen Kräfte und dank der geheimnisvollen Verbindung zu ihm hatte sie die Adresse herausgefunden. Doch was zum Teufel hatte sie hier zu suchen? Hatte sie den Verstand verloren? Sie hatte waghalsig sein wollen, aber dieses Unterfangen war zudem noch ausgesprochen töricht.

Die Tür öffnete sich, während Sabrina noch zögerte und über ihren nächsten Schritt nachdachte, und eine grimmig dreinblickende Frau trat aus dem Haus, die ebenso farblos war wie der verblasste Tag. Ihr Gesicht kam Sabrina irgendwie bekannt vor. Aber woher?

Die Frau rief jemandem im Haus über die Schulter etwas zu, was aber nicht zu verstehen war, da es im Lärm des morgendlichen Straßenverkehrs unterging. Als die Frau sich wieder umdrehte, schienen ihre Augen Sabrina zu durchbohren wie zwei Dolche.

Sie verließ den Bürgersteig und kam zu Sabrinas Straßenseite hinüber. Bei näherem Hinsehen wirkte ihre spröde Haltung zerbrechlicher, und ihre Bewegungen waren übervorsichtig, als wäre sie krank oder hätte Schmerzen. »Lady Sabrina Douglas, nicht?«

Sabrina begegnete dem arroganten, herablassenden Gebaren der Frau mit aristokratischer Haltung, so wacklig sie vielleicht auch war. »Sie sind mir gegenüber im Vorteil. Ich glaube nicht, dass wir schon miteinander bekannt gemacht wurden.«

»Ich bin Miss Helena Roseingrave und lernte Lord und Lady

Kilronan im Frühjahr kennen.« Ein undefinierbares Gefühl glomm in ihren Augen auf. »Und ich hoffe, dass ich eines Tages auch Ihren Bruder Brendan kennenlerne.«

Warum hatte sie das gesagt? Als wüsste sie, warum Sabrina hier war. Als wäre sie ebenso sehr in diese Angelegenheit verstrickt wie alle anderen. Sabrina sträubten sich die Nackenhaare. »Nun, da werden Sie enttäuscht sein. Mein Bruder ist vor langer Zeit verstorben.«

Miss Roseingraves Lächeln erreichte ihre Augen nicht. »Es gibt Tod und Tod. Und wieder anderen Tod. Wie Ihnen sicherlich bewusst sein dürfte, Lady Sabrina. Ich denke, Ihnen sind sowohl die permanenten als auch die vorübergehenden Variationen wohlbekannt.«

Sabrina presste die Knie zusammen, damit sie nicht unter ihr wegknickten, und grub die Fingernägel in die Handflächen, um sie vom Gesicht dieses unsympathischen Frauenzimmers fernzuhalten. »So spannend diese Unterhaltung ist, ich fürchte, ich habe keine Zeit, sie zu verlängern. Doch falls Sie meinen Bruder ausgraben, grüßen Sie ihn von mir, ja?« Und damit beendete sie das Gespräch und schlenderte davon. Hocherhobenen Hauptes, die Augen aber voller Tränen.

Miss Roseingraves Blick bohrte sich in ihren Rücken wie ein Messer. »Bevor ich ihn für seine Verbrechen hinrichte, werde ich ihm Ihre Grüße ausrichten.«

Sabrina schluckte die in ihr aufsteigende Furcht hinunter und schüttelte sich, als könnte sie sich so von dem kalten Schweiß befreien, der ihre Haut bedeckte. Nur mit Mühe konnte sie das Schluchzen unterdrücken, das in ihrer Kehle saß, als sie halb über die Straße rannte, die Treppe hinaufstürmte und mit der Faust gegen die Tür schlug. Dann schlang sie die Arme um ihren Körper, um das Frösteln aufzuhalten, das Miss Roseingraves Worte in ihr hervorgerufen hatten.

Hoffentlich war Daigh zu Hause! Er musste einfach da sein!

Kapitel Neunzehn

Sabrina. Hier. Jetzt. Sein Abstieg in die Hölle war komplett. Daigh kniff die Augen zu. Wenn er sie wieder öffnete, würde sie fort sein. So musste es sein. Aber sie war nicht fort. Und zu allem Überfluss stand sie ihm auch noch in zwei Versionen vor Augen. Zwei sich überschneidende Bilder bestürmten sein Gehirn.

Das eine war sechshundert Jahre alt, das andere nur Sekunden.

Ein schwach erhelltes Arbeitszimmer eines Herrn der Mark mit besonderen Machtbefugnissen.

Ein verstaubtes, übel riechendes Dubliner Dachzimmer.

Sabrina starrte ihn mit großen blauen Augen an, ihr Gesicht weiß wie Marmor, mit dem Ausdruck eines scheuen Rehs und angespannt vor Schreck und Sorge, als sie an seine Seite eilte.

Daigh krümmte sich noch mehr unter den Magenkrämpfen, die diese neue, blitzartige Erinnerung begleiteten.

»Hat sie dich verletzt?«, fauchte Sabrina. »Dann mögen die Götter ihr helfen ...« Diese starke, aufgebrachte Sabrina durchbrach die andere geisterhafte Version wie Sonne den Nebel und löschte sie mit der schwungvollen Energie der Lebenden aus.

»Das war mein Spruch«, sagte er und rieb sich mit dem Handrücken über den Mund. »Und du sagtest mal, ich bräuchte deine Heilkraft nicht.«

Sie strich ihm das Haar aus dem Gesicht und schnalzte missbilligend mit der Zunge, als sie seine fieberheiße Haut berührte. »Woher sollte ich wissen, dass du mit einer abscheulichen, Feuer speienden Gorgo in Konflikt geraten würdest?«

»Ich glaube, sie verwandeln einen in Stein.«

»Wer?«, fragte sie zerstreut, als sie schnell und geschickt Decken glatt strich, herumliegende Kleidungsstücke faltete und Daigh sanft in die Kissen zurückdrückte.

»Gorgonen. Drachen speien Feuer. Gorgonen verwandeln dich in Stein.« Schon jetzt spürte er, wie sich seine Muskeln entspannten, obwohl sein Verstand noch immer brannte von der vollen Kenntnis seiner Sünden.

Die Hände auf den Hüften, betrachtete sie ihn mit dem stirnrunzelnden, skeptischen Blick einer begabten Heilerin. »Was redest du da von Gorgonen? Was um Himmels willen hat sie dir angetan?«

Er schaute zum Fenster hinüber und dann zu Boden. Überallhin, nur nicht auf sie. »Miss Roseingrave hat fast all meine Erinnerungslücken gefüllt.«

Sabrina zog sich den einzigen Stuhl heran und setzte sich mit geübter Professionalität zu ihm ans Bett. Aber er war sich der glatten, warmen Haut unter diesem properen, zugeknöpften Äußeren, des süßen Geschmacks dieses Mundes und der Träume in diesem saphirblauen Blick trotz alledem nur allzu gut bewusst. Und am liebsten hätte er seine Pein herausgeschrien, die Welt auf sich herabgerissen und die Qual dieses neuen Exils ein für alle Mal ausgelöscht.

Sabrina knabberte wie ein Kind an einem Fingernagel. »Sie behauptete, sie würde Brendan töten, wenn sie ihn findet.« Ein Zittern schwang in ihrer Stimme mit. »Und nun, da du verletzt bist …«

»Miss Roseingrave gehört zu den *Amhas-draoi*, Sabrina.«

Sie schnappte entsetzt nach Luft, ihr Gesicht wurde kreidebleich, und ihre Brauen zogen sich zusammen.

Daigh drückte die Handballen auf die Augen. »Du hast es schon erraten, nicht? Sie will, dass ich ihr Brendan Douglas' Kopf auf einem Silbertablett serviere. Oder ihr zumindest sage, wo er ist.«

»Deshalb hast du ständig gefragt, ob ich etwas von ihm gehört habe. Weil du vorhattest …«

»Ihn gegen einen schnellen, sauberen Tod zu tauschen. Ja.«

»So viel liegt dir daran zu sterben?«

Sie funkelte ihn böse an, als er die Augen öffnete und zu ihr aufblickte.

»Ich will frei sein«, erwiderte er fest. »In welcher Form, spielt keine Rolle.«

Für ein paar unerträglich lange Minuten sah sie ihn nur an, und als sie wieder das Wort ergriff, war ihre Stimme sanft, aber entschieden. »Was hat dich also in Bezug auf Brendan umgestimmt?«

»Wie kommst du darauf, dass ich es mir anders überlegt habe?«

»Sonst würdest du es mir nicht erzählen.«

Er schwang die Beine über den Rand des Bettes. Wieder drehte sich ihm der Magen um, aber wenigstens das Zimmer hatte aufgehört, sich um ihn zu drehen. »Vielleicht gehört das ja zu meinem schlauen Plan«, sagte er und fuhr sich mit der Hand über das Kinn. »Dich glauben zu machen, ich wäre auf deiner Seite, während die einzige Seite, auf der ich bin, die meine ist.«

»Das glaube ich nicht. Dazu bist du zu offen. Täuschung und Hinterhältigkeit sind nicht deine Art. Du suchst die direkte Konfrontation mit deinen Feinden.«

Er straffte sich und warf ihr einen spöttischen Blick zu. »Ist deine Einfühlungsgabe so groß, dass du meinen Charakter erkennen kannst?«

Ein leiser Trotz glomm in ihren Augen auf. »Es hat nichts mit Einfühlungsvermögen zu tun. Ich sehe dich so, wie du dich mir immer wieder gezeigt hast.« Sie beugte sich vor. »Ehrenhaft und prinzipientreu.« Sie war ihm so nahe, dass er die Sommersprossen auf ihrer Nase zählen konnte und in ihren blauen Augen zu ertrinken glaubte. »Mitfühlend«, fügte sie hinzu und berührte seine Lippen ganz sachte mit den ihren.

Daigh erschauerte, doch diesmal vor Verlangen. »Dies ist kein Spiel, Sabrina. Ich kann dich nicht retten. Ich kann nicht mal mich selbst retten.«

»Ich habe dich nicht gebeten, mich zu retten.« Was für ein ernstes Gesicht sie machte! Entschlossen, ja fast ärgerlich.

Nein. Er wusste genau, was sie wollte, und es fiel ihm immer schwerer, es ihr abzuschlagen. Und warum sollte er es ihr auch verweigern? Dass er ein Schuft war, war schon hinreichend bekannt.

»Es wäre nicht unser erstes Mal«, versuchte sie, ihn zu überreden. »Das weißt du. Du erinnerst dich daran.«

Nur allzu gut. Sabrina, wie sie lächelte, ihn streichelte und erregte. Wie verführerisch und leidenschaftlich ihr schlanker, biegsamer Körper sich unter seinem bewegte ... Wie sie sich an ihn schmiegte, wenn sie später einschlief.

»Das ist nie geschehen. Es kann nicht sein«, entgegnete er und verleugnete seine eigenen Erinnerungen. Aber sie war hier bei ihm, was eine genauso unmögliche Realität war. Doch als vom Tode Wiederauferstandener war er das ja auch. Vielleicht erzeugten zwei Unmöglichkeiten ja ihren eigenen mysteriösen Zauber.

Daigh griff nach ihr und spürte, wie sie unter seinen Händen erschauerte, als er sie vom Stuhl und an sich zog. Trotz ihres tapferen Geredes war sie noch verängstigt.

Zärtlich legte er die Hände um ihr Gesicht und strich mit der Zunge die Konturen ihres Mundes nach. Sie öffnete bereitwillig die Lippen und nahm ihn in der warmen Höhle ihres Mundes auf. Zunächst küsste er sie nur ganz sanft, um sie zu beruhigen und zu verführen. Sie stand reglos da, die Hände an seine Brust gelegt, als wäre sie sich nicht sicher, wie es weiterging.

Er nahm ihr die Entscheidung ab, indem er ihre Schultern streichelte, die zarte Rundung ihrer Brüste und ihre Hüften, wo er seine Hände liegen ließ und sie noch fester an sich zog.

Als sie sich entspannte, vertiefte er den Kuss. Sie schmeckte süß wie warmer Honig, und diese Süße und samtene Hitze ihres Mundes wirkten auf ihn wie eine Droge, bis es ihn nach mehr verlangte. Daigh wollte das gleiche brennende Verlangen in ihr wecken, das er selbst empfand, und sich nicht nur an ihre Leidenschaft erinnern, sondern sie erleben. Sabrina gehörte zu ihm. Mit Leib und Seele. In diesem Leben und in dem vorausgegangenen.

Knöpfe, Knoten und Bänder wurden gelöst – jedes Kleidungsstück wurde mit solch sündhafter Sinnlichkeit abgelegt, dass Daigh zitterte vor Ungeduld und Sabrinas Atemzüge immer schneller und flacher wurden, je öfter seine Hände ihre nackte Haut berührten.

Es gab einen Moment, in dem er nackt vor ihr stand und seine zahllosen Narben sich hässlich weiß von seiner bronzefarbenen Haut abhoben. Scham, Feigheit und das quälende Bewusstsein seiner Verbrechen flackerten wieder in ihm auf.

Sabrina würde es herausfinden. Und ihn hassen.

Aber da beugte sie sich auch schon vor und küsste seine Brust, strich mit den Lippen die unzähligen Spuren der Grausamkeit Máelodors nach, und ihre Augen schimmerten von ungeweinten Tränen.

Mut. Kraft. Mitgefühl. Großzügigkeit. Sie besaß all das und noch viel mehr.

Daighs Herz klopfte zum Zerspringen, als er Sabrina aufhob und sich mit ihr aufs Bett fallen ließ, sodass sie auf ihm lag, ihr glänzendes braunes Haar sich über ihn ergoss und ihre Haut, die glatt wie Seide und golden wie ein Sonnenaufgang war, die seine streichelte. Mit zunehmender Unbefangenheit küsste sie ihn, zupfte spielerisch mit den Zähnen an seinen Lippen, glitt mit der Zunge dazwischen und verlockte ihn auf die gleiche verführerische Art wie er sie.

Sein Blut rann heiß und schnell durch seine Adern, ein fast

schmerzhaft scharfes Ziehen durchfuhr seine Lenden, und es hätte nur Sekunden gebraucht, um sie zu nehmen und sich in ihr zu verlieren. Doch er zögerte den Moment hinaus, um ihren Körper Zentimeter für Zentimeter zu genießen, weil er diese Zeit als etwas unendlich Kostbares betrachtete, das niemals wiederkehren würde.

Sabrina stöhnte vor Verlangen an seinem Mund und flehte ihn an, obwohl sie selbst nicht wusste, worum genau sie bat.

Ihr geschmeidiger Körper war von sündhafter Vollkommenheit, als Daigh sich mit ihr drehte und sich zwischen ihren gespreizten Beinen niederließ. Sie zitterte, als er ihre Brüste küsste, mit der Zunge die harten kleinen Spitzen reizte und sie so behutsam auf ihn vorbereitete, als wäre sie tatsächlich das scheue, wilde Geschöpf, das er zum ersten Mal an jenem felsigen Strand unterhalb von Glenlorgan gesehen hatte.

Und sie war bereit für ihn, heiß und feucht. Mit einer behutsamen Bewegung drang er in sie ein, und sie schlang ihm die Arme um den Nacken und bog sich ihm verlangend entgegen.

Ihre Augen weiteten sich, und sie sog scharf den Atem ein, als er, auf die Ellbogen gestützt, einen Moment lang über ihr verharrte. Aber dann lächelte sie verführerisch wie eine Sirene und hob in einer unausgesprochenen Einladung die Hüften an. Sie nahm ihn noch tiefer in sich auf, bis er es war, der zitterte und gefährlich nahe daran war, die Kontrolle zu verlieren.

Deshalb verlangsamte er seine Bewegungen und kostete jede Sekunde des sinnlichen Vergnügens aus, weil er es als das erkannte, was es war: ein Anfang und ein Ende.

Sabrina mochte die Bedeutung seiner Handlungsweise nicht verstehen, doch sie reagierte mit einem hinreißenden Eifer, der jede Faser seines Körpers zu neuen Höhen der Ekstase trieb, als er noch tiefer in ihre seidenglatte Wärme glitt.

Ihre Wangen waren gesprenkelt von Licht und Schatten, ihre Brüste hoch und rund, mit kleinen, harten Spitzen, und die Arme, die sie ihm um den Nacken schlang, fest, aber auch weich wie Samt. Daigh dagegen war so heiß und hart und erfüllt von drängendem Verlangen, dass der Druck schier unerträglich wurde und das Lustvolle ihrer Vereinigung sich mit jedem Stoß erhöhte.

Und dann öffnete Sabrina die Augen, und als er die erotische Verzückung in ihren blauen Tiefen sah, war es, als wäre er wieder dort, wo er begonnen hatte: an der Reling des Schiffes, wo er in die dunkle See hinuntergestarrt und zu den Göttern gebetet hatte, sie mögen ihm erlauben, sich mit seiner verlorenen Liebsten in *Annwn* wiederzuvereinen. War das ihre Antwort gewesen? Hatten die Götter ihn doch erhört? Und war dieser Moment mit Sabrina seine Belohnung?

Oder seine Strafe?

Sein drängendes Verlangen löschte jeden anderen Gedanken aus, als es in einer gewaltigen Stoßwelle in ihm hochkochte und er sich nicht länger zurückhalten konnte. Er küsste Sabrina, und sie klammerte sich an ihn und stöhnte an seinen Lippen.

Fast schmerzhaft schön in ihrer selbstvergessenen Ekstase, warf sie den Kopf zurück, grub ihm die Finger in die Schultern und flüsterte immer wieder seinen Namen, während die wilden Schauer ihres Orgasmus sie durchzuckten.

Später lagen sie aneinandergekuschelt auf dem Bett, beide nicht bereit, auch nur einen Gedanken an die Regeln des Anstands zu verschwenden, die sie zusammen mit ihren Kleidern abgelegt hatten. Die Abenddämmerung breitete sich über die Stadt; sie redeten, dösten und redeten noch mehr. Daigh wusste, dass er Sabrina gehen lassen müsste, dass er sie aus seinem Bett und auch aus seinem Leben fortschicken müsste, selbst wenn sie nichts davon ahnte. Stattdessen jedoch schlang er die Arme um sie, legte das Kinn auf ihren Kopf und ließ ihre Hitze alle toten Stellen in ihm wärmen.

»Wirst du nach Glenlorgan zurückkehren?«, fragte er.

Sie drehte sich in seinen Armen, bis sie einander ansahen, und runzelte die Stirn. »Nicht, wenn Aidan seinen Willen durchsetzt.« Sie kuschelte sich noch fester an Daigh. »Er will, dass ich mit ihm nach Belfoyle zurückkehre. Er denkt, dorthin zu gehen würde mich die letzten sieben Jahre vergessen lassen. Als könnten wir das Leben, das wir vor Vaters Ermordung hatten, einfach wieder aufnehmen und ich würde plötzlich erkennen, dass seine Zukunftspläne für mich die besten sind.«

»Vielleicht würde die Heimkehr dir helfen, deinen Kummer zu bewältigen. Die Dinge so zu sehen, wie sie heute sind, und nicht dem nachzuhängen, was einmal war.«

»Wenn er mich erst auf Belfoyle hat, wird er mir nie erlauben, zurückzukehren, um meinen Platz unter den Schwestern einzunehmen. Ich werde ausstaffiert werden als die letzte Douglas, die auf dem Heiratsmarkt zu haben ist. Gesund, mit allen Zähnen und obendrein noch Einkünften aus ein oder zwei Gütern, die Aidan noch großzügig dazugeben wird. Welcher Mann könnte da schon widerstehen?«

»Manchmal kann man Liebe auch in der vernünftigsten Verbindung finden. Vielleicht hast du sogar Glück mit der Wahl deines Bruders.« Sich Sabrina mit einem anderen Mann vorzustellen war, wie in einer offenen Wunde herumzustochern, und trotzdem quälte Daigh sich mit diesem Bild.

»Wenn ich Aidan nachgäbe, welchen Nutzen hätten dann meine Heilkräfte in dieser Welt? Ich wäre in der Rolle einer braven kleinen Hausfrau und Zuchtstute gefangen und dürfte die mir geschenkten Gaben nie wieder verwenden. Das könnte ich nicht ertragen.«

Daigh strich ihr das Haar aus dem Gesicht und küsste sie auf die Stirn. »Dein Bruder glaubt, dass das Glück in Ehe und Familie liegt. Und wer könnte ihm auch widersprechen? Nicht viele Männer sind mit einer so mutigen und beherzten Frau wie Lady Kilronan gesegnet.«

Sabrina hob den Kopf, und ihr Stirnrunzeln vertiefte sich. »Du kennst sie?«

Er zuckte mit den Schultern. »Nur vom Hörensagen«, erwiderte er schnell und hoffte, dass sie sich damit zufriedengeben würde.

Offensichtlich ja, denn sie legte sich wieder zurück. »Du denkst also, ich sollte auf ihn hören und nach Belfoyle zurückkehren.«

Wo sie isoliert, beschützt und weit entfernt von Dublin, St. John und Máelodor sein würde.

Und von ihm.

Oh ja, Belfoyle war genau der richtige Ort für sie!

»Das denke ich, ja«, antwortete er.

Sie schmiegte sich an seine Brust, als wollte sie sich buchstäblich darin vergraben. Ihr warmer Körper so dicht an seinem sandte neue prickelnde Hitzewellen durch seinen Unterleib, aber Daigh biss die Zähne zusammen, weil er wusste, dass sie nicht vor Morgengrauen daheim sein würde, wenn er den Forderungen seines Körpers erneut nachgab.

»Wärst du sehr schockiert, wenn ich dich bitten würde, bleiben zu dürfen?«, murmelte sie. »Bei dir?«

»Bitte mich nicht darum, Sabrina!«

Sie stützte sich auf einen Ellbogen, um ihn anzusehen. »Das klingt aber sehr nach einem ›Danke, doch ich verzichte‹.«

Er ignorierte das bisschen Herz, das ihm geblieben war, und öffnete sich der Präsenz in ihm, um mit ihr gegen die unwiderstehliche Verlockung anzukämpfen, die Sabrinas Vorschlag darstellte. Und tatsächlich bezwang der unheilvolle Zorn fast augenblicklich sein Verlangen. Finstere Emotionen versengten ihm den Schädel und ließen nichts als die verkohlten Überreste seiner körperlichen Lust zurück. »Ich kann dich nicht beschützen. Und ich bin es, vor dem du Schutz benötigst.«

Er starrte sie an, wortlos und außerstande, eine zentimeterbreite Kluft zu überbrücken. Es führte kein Weg vorbei an den Toten, die zwischen ihnen lagen, und über den Berg von Sünden, die er für seinen Herrn begangen hatte. Für seinen Schöpfer, den Großartigen.

»Mr. MacLir?« Ein Klopfen an der Tür riss sie beide aus ihrer Erstarrung. »Unten ist jemand, der nach Ihnen fragt. Ein ziemlich schlecht gelaunter Herr mit wildem Blick und einer Pistole in der Hand.«

St. John? Hier? Konnte es noch schlimmer kommen?

»Er sagt, er sei der Earl of Kilronan.«

Verflucht noch mal! Das war sogar noch sehr viel schlimmer

Sabrina zog sich in fieberhafter Eile an, während sie auf polternde Schritte auf der Treppe oder den Knall eines Pistolenschusses lauschte. Aber weder das eine noch das andere erfolgte, und es gelang ihr, den Salon unten in einem mehr oder weniger präsentablen Zustand zu betreten. Ihr Haar war zu einem lockeren Chignon zusammengenommen, auf das Korsett hatte sie verzichtet, die Strümpfe aber angezogen, und das Kleid saß nicht verkehrt herum und war auch richtig zugeknöpft.

Das hoffte sie zumindest.

»Wie hast du mich gefunden?«, fragte sie mit einer nur vorgetäuschten Tapferkeit.

Aidan fuhr zu ihr herum und starrte sie mit schmalen Augen an. Seine Brauen waren grimmig zusammengezogen. Alles an ihm strahlte nur mühsam unterdrückte Gewalt aus. »Kennst du das?«, fuhr er sie an und knallte ihr Tagebuch auf den Tisch.

Sabrina erschrak und fragte sich, wie er es gefunden haben mochte. Sie hatte es doch bestimmt versteckt. Nie ließ sie es herumliegen. Aber sie war lange aufgeblieben und hatte so viel zu Papier gebracht, wie sie nur konnte. Jeden Moment, jeden Kuss … Und am Morgen hatte Aidans Ankunft sie in ihrer üblichen Routine überrascht. Sie musste das Buch vergessen haben … Ihre Brust wurde so eng, dass sie kaum noch Luft bekam.

All ihre Gedanken und Handlungen, in allen Einzelheiten ausgebreitet, sodass jeder sie lesen konnte. Jeder und Aidan, der aussah, als wäre er fähig, einen Mord zu begehen.

»Versuch erst gar nicht, päpstlicher als der Papst zu sein. Nicht, wenn deine eigene Frau …« Sein böser Blick ließ sie verstummen. »Es ist nicht so, wie es aussieht«, schloss sie lahm, obwohl es ganz genauso war, wie es aussah. Und Aidan wusste es.

»Wo ist er?«, fragte er schäumend vor Wut. »Hat dieses Monster es dir überlassen, die Suppe auszulöffeln, während es zu seinem Herrn zurückschleicht, um mit deiner Entjungferung zu prahlen?« Die Hand, in der er die Pistole hielt, zitterte.

»Seien Sie vorsichtig mit Ihren Beleidigungen, Lord Kilronan! Meine Wut kann furchtbar sein.«

Die tiefe, warme Baritonstimme pulsierte an Nervenenden entlang, die noch überfrachtet waren von den ekstatischen Empfindungen ihres Liebesakts. Sabrina atmete seinen sinnlichen, maskulinen Duft tief ein und entspannte sich ein wenig in der Wärme seines Körpers hinter ihrem. Sie brauchte nur zurückzutreten, dann würde sie in seinen Armen sein.

»Lazarus.« Dieses eine Wort enthielt genug Gift, um zu töten. »Ich hätte dich umbringen sollen, als ich Gelegenheit dazu hatte.«

Als Daigh um Sabrina herumtrat, wurde die beeindruckende Größe und Kraft seines Körpers von dem winzigen Salon noch unterstrichen. Sie hatte schon fast vergessen, wie groß Daigh war. Und wie er zu pulsieren schien von einem wilden Licht, das in ihm glomm. Wie seine bloße Gegenwart einem Raum die Luft entzog und wie versengend heiß sein Blick sein konnte. »Wenn ich mich recht entsinne, Mylord, haben Sie es versucht. Und wie geht es Ihrer Frau Gemahlin?«

Moment mal. Daigh, Aidan und Cat kannten einander näher? Nach dem mörderischen Gesichtsausdruck ihres Bruders zu urteilen, schienen sie sich nicht nur zu kennen, sondern auch zu hassen.

»Dachten Sie, Sie könnten mich durch Sabrina angreifen? Hatten Sie vor, sie zu Máelodor zu bringen, damit er sein Vergnügen mit ihr haben könnte, nachdem Sie mit ihr fertig gewesen wären?« Aidan sah aus, als stünde er kurz davor zu explodieren. Sein Gesicht war dunkelrot, seine Augen brannten von einem verstörenden Zorn, den Sabrina noch nie an ihm gesehen hatte. Fast so, als lauerte der dunkle Schemen eines anderen in diesem unbarmherzigen Blick. Er hob die Pistole, um sie auf Daighs Brust zu richten – und der Schatten bemächtigte sich seiner ganz. Plötzlich waren seine Augen so seelenlos und leer, als würde er von jemand anderem beherrscht. Als *lebte* jemand anders in ihm.

Daigh blieb unbeeindruckt. »Das wird Ihnen nichts nützen.«

»Sie vergessen, Lazarus, dass ich ein kleines Stück von meinem eigenen Monster in mir habe. Meine eigene Hölle, die ich Ihnen zu verdanken habe.«

»Aber würden Sie es hier herauslassen? Und riskieren, sich in der Verdammnis der *Unseelie* zu verlieren?«

»Das Risiko ist es mir wert«, schnarrte Aidan.

»Schluss jetzt! Hört auf damit!« Sabrina trat zwischen die beiden Männer, als könnte sie das Unvermeidliche noch abwenden. »Hörst du dich eigentlich selbst reden, Aidan? Geht es hier überhaupt um mich?«

»Was denkst du denn, Sabrina? Oder hast du aufgehört zu denken, als du dich mit dieser gottverdammten Bestie eingelassen hast? Er ist eine Missgeburt. Ein verfluchtes, teuflisches Experiment.«

»Vorsicht, Mylord! Ich habe Männer schon für weniger getötet.«

»Ich bin mir der Toten, die auf Ihr Konto gehen, nur allzu gut bewusst.«

Sie waren wie zwei knurrende, sich mit gefletschten Zähnen umkreisende Köter. Hörten sie Sabrina über ihr gefährliches Spiel mit dem Feuer hinweg überhaupt?

Sie packte Daigh am Arm und zog ihn zu sich herum, um seine Aufmerksamkeit zu gewinnen. »Worum geht es hier?« Eine Frage, die sie mit unerträglicher Regelmäßigkeit zu stellen schien. Aber Verwirrung war zu ihrem ständigen Gemütszustand geworden. Und sie hatte ein für alle Mal genug davon. »Warum seid ihr drauf und dran, euch gegenseitig zu zerfleischen?«

Daigh antwortete mit dem Blick eines tollwütigen Hundes. Eine fiebrige, unversöhnliche Wut brannte in seinen kohlrabenschwarzen Augen. Ein Gefühl überflutete ihre Sinne, doch statt der unaufhaltsamen Flut von Erinnerungen, die sie erwartete, stieß Sabrina gegen eine massive, unüberwindbare Mauer. Sie konnte keinen seiner Gedanken lesen, sah nichts von seiner Vergangenheit, nur eine schwarze, schwindelerregende Leere wie die eines scharfkantigen Schlunds. Das starre Auge einer Schlange. Sabrina erschauderte unter diesem bösartigen, unerbittlichen Blick und wich mit einem erschrockenen Schrei zurück.

»Du hast einmal gesagt, ich hätte eine zweite Chance erhalten, Sabrina. Aber diese Chance war mit Verpflichtungen verbunden. Erinnerst du dich an das Tagebuch, von dem ich träumte? An die Visionen von Tod und Zerstörung?«

»Was ist damit?«

»Es ging dabei um deinen Bruder, seine Frau, deinen Cousin und dein Haus. All das habe ich zerstört. Oder es auf Verlangen meines Herrn versucht. Ich bin eine Kreatur, die wie ein Sklave an einen Wahnsinnigen gebunden ist.«

Aidans Verletzungen im Frühjahr. Sie hatten Sabrina gesagt, er habe einen Unfall beim Klettern in den Klippen unterhalb Belfoyles gehabt. Jack, der angeblich von Straßenräubern ermordet worden war. Kilronan House, das durch eine umgefallene Kerze in Schutt und Asche gelegt worden war. Und all das war in Wirklichkeit von Daigh verursacht worden? Nein. Das konnte nicht sein. Sie hätte es gewusst, es gesehen und gespürt.

Aber das hatte sie. Und sie spürte es immer noch. Nur hatte sie ihren Sorgen keinen Glauben schenken wollen, weil sie zu verfangen war in ihrer mädchenhaften Fantasie von Daigh, der ihr zu Hilfe eilte. Daigh, ihr schwarzäugiger Held und Retter in der Not. Leider war es jedoch nur das gewesen – eine Fantasie.

Sabrina wurde erst kalt, dann heiß, und sie schlang die Arme um ihren Körper gegen die Schauer, die sie schüttelten.

Aidan griff nach ihrem Arm. »Komm, Sabrina!«

»Ich glaube dir nicht, Daigh«, flüsterte sie und hoffte verzweifelt auf ein Dementi.

»Glaub mir! Es ist so«, antwortete Daigh.

Aidans Griff verstärkte sich, als er sie wegzog.

»Du würdest mir nicht wehtun. Das könntest du gar nicht.« Bittend streckte sie die Hand nach Daigh aus, doch er schüttelte sie mit einer schnellen, wütenden Bewegung ab.

»Du bist ein dummes Kind«, knurrte er mit abgewandtem Kopf. »Eine kleine Närrin.«

Seine Beleidigungen trafen sie mit der Wucht von Schlägen. Da sie aber ohnehin schon wie betäubt war, schwankte sie nicht einmal unter ihnen. »Und was ich von uns gesehen habe? Die Bilder von dir und mir?«

Er hob den Kopf und maß sie mit einem hässlichen, anzüglichen Blick. »Die Schwärmereien einer Jungfrau.« Seine Lippen verzogen sich zu einem perfiden Lächeln. »Aber das haben wir ja erledigt, Schätzchen, nicht?«

Aidan versteifte sich und wurde puterrot vor Wut. »Lazarus, du Sohn einer räudigen Hündin ...« Er riss die Hand hoch und gab einen Schuss ab.

»Nein!«, schrie Sabrina.

Die Fenster klirrten, Rauch stach ihr in die Nase und trieb ihr Tränen in die Augen.

Sabrina ließ sich neben dem Mann auf die Knie fallen, der zusammengekrümmt auf dem Boden lag und sich die blutigen Hände auf den Magen presste.

»Daigh! Um Himmels willen, Aidan – warum hast du das getan?«

Er stand kreidebleich und zitternd über ihnen. »Es mag ihn zwar nicht umbringen, wie er es verdient, doch mir geht es jetzt besser.«

Daighs Brust hob und senkte sich von flachen, angestrengten Atemzügen. Jedes Einatmen ließ frisches Blut zwischen seinen Fingern hervorquellen. Seine Lippen verzogen sich zu einem schwachen Grinsen. »Freut mich, Ihnen dienlich sein zu können, Mylord.«

»Komm, Sabrina!« Aidan zog sie auf die Beine. »Sollte ich noch einmal auch nur einen Hauch von deinem Gestank wahrnehmen, Lazarus, werde ich gern die ewige Verdammnis riskieren, um dich leiden zu sehen.«

Sabrina schüttelte den Kopf. Sie war noch immer starr vor Schreck und außerstande, auch nur einen der wirren Gedanken zu äußern, die sie bestürmten, außer dem etwas einfältigen »Sein Name ist Daigh, nicht Lazarus«.

Ein entrückter Ausdruck trat auf Daighs Gesicht, das plötzlich wie versteinert war, als wäre ihm jede Menschlichkeit genommen worden. Und Sabrina wusste endlich, wie und warum er in der See gelandet war. Wie weit er gehen würde, um zu erreichen, was er für seine einzige Möglichkeit hielt, Frieden zu erlangen.

»Nein, Sabrina. Ich bin weder Daigh noch Lazarus. Mein wahrer Name ist verloren, so wie ich es bin.«

»Darf ich hereinkommen?«

Sabrina blickte vom Kamin auf, wo sie vor einem nach Blumen duftenden Feuer ihrer Tante kniete und die dunkelroten Flammen mit Seiten aus ihrem Tagebuch fütterte. Lady Kilronans koboldhaftes Gesicht lugte um die Ecke der Schlafzimmertür. Sie war Sabrinas erster Besuch, seit Jane gerade lange genug hereingeschlüpft war, um sie furchtsam und leicht bestürzt zu betrachten, ihre Hände zu ergreifen und zu flüstern: »Mach dir keine Vorwürfe ... du konntest es ja nicht wissen, Sabrina. Und falls er dir je wieder zu nahe kommt ...« Sie hatte sich aufgerichtet wie Jeanne d'Arc vor der englischen Armee, bevor sie angesichts des neuen Geschreis unten schnell wieder hinausgeeilt war.

Das war gegen Mittag gewesen. Jetzt war es acht Uhr abends, was Sabrina ein schneller Blick zur Uhr verriet. Sie war den ganzen Tag vom Rest der Welt ferngehalten worden, während unten in lauten, weithin hörbaren Tönen über ihr Schicksal entschieden wurde.

»Hat er Sie heraufgeschickt, um mich über meine Fehler zu belehren?«, knurrte sie. »Muss ich mir nun Lebensweisheiten predigen lassen von jemandem, der Erfahrung hat in diesen Dingen?«

Ein Schatten fiel über das Gesicht der anderen Frau, und Sabrina bereute ihre schroffen Worte sogleich. Aidans Frau trug schließlich nicht die Schuld daran, dass Sabrinas Welt vollkommen aus den Fugen geraten war. Ihre Kehle wurde eng von Tränen, und sie erhob sich schnell, um sich zu entschuldigen. »Es tut mir schrecklich leid. Das war nicht nett von mir, und es war auch nicht ernst gemeint. Wirklich nicht. Kommen Sie bitte herein, Mylady!« Sie lächelte mit feuchten Augen und winkte ihre Schwägerin herein.

»Ich heiße Cat. ›Mylady‹ klingt so schrecklich steif. Als wären wir Fremde.«

»Sind wir das denn nicht?«

»Im Moment noch. Doch ich hoffe, dass wir eines Tages die besten Freundinnen sein werden. Vielleicht sollten wir schon einmal damit beginnen, das steife *Sie* fallen zu lassen, falls du nichts dagegen hast.« Trotz Sabrinas schlechter Manieren lächelte sie sie freundlich an. »Es wird dich freuen zu hören, dass wir Tante Delia überzeugen konnten, du hättest bei einem langen Spaziergang mit deiner Zofe und zwei stämmigen Dienern die Zeit aus den Augen verloren.« Sie warf einen Blick auf Sabrinas zerfleddertes Tagebuch. »Bist du sicher, dass du es verbrennen willst?«

Sabrina befingerte die Überreste, schleuderte das Buch dann jedoch ins Feuer und beobachtete, wie die Flammen es schwärzten und es allmählich verkohlte. Ließen sich die Ereignisse doch auch nur so leicht auslöschen!

»Es war ein Fehler, Tagebuch zu führen«, sagte sie mit zusammengebissenen Zähnen. »Es hat mich der schlimmsten Art von Schnüffeleien ausgesetzt.« Sie wischte sich die Hände ab und ignorierte den Schmerz über den Verlust von etwas, was bis zum heutigen Morgen ihr privatester Zufluchtsort gewesen war. Nicht einmal Jane wusste alles, was ihr Herz bewegte.

Ganz bewusst wählte Sabrina einen Sessel, der mit dem Rücken zum Kamin stand, ließ sich darauf nieder und strich ihre Röcke glatt. Sie veränderte die Stellung ihrer Beine und überlegte, ob sie einen Schal umlegen sollte oder nicht. Dann verrückte sie das Kissen und die Kerze auf dem Tischchen neben sich und hätte sonst noch was getan, um das Tagebuch und die Tortur, ausgerechnet mit der Frau ihres Bruders darüber sprechen zu müssen, zu vergessen.

»Darf ich mich setzen?« Cat deutete auf den Sessel gegenüber.

Sabrina zuckte betont gleichgültig mit den Schultern. Es kostete Kraft zu kämpfen. »Wenn ich zwischen einem Donnerwetter von dir und Aidan wählen müsste, würde ich mich für das von dir entscheiden.«

»Ich werde das als Kompliment betrachten.« Cat verzog das Gesicht. »Er kann einen manchmal wirklich auf die Palme bringen, nicht?«, sagte sie lachend, und für einen kurzen Moment erhielt Sabrina einen Eindruck, wie es sein könnte, eine Schwester zu haben. Noch jemand anderen neben Jane, die zwar ihre beste Freundin war, jedoch nicht zu ihrer Familie gehörte und daher die schrecklichen Auswirkungen jenes lang zurückliegenden Novembertages, die sich immer noch bemerkbar machten, nicht verstehen konnte.

Sabrina betrachtete die neue Lady Kilronan unter halb gesenkten Lidern. Sie hatte nichts von der arroganten, dunkeläugigen Frostigkeit Helena Roseingraves. Und auch nichts von der affektierten Boshaftigkeit Tante Delias. Cat war von einer schlichten Eleganz, einer Umgänglichkeit und Freundlichkeit, die Sabrina vor Scham über ihre hässlichen früheren Ansichten erröten ließen. Sie hätte wissen müssen, dass Aidan keine Frau heiraten würde, die nur auf einen Adelstitel aus war. Er war viel zu klug – und zynisch –, um sich zu so etwas hinreißen zu lassen.

Während sie selbst naiv und leicht zu täuschen war.

»Verzeih mir, dass ich mich so schlecht benommen habe ... Cat.« Der Name gefiel Sabrina. »Ich war eine richtige Giftspritze. Und das hast du nicht verdient, denn nichts von alldem ist deine Schuld. Es war Aidan, der mir nachspioniert hat.«

Beim bloßen Gedanken daran, wie er ihre Privatsphäre verletzt und ihre geheimsten Gedanken gelesen hatte, kochte wieder Wut in Sabrina hoch.

»Er machte sich Sorgen um dich«, wandte Cat ruhig ein. »Er wusste nicht, wohin du gegangen warst. Weder Miss Fletcher noch deine Tante konnten ihm irgendeinen Hinweis geben. Dein Tagebuch war seine letzte Hoffnung.«

»Das war kein Grund für seinen Übergriff.«

Cat seufzte. »Nein, es ist nur eine Erklärung, und nicht mal eine besonders gute. Aber die einzige, die ich habe. Aidan liebt dich und fühlt sich verantwortlich für dich. Er betrachtet es als seine Verpflichtung der einzigen Familienangehörigen gegenüber, die ihm geblieben ist. Und damit würde er fast alles rechtfertigen. Für ihn bedeutet Familie Stärke. Er hat begonnen, die Erben von Kilronan als Bollwerk gegen die Welt zu sehen.«

»Gegen Máelodor, meinst du.«

Cat wischte den Einwand beiseite. »Gegen jede Art von Bedrohung. Du wirst es vielleicht nicht glauben, doch Aidan war genauso erschüttert wie du von dem Zusammenbruch eurer Familie. Und er musste ganz allein die Scherben aufsammeln, so gut er konnte. Genau wie du.«

»Allzu schlecht ist es ihm nicht ergangen. Immerhin hat er dich gefunden.«

Cat grinste. »Das war nur ein glücklicher Zufall.«

Eine Frage blieb, die Sabrina unbedingt noch stellen musste. Nicht aus Boshaftigkeit oder von dem Wunsch getrieben, jemanden zu verletzen, sondern weil sie und Cat mehr gemeinsam hatten als nur Aidan. Sabrina war sich nur nicht sicher, wie sie die Frage formulieren sollte, damit sie sich nicht wie böser Klatsch anhörte. Vielleicht war Offenheit das Beste.

Wer nicht fragte, bekam auch keine Antwort.

Und so straffte sie die Schultern, holte tief Luft und sagte schnell: »Bereust du, was du …? Als du …? Ich meine, es heißt, dass du … Nicht, dass mich interessiert, was ein Haufen klatschsüchtiger Händler redet, aber ich wüsste doch gern, ob … du bereust, was du getan hast?«

So, jetzt war es heraus, und Sabrina errötete bis in die Zehen vor Verlegenheit. Besonders, als Cats Lächeln verblasste und sie sich versteifte. Ihr Blick richtete sich nach innen, und sie verschränkte die Finger auf dem Schoß.

»Nein. Ich empfinde keine Reue mehr. Aidans Liebe hat mich

zu diesem heilsamen Punkt gebracht.« Cat streckte die Hand aus und nahm Sabrinas zwischen ihre. Der goldene, mit Granaten besetzte Ehering der Kilronans funkelte an ihrem Ringfinger. »Er hat gleich gesehen, wie es mich quälte, jemandem mein Herz geschenkt zu haben, der es nicht verdiente.«

Kummer schnürte Sabrina die Brust zusammen. War es das, was die Leute meinten, wenn sie von einem gebrochenen Herzen sprachen? Dieser harte, kalte Stein in ihrer Brust, der immer größer zu werden schien, bis sein Gewicht sie niederdrückte und ihr alles wehtat? Sabrina legte einen Schal um ihre Schultern, obwohl es aufgrund des Kaminfeuers ohnehin schon viel zu warm und stickig in dem Zimmer war. Für einen Moment blickte sie in das regnerische Dunkel hinter dem Fenster, wo der erstickende Druck der Stadt das Pochen in ihrem Kopf noch zu verstärken schien. »Daigh sagte, er hätte versucht, euch zu töten. Ist das wahr?«

»So nennt er sich heutzutage?« Cat starrte in das Feuer, als wäre in den tanzenden Flammen die Vergangenheit zu sehen. »Ich wünschte, ich könnte dir etwas anderes sagen. Wenn Miss Roseingrave nicht gewesen wäre, hätten Aidan und ich nicht überlebt.«

Sabrina versteifte sich. »Miss Roseingrave? Diese Giftschlange?«

Ein Anflug von Belustigung huschte über die traurigen Züge ihrer Schwägerin. »Aye. Sie und dein Cousin Jack hinderten Laz…, Daigh daran, das Tagebuch zu stehlen. Ich vermisse Jack. Und ich glaube, auch ihr fehlt er.«

»Jack wurde nicht von Straßenräubern überfallen, oder? Er war ein weiteres Opfer.«

»Jack versuchte, mich zu beschützen, und starb für seine Tapferkeit.« Sie schwieg einen Moment. Ihr Gesicht war abgespannt und blass, und kleine Sorgenfalten zeigten sich in ihren Mundwinkeln und zwischen ihren Brauen. »Am Ende hätte Daigh Aidan und mich töten können. Er war nur einen Schwertstreich davon entfernt, unser Leben zu beenden.« Sie biss sich auf die Unterlippe. »Doch irgendetwas hielt ihn davon ab. Vielleicht das gleiche Etwas, das dich dazu brachte, ihn zu lieben.«

Sabrina erstarrte, ihre Augen weiteten sich, und ihre Gedanken rasten. Liebte sie Daigh? Sie hatte es einst getan. Viele Jahrhunderte zuvor. Und obwohl er ihre Visionen als »Schwärmereien einer Jungfrau« abzutun versucht hatte, waren sie mehr als das. Viel mehr. Sie verschränkte die Arme vor der Brust gegen den Schmerz, der sie jählings erfasste. Ein nur allzu vertrauter Schmerz über einen Verlust, den sie offenbar wieder und wieder erleben musste.

»Du glaubst, dass ich verrückt war, etwas für ihn zu empfinden. Das kann ich dir am Gesicht ansehen.«

Cat schüttelte den Kopf. »Du hast dich verliebt. Aber lass es dir von jemandem sagen, der es selbst erlebt hat: Das Herz heilt wieder. Es kommt dir jetzt vielleicht unmöglich vor, doch sich zu verlieben ist nicht tödlich.« Sie drehte ihren goldenen Ehering am Finger, und ein Anflug eines alten Kummers huschte über ihr blasses Gesicht. »Nicht, wenn jemand da ist, der dich auffängt.«

Eine Hand in seinem dichten, rötlich braunen Haar vergraben, saß Aidan an seinem Schreibtisch, und seine Feder kratzte wie verrückt über die Seite vor ihm. Ein grimmiger Zug lag um sein eckiges Kinn, und er wirkte so abweisend, wie Sabrina ihn noch nie zuvor gesehen hatte. Tatsächlich war ihr Bruder ihr so wenig vertraut wie ein Fremder. Der Aidan ihrer Kindheit war ein verantwortungsloser Strolch gewesen, ein als aufregend und verwegen verehrter Bruder, doch keinesfalls dieser zynische, strenge, selbstherrliche Mensch, der dort in der Bibliothek an seinem Schreibtisch saß.

Nach einem tiefen Atemzug klopfte Sabrina an die offen stehende Tür.

Ohne aufzublicken, hob er eine Hand. »Einen Moment, Cat, sonst verliere ich meinen Gedankengang.«

»Ich bin nicht Cat, sondern Sabrina. Wir müssen miteinander reden.«

Sein Kopf fuhr hoch, seine Brauen zogen sich misstrauisch zusammen. »Ich bin beschäftigt. Wir werden später reden. Sobald ich mich beruhigt habe. Im Moment könnte ich diesem gottverdammten Bastard noch immer den Hals umdrehen.« Sein Stift zerbrach, und mit einem gemurmelten Fluch warf er ihn auf den Tisch. »Hatte ich dich nicht gewarnt? Jetzt ist nicht der richtige Moment, Sabrina.«

Ohne Aidans Wutanfall und den Hinauswurf zu beachten, trat sie ein und schloss die Tür hinter sich. »Falls du versuchst, mir Angst zu machen, damit ich gehe, wirkt das nicht. Und ich schere mich einen ... einen Dreck um deine schlechte Laune«, entgegnete sie unverfroren. »Wir werden jetzt miteinander reden, Aidan.«

Er schien ebenso verblüfft von ihrem Ausbruch zu sein wie sie selbst. Doch es funktionierte. Sie hatte seine Aufmerksamkeit gewonnen. Aidan rieb sich das Kinn und betrachtete sie unter halb gesenkten Lidern. »Ein loses Mundwerk, passend zu deiner lockeren Moral. Wofür kann ich mich sonst noch bei den *bandraoi* bedanken?«

Sabrina biss die Zähne zusammen, bis sie befürchtete, sie könnten zerbrechen. »Möchtest du wirklich dieses Thema anschneiden, Aidan? Denn ich bin sicher, dass es deine Frau sehr interessieren würde, deine Ansichten über weibliche Moral zu hören.«

Er presste die Lippen zusammen und wirkte augenblicklich sehr zerknirscht. »Dachtest du etwa, es wäre wegen Cat, dass ich so wütend auf dich bin? Denn so ist es ganz und gar nicht, Sabrina. Aber ein einziger Fehltritt, eine Andeutung von Skandal, und die Meute wird sich auf dich stürzen und mit ihrem Klatsch, ihren Spitzen und ihrer heuchlerischen Entrüstung in Stücke reißen. Dich fertigmachen, bis nichts mehr von dir übrig ist. Ich will nicht, dass du erlebst, was Cat erleiden musste.«

Als er sich mit einer ungeduldigen, frustrierten Geste durch das Haar fuhr, bemerkte Sabrina zum ersten Mal die feinen silbernen Strähnen in seinem rötlich braunen Haar. Die Sorgenfältchen in seinen Augenwinkeln und die von ihm ausgehende Anspannung, die sogar die Luft um ihn herum verdichtete. Viel war ihrem ältesten Bruder widerfahren, wovon sie in dem stillen Zufluchtsort des Ordens nichts bemerkt oder erfahren hatte. Verlassenheit, Leid und Schmerz, die ihn hin und wieder noch heute quälten, konnte sie in der Düsternis seines Blicks, dem Ernst und der Strenge seines Ausdrucks sehen.

»Ist das der Grund, warum du und Cat nicht in Dublin sein wollt?«, fragte sie.

Aidan zuckte mit den Schultern. »Zum Teil. Cats Erinnerungen an die Stadt sind schmerzliche. Und was mich betrifft, so hatte ich das Interesse an dem vergoldeten Hundezwinger, in dem die Hautevolee sich tummelt, vor Jahren schon verloren. Der Verlust von Kilronan House bot uns einen guten Vorwand, ins Exil zu gehen.« Er schüttelte den Kopf und seufzte, als er wieder mit dem zerbrochenen Stift zu spielen begann. »Sabrina ... was ... wie konntest du ... ich meine, obwohl du wusstest, was er ist? Das ist es, was ich nicht verstehe.«

Sein besorgter Blick glitt über sie, als würde er sie nicht wiedererkennen. Vielleicht erging es ihm wie ihr, und auch er hatte das Gefühl, einer Fremden gegenüberzusitzen. Sabrina ließ sich langsam in einem Sessel nieder, weil ihre Feindseligkeit Erschöpfung wich. »Ich bedeutete ihm etwas, Aidan. Ich weiß, dass das schwer zu glauben ist, doch so war es. Ich hätte Heimtücke oder Verrat erkannt.«

Aber hätte sie das wirklich? Oder hatte Daigh seine wahren Absichten hinter dem Ansturm von Emotionen verborgen, die mit solcher Häufigkeit ihren Kopf heimsuchten? Hatte seine innere Aufgewühltheit den wahren Zweck seiner Aufmerksamkeiten vernebelt?

Aidan sprang auf und tippte sich nervös mit der Hand gegen das nicht gesunde Bein. Sein Hinken behinderte sein aufgebrachtes Hin-und-her-Laufen über den Teppich. »Lazarus bedeutet nichts etwas. Er wird in allem von Máelodor geleitet. Und wenn er dich annehmen ließ, er empfände etwas für dich, dann nur, weil sein Herr es von ihm verlangte.«

»Nein. Das glaube ich nicht.« Sie konnte es nicht glauben, weil es bedeuten würde, dass sie sich geirrt hatte – dass sie schwärmerisch und naiv gewesen war und Daighs beleidigende Worte zutrafen.

»Du vergisst, dass unsere Wege sich schon einmal gekreuzt hatten.« Aidan legte eine Hand über sein Herz und zuckte zusammen, was die ohnehin schon scharfen Kanten seines Gesichts noch härter machte. »Ich könnte dir die Narbe zeigen.«

Sabrina schob stur das Kinn vor. »Und Daighs Narben? Máelodor hat durch Quälereien und Folter seine Unterwürfigkeit erlangt. Er hat ihn mit dem Bösen infiziert. Es ist nichts Angeborenes bei Daigh, nichts, für das er sich freiwillig entschieden hätte.« Sie ballte die Hände zu Fäusten und atmete tief ein. War dies ihre Chance, Aidan von ihren Visionen zu erzählen? Aber würde er ihr glauben? Oder würde er die Verbindung als mädchenhafte Fantasie abtun wie Daigh?

Brendan würde ihr zuhören. Und ihr glauben. Doch Brendan war nicht hier. Aidan schon. Und im Guten wie im Bösen war er die einzige Familie, die sie hatte. Vielleicht würde er sogar verstehen, was ihr widerfahren war. Denn sie selbst verstand es absolut nicht.

Sabrinas Stimme war leise, da ein Gewicht ihr die Brust zusammenpresste. »Ich war ihm schon vorher begegnet, Aidan. Ich kannte ihn. Nicht so, wie er jetzt ist, sondern wie er war, bevor

Máelodor ihn holte. Bevor er gegen seinen Willen wieder zum Leben erweckt wurde.«

Aidan blieb vor dem Kamin stehen, den Blick auf die jetzt wieder hellroten Flammen gerichtet. Ein kleiner Sieg gegen Tante Delias Extravaganzen. »Wovon redest du?«, knurrte er.

»Von Daigh.« Als Aidan sie wieder unterbrechen wollte, fuhr sie hastig fort. Sie musste darüber reden. Ihm erklären, was mit ihr geschehen war und immer noch geschah, und ihn dazu bringen, ihr zuzuhören und ihre Geschichte nicht als das törichte Gerede eines Kindes abzutun. »Ich weiß, dass es verrückt klingt, doch ich bin in Daighs Vergangenheit gereist. Ich bin mit ihm dort gewesen, habe mit ihm gesprochen und ihn geliebt. Zuerst dachte ich, ich träumte, aber Daigh erinnert sich auch an mich. Er erinnert sich, dass wir einmal zusammen waren. Ich weiß nicht, wie oder warum, doch wenn ich in Daighs Vergangenheit bin, ist sie für mich so real wie dieser Augenblick.«

Aidan fegte ihre Worte mit einer achtlosen Handbewegung beiseite. »Auch das ist bloß Máelodors schwarze Magie. Du siehst, was er dich sehen lassen will.«

Daran hatte sie noch nicht gedacht. War das möglich? Könnte Daigh sie mit irgendeinem teuflischen Zauber belegt haben? Nein. Ihre Visionen waren zu erfüllt von Hoffnung, Leben und Zuneigung gewesen, um das Werk dunkler Mächte zu sein.

»Máelodor wird vor nichts haltmachen, um den Sieg zu erringen. Und wenn er dazu ein unschuldiges Mädchen zerstören muss, dann sei es eben so«, sagte Aidan spöttisch.

»Was will Máelodor denn? Wer ist er? Du sprichst von seiner Bosheit. Daigh sprach von seinem Gift. Selbst Cat zittert, wenn sie seinen Namen ausspricht.«

»Das spielt alles keine Rolle. Du wirst nach Belfoyle fahren, und damit basta!«

Sabrina schüttelte den Kopf. »Wenn ich irgendwohin fahre, dann zurück nach Glenlorgan.«

Aidan sank in einen nahen Sessel, streckte das verletzte Bein aus und massierte den Oberschenkel. »Zu den *bandraoi* zurückzukehren kommt nicht infrage. Vaters Ermordung wird unsere Familie nicht weiter so zersplittern, wie sie es in den letzten sieben Jahren tat. Du bist meine Schwester und gehörst zu mir.«

»Ich mag deine Schwester sein, doch ich bin nicht dein Kind. Also hör auf, mich so zu behandeln, als wäre ich es! Meine Zukunft gehört mir, Aidan. Und wenn ich beschließe, zu den *bandraoi* zurückzukehren, kannst du nichts dagegen unternehmen. Ich bin eine Heilerin. Es ist mein Geburtsrecht und meine Berufung. Es ist das, was ich *bin*. Ich kann diese Gabe ebenso wenig aufgeben, wie du … Belfoyle oder die Grafenwürde aufgeben könntest.«

Er hob den Kopf, verschränkte die Arme vor der Brust und bot so ein Bild der Sturheit. Jeder weitere Widerspruch würde ihn nur noch starrsinniger machen. Deshalb gab Sabrina nach. Für den Moment. »Du hast meine Frage zu Máelodor noch nicht beantwortet.«

»Sag es ihr, Aidan!«

Sabrina hatte ihre Schwägerin nicht eintreten gehört, doch da war sie. Ihr schwarzes Haar und die grünen Augen unterstrichen ihre gespenstisch weiße Haut. Cat ging zu Aidan und setzte sich auf seine Sessellehne. Er hob sofort die Hand und strich über ihren Rücken, bevor er sie dort besitzergreifend liegen ließ.

Die gegenseitige Zuneigung der beiden erfüllte Sabrina mit einer Eifersucht, die sie nicht in Worte fassen konnte. Falls ihre Visionen von Daighs wahrer Vergangenheit herrührten, hatte sie einmal die gleiche Liebe und Nähe gehabt. Und sie dann verloren.

»Sabrina ist ebenso darin verwickelt wie alle anderen«, beharrte Cat. »Und wie sie zu einem hohen Preis herausgefunden hat, kann das, was man nicht weiß, genauso gefährlich sein wie das, was allgemein bekannt ist.«

Sabrina beeilte sich, ihre eigenen Argumente hinzuzufügen. »Máelodor hat versucht, dich zu töten. Er hat mich benutzt, um Brendan zu finden. Was will er von den Douglas'? Was haben wir getan, um uns seine Feindschaft zuzuziehen? Bitte sag es mir, Aidan!«

Ihr Bruder warf einen Blick zur Tür, kauerte sich noch tiefer in den Sessel und starrte lange in das Feuer, bevor er schließlich nickte, als wäre er zu einem Entschluss gekommen. Trotzdem schwieg er noch einen Moment und schien seine Worte sehr sorgsam abzuwägen. »Máelodor war einer der Magier, die mit Vater studierten. Er war von der gleichen unheilvollen Ambition getrieben, dem gleichen teuflischen Traum wie Vater und all seine Verbündeten. Sie glaubten an eine Welt, in der die Rasse der *Anderen* nicht nur frei wäre und ohne Furcht vor Verfolgung leben würde, sondern auch diese Welt und das Schicksal der *Duinedon*, die uns dienten, beherrschen würden.«

Bei dem Gedanken wurde Sabrina übel. »Das ist unmöglich. Das könnte nie geschehen.«

»Vater hielt es für möglich, vorausgesetzt, dass die *Anderen* sich unter ihrem letzten und legendärsten König vereinigen würden. Einem Kriegsherrn, der seine beträchtliche Macht während des letzten goldenen Zeitalters der *Anderen*-Herrschaft ausübte.«

»Artus. Aber wie um Himmels willen ... Artus ist nur noch Staub und Knochen. Er ist ...« Sie biss sich auf die Lippen. Natürlich. Ein Soldat von Domnus. Einer der *Domnuathi*, aus den Knochen seines früheren Lebens wiederaufgebaut.

Aidan nickte. »Vater und die Magier, die er für seine Sache gewinnen konnte, strebten danach, Artus als neuen Führer wiederauferstehen zu lassen – im wahrsten Sinne dieses Wortes. Ihn als Sammelpunkt für alle *Anderen* zu benutzen. Máelodor sucht nach der Landkarte, die ihn zu Artus' Grab führen wird, und nach dem Stein, der die Schutzzauber auflösen kann. Sobald sich diese

Schätze in seinem Besitz befinden, wird er alles haben, was er braucht, um das Werk der Neun zu vollenden und den Hochkönig von den Toten wiederauferstehen zu lassen.«

Sabrina hatte eine Frage, die sie hasste, aber stellen musste. »Und Brendan war darin verwickelt, nicht? Die *Amhas-draoi* haben nicht gelogen, als sie ihn beschuldigten.«

»Nein. Sie haben nicht gelogen.«

Sabrina dachte an die Tage vor Samhain. Im Innenhof war schon Holz für das Feuer zur Feier des Tages der Toten aufgeschichtet worden. In der Nähe waren Brendan und Vater in eine leise, hitzige Diskussion verwickelt, bei der sie sich mit gleicher Heftigkeit und kalter Arroganz im Gesicht anstarrten. Brendans Hand auf Vaters Arm, die abgeschüttelt wurde. Brendan, der in den Stallungen verschwand, und Vater, der sich in seinem Arbeitszimmer einschloss. Sabrina erinnerte sich auch an die beklommene Atmosphäre im Haus, an die Gereiztheit aller und das vorwurfsvolle Schweigen. Und an Brendans plötzliche Abreise von Belfoyle, die den sich zusammenbrauenden Sturm noch schlimmer machte.

»Aber die *Amhas-draoi* kennen die Wahrheit auch nicht«, fuhr Aidan fort.

Die Nachricht. Das offene Fenster in ihrem Zimmer.

»Bist du deshalb nach Dublin gekommen?«, fragte Sabrina.

»Die *Amhas-draoi* suchen Brendan. Sie glauben, dass nicht Máelodor, sondern er hinter dieser neuen Bedrohung steckt.«

»Máelodor hat einen üblen *Amhas-draoi* namens St. John entsandt, um Brendan zu fassen.«

Aidan beugte sich in seinem Sessel vor und umklammerte in jäher Aufregung die Lehnen. »Gervase St. John? Ist er es, den du meinst? Und woher weißt du das?«

»Daigh hat gesagt, ich solle mich von ihm fernhalten und Brendan vor ihm warnen.«

»Warum sollte diesen Teufel kümmern, was mit Brendan ist?«

Sabrina schluckte den plötzlichen Kloß in ihrer Kehle hinunter, der ihr die Luft abschnürte, und erwiderte Aidans kritischen Blick so ruhig, wie sie konnte. »Weil er selbst am besten weiß, wie schmerzvoll es ist, Máelodor ausgeliefert zu sein.«

Kapitel Zwanzig

Der *Amhas-draoi* kniete vor ihm, den blonden Kopf gesenkt und die Rechte an seinem Herzen. »Ich fühle mich geehrt, dass Ihr mich für diese Aufgabe ausgewählt habt, o Großartiger. Ich werde mein Bestes tun, um Euer Vertrauen zu rechtfertigen.«

Máelodor legte eine Hand auf St. Johns Schulter. »Wenn Sie wirklich einen Platz an Artus' Seite wünschen, erwarte ich mehr als nur Ihr Bestes. Der Hochkönig wird vertrauenswürdige Gefährten und Berater brauchen, wenn er seine Armee versammelt und den Aufstand vorbereitet. Bringen Sie mir den Rywlkoth-Wandbehang, und Sie werden bei der entscheidenden Schlacht an seiner Seite reiten. Eine höhere Belohnung gibt es nicht.«

»Wie werde ich den Wandbehang erkennen?«

»Seine misstrauische Natur hat Kilronan veranlasst, ihn zu tarnen, und obwohl ich sein Tagebuch gründlich studiert habe, konnte ich keine Beschreibung seiner Veränderungen finden. Wir können uns daher nur von den ursprünglichen Beschreibungen leiten lassen, und die haben Sie ja schon.«

»Ein Rätsel in einem Rätsel.«

»Irgendwo in dem kaschierenden Muster sind die Hinweise versteckt, die uns zu Artus' Grab führen werden.«

»Der Wandteppich könnte sich überall innerhalb der Einfriedungen der *bandraoi* befinden. Und diese verhutzelten alten Besen werden mich gewiss nicht einladen, mich bei ihnen umzusehen«, bemerkte St. John.

»Fühlen Sie sich der Aufgabe nicht gewachsen? Einer von Scathachs viel gepriesenen Kriegern?«

»Es wird schwierig und zeitaufwendig sein.«

»Alle lohnenswerten Ziele bringen einen gewissen Grad an

Schwierigkeit mit sich. Ein wahrer Freund des Hochkönigs würde davor nicht zurückschrecken. Und auch nicht jammern wie ein Feigling.«

Wie erwartet versteifte sich St. John beleidigt. Wie schnell er sich doch angegriffen fühlte und wie sehr er danach lechzte, sich als würdig zu erweisen! Máelodor lächelte im Stillen. Die Kontrolle über andere lag darin zu wissen, welche Fäden man ziehen musste, um die Marionetten tanzen zu lassen. Der *Amhas-draoi* mit seinen so dicht an der Oberfläche liegenden Unzulänglichkeiten war von Anfang an wie ein offenes Buch gewesen.

»Ich finde einen Weg, o Großartiger«, erwiderte St. John knapp.

Máelodor nickte. »Es gibt immer einen Weg.«

Erschöpfung und spröde Knochen schwächten ihn, und er lehnte sich im Sessel zurück, um Atem zu schöpfen und die Schmerzen in seinen Hüften und seinem Rücken ein wenig zu mildern. Die Reise von Holyhead nach Dublin war für seinen alten Körper strapaziöser gewesen, als er zugegeben hätte. Er musste seine Kräfte schonen. Es wäre nicht gut, wenn er ausgerechnet dann ausfallen würde, wenn er sie am meisten brauchte.

St. John hob den Kopf. »Und was ist mit Douglas? Ist er noch immer vorrangig?«

»Oh ja! Brendan Douglas muss gefunden werden. Er ist der Einzige, der weiß, wo der Sh'vad Tual versteckt ist. Er muss dazu gezwungen werden, die Information preiszugeben.«

»Und danach?«

Máelodor spürte die pulsierende Erregung des Mannes, die auch tief in ihm eine Saite anrührte. Einen schleichenden Eifer, der die körperliche Verschmelzung von Tier und Mensch, auch als »Heller-Wandel«, bekannt, bewirkte. Er hatte es seit Jahren nicht mehr zugelassen, aber hier und da brachte ein Moment der Stimulation Spuren der Schlange an die Oberfläche, eine berechnende, von schwächeren menschlichen Emotionen unbeeinträchtigte Rücksichtslosigkeit. Und jetzt war nicht die Zeit für schwache Emotionen. Nicht, solange die Welt der *Anderen* unter Belagerung der zunehmenden *Duinedon'schen* Bösartigkeit stand.

Brendan hatte sich gefühlsduseliger Sentimentalität ergeben. Er verdiente sein Schicksal.

Máelodor fröstelte unter der beißenden Kälte, die das Aufkommen des Hellers begleitete. »Solange er noch atmet, wenn Sie ihn mir bringen, können Sie später mit ihm machen, was Sie wollen.« Er bedeutete St. John, sich zu erheben. »Im Moment jedoch müssen Sie all Ihre Fähigkeiten auf das Auffinden des Wandbehanges konzentrieren. Bloom hat versagt. Lazarus ist verschwunden. Es liegt nun ganz in Ihren mehr als fähigen Händen.«

Glitzernde Erregung befeuerte die blassen Augen des *Amhasdraoi*. »Ich habe den *Domnuathi* gesehen.«

»Wo?«

»Hier in Dublin. Aber es könnte sein, dass er keinen Wert mehr für Euer Werk besitzt. Er ist gefährlich instabil geworden und von Euren Zielen abgewichen.«

»Dann werden wir ihn an seine Verpflichtung uns gegenüber erinnern müssen. Denn wem wird schon eine zweite Runde auf dem Karussell des Lebens gewährt?« Máelodor fuhr sich mit der Zunge über die Lippen, und seine Hände ballten sich zu Fäusten, als er noch einmal ihre letzte warnende Begegnung Revue passieren ließ. Diesmal würde Lazarus begreifen, dass er dankbar zu sein hatte. Oder er würde noch größere Qualen erleiden als beim letzten Mal.

»Lazarus könnte uns trotzdem noch nützlich sein.«

»In welcher Weise?«

»Er ist eine Bindung zu der kleinen Douglas eingegangen, die wertvoll sein könnte, wenn sie richtig ausgespielt wird.«

»Ist er das?« Unter seinem Lächeln straffte sich Máelodors schlaffe Haut. »Vielleicht ist sein Spiel ja tiefgründiger, als wir wissen.« Auf seinen Stock gestützt, begann er, sich zu erheben, was ihm seiner vielen Beschwerden wegen jedoch nur im Schneckentempo gelang. Sein Körper wurde immer schwächer. Jeder Tag brachte einen neuen Schmerz mit sich, jede Nacht ein klaffendes Loch, wo einmal seine Seele gewesen war. Aber es würde all die Qualen wert sein, wenn Artus sich in sonnenbeschienener Pracht vor ihm verbeugte. Wenn die *Duinedon* vor der vereinten Macht der mit magischen Kräften geborenen *Anderen* auseinanderstoben, bis ihnen nur noch die Wahl zwischen Kapitulation oder Tod blieb. Wenn Artus mit Máelodor an seiner Seite ein neues goldenes Zeitalter beherrschte, würden all die Schmerzen und Peinlichkeiten seines ramponierten Körpers belanglos sein.

Er würde erfolgreich sein, wo die Neun gescheitert waren.

Und es würde *sein* goldenes Zeitalter sein.

Bis dahin allerdings … »Begleiten Sie mich zu meiner Kutsche!«

St. John eilte an die Seite seines Herrn und führte ihn die schmale Treppe hinunter, durch die Eingangshalle und zu dem wartenden Landauer hinaus. Da der Regen nachgelassen hatte, waren viel mehr Menschen unterwegs, und Máelodor stützte sich schwer auf St. John, um nicht von vorbeieilenden Passanten umgestoßen zu werden, Herren mit Schirmen und gegen die Feuchtigkeit hochgeschlagenen Mantelkragen, Frauen in dunklen Wollsachen und tief herabgezogenen Hüten oder Hauben gegen den unaufhörlichen Nieselregen.

Eine ganz in Schwarz gekleidete Frau, deren Gesicht hinter einem dichten Trauerschleier verborgen war, sandte ein Prickeln magischer Energie seinen Arm hinauf, als sie ihn im Vorbeigehen streifte. Máelodor blickte sich nach ihr um, doch sie verschwand in dem Schwarm von Fußgängern, und dann war der Kutscher da. Er öffnete die Tür des Landauers, ließ die Stufen herab und packte Máelodor in warme Decken in der Kutsche ein.

St. John beugte sich hinein. »Ich werde Euch nicht enttäuschen.«

Máelodor legte die volle Kraft seiner Macht in seinen harten Blick. »Das würde ich Ihnen auch nicht raten.«

»Das kannst du nicht tun, Sabrina! Sie werden es merken«, flehte Jane.

»Sie werden gar nichts merken.« Sabrina stellte sich taub und packte weiter ihre Tasche. Ein Kleid zum Wechseln, ein Paar Schuhe, zwei Hemden, ein Schal und ein drittes Paar Strümpfe. Suchend blickte sie sich nach Dingen um, die sie vielleicht vergessen hatte. »Ich habe alles arrangiert.« Sie zog den Schal wieder aus der Tasche, weil der Platz nicht reichte. »Aidan und Cat glauben, ich führe mit Tante Delia nach Belfoyle. Sie stimmten mir zu, dass ein Ortswechsel und Ruhe mir guttun würden.« Was sie wirklich meinten, war, dass sie sich so weit und schnell wie möglich von Dublin und einem möglichen Skandal entfernen sollte. »Und Tante Delia glaubt, ich wäre plötzlich krank geworden und müsste hierbleiben. Sie fährt nach Bray, um eine Freundin zu besuchen.«

»Diese Idee hast du ihr in den Kopf gesetzt, nicht wahr?«

»Mag sein, dass ich so etwas angedeutet habe, aber sie war mehr als froh, fahren zu können. Ich glaube, sie hat die Nase gestrichen voll von den finsteren Blicken, die Aidan ihr bei jeder Begegnung zuwirft. Sie hat ihm nie verziehen, dass er die Statue des Zeus im Salon zerbrochen hat. Sie schwört, dass es Absicht war. Ich glaube, sie hat sogar die Scherben aufbewahrt.«

Jane kicherte, bevor sie ihre Belustigung hinter einem angemessen ernsten Gesichtsausdruck verbarg. »Ich bin immer noch der Meinung, dass es keine gute Idee ist. Wie willst du reisen? Wo willst du unterwegs die Nacht verbringen? Was werden die Leute sagen? Lord und Lady Kilronan werden mich umbringen, wenn sie es herausfinden. Und ich bin zu jung zum Sterben.«

Sabrina zählte ihre Antworten an den Fingern ab. »Erstens werde ich die Postkutsche nehmen. Sie fährt jeden Morgen von der Sackville Street aus ab. Zweitens habe ich genug Geld für den Fahrpreis, Essen und Unterbringung. Drittens werden die Leute ohnehin denken, was sie denken wollen. Und viertens werde ich Aidan schreiben, sobald ich in Glenlorgan bin.« Sie blies sich eine Haarsträhne aus den Augen, trat zurück und betrachtete die kleine Reisetasche. Hatte sie genug Gepäck? Zu viel?

»Lass mich wenigstens mitkommen! Ich kann in einer halben Stunde fertig sein.«

»Nein, ich brauche dich hier, um jeden Verdacht zu zerstreuen. Sag ihnen, ich fühlte mich nicht wohl und wolle in Ruhe gelassen werden!«

»Und wenn sie merken, dass du nicht mehr da bist?«

»Dann behauptest du, du wüsstest nichts darüber. Oder ich hätte dir Prügel angedroht, falls du etwas sagtest.«

Jane verdrehte ihr Taschentuch in den Händen, als erwürgte sie jemanden. Wahrscheinlich mich, dachte Sabrina. »Kannst du Aidan nicht einfach bitten, uns selbst zurückzubringen, und dir all dieses Theater sparen?«

»Das habe ich schon versucht, aber er hat sich geweigert. Mehr als einmal, Jane. Er sagte, eine Rückkehr zu den *bandraoi* käme nicht infrage. Er will mich auf Belfoyle haben, wo angemessen für mich gesorgt werden kann. Wobei seine Vorstellung von ›angemessen‹ eine Wache vor meiner Tür bedeutet, Wasser und Brot zum Trinken und Essen und Aidan selbst, der wie eine Feuer speiende Gor…, wie ein Drache durch das Haus marschiert.«

Drachen speien Feuer. Gorgonen verwandeln dich in Stein.

Sabrina blinzelte, um das jähe Brennen in ihren Augen zu verdrängen. Ard-siúr hatte Daigh als verwundetes Tier bezeichnet und sie gewarnt, was geschehen würde, wenn sie ihrem Herzen folge und versuche, einen Mann zu retten, der nicht mehr zu retten war. Sabrina konnte niemand anderem als sich selbst die Schuld daran geben, dass ihr Leben jetzt in Scherben lag.

Sie vermisste Ard-siúr, Schwester Ainnir, ja sogar Schwester Brigh. Ihr voll gestopftes kleines Zimmer. Die langen Nächte auf der Krankenstation und die anstrengenden Tage beim Studium oder bei der Arbeit. Ihre Freundinnen. Ihr Leben.

Sabrina war nicht tapfer oder unabhängig, reif und welterfahren. Sie hatte alles gründlich verpfuscht, und jetzt wollte sie nur noch heimkehren.

»Er sollte froh sein, dass ich ins Kloster zurückkehre. Ich habe hier nur für Ärger gesorgt. Warum schreibt er mich nicht einfach als weiteres verschwundenes Familienmitglied ab?«

»Du kannst nicht länger vor deiner Familie und deiner Vergangenheit davonlaufen, Sabrina. Sie leben in dir weiter. Sie sind es, die dich zu der machen, die du bist.«

»Falls du damit sagen willst, ich benutzte die *bandraoi* als Möglichkeit, mich vor mir selbst zu verstecken, bist du nicht die Einzige, die das denkt. Warum glaubt mir niemand, dass es das Leben einer Priesterin des Hohen *Danu* ist, was ich will? Ist das so schwer zu glauben?«

Jane verzog das Gesicht. »Um es kurz zu machen – ja.«

Daigh schob sein Messer wieder in die Scheide und hielt inne, um zu verschnaufen und sich vom Schwanken am Rand des Wahnsinns zu erholen. Er war hierhergekommen, um sich ein für alle Mal von der Bedrohung durch St. John zu befreien. Nachdem er von Raum zu Raum gestürmt war, musste er jedoch erkennen, dass er zu spät gekommen war. Die Möbel waren abgedeckt, die Betten abgezogen, und der Kamin war leer und kalt. Der *Amhas-draoi* war geflohen. Nur sein Duft hing noch in der Luft. Schwer, moschusartig und Übelkeit erregend. Ihn einzuatmen drehte Daigh den Magen um.

Er ließ sich auf einen Sessel fallen, legte den Kopf in die zitternden Hände und kämpfte gegen die Übelkeit, den Zorn und die Verbitterung an. Würden diese Empfindungen mit St. Johns oder mit Máelodors Tod enden? Oder war er dazu verdammt, immer nur die düstersten Emotionen zu verspüren und für alle Zeit zwischen den Schatten seiner zerstörten Vergangenheit zu leben? Ein unsterbliches Gespenst, das dieser Welt nicht entkommen und nicht in die nächste überwechseln konnte?

Die Präsenz in ihm rief ihn, hängte sich an seine Verzweiflung und reicherte sie mit noch größerer Qual an, bis Daighs Sicht sich auf winzige Lichtpunkte verengte und seine Muskeln zuckten vor nur mühsam unterdrückter Gewalt. Es wäre so leicht, Máelodor die völlige Kontrolle zu überlassen und sich in der hirnlosen Grausamkeit zu verlieren, die der Wunsch des Meistermagiers war. Es wäre schnell, sicher und viel weniger schmerzhaft. Schon pochte ihm der Kopf von dem dunklen Zauber, der ihn durchflutete, als die gnadenlose *Unseelie*-Magie sich in ihm festzusetzen versuchte.

Er rang nach Atem und wehrte sich, wie Miss Roseingraves Großmutter es ihm gezeigt hatte.

Und opferte Sabrina.

Er sah sie wieder auf den Felsen stehen, ihre nackten Füße von der See umspielt, das Haar offen und frei von dem Tuch. Den Kopf zum Wind erhoben, wandte sie sich ihm zu und lächelte. Ihre blauen Augen waren klar wie der Himmel und leuchteten, als hätte jemand ein Feuer darin entzündet.

Es war nur ein Moment gewesen. Aber Daigh erinnerte sich daran und benutzte diese Erinnerung, um die Bestie unter seiner Haut zu füttern und den schier unerträglichen Druck von Máelodors Inbesitznahme zu verringern.

Es würde keine Momente mehr geben, um diesen einen zu ersetzen. Dafür hatte er mit seiner Grausamkeit gesorgt. Doch es war besser, dass Sabrina ihn hasste, als um ihn zu trauern.

Daigh stählte sich mit neu erwachter Entschlossenheit. Er würde sein frisch erworbenes Wissen gegen seinen Peiniger richten und gerade die Eigenschaften benutzen, mit denen Máelodor ihn ausgestattet hatte, um die Pläne des Meistermagiers zu durchkreuzen. Der Rywlkoth-Wandbehang befand sich bei den Schwestern des Hohen *Danu*. Daigh hatte ihn gesehen, obwohl er seine Bedeutung damals nicht verstanden hatte.

Aber die Zeiten hatten sich geändert.

Wie ursprünglich angewiesen, würde er den Gobelin holen, doch Máelodor würde ihn nie in die Hände bekommen. Nicht, solange Daigh am Leben blieb.

Und dank der schwarzen Magie würde das wohl immer sein.

Er hielt den Atem an, als die Eingangstür sich mit einem leisen Quietschen öffnete. Dann knarrte eine Diele, und er hörte flaches Atmen.

St. John, der zurückkehrte? Würde Daigh doch noch eine Chance bekommen, sich an ihm zu rächen?

Lautlos erhob er sich aus dem Sessel, versteckte sich hinter der Zimmertür, zog seine Pistole und entsicherte sie.

In einer einzigen fließenden Bewegung bog er um die Tür, zielte auf den Mann, der eben in sein Sichtfeld trat, und gab einen Schuss ab – nur um die Waffe in letzter Sekunde herumzureißen, als auch der Eindringling mit schussbereit erhobener Pistole herumfuhr.

Daighs Kugel verfehlte ihn und schlug in die Wand hinter ihm ein.

Kilronans Zielgenauigkeit war besser. Seine Kugel schleuderte Daigh zurück, als sie ihm zwischen die Rippen drang.

Eine Blutlache bildete sich unter ihm, als er auf dem Boden lag und das Feuer der Heilung genauso schmerzhaft war wie die Wunde selbst. Trotz des stechenden Schmerzes versuchte er zu atmen, schaffte es jedoch nicht, seine Lunge zu füllen und sein Herz zum Schlagen zu bringen.

»Sie!« Ein Schatten erhob sich über ihm. Dann sah er Kilronans leeren Blick, dunkle Magie loderte in den Tiefen seiner Augen auf, eine beängstigende Erinnerung daran, wie weit der Earl gegangen war, um zu versuchen, ihn zu besiegen.

Aber würde er den letzten Schritt tun? Würde er der *Unseelie*-Magie erliegen, um endlich seine Rache zu bekommen?

Daigh schloss die Augen und wartete auf die Antwort.

»Wo ist er? Wo ist St. John?« Ein harter Tritt in die Rippen ließ Daigh für einen Moment Sterne sehen, brachte jedoch auch sein Herz zum Flattern. In einem gleichmäßigen Rhythmus nahm es schließlich seine Arbeit wieder auf. »Wo ist der *Amhas-draoi?* Ich habe Fragen an ihn.«

Daigh öffnete die Augen und senkte den Blick auf die leer geschossene Pistole in Kilronans Hand. »Mich anzuschießen wird langsam für Sie zur Angewohnheit, Mylord.«

»Zu einer, die ich nur zu gern fortsetze«, sagte Aidan und zog eine zweite Pistole aus dem Rock. »Soll ich Ihnen den Gefallen noch einmal erweisen?«

»Nicht, wenn Sie erfahren wollen, wozu Sie hergekommen sind.« Daigh griff sich an die Seite. Sie war klebrig von Blut, verheilte aber schon. Wie immer. Langsam rappelte er sich auf und straffte sich trotz der nachhallenden Schmerzen unter den wachsamen, erbosten Augen von Sabrinas Bruder. »St. John ist weg. Andernfalls hätte ich ihn schon erledigt.«

Das war anscheinend nicht das, was Kilronan erwartet hatte. Seine dunklen Brauen zogen sich zusammen. »Um niemanden zurückzulassen, der uns zu Ihrem Herrn führen könnte?«

»Meine Feindschaft ist allein die meine, nicht Máelodors.«

Kilronan fluchte und begann, mit nervösen, wütenden Schritten im Zimmer hin und her zu humpeln.

»Ich muss Sie warnen«, sagte Daigh. »Máelodor ist hinter Brendan Douglas her.«

»Aus welchem Grund?«

»Wegen des Steins, des Sh'vad Tual. Brendan Douglas hat ihn versteckt, und Máelodor will ihn haben. Er ist das letzte noch fehlende Element in seinem Bestreben, Artus wiederzuerwecken. Der Großartige wird Ihren Bruder mit Folter zerbrechen, und Douglas wird das Versteck des Sh'vad Tual preisgeben. Er wird keine andere Wahl haben. Und dann, wenn er Glück hat, werden sie ihn sterben lassen.« Daigh biss die Zähne zusammen, als die Erinnerungen auf ihn einstürmten. An die Folter, die Brutalität, die niemals endete, egal, wie sehr er schrie. »Wenn er sehr viel Glück hat.«

Kilronan verengte argwöhnisch die Augen. »Warum erzählen Sie mir das alles?«

Daigh breitete in einer Geste der Resignation die Arme aus. »Aus persönlichen Gründen.« Auf Kilronans ungläubiges Schnauben hin verzog er spöttisch die Mundwinkel. »Ob Sie mir glauben oder nicht, spielt keine Rolle.«

Kilronans Antwort war leise und bissig. »Die *Amhas-draoi* halten Máelodor für eine Erfindung. Für einen Versuch von mir, sie von Brendans Plänen abzulenken.«

»Máelodor hat sich gut zu verbergen gewusst und Scathachs Armee von seiner Fährte abgebracht. Wenn Douglas stirbt, werden die *Amhas-draoi* glauben, die Gefahr sei vorüber. Keiner wird hinterfragen, wie er starb oder welche Informationen er preisgab, bevor er getötet wurde.«

Lange standen die beiden Männer nur schweigend da und starrten einander an. Keiner von beiden rührte sich oder machte Anstalten, anzugreifen oder nachzugeben. Ihr Atem bildete weiße Wölkchen in der Kälte. Regen trommelte gegen die Fenster, und Schatten zogen sich über den Boden.

Kilronan ergriff als Erster wieder das Wort. »Sie haben versucht, mich zu ermorden. Und Sie haben meinen Cousin getötet.«

Der Hass eines Mannes. Die flehentlichen Bitten einer Frau …

Jack O'Gara verdiente es nicht, so zu sterben. Er hätte nicht versuchen sollen, den Helden zu spielen.

Daighs Hände zitterten, als das Blut in seinen Ohren zu dröhnen begann und die Erinnerung an seine Verbrechen übertönte. »Ich hatte nicht die Freiheit, mich zu weigern. Doch das kann Sie wohl kaum über Ihren Verlust hinwegtrösten.«

»Und Sie und Sabrina …« Die Worte blieben mit einem erstickten Fluch in Aidans Kehle stecken. »Allein dafür sollte ich Sie …« Sein Finger um den Abzug der Pistole zuckte, und sein ganzer Körper zitterte vor Angriffslust.

»Wenn es Ihnen Ihren Schmerz erleichtert.« In Erwartung einer weiteren Demonstration von Kilronans Hass schloss Daigh die Augen und beschwor das Bild von Sabrina herauf, wie sie strahlend schön und lächelnd an der Küste stand. Stattdessen aber sah er sie in sinnlicher Verzückung, ihr Gesicht zu seinem erhoben, und spürte die seidige Glätte ihrer Haut, die Süße ihrer Lippen und die Schönheit ihrer Vereinigung. Der heftige Schmerz, der folgte, durchzuckte ihn mit der gleichen Schärfe wie vorher der Pistolenschuss.

»Es ist mir egal, wie stur Sabrina Sie verteidigt. Ich traue weder Ihnen noch Ihren Motiven.«

Sabrina verteidigte ihn? Was war los mit ihr? Er hatte sich alle Mühe gegeben, ihren Hass auf sich zu ziehen. Warum benahm sie sich dann nicht so, wie sie es sollte? Sie konnte einen zur Raserei bringen, diese verdammte, dickschädelige, tapfere, unerschrockene Frau!

»Worüber grinsen Sie, verdammt noch mal?«

Daigh öffnete die Augen bei Kilronans erboster Frage. »Weil mir wieder mal das Paradies versagt bleibt.«

»Sie sind ja irre. Ich würde Sie töten, wenn ich könnte«, stieß Kilronan zwischen zusammengebissenen Zähnen hervor.

»Und da Sie es nicht können …?«

»Halten Sie sich von meiner Familie fern, Lazarus! So weit wie möglich.« Kilronans Blick flackerte und wurde schwarz, die dunkle Macht des *Unseelie* in ihm war schon dicht an der Oberfläche. »Ich werde tun, was auch immer nötig ist, um sie zu beschützen.«

Daigh blickte mit ernster, wie versteinerter Miene zu seinem Gegner auf. »Wie Sie wünschen, Mylord.«

»Und falls Sie St. John vor mir finden?«

»Ja?«

»Dann töten Sie den elenden Schuft für mich.«

Daighs Mund verzog sich zu einem maliziösen Lächeln. »Darin sind wir einer Meinung, Sir.«

Die Postkutsche schwankte und ruckelte wie ein Schiff auf See. Die Fenster waren fest geschlossen und die vier Fahrgäste unter einem Berg von Reisedecken, schweren Mänteln, Umhängen und Schals begraben. Doch die eisige Zugluft drang durch jede Ritze, brachte Zähne zum Klappern und machte Finger taub.

Sabrina hatte es geschafft, die Hälfte des mitgenommenen Romans zu lesen und die zwei Zeitschriften voller fröhlicher Frühlingsmode durchzublättern, aber nun betrachtete sie ihre Mitreisenden unter halb gesenkten Lidern, um nicht aufdringlich zu wirken.

Ein Herr – von vielleicht Mitte fünfzig – mit dem lederartigen Gesicht eines Mannes, der viel Zeit im Freien verbracht hatte, schenkte ihr ein väterliches Lächeln.

Eine spindeldürre Frau in schäbiger Kleidung und mit einer mit schwarzen Bändern umwundenen Haube beäugte Sabrina und die anderen misstrauisch und drückte sich noch tiefer in die Ecke, um ihre Reisetasche zwischen sich und den vierten Passagier zu stellen – den einzigen Mitreisenden, der wie Sabrina vor zwei Tagen von der Sackville Street abgereist und nicht erst unterwegs zugestiegen war.

Die meiste Zeit hatte er geschlafen, den Hut in die Stirn gezogen, den Kragen hochgeschlagen, die Arme über der Brust verschränkt und die langen Beine vor sich gestreckt. Wach blieb er geradezu unheimlich still, und nur das schwache Schimmern seiner Augen war unter dem Rand seines Hutes zu sehen.

Sabrina hatte einmal mit ihm gesprochen, bei einer unangenehmen und beängstigenden Begegnung in Rathcormuck, als ein betrunkener Passagier auf sie zugetaumelt war, ihr seinen sauren Atem ins Gesicht gehaucht und nach ihren Brüsten gegrapscht hatte. In dem Moment hatte der Fremde sich von seinem Sitz erhoben, den Betrunkenen am Arm gepackt und ihm leise etwas zugeflüstert, bei dem die ohnehin schon kalte Luft zu gefrieren schien.

Der lüsterne Trinker hatte sich danach nicht mehr von seinem Platz gerührt und war an der nächsten Haltestelle ausgestiegen, als wären die Geister der Hölle hinter ihm her.

»Danke, Sir«, sagte sie schüchtern zu dem anderen Mann.

»Gefährlich dumm, allein zu reisen«, schnaubte er. »Weiß Ihre Familie von Ihrem Unternehmen?«

So viel dazu, höflich sein zu wollen. Sabrina versteifte sich vor Empörung. »Meine Familie geht Sie gar nichts an. Und ich bin sehr gut in der Lage, selbst auf mich aufzupassen.«

Wieder schnaubte er, schüttelte den Kopf und murmelte etwas Unverständliches, aber offensichtlich Despektierliches.

Und das war das letzte Mal gewesen, dass sie mit dem rüden Mann gesprochen hatte. Sie wünschte nur, er würde aussteigen und sie allein weiterreisen lassen. Doch nach jedem Halt war er wieder da, streckte sich ihr gegenüber aus und verschlief die halbe Reise.

Sie nahm ein Taschentuch aus ihrem Retikül, um die Fensterscheibe abzuwischen, und starrte in den Schneeregen hinaus, während ihre Gedanken dem Ende dieser langen Fahrt entgegenrasten.

Zum ersten Mal erschien diese Reise ihr so deprimierend wie die unveränderliche Landschaft vor den Kutschenfenstern.

Die *bandraoi* hießen Sabrina freundlich willkommen und zogen sie hastig durch die Tore, vorbei an zusammenhockenden Familien und alten Männern und Frauen mit hohlen, eingesunkenen Gesichtern, die sich in Werkstätten und Scheunen niedergelassen hatten. Auch unter hastig aufgespannten Abdeckplanen lagerten sie, und ihre Kochfeuer flackerten und zischten in der feuchten Luft.

Sabrina hörte Husten, Gemurmel und weinende Babys – Geräusche der Ruhelosigkeit und Ungeduld.

»Wer sind diese Leute?«, fragte sie. »Woher kommen sie?«

Schwester Ainnir warf kaum einen Blick auf die vielen Menschen, als sie an ihnen vorbeihumpelte. »*Andere*, die hier Zuflucht suchen. Sie sind vor Gerüchten von Verfolgungen durch die *Duinedon* geflohen.«

»Aber die alten Leute? Die Kinder? Sie sind doch harmlos.«

Die Priesterin tat Sabrinas Einwand mit einer angewiderten Handbewegung ab. »Sagen Sie das den *Duinedon!* Sie betrachten jeden, der Magierblut in den Adern hat, als Brut des Teufels. Selbst ein Baby könnte ja heranwachsen und zu einer Bedrohung ihrer kostbaren Welt ohne Magie werden.«

Sabrina umklammerte ihre Reisetasche und war froh, die angespannte Atmosphäre des Hofes hinter sich zu lassen, als sie die Treppe zu ihrem Schlafzimmer hinaufzustieg. Aber die Bilder der verängstigten Gesichter verfolgten sie bis in die Stille ihres kleinen Zimmers.

Hatten ihr Vater und die Gruppe der Neun sich von solchen Szenen inspirieren lassen? War es so falsch von ihnen gewesen, eine Welt zu wollen, in der *anders* zu sein keine Verfolgung und Diskriminierung bedeutete? Mit ihren Methoden hatten sie natürlich eine Grenze überschritten, doch wenn Scheitern Tod bedeuten konnte, wurde diese Grenze möglicherweise verschwommener? Vielleicht war die Linie zwischen gerechtfertigtem Handeln und bösartiger Grausamkeit dann nicht mehr ganz so klar?

Mit klopfendem Herzen und trockenem Mund ließ Sabrina sich auf ihr Bett fallen. Die nervöse Energie, die sie während der tagelangen Reise erfüllt hatte, verließ sie in einem einzigen Seufzer der Erleichterung. Liebevoll blickte sie sich um. Derselbe entenförmige Riss in der Wand, derselbe schiefe Schrank. Selbst Teresas heißgeliebte Ausgabe von *Die Kinder der Abtei* lag noch am selben Platz wie immer.

Es war, als hätte Sabrina das Kloster nur für ein paar Stunden verlassen statt für ein paar Wochen.

Der Schlaf winkte, aber aus Gewohnheit packte sie vorher ihre Sachen aus und hängte ihre Kleider auf, deren kräftige Farben und dünne Stoffe so gar nicht zu der Kargheit der schmucklosen Wände und nackten Fußböden des Zimmers passten.

Ein Zettel lag zusammengefaltet ganz unten in ihrer Tasche.

Sie zog ihn heraus und las die wenigen Worte, die darauf geschrieben standen.

Morgen. Abenddämmerung. Vor den Toren.

PS: Falls du dir je wieder so etwas erlaubst, drehe ich dir den Hals um.

B.

Sabrina zerknüllte das Papier. Ihre Hand zitterte.

Brendan war hier. Er lebte und schimpfte mit ihr.

Zum ersten Mal seit dem furchtbaren Morgen, an dem sie Daigh den Rücken gekehrt hatte, lachte Sabrina.

Kapitel Einundzwanzig

»Kommen Sie herein, Sabrina!« Ard-siúr winkte sie mit einer Handbewegung und einem Lächeln in ihr Arbeitszimmer. »Das ist eine unerwartete Rückkehr. Setzen Sie sich!«, sagte sie und scheuchte die Katze von dem Stuhl vor dem Schreibtisch. »Wir haben viel zu besprechen.«

Trotz des Lächelns und der freundlichen Worte der Priorin zitterte Sabrina innerlich vor banger Erwartung. Würde Ard-siúr sie zu Aidan zurückschicken? Würde sie Sabrinas krassen Ungehorsam als weiteren Beweis ihrer Untauglichkeit für die volle Profess als *bandraoi*-Priesterin ansehen? Würde sie Fragen stellen, die Sabrina nicht beantworten konnte, ohne ihre Naivität zu verraten? Würde der dumpfe Schmerz, der ihr die Brust zusammenkrampfte, je vergehen?

Ard-siúr setzte sich hinter den Schreibtisch, legte die Fingerspitzen unter dem Kinn aneinander und ließ ihren scharfsinnigen Blick schweigend auf ihrer Schülerin ruhen.

Sabrina war, als würde sie Schicht um Schicht entblättert, bis ihr keine Geheimnisse mehr blieben. Verlegen spielte sie mit einem losen Fädchen an ihrer Schürze, fuhr mit dem Finger über den Saum einer Tasche, rutschte auf dem unbequemen Stuhl unruhig hin und her und schaute sich scheinbar interessiert im Zimmer um, um nur ja nicht diesen ruhigen Augen zu begegnen, denen nichts verborgen blieb.

Alle Spuren des Einbruchs waren inzwischen beseitigt worden. Das Büro war wieder das gemütliche Arbeitszimmer mit den dicken Teppichen, den polierten Möbeln, den farbenfrohen Wandbehängen und der anheimelnden Wärme.

Sabrinas Blick glitt über Bilder von aufgescheuchten Hirschen und einem Ozean, den Schiffe mit gestreiften Segeln sich mit fischschwänzigen Seejungfrauen und Seehundmenschen teilten, die sich neben ihren abgelegten Fellen auf Felsen aalten. Gleich daneben hing ein Gobelin mit einer stilisierten Darstellung verschnörkelter gelber, grüner, blauer und violetter Blumen, deren Blütenblätter und Stängel alle mit dem gleichen schwarzen Faden umrandet waren. Nur eine auffallend leere Stelle, wo Ard-siúr noch etwas Neues aufhängen musste, befand sich an der ansonsten dicht bedeckten Wand.

»Ich war überrascht, als man mir sagte, Sie seien allein gekommen.« Ard-siúrs erhobene Brauen verschwanden fast unter ihrem Haaransatz. »Ich hatte angenommen, Sie würden mindestens bis Anfang Sommer in Dublin bleiben. Ist irgendetwas vorgefallen, das Ihren Besuch verkürzt hat?« Ihr Gesichtsausdruck verriet, dass sie schon über sämtliche Vergehen Bescheid wusste und nur darauf wartete, dass Sabrina sie gestand.

»Nein. Ich habe mich nur entschlossen, früher als vorgesehen zurückzukehren.« Hitze stieg in Sabrinas Wangen, doch ihre Stimme klang erstaunlich ruhig, als sie weitersprach. »Sie hatten mir geraten, das Leben außerhalb der Klostermauern zu erproben, bevor ich die endgültige Bindung an die *bandraoi* einginge. Diesen Rat habe ich befolgt. Aber mein Platz ist hier. Der Orden ist mein Zuhause, und Sie alle sind meine Familie.«

»Schön, dass Sie so denken. Doch hatten Sie es so eilig, uns diese Erkenntnis mitzuteilen, dass Sie nicht auf angemessene Begleitung warten konnten? Nicht einmal auf die Janes?«

Ard-siúrs Worte flößten Sabrina Gewissensbisse ein. War ihre Flucht bekannt geworden? Hatte sie die arme Jane dem nicht unerwarteten Zorn ihres Bruders ausgeliefert?

»Es tut mir leid, Ard-siúr. Wirklich. Aber ich musste zurückkommen. Ich konnte nicht bleiben. Nicht, nachdem ...« Es waren diese scharfsichtigen Augen, die sie wünschen ließen, alles zu gestehen. Doch es war noch zu frisch, zu schmerzlich, um darüber zu sprechen. »Ich musste einfach zurückkommen.«

»Ist irgendetwas in Dublin geschehen, Kind?«

Sabrina tat die Frage mit einem nervösen Kopfschütteln ab. »Nein, nichts. Ich bin nur bereit, die letzten Riten zu zelebrieren.«

Ard-siúr schenkte ihr ein weiteres undurchsichtiges Lächeln. »Ihre Hingabe an uns ist bewundernswert. Wie auch Ihre Selbstständigkeit. Nicht viele junge Frauen würden eine so gefährliche Reise allein antreten.«

Waren das lobende oder tadelnde Worte? Schwer zu sagen bei Ard-siúr.

»Sie müssen sich wirklich danach gesehnt haben, wieder hier zu sein.«

»Oh ja, das habe ich!«

»Oder basiert Ihre Sehnsucht mehr auf dem Verlangen, nicht dort zu sein?«

Sabrina erwiderte Ard-siúrs Blick mit einem, wie sie hoffte, unergründlichen Gesichtsausdruck.

»Kind, Sie haben großartige Gaben. Ihre Heilkräfte sind ungeschult, aber machtvoll. Schwester Ainnir hat sich sehr auf Sie verlassen, vielleicht mehr, als sie es hätte tun sollen. Und die anderen *bandraoi* haben angefangen, sie als eine der ihren zu betrachten, obwohl Sie die Gelübde noch nicht abgelegt haben. Wir haben Sie von dem schüchternen, unsicheren jungen Mädchen, das sich vor seinem eigenen Schatten fürchtete, zu einer schönen, tüchtigen jungen Frau heranwachsen sehen. Sie werden immer ein Zuhause bei uns haben, falls Sie es brauchen sollten.«

Sabrina spürte, dass ein großes »aber« kam.

»Aber ich bin immer noch nicht überzeugt, dass Sie mit einem Leben unter uns zufrieden sein könnten.«

»Ard-siúr, wenn Sie mir nur zuhören würden ...«

Eine gebieterisch erhobene Hand ließ sie verstummen. »Lassen Sie mich ausreden! Vielleicht hätte ich besser sagen sollen, dass ich *bezweifle*, ob Sie sich damit zufriedengeben könnten. Sie würden alles richtig machen. Niemand würde etwas auszusetzen haben an Ihrem Einsatz. Doch würden Sie Ihre Pflichten mit einem Herzen voller Freude über die Richtigkeit Ihrer Entscheidung erfüllen, oder würden Sie ruhelos und unzufrieden werden? Das wissen nur die Götter. Sie sehen sogar noch mehr als ich. Und was ich sehe, ist so offensichtlich wie die Gespenster in Ihrem Blick.«

Sabrina senkte den Kopf. Es würde kein zeitloses, uraltes Ritual geben, um den Aufruhr in ihrem Herzen zu beruhigen, keinen sicheren Hafen, in den sie passte, keinen Ort, an den sie gehörte. Sie war wirklich ganz allein.

»Werden Sie meinen Bruder kommen lassen?« Als wäre er nicht schon wütend genug auf sie.

»Ich werde ihm Nachricht von Ihrer sicheren Ankunft senden. Und ich werde ihm schreiben, wie ich über die Sache denke. Aber wie ich schon sagte, steht es Ihnen frei, vorläufig bei uns zu bleiben. Wir sind ein Zufluchtsort, Sabrina. Nicht nur für Sie, sondern für alle, die uns brauchen.«

»Ich danke Ihnen, Ard-siúr.« Sabrina zitterte trotz der Wärme des Zimmers.

»Das werden wir bald sehen«, entgegnete Ard-siúr kryptisch, erhob sich und nickte jemandem zu, der den Raum gerade erst betreten haben musste.

Ein Schatten fiel über Sabrinas Schulter.

»Dyma'r joc gwaethaf erioed.« Der singende Tonfall der tiefen Stimme ging ihr durch und durch. Ihre Kehle wurde eng, und eine Hitzewelle trieb die Kälte aus Sabrinas erstarrten Gliedern. »Hol's der Teufel!«

Ihr Körper war schwer wie Blei, ihre Muskeln angespannt, und das Herz schlug ihr bis zum Hals, als sie sich umdrehte.

Seine Augen waren schwarz wie die Nacht, sein Gesicht geprägt von harten Kanten und strengen Linien. Er sah sie schweigend an.

Daigh. Sündhaft schön wie immer. Atemberaubend. Tödlich.

Und sie war rettungslos verliebt wie eh und je.

Ein anheimelndes Feuer knisterte im Ofen, und das flackernde Lampenlicht sowie der Duft von Orangenschalen und getrockneten Kräutern schufen eine Oase der Ruhe.

Oder was eine Oase der Ruhe hätte sein können, wäre Sabrina nicht wie eine Verrückte im Zimmer hin und her marschiert. Daigh hätte es wohl auch getan, wenn sie ihm nicht zuvorgekommen wäre. Ard-siúr hatte ihm eine Falle gestellt. Und wie der dümmste aller Narren war er geradewegs hineingetappt.

Bei ihrer letzten Begegnung hatte Sabrina ein lindgrünes Kleid getragen, das üppige dunkle Haar war ihr in seidigen Wellen auf die Schultern gefallen, ihre Lippen waren geschwollen von seinen Küssen und ihre Haut wie pinkfarbenes Perlmutt gewesen. Aber hier, in der tristen Tracht der *bandraoi*, das Haar unter einem Tuch verborgen und das Gesicht vor Frustration und Schock verzogen, war sie sogar noch viel schöner.

»Ich habe dich sicher in Dublin zurückgelassen«, knurrte er.

Sie fuhr zu ihm herum, und ihre schönen Augen sprühten förmlich Feuer. »Warum bist du hier, Daigh? Wie konntest du mir folgen, nachdem ...« Sie nahm ihre nervöse Wanderung wieder auf. »Nach allem.«

»Ich bin dir nicht gefolgt. Ich kam schon vor dir her.«

Er lehnte sich an den Schreibtisch und verschränkte die Arme vor der Brust, um sich davon abzuhalten, die Möbel zu zertrümmern. Er hatte Sabrina aus seinem Leben streichen wollen, wenn auch vielleicht nicht aus seinem Kopf. Aber da war sie, nur wenige Schritte entfernt, wo jede Rundung und Bewegung ihres Körpers und jede Gefühlsregung in ihrem Gesicht neue Wunden in sein Herz rissen und ihn verlockten mit einer Lebenszeit von Erinnerungen – den wahren und den Eindrücken von dem, was hätte sein können, die sie beide heimsuchten. »Dein Bruder wird glauben, ich hätte etwas mit deiner Flucht zu tun gehabt.«

»Mit Aidan werde ich schon fertig.«

»Nicht mit dem *Unseelie*, der in ihm lebt, der dunklen, zerstörerischen Energie, die in ihm ist und gegen die er so verzweifelt angeht.«

Sie steckte die Hände tief in die Schürzentaschen und wandte sich in einer abweisenden Geste ab. »Was willst du hier?«

»Ich kam her, um den Wandbehang zu holen.«

Mit einem unterdrückten Fluch zog sie scharf den Atem ein, und ihre Augen wurden groß und ängstlich. »Aber der ist doch schon gestohlen worden.«

Daigh verzog einen Mundwinkel zu einem kühlen Lächeln. »Nein. *Irgendein* Wandbehang ist gestohlen worden, doch nicht der, den Máelodor haben will.«

»Was kann so wichtig an einem Wandteppich sein, dass ...« Ihre Brauen zogen sich zusammen. »Eine Karte. Ein Stein«, sinnierte sie. »Máelodor sucht eine Karte und einen Stein.« Sie erhob den Blick zu Daigh. »Der Wandbehang ist die Karte, nicht? Irgendwie zeigt er den Weg zu Artus' Grab.«

»So ist es. Máelodor muss hierherkommen, um den Gobelin zu holen. Und dann werde ich ihm entgegentreten.«

»Das kannst du nicht!«

»Ich muss es beenden, Sabrina.« Nun, da er begonnen hatte, kamen ihm die Worte leichter von den Lippen. »Ich kann mich nicht zerschinden und zerschleißen lassen, bis alles, was von mir noch übrig ist, zerfetzt wie eine gefallene Standarte ist. Die Präsenz ist immer in mir und kämpft um die Herrschaft über mich. Wenn ich keine Möglichkeit finde zu sterben, wird sie mich mit Leib und Seele übernehmen. Die *Amhas-draoi* helfen mir nicht. Ich kann nur den einzigen Weg wählen, der mir geblieben ist.«

Ihre Augen flackerten und verdunkelten sich, doch sie verrieten nichts. »Glaubst du wirklich, Máelodor würde dich ins Grab zurückschicken?«

»Nicht, wenn er die Wahl hat.« Daighs Stimme wurde härter. »Aber die werde ich ihm abnehmen.«

»Du würdest dem Tod so entspannt entgegensehen?«

»Ich habe ihn schon einmal erlitten. Er birgt keine Überraschungen. Und lieber sterbe ich, als Máelodors Sklave zu bleiben.«

»Du bist nicht sein Sklave. Er besitzt nicht deine Seele.«

»Er hatte sie einmal. Und ich spüre ihn nach wie vor in meinem Geist. Er will mich zurückhaben, und das werde ich nicht zulassen.«

Sabrina schüttelte den Kopf. »Ich dachte, ich würde dich nie wiedersehen.«

»Wenn diese Geschichte vorbei ist, wirst du das auch nicht.«

»Und was ist, wenn ich das nicht will?« Jetzt standen Tränen in ihren Augen und glitzerten und funkelten wie Diamanten in dem schwachen Lampenlicht.

Daigh schenkte ihr ein ernstes Lächeln und drehte in einer resignierten Geste die Handflächen nach oben, sodass die Narben darauf zu sehen waren. »Sieh mich an, Sabrina! Das ist bestimmt nicht das, was du dir wünschst.«

»Ich habe über alles nachgedacht, was Sie mir gesagt haben, Mr. MacLir, auch über Ihre Warnungen hinsichtlich der Sicherheit des Wandbehangs.«

»Warum hängt das verfluchte Ding dann noch immer da?«

Ard-siúr blickte zu dem Gobelin, auf den Daigh zeigte. Er bewegte sich in der vom Ofen aufsteigenden Hitze, und ein neutraler Beobachter würde nichts anderes darauf sehen als die Schönheit und das künstlerische Geschick, mit dem die Blüten aufgestickt worden waren. Für den jedoch, der das in dem farbenfrohen Arrangement stilisierter Blumen verborgene Geheimnis löste, war der Weg zu Artus' Grab so klar ersichtlich wie der schwarze Faden, der für seine Darstellung benutzt worden war.

»Um Sie in Versuchung zu führen vielleicht?«

Daigh warf der alten Frau einen verblüfften, ärgerlichen Blick zu. »Was sind denn das für Spielchen?«

Sie antwortete mit einem milden, ausdruckslosen Lächeln. »Ich möchte sehen, was für eine Sorte Mann Máelodor aus ein paar alten Knochen und Magie, die besser den Dämonen überlassen bliebe, hervorgebracht hat. Verdirbt die Finsternis des *Unseelie* das Leben, das sie wieder erschafft? Wie viel ist geblieben von dem Mann, der Sie einmal waren?«

Daigh hätte schreien können vor Frustration. Die Arme auf den Schreibtisch gestützt, beugte er sich drohend vor und erschreckte die Katze, die fauchend unter Ard-siúrs Stuhl verschwand. »Sie brauchen nur Sabrina zu fragen, um die Antwort zu erhalten.«

»Sie haben recht. Es könnte sich lohnen, ihre Antworten zu hören. Vielleicht frage ich sie ja.«

Daigh errötete und konnte Ard-siúrs vielsagenden Blick nicht erwidern. »Ich hatte nicht vor, sie wiederzusehen.«

Die Priorin nahm die Katze auf den Schoß, die es sich dort bequem machte und sich von ihr streicheln ließ. Allerdings nicht ohne Daigh argwöhnisch aus schmalen gelben Augen anzusehen. »Aber Sie haben sie gesehen. Was werden Sie jetzt also unternehmen?«

Er zog die Schultern hoch und ließ die Arme hängen. »Hoffnung ist nichts für die Untoten.«

»Die Götter lassen allen Hoffnung zuteilwerden«, tadelte sie. »Wir müssen nur daran festhalten und sie nicht entkommen lassen. Und sie benutzen, um allem, was wir tun, Gestalt zu geben.«

»Wie eine wahre *bandraoi*-Priesterin gesprochen.«

Sie nickte zu seinem Sarkasmus, als hätte er ihr das größte Kompliment gemacht. »Und um den Wandteppich brauchen Sie sich nicht den Kopf zu zerbrechen. Wir werden schon dafür sorgen, dass er sicher ist.«

»Máelodor ist fest entschlossen, ihn in seinen Besitz zu bringen. Er wird nicht aufgeben.«

»Als Ard-siúr bin ich auch nicht ohne Möglichkeiten, Daigh.«

»Sie haben mich noch nie mit meinem Vornamen angesprochen.«

Sie fuhr fort, die Katze zu streicheln, deren Schnurren überlaut war in der angespannten Stille. Schließlich legte Ard-siúr den Kopf zur Seite und fixierte Daigh mit einem scharfen Blick, der ihn bis ins Innerste zu durchleuchten schien. »Ist Daigh denn Ihr Name? Oder bleibt er Lazarus? Sie müssen sich schon entscheiden.«

»Ich bin zurückgekommen, um Sie zu warnen, oder nicht?«, gab er schroff zurück.

Sie lehnte sich zurück. »Dann haben Sie Ihre Antwort. Und Ihre Hoffnung.«

»Mutter? Bist du das?«

»Sei jetzt still und versuch zu schlafen!«

»Ich kann nicht. Ich bin zu aufgeregt. Paul sagte, er würde zu meinem Geburtstag zurück sein, Mutter. Er hat es mir versprochen.«

Sabrina deckte Schwester Clea wieder zu und reichte ihr ein Glas Wasser.

Sie hatte wie verlangt auf Brendan gewartet. Stunden waren vergangen, während sie die Wolken gen Osten über den Himmel hatte ziehen sehen, bis sogar das quengeligste Kind verstummt war und die Erde sich in den frühen Stunden vor der Morgendämmerung abgekühlt und mit Frost überzogen hatte.

Erst dann war Sabrina auf die schwach beleuchtete Krankenstation zurückgekehrt, zu den kranken und gebrechlichen alten Priesterinnen, die hier mehr oder weniger friedlich schliefen. Der Regen trommelte gegen die Fenster, und wieder wurde Sabrina von dem seltsamen Gefühl erfasst, dass sich die Zeit zurückdrehte und die vergangenen Wochen ausgelöscht wurden, als hätte es sie nie gegeben, und sie, Sabrina, mit dem beruhigenden

Gefühl zurückblieb, dass, was auch immer außerhalb dieser Mauern geschehen mochte, dieses Leben weitergehen würde, wie es war.

Sie hatte sich über die unerbittliche Routine und erstickenden Fesseln der Tradition geärgert, hatte zum Horizont hinausgeschaut und wissen wollen, was hinter der Grenze zwischen Erde und Himmel lag. Und sie war verzweifelt und verängstigt geflohen vor dem, was sie gefunden hatte. Brendan. Aidan und seine Frau. Máelodor. St. John.

Daigh.

Zu viele Fragen. Zu viele Gefahren. Zu viele Möglichkeiten, körperliche und seelische Verwundungen davonzutragen. Wenn sie Ard-siúr doch nur von ihrer Ergebenheit überzeugen könnte! Von ihrem Wunsch nach einem Leben in dem beständigen Gang uralter Traditionen und fern der Hektik und der Aufregungen außerhalb der Klostermauern! Sabrina ließ sich in einem Sessel nieder und drückte die Arme an ihren Bauch, als sich der bohrende Schmerz ihrer eigenen Dummheit von ihrem Magen bis in ihre Brust ausdehnte.

Schwester Cleas Stimme durchbrach wieder die Stille. »Paul hat noch nie ein Versprechen gebrochen! Er wird kommen. Ich weiß es.«

Erschöpft und überreizt, wie sie war, verlor Sabrina die Beherrschung. »Er kommt nicht! Hörst du? Er kommt nicht. Es ist mir egal, was er versprochen hat. Es waren Lügen. Wie alles, was er dir je gesagt hat. Er spielt mit dir und bringt dich dazu, zu glauben, es könnte alles wieder gut werden. Aber das kann es nicht. Es kann nie wieder so werden, wie es war. Nicht einmal hier. Nicht einmal, wo es so sein sollte.«

Schwester Cleas Augen weiteten sich vor Schreck und Überraschung, und sie schürzte die Lippen und öffnete den Mund. Den Saum der Decke knetete sie zwischen den Fingern. »Paul lügt nicht, Sabrina.«

Sabrina fuhr hoch. Schwester Clea hatte sie noch nie beim Namen genannt.

Die Augen der alten Frau glänzten von Tränen, doch der Blick, mit dem sie Sabrina maß, war scharf und wach. »Und Brendan Douglas auch nicht. Er wird kommen. Bald wird er bei dir sein.«

Was sah die *bandraoi*? Welche Vorahnung war durch die verkalkten Windungen ihres Gehirns hinaufgestiegen, um für einen strahlenden Moment an der Oberfläche zu erscheinen? Sabrina konnte die alte Schwester nicht fragen. Sie würde es nie erfahren, denn dieser klare Moment war schon wieder vergangen.

»Bald habe ich Geburtstag«, murmelte Schwester Clea. »Und mein Bruder wird zu Hause sein.«

Daigh blickte zu dem hohen, schlanken Stein auf, dessen Oberfläche von Quarzkristallen schimmerte, wo er noch nicht von Moos bewachsen war. Die Luft um den Stein flimmerte, tanzte und warf Schatten, die nichts mit dem Mondlicht zwischen den umstehenden Bäumen zu tun hatten. Als Daigh näher trat, fiel die Temperatur, sodass er plötzlich fröstelte. Es war aber nur der Grund, aus dem er hergekommen war, der Schweiß zwischen seinen Schulterblättern ausbrechen und ihm über den Rücken laufen ließ.

Ein wahrer Magier konnte ihm den Tod gewähren.

Helena Roseingrave hatte ihn auf die Idee gebracht, so wie es auch ihr Hass gewesen war, der die letzten Schranken vor seinen Erinnerungen eingerissen hatte. Oh ja, die Erinnerungen an die Jahre seit seiner Wiedererweckung waren jetzt so handfest und in Blut gebadet wie sein Schwert. Máelodors kalkulierte Qualen, die ihm ohne Vorwarnung auferlegt und wieder abgenommen worden waren. Die langen Wochen, in denen er mit seinen Bitten keine Gnade erlangt hatte und in denen seine Schreie nur noch schmerzlichere Behandlungen zur Folge gehabt hatten. Oder andere Gelegenheiten, bei denen all seine Bedürfnisse erfüllt worden waren und er ein verwöhnter Prinz unter den Männern gewesen war. Der Besitz und größte Schatz des Großartigen. Sein Schwertarm. Seine Kraft. Sein Killer.

Würde Artus das gleiche Schicksal erleiden? Oder würde Máelodors Wunsch, mit seinem wiedererweckten Kriegsherrn und König die Herzen und Seelen der Rasse der *Anderen* zu gewinnen, sein dunkleres Begehren überwiegen, Schmerzen zuzufügen? Würde der legendäre Hochkönig sich gegen seine sklavische Bindung an Máelodor wehren, wie Daigh es so lange vergeblich versucht hatte, oder würde Artus hocherfreut sein über die Chance, sein altes Reich zurückzuerobern? Und würde er seinen Feldzug mit dem Sturz von Englands wahnsinnigem Monarchen und dessen fetten Prinzchen beginnen? Würde der Hochkönig sich über die Inseln hinauswagen, während seine Armee der *Anderen* immer siegessicherer und trunkener wurde von ihrer Magie, bis die Welt der *Duinedon* zitterte vor der entfesselten magischen Energie und selbst die wahren Feen sich glücklich schätzten, in ihren Hügelgräbern in Sicherheit zu sein?

Daigh würde all seine Fähigkeiten benutzen, um den Rywlkoth-Wandbehang vor St. John und Máelodor in Sicherheit zu bringen. Aber er konnte sich nicht darauf verlassen, dass dieselben Fähigkeiten ihm zu seinem wahren und letzten Ziel verhelfen würden. Ihm würde nie gestattet werden, ins Grab zurückzukehren. Für diese Erlösung würde er die Hilfe derjenigen brauchen, die sogar noch mächtiger waren als Máelodor.

Er biss die Zähne zusammen und legte die flache Hand an den Stein. Die magische Energie, die explosionsartig seinen Arm hinaufschoss, warf Daigh rücklings in das Gras, wo er zu dem sich kringelnden, funkelnden Licht aufstarrte, das wie Granatsplitter von dem Stein absprang. Ihn schauderte, als Schlag um Schlag ihn traf und ihn durchlief. Es zerrte an seinen Nerven, bis Máelodors *Unseelie*-Magie seinen Körper erneuerte und für ein paar lange Sekunden sein Herz anhielt, bevor die giftige Präsenz in ihm es wieder schlagen ließ.

Die Feen wussten, was er war, und sie würden seine Anwesenheit nicht dulden. Und sie würden auch nicht seinen Ruf beantworten. Nicht ohne einen Kampf.

Dennoch war Daigh fest entschlossen, sich nicht abweisen zu lassen. Er kroch zu dem Stein, legte nicht nur eine, sondern beide Hände daran und schloss die Augen, um sämtliche Gebete zu sprechen, von denen er glaubte, sie könnten eine der Feen herbeirufen. Und wieder wurde er zurückgeschleudert, diesmal gegen einen Baum und mit einer Wucht, die ihm die Rippen brach. Der Schmerz, mit dem sie sich wieder zusammenfügten, war jedoch kaum zu spüren in dem wild um ihn herumfließenden Strom magischer Energie.

Für einige Minuten – oder Stunden oder Tage, wie es schien – lag Daigh zwischen Laub und abgebrochenen Ästen und flehte die Feen an, ihn zu erhören.

Er war gut geworden im Flehen. Und daran gewöhnt, dass seine Bitten ihm verweigert wurden.

Aber es tat trotzdem weh.

Kapitel Zweiundzwanzig

»Hier entlang. Beeilen Sie sich, bitte!«

Das Kind zog Sabrina auf eine Werkstatt zu, die von einem Wanderschmied benutzt wurde. Es war ein verstaubtes, von Spinnweben durchzogenes Gebäude mit genügend Ecken und Winkeln, um die tollkühnsten Untergetauchten und Suchenden anzulocken.

Drinnen legte sich die Düsternis wie eine Decke über sie, aber das Kind zog Sabrina tiefer in den muffigen Raum hinein, wo nur ein schneller Sprung zur Seite sie davor bewahrte, sich die Schienbeine an dem großen, rostigen Amboss anzustoßen.

»Sie hat sich geschnitten, und sie blutet.« Die Stimme des Kindes zitterte vor Angst, und die Kleine umklammerte Sabrinas Hand.

An einer altersschwachen Leiter und einem Stapel Kisten vorbei erreichten sie den Vorratsraum des Schmieds. Werkzeuge hingen an Haken an der Wand oder lagen unter einer dicken Staubschicht auf Regalen und Werkbänken. In einer Ecke lehnten eine zerbrochene Schaufel, eine Sense mit verbogener Klinge und zwei Harken mit fehlenden Zinken, daneben lag ein löchriger Sack. Gedämpftes Weinen und lautes Schniefen kamen aus einem Winkel neben den zerbrochenen Überresten eines Fasses, hinter dem ein dünnes, bestrumpftes, in einem unnatürlichen Winkel abstehendes Bein hervorschaute.

Sabrina kniete sich hin, um die zersplitterten Dauben zu entfernen, und entdeckte ein mageres, schmutziges, tränenüberströmtes kleines Mädchen darunter. Seine Schürze war blutbefleckt von einem Schnitt an seiner Stirn, aber es war der Knöchel der Kleinen, der Sabrinas Hilfe brauchen würde. Schon jetzt war er schmerzhaft angeschwollen und zu einer äußerst unbequemen Position verdreht. »Was um Himmel willen hast du angestellt?«

Sabrina zog ein Taschentuch aus ihrer Tasche und betupfte den Schnitt an der Stirn des Kindes. Wie die meisten Kopfwunden blutete sie stark und sah schlimmer aus, als sie war.

»Ich war es leid, als Erste erwischt zu werden. Deshalb wollte ich mich da oben verbergen.« Die Kleine zeigte auf einen schmalen Sims etwa fünfzig Zentimeter unter der Decke, der breit genug war, um ihren mageren Körper zu verbergen, aber kaum zu sehen war in der Düsternis des Raumes.

»Hier. Drück das Tuch fest an deine Stirn, während ich deinen Knöchel untersuche!«

Das Mädchen schniefte. Kaum älter als sieben oder acht, blickte es mit bewundernden, tränenumflorten Augen zu Sabrina auf.

»Und?« Mit sanften Fingern tastete sie den Knöchel ab.

Das Mädchen zuckte zusammen, aber es schrie nicht auf. »Ich bin auf das Fass geklettert, um hinaufzusteigen, doch es zerbrach, und ich fiel hin.«

»Der Knöchel muss geschient werden. Ich werde dich …« Sabrina versuchte, das Kind aufzuheben, aber die Kleine stöhnte, und frische Tränen bildeten Streifen auf ihrem blutigen Gesicht.

Der Boden knarrte, als jemand hinter ihnen erschien. »Lass mich helfen!«

Natürlich. Es musste Daigh sein. Schon beim Klang seiner Stimme überlief ein Prickeln Sabrinas Rücken. Der Raum schrumpfte und schwankte, bis jeder Zentimeter von Daighs Gegenwart erfüllt war. Sabrina hoffte nur, dass ihr beschämendes Bewusstsein seiner Nähe sich nicht auf ihrem Gesicht zeigte, und war ihm böse wegen ihrer eigenen dummen Reaktion auf ihn. »Ist das deine Vorstellung von einem Spiel?«, zischte sie. »Hör auf, mich zu verfolgen!«

»Ich bin dir nicht gefolgt.« Er lenkte ihren Blick auf den Holzspalter, den er trug, bevor er ihn an die Wand lehnte.

Dann trat er näher und hob das Kind auf seine Arme. Für einen Moment erhellte sich sein dunkler Blick, und ein schwaches Lächeln erschien um seine Mundwinkel. »Was ist das denn? Keine Tränen mehr, junge Dame! Sei ein braves Mädchen!«

Die Kleine bekam Schluckauf und rieb sich mit dem Handrücken die Augen, doch ob Daighs Worten wegen oder aus ehrfürchtigem Erstaunen über den grimmig dreinblickenden Hünen, der sie trug, war nicht zu sagen.

»Was glaubst du, was du tust?«, fuhr Sabrina ihn an.

»Helfen. Oder willst du sie lieber selbst tragen?« Er machte Anstalten, ihr das Kind zu übergeben.

Sabrina trat zurück. »Sie ist zu schwer. Ihr Knöchel würde noch mehr leiden, wenn ich es versuchte.«

»Dann geh mir aus dem Weg, damit ich sie tragen kann!«

Er wartete nicht auf eine Antwort, sondern ging geduckt unter der Tür hindurch und überließ es Sabrina, die dankbar, wütend und aufgeregt zugleich war, ihm hinterherzulaufen.

Auf der Krankenstation legte er das Mädchen auf ein Kinderbett und trat mit einem ermutigenden Nicken zurück.

»Was ist das? Noch mehr Probleme?« In einem Wirbel von Grau erschien Schwester Ainnir an ihrer Seite, blickte mit schmalen Lippen und funkelnden Augen zwischen Daigh und Sabrina hin und her und bückte sich dann schnaubend, um den Knöchel der Kleinen und den Schnitt an ihrer Stirn zu untersuchen. »Diese Leute halten mich von früh bis spät auf Trab mit ihren Wehwehchen und Problemen. Die halbe Zeit beherzigen sie meinen Rat nicht mal. Seit sie hier sind, habe ich keine zehn Minuten mehr an einem Stück ein Bett gesehen. Ich bin zu alt für so was.«

»Ich kümmere mich um das Kind.« Sabrina versuchte, der alten Priesterin die Rolle Verbandsstoff abzunehmen.

Aber Schwester Ainnir zog sie mit einem scharfen Blick zurück. »Das ist nicht mehr Ihre Aufgabe.« Auf Sabrinas verständnisloses Blinzeln hin milderte die Priesterin ihren Ton. »Ard-siúr hat Anweisung gegeben, dass Sie wie ein Gast behandelt werden sollen, bis Ihr Bruder kommt, um Sie abzuholen.« Sie legte Sabrina tröstend eine Hand auf die Schulter. »Ich würde Sie im Nu zurücknehmen, wenn ich könnte. Das wissen Sie.«

»Aber …«

Ainnir scheuchte Sabrina fort, als wäre sie nicht älter als das Kind vor ihnen. »Gehen Sie nur, Mylady! Ich werde die Kleine zusammenflicken und zu ihren Eltern zurückschicken.«

Ein Gast? Sie durfte nicht mehr heilen? Nicht mehr helfen? Aidan würde sie abholen? Was war sie? Ein Hund, der sich verlaufen hatte?

Die Fragen legten sich auf ihre Brust wie Steine und machten das Exil, das ihr bevorstand, real. Sie würde fortgehen müssen. Und sie wusste, dass es diesmal keine Rückkehr geben würde. Sie würde nach Belfoyle gebracht werden und dortbleiben, bis Aidan beschließen würde, seine Einschränkungen zu lockern. Nach ihrer Flucht aus Dublin würde er sie wahrscheinlich sogar einschließen und den Schlüssel wegwerfen. Sabrina konnte nicht mehr atmen, nicht mehr denken, und die Wände schienen auf sie zuzukommen.

Warme Hände legten sich auf ihre Schultern, eine Stimme brummte an ihrem Ohr, und Sabrina merkte, wie sie aus der Krankenstation in das klare, helle Tageslicht hinausgezogen wurde. Ein kühler Wind schlug ihr ins Gesicht und riss sie aus ihrer immer größer werdenden Panik. Sabrina holte tief Luft und erschrak, als ihr die salzigen Tränen in den Mundwinkeln bewusst wurden. »O Götter, was habe ich getan?«

Daighs geradezu schmerzhaft intensiver Blick löste eine schon vertraute Hitze tief in ihrem Innern aus. »Du hast versucht, einen Mann vor dem Ertrinken zu bewahren, und hattest keine Ahnung, dass er dich mit sich hinabziehen würde.«

Wie betäubt bog Sabrina auf den Gang ein, der zum Schlaftrakt und der Treppe zu ihrem Zimmer führte. Könnte man in einem verschlossenen Raum und in Träumen doch nur Vergessen finden! Doch da das leider nicht möglich war, kamen der durchsichtige Nebel und der jähe Schwindel, die sie in Daighs Vergangenheit versetzten, daher auch gar nicht überraschend. Der sich schnell auflösende Nebelschleier offenbarte einen verrauchten Saal, der erfüllt war von verwirrten Stimmen. Die Männer und Frauen darin bewegten sich wie Gespenster, ihre Augen verrieten Argwohn und Leid, ihre Körper waren gekrümmt.

Daigh stand direkt hinter dem Feuer. Sabrina kannte seine Haltung, die Neigung seines Kopfes, die ruhige Intensität in jeder seiner Gesten. Er begrüßte eine Gruppe derb aussehender Männer, die soeben erst eingetroffen waren. Sie waren schlammbespritzt und völlig außer Atem. Als Daigh zu ihnen hinüberblickte, flackerte das rötliche Licht der Flammen über seine Züge und seine Augen. Sein Blick richtete sich auf Sabrinas Gesicht, und sie konnte seine ganze Liebe zu ihr spüren, stärker sogar noch als seine Unruhe oder den Ernst, der ihn wie ein schwerer Mantel zu umhüllen schien.

Dann zog der Nebel wieder auf, und die Szene verblasste in dem grauen Dunst. Gleichzeitig gruben sich scharfe Nägel in Sabrinas Schulter und entrangen ihr einen erschrockenen Schrei.

»Erwischt, Mädchen!«

Sabrinas Kopf fuhr hoch zu Schwester Brighs Gesicht, das noch zerknitterter und verdorrter als gewöhnlich war. »Falls Sie mich schelten wollen, weil ich meine Pflichten vernachlässige, kommen Sie zu spät. Ich habe keine Pflichten mehr, und Sie haben nicht länger Autorität über mich«, fauchte sie und ließ ihre Wut und Verwirrung an der alten Frau aus.

»Aber ich habe Augen im Kopf und weiß, was ich sehe. Sie und dieser Mann. Zuerst erscheint er hier, dann kommen Sie. Sauber und gepflegt. Und nun sehe ich Ihre Schamlosigkeit, wenn Sie ihn anschauen. Und die Gier, mit der er diesen Blick erwidert.«

»Ihre Sehfähigkeit lässt nach. Mr. MacLir sieht mich mit nichts anderem als Hohn an.« Sie versuchte, sich von der alten Priesterin loszureißen, doch Schwester Brighs Finger bohrten sich nur noch tiefer in Sabrinas Schulter.

»Sie sind eine Närrin, Mädchen. Er beobachtet Sie unentwegt mit seinen leeren schwarzen Augen. Magische Energie umhüllt ihn wie eine Sturmwolke. Ich weiß, was er ist. Ich höre und bemerke Dinge. Sie sollten auf der Hut sein, Mädchen.«

»Auf der Hut wovor?«

Schwester Brigh blickte furchtsam zur Tür, als sie die knochigen Hände rang. »Er ist ein von den Toten Wiederauferstandener, ein *Domnuathi*, wie man diese Leute nennt. Das Böse hat ihm Leben eingehaucht, und es verfolgt ihn auch. Ich sehe die Bestie auf seinem Rücken. Die Morrigan-Raben fliegen dicht hinter ihm her. Nichts Gutes kann dabei herauskommen.«

»Daigh würde uns nichts antun. Wir haben ihn gerettet.«

»Er wird tun, was sein Herr verlangt, und nicht mehr Gewissensbisse dabei haben, als zerträte er Ungeziefer unter seinem Schuh.« Ein grausames Lächeln zerfurchte Schwester Brighs Gesicht noch mehr. »Sie fürchten, dass es wahr ist, obwohl Sie ihn verteidigen. Das kann ich in Ihrem Herzen sehen. Er hat Ihnen schon wehgetan.«

Sabrina verschloss ihren Geist vor Schwester Brighs Neugier, doch die Priesterin hatte Jahrzehnte der Übung darin, selbst in die am besten geschützten Gedanken einzudringen.

»Ich beschütze, was zu mir gehört, Mädchen. Dieser Orden und meine Schwestern. MacLir muss fortgehen. Wenn er uns verlässt, werden die Gefahr und das Böse mit ihm gehen.«

»Wenn er fortgeht, wird das Böse die Herrschaft über ihn gewinnen, und wir werden schlimmer dran sein, als wir es jetzt sind.«

»Die Schwestern des Hohen *Danu* haben die Zeitalter überlebt, weil wir die Köpfe gesenkt hielten und Stillschweigen über unsere Magie bewahrten. Ich werde das von niemandem zerstören lassen. Weder von Ihnen noch von Ard-siúr und schon gar nicht von ihm.«

Sabrina schaffte es endlich, sich von Schwester Brigh und ihrer ätzenden Schärfe loszureißen. Da der Schlaftrakt keinen Schutz mehr bot, eilte sie auf unsicheren Beinen in den Innenhof zurück. Daigh hatte sich noch nicht von der Stelle gerührt, an der sie ihn stehen gelassen hatte. Er erhob den Blick zu Sabrina, und sie spürte den Austausch der gleichen unerschütterlichen Liebe wie schon zuvor in dem dunstigen Rittersaal eines Walisers.

Doch dann schob sich eine Wolke vor die Sonne, tauchte Daighs Gesicht in Schatten, und die Verbindung war unterbrochen.

Wortlos wandte er sich ab.

Die Männer machten ihr Platz, die Frauen lächelten ihr schüchtern zu, während Sabrina zwischen den Flüchtlingen umherging, nach Kindern oder gebrechlichen Eltern fragte und hier Fragen zu einem Fieber beantwortete und dort zu einem Ausschlag. Ard-siúr mochte ihr die Mittel des Ordens verweigert haben, aber ihre Fähigkeiten waren ganz allein die ihren und konnten ihr nicht genommen werden. Und die ließ sie den Flüchtlingen bereitwillig zuteilwerden, zusammen mit guten Ratschlägen und beruhigenden Worten.

Einer aufgeregten Nachricht Janes zufolge würde es nur noch eine Sache von Tagen sein, bis Aidan erschien, und dann würden ihr sogar diese kleinen Aufgaben für immer versagt bleiben. Die arme Jane! Sabrina stand tief in ihrer Schuld. Dem harten Ton ihres Schreibens war unschwer zu entnehmen, dass Aidan nicht gerade freundlich zu ihr gewesen war, seit er Ard-siúrs Brief erhalten hatte. Sabrina nahm sich vor, Jane für alles zu entschädigen. Sie würde vor ihr zu Kreuze kriechen, wie es nur eine beste Freundin konnte.

»Ich hörte, sie haben drei Farmen drüben bei Ballenacriagh in Brand gesteckt.«

»Ist es wahr, dass die Regierung begonnen hat, *Andere* zu registrieren?«

»Glaubt ihr, die *Duinedon* würden uns hier angreifen?«

»Es geht das Gerücht, dass die Kasernen mit aus dem Krieg zurückgekehrten Regimentern verstärkt werden.«

»Sie behandeln uns, als wären wir weniger als menschlich.«

»Eher kämpfe ich, als zuzulassen, dass wir von den *Duinedon* wie Schafe zusammengetrieben werden.«

»Das gilt auch für mich. Lasst sie ruhig kommen, sag ich. Wir sind den *Duinedon* mehr als ebenbürtig.«

Gerüchte wie auch Krankheiten blühten und gediehen in solch beengten Verhältnissen, und viele Stunden vergingen, in denen Sabrina falsche Berichte widerlegte und besorgte Gemüter beschwichtigte.

»Klatsch ist eine Hydra mit vielen Köpfen. Greift man eine Geschichte an, wachsen gleich drei mehr an ihrer Stelle nach.«

Sie war nicht überrascht, als sie merkte, dass Daigh sie von der offenen Scheunentür beobachtete. Seine gequälten schwarzen Augen, die ernste Schönheit seiner markanten Züge, die herkulische Kraft in seinen verschränkten Armen und die breiten Schultern ließen die Schmetterlinge in Sabrinas Bauch wieder einen Tanz vollführen, bis sie vor Erregung zitterte.

Daigh zeigte auf die Kochfeuer und provisorischen Zelte. »Máelodor versteht sich sehr gut darauf, ohnehin schon fruchtbare Erde anzureichern. Sieh sie dir an! Sie sind voller Groll, Angst und Wut.«

»Ist das ein Wunder? Wir lernen von der Wiege an zu verbergen, was wir sind, vor denjenigen, die es nicht verstehen und uns ›Monster‹ nennen würden.«

Seine Lippen verzogen sich zu einem bitteren Lächeln. »Ja«, antwortete er leise, bevor er wieder mit einer Kopfbewegung auf die Versammlung deutete. »Aber hör genauer zu! Bemerkst du das Aufrührerische, den Trotz? Das *wir gegen sie?* Das ist die Saat der Revolution.«

Sabrina blickte über ihre Schulter und sah, was Daigh meinte. Die verkniffenen, verdrossenen Gesichter, die zusammengebissenen Zähne, die wachsende Ungeduld. Erschauernd zog sie den Umhang noch fester um die Schultern. »Ist Máelodor machtvoll genug, um eine ganze Rasse zu manipulieren?«

»Viele sind bereit, sich zu erheben. Sie sind unzufrieden und rastlos und warten nur noch auf einen Führer, um sie zu vereinigen: auf den letzten Hochkönig. Und genau das nutzt Máelodor zu seinem eigenen Vorteil aus.«

»Aber Artus war ein großer Held, ein Beschützer. Er würde nie ...«

»Er wird keine Wahl haben, Sabrina. Als einer der *Domnuathi* wird er machtlos gegen Máelodors Kräfte sein. Nicht mehr als ein Werkzeug in den Händen des Großartigen.«

Seine Worte und Emotionen waren von heißem Zorn und solch bitterer Wut durchdrungen, dass sie wie Schläge gegen Sabrinas Bewusstsein hagelten. Daigh wütete gegen das Schicksal, gegen den Himmel und sogar gegen die Götter, weil sie ihn im Stich ließen und ihm nicht beistehen würden im Kampf gegen Máelodor und das Böse.

Sabrina hatte ihn schon einmal in den sicheren Tod reiten sehen und gewusst, dass er ihm nicht entkommen würde. Die Vision dieser Trennung und des Leides danach verfolgte sie noch immer. Konnte sie es wieder ertragen? Konnte sie ihn erneut gehen lassen, ohne auch nur ein einziges Mal nach dem Warum zu fragen?

»Du hast dich von ihm befreit. Er beherrscht dich nicht mehr.«

»Er lebt in mir, Sabrina, und er sucht stets nach einem Weg, mich wieder zu versklaven. Bis einer von uns tot ist, wird diese Bedrohung bleiben.« Mit eingezogenem Kopf trat er wieder durch die niedrige Tür hinaus.

Sabrina dachte, dass sie sich jetzt abwenden, gehen und sich nie wieder umschauen sollte. Sie hatte von Anfang an gewusst, dass Daigh MacLir Ärger mit sich brachte und dass es zu einer Katastrophe führen könnte, dem Zauber dieser schwarzen Augen und dieses muskulösen Körpers zu erliegen. Sie hatte es gewusst und sich nicht darum geschert.

Damals nicht.

Und heute nicht.

Sie folgte ihm ins Dämmerlicht der niedrigen Scheune. Er hatte begonnen, eine starkknochige Stute zu striegeln, und murmelte ihr sanfte, unverständliche Worte zu: *»Paid barnu pob dyn ar weithredoedd un.«*

»Was sagst du ihr?«

Behutsam strich er über eine haarlose Stelle an der Flanke des Tieres. »Siehst du diese Spuren hier? Sie ist grausam misshandelt worden. Ich sage ihr, dass sie nicht alle Männer nach der Handlungsweise eines einzelnen beurteilen soll.«

Die Stute legte die Ohren zurück, während sie nervös die Haltung änderte und drohend eins ihrer Hinterbeine hob. Daigh begann wieder, beruhigend auf sie einzureden, mit leiser Stimme und noch mehr Worten in diesem singenden Tonfall mit dem rollenden R. *»Rwyt t'in brydferth. Dwi'n gwneud yr sydd angen i amddiffyn ti.«*

Sabrina lehnte sich an die Trennwand. »Und was erzählst du ihr jetzt?«

Daigh lächelte. »Dass sie ein sehr schönes Mädchen ist und ich ihr nichts Böses will. Dass ich nur tue, was nötig ist, um sie gut in Schuss zu halten.«

»Schau sie nur an«, sagte Sabrina. »Sie vertraut dir.« Ihre Blicke begegneten sich, und sie versuchte, ihn durch pure Willenskraft dazu zu bringen, in ihr Herz zu sehen.

Ein seltenes Lächeln erhellte plötzlich sein Gesicht, das sie so verblüffte mit seiner Schönheit, dass ihr das Herz auf einmal bis zum Halse schlug. »Wie lange können wir diese Wortspielchen noch spielen?«, neckte er sie.

Hemmungslose Erregung packte sie, genau wie schon in Dublin, als sein singender Tonfall, der Duft seiner Haut und die unergründliche Tiefe seines Blicks sie wie magisch angezogen hatten, obwohl ihre Vernunft ihr gesagt hatte, sie sei verrückt. »Wie lange hast du Zeit?«

»Ich stand Brendan näher als dem Rest meiner Familie. Es war nicht so, dass ich meine Eltern nicht liebte, aber Mutters ganze Liebe galt nur Vater. Niemand anders konnte diese Glaskuppel betreten. Und was Vater anging, so war Aidan sein Erbe, Brendan sein Lieblingssohn und ich nur eine Tochter, ein Mädchen, das nicht sehr nützlich war, aber auch nicht besonders viel Arbeit machte.« Sie zwirbelte einen Wiesen-Lieschgras-Halm zwischen den Fingern. »Oder jedenfalls nicht, bis ich als Tauschobjekt benutzt werden konnte.«

Bei schlechtem Wetter ließ das Scheunendach Wind und Wasser herein, doch heute Nacht fiel nur der Mondschein auf den Boden, und durch zerbrochene Schindeln waren ein paar fahle Sterne zu sehen. Was war es nur an dem süßen, etwas modrigen Geruch von Heu und den Lauten und Bewegungen von Tieren, das zu Vertraulichkeiten einlud? Oder war es die Gesellschaft? Sabrina setzte sich auf den einzigen Hocker, Daigh ließ sich auf einem umgestülpten Eimer nieder.

So saßen sie Stunden da, und Daigh entlockte ihr eine Geschichte nach der anderen wie Bänder aus dem Ärmel eines Jahrmarktszauberers. Ihre Geschichten über ihre Jahre bei den *bandraoi* schienen ihn nie zu ermüden, aber er kitzelte auch Erinnerungen an das prächtige Haus an der See aus ihr heraus, in dem sie aufgewachsen war, an ihre Brüder, denen sie als kleines Mädchen überallhin nachgelaufen war, um an ihren Spielen teilzunehmen, und an die zurückhaltende Zuneigung ihrer Eltern. Alles Erinnerungen, die Sabrina weggeschlossen hatte, als sie ihr Heim, wie sie damals angenommen hatte, endgültig verlassen hatte. Sie entströmten ihr in einem reinigenden Fluss, dem Daigh sehr gern zu lauschen schien. Ein verständnisvolles Ohr und eine starke Schulter zum Anlehnen waren Dinge, die Sabrina seit unzähligen Jahren nicht mehr gehabt hatte.

Sie versuchte, ihm das Gleiche zuteilwerden zu lassen, aber er wich ihren Fragen aus oder beantwortete sie mit Gegenfragen, bis sie aufgab. Er würde nicht von seinen Jahren als Máelodors Sklave sprechen. Und die schwachen und verschwommenen Erinnerungen an sein früheres Leben hütete er wie Gold. Er war nicht bereit, sie mit ihr zu teilen, weil er alle brauchte, um den Dämon in sich zu füttern.

»Teilt Lady Kilronan die Ansicht deines Bruders? Wird er dir einen Ehemann suchen, dem es nichts ausmacht, dass du nicht mehr unberührt bist? Die Tochter eines Earls könnte viele dazu veranlassen, fünf gerade sein zu lassen.«

Sabrina bedachte ihn mit einem bösen Blick, obwohl er auf den Boden schaute und den Ärger in ihren Augen gar nicht sah. »Ich glaube nicht. Seine Frau würde wahrscheinlich eingreifen, wenn er es versuchte.« Sie wusste, dass das die Wahrheit war. Cat würde auf ihrer Seite sein, und egal, wie Aidan darüber dachte, die neue Lady Kilronan war eine mächtige Verbündete. »Sie werden vielleicht verstimmt sein und an mir verzweifeln, doch ich glaube, dass ich ziemlich sicher bin vor alten Wüstlingen und jungen Mitgiftjägern.«

»Dir liegt etwas an deiner Familie.« Er blickte zu ihr herüber. Sein Gesicht lag im Schatten, aber seine Augen glänzten wie Obsidian. »Ich merke es an deiner Stimme und der Art, wie du über sie sprichst.«

»Ich weiß nicht, warum mir etwas an ihnen allen liegen sollte. Sie haben sich nie um mich gekümmert.«

»Wie kannst du so etwas sagen? Lord Kilronan erschien mir wie ein besorgter Bruder, als ich ihm das letzte Mal begegnete.«

»Besorgt ist nicht gleich liebevoll«, entgegnete sie und warf den Grashalm weg.

»War das der Grund für deinen Entschluss, dich hier zu verstecken?«

Sie wurde nicht ärgerlich und verteidigte sich auch nicht, sondern kuschelte sich nur noch tiefer in den Umhang. »Ich verstecke mich nicht mehr.«

Daighs Mund verzog sich zu einem grimmigen Lächeln. »Das solltest du auch nicht. Du bist eine tapfere Frau, Sabrina. Wärst du es nicht, hättest du schon beim ersten Mal, als du mich sahst, die Flucht ergriffen.«

»Das habe ich getan.«

Er lachte schroff. »Dann hättest du weiterlaufen sollen.«

»Ich konnte es nicht. Was ich sah – was ich empfand –, brachte mich dazu zu bleiben.«

»Du kannst noch immer gehen. Das wäre vielleicht besser. Die *bandraoi* werden sich schon fragen, wo du bist.«

»Ard-siúr verweigert mir die Aufnahme in den Orden. Sie haben nicht länger über mich und mein Handeln zu bestimmen.«

Sabrina lehnte sich zurück und starrte zu den Ritzen in den Schindeln auf. Schweigen breitete sich zwischen ihnen aus. Wenn es doch nur immer so bleiben könnte! Aber die Zeit schritt mit Riesenschritten voran und trug sie auf gefährliche Klippen zu. Sabrina merkte es an Daighs langsamem Abstandnehmen von ihr und sah es an der steilen Falte zwischen seinen Brauen und der Härte, die sein Blick annahm. Schon entglitt ihnen das Vergnügen dieser letzten Stunden, doch Sabrina wollte festhalten, so viel sie konnte, bevor sie für immer Vergangenheit sein würden.

Als spürte er ihre Stimmung, sagte Daigh: »Es bleibt nicht mehr viel Zeit. Máelodors Macht über mich wächst schon wieder so sehr, dass ihr schwer zu widerstehen ist. Er bringt mich wieder unter seine Kontrolle.«

Sabrina sprang das Herz fast in die Kehle. »Aber Ard-siúr … oder vielleicht die Feen selbst. Sagtest du nicht, sie könnten dich vielleicht befreien?« Noch nicht! Bitte noch nicht!

»Nein. Dies geht über die Fähigkeiten deiner Ard-siúr hinaus, und ich habe versucht, die Feen anzurufen, doch ich bin aus keiner Welt, die sie verstehen, und deswegen beachten sie meine Rufe nicht. Dies ist mein Kampf, Sabrina.«

»Sagtest du nicht, glückliche Erinnerungen könnten Máelodors Herrschaft über deinen Verstand brechen?«

»Ja, im Moment noch.«

»Dann lass uns eine Mauer aus Erinnerungen bauen, um ihn auszuschließen.«

Daigh zog eine Braue hoch. »Du würdest …«

»Ich würde alles tun für den Mann, den ich liebe.«

Er schnappte nach Luft. »Das solltest du nicht sagen.«

»Warum nicht? Mein Körper gehört mir, und ich mache mit ihm, was ich will. Auch meine Liebe gehört mir, ich kann sie schenken, wem ich will, und ich biete sie nur einem an, von dem ich weiß, dass er ihrer würdig ist.«

»Ich kann dir nichts versprechen.«

»Ich will keine Versprechungen.«

Da beugte er sich zu ihr vor und bedeckte ihren Mund mit seinen festen, warmen Lippen. Nicht lange, und er vertiefte den Kuss, glitt mit der Zunge zwischen ihre Lippen und brachte seinen süßen, berauschenden Geschmack in ihren Mund und seinen sauberen, maskulinen Duft in ihre Nase. Seine linke Hand umfasste ihren Nacken, als er sie näher zog, um den Kuss noch zu intensivieren. Seine rechte Hand glitt über ihre Rippen und die Biegung ihrer Hüfte.

Sabrinas Magen flatterte, ihre Brüste wurden schwer und prickelten vor Erwartung, als sie ihn noch näher an sich heranzog, um ihre Zunge zu einem erotischen Spiel mit seiner zu vereinen. Das leise Lachen, mit dem er sie in das duftende, weiche Heu auf dem Heuboden zog, brachte ihren Körper zum Vibrieren. Dann lag er neben ihr, den Kopf auf einen Ellbogen gestützt, und betrachtete sie mit wachsamem Auge.

»Das einzig Gute daran, unsterblich zu sein, ist, dass der Zorn deines Bruders keine Bedrohung für mich ist.«

»Er versteht es nicht.«

»Er versteht nur allzu gut. Er kennt die Wildheit, die in mir lauert, weil er sie selbst erfahren hat.«

»Was hat dich zurückgehalten?«

Daigh zog fragend eine Braue hoch.

»Ich habe mit meiner Schwägerin gesprochen. Sie sagt, du hättest sie umbringen können, dich schließlich aber eines Besseren besonnen. Warum? Was hat dich zurückgehalten?«

Er zuckte mit den Schultern. »Die einzige Kraft, die das Tier in mir in Ketten legt, wann immer es an die Oberfläche will: du.«

»Damals kanntest du mich noch nicht.«

»Ich kann es nicht erklären, Sabrina. Es war dein Gesicht, das ich sah. Deine Liebe, an die ich mich erinnerte.«

Hitze durchströmte ihre Glieder, und sie hatte das merkwürdige Gefühl, von einem schnell dahinfließenden Strom mitgerissen zu werden, in dem sie so wild herumgewirbelt wurde, dass sie nicht sagen konnte, wo unten oder oben oder Licht und Dunkel waren.

Daighs Blick war wie ein Fels in der Brandung, sein Körper hart und solide unter ihren Fingern, seine Atemzüge und sein Herzschlag gleichmäßig und ruhig.

»Du hast ein seltenes Geschenk erhalten«, flüsterte sie. »Das Leben wiedergewonnen, das dir gestohlen wurde. Das Schicksal, das das deine gewesen wäre, wärst du nicht in Pentraeth mit Hywel gefallen.«

»Die Frau, die die meine gewesen wäre?«

»Sie kann es noch immer sein.«

Zärtlich nahm sie sein Gesicht zwischen die Hände und küsste ihn auf das Kinn. Ihre Brüste pressten sich an seinen Oberkörper, ihre Herzen schlugen in perfektem Einklang. Mit exquisiter Behutsamkeit öffnete Daigh einen Knopf nach dem anderen an der Vorderseite ihres Kleides, befreite sie von Unterröcken und Korsett, bis sie nackt, mit einer Gänsehaut von der kühlen Luft und seiner zarten Berührung, vor ihm lag. Seine Zunge umspielte die empfindsamen Warzenhöfe ihrer Brüste, seine Zähne zupften an den harten kleinen Spitzen, bis das aufregende Prickeln sich durch ihren ganzen Körper fortsetzte und sich in ihrem tiefsten Inneren zu bündeln schien.

Sabrina wand sich unter der Berührung seiner rauen Hände und der köstlichen Erkundung seiner Lippen, als er mit Lippen und Händen langsam tiefer glitt und über ihren flachen Bauch und ihre Hüften strich. Dann streichelte er die Innenseiten ihrer Schenkel und liebkoste Sabrina an ihrer intimsten Stelle, bis sie vor Verlangen zu vergehen glaubte. Sie biss sich auf die Lippen, um ein Stöhnen zu unterdrücken, als sie sich halb aufrichtete, um ihn mit zitternden Händen zu entkleiden. In dem schwachen Licht des untergehenden Mondes war seine Haut so blass wie Marmor, und die Narben daran glänzten weiß.

Sie strich die sich überschneidenden Linien nach, von denen jede eine Geschichte seelenloser Grausamkeit erzählte, doch Daigh zog sanft ihre Hände weg und hielt sie über ihrem Kopf fest. Sie erschauerte, als sie das nackte Verlangen in seinen Augen sah, bevor er sich über sie beugte, um sie lang und tief zu küssen, mit einer Leidenschaft, die keine Zeit ließ für Bedenken, Reue oder auch nur einen kurzen Atemzug.

In hemmungsloser Lust wand Sabrina sich unter seinem Körper, bog sich ihm entgegen und ließ verführerisch die Hüften an ihm kreisen. Dabei hob sie den Kopf, um den Kuss noch zu vertiefen.

Daigh unterbrach ihn als Erster und rang nach dieser leidenschaftlichen Verführung nach Atem.

Dann lag er zwischen ihren Beinen und ließ seinen dunklen Blick über sie gleiten, der eine feurige Spur auf ihrem Körper hinterließ. Einer seiner Mundwinkel verzog sich zu einem verschmitzten Lächeln.

»*Dwi'n cofio hwn.* Ich erinnere mich daran«, murmelte er in wehmütigem Ton. »Ich erinnere mich an dich.«

Sie bog sich ihm in einer stummen Einladung entgegen und ließ ihn ihr wachsendes Verlangen und ihre Sehnsucht nach ihm spüren. Und mit einem Aufstöhnen und einer schon fast animalischen Begierde drang er mit einer einzigen, kraftvollen Bewegung in sie ein.

Sabrina rang nach Atem, als ihre Erregung ins schier Unerträgliche wuchs und die Macht hinter ihrer Vereinigung die Luft zwischen ihnen zum Knistern brachte. Sie verlor sich in Daighs Bewegungen, dem Gefühl seines harten, muskulösen Rückens unter ihren Fingern und in der Betrachtung seines männlich schönen, wie aus Stein gemeißelten Gesichts. Sabrina beobachtete ihn, während er sie liebte, und lächelte, als sie wie von selbst den gleichen Rhythmus fanden. Sterne glitzerten vor ihren Augen, eine unerträgliche Spannung baute sich in ihr auf, und sie stürzte erschauernd und mit einem Aufschrei, den Daigh mit einem Kuss erstickte, in einen Abgrund überwältigender Empfindungen. Von Wogen purer Lust durchflutet, rieb sie sich an ihm, weil sie dieses wundervolle Gefühl nicht enden lassen wollte. Und irgendwann, als ihre Hitze der Leidenschaft in wohlige Ermattung überging, schliefen sie in inniger Umarmung ein.

Der Himmel über ihnen wechselte die Farbe, die Schatten auf dem Boden verlängerten sich, und Sabrina schlief noch immer in Daighs Armen.

Er senkte den Blick auf ihre Hand, die auf seiner Brust lag, wo das Gewirr von Narben im Mondschein silbrig glänzte. Für einen Moment gab er sich der süßen Ekstase hin, einfach nur zu leben. Ein Herz zu haben, das schlug und Blut durch seine Adern pumpte, und eine Lunge, die sich bei jedem seiner Atemzüge erweiterte.

Er hatte all das gehabt, verloren und wieder zurückgewonnen. Vielleicht *war* es ein Geschenk. Die Männer, an deren Seite er gekämpft hatte und mit denen er gestorben war – was würden sie nicht für die Chance geben, sich aus der Unterwelt zu befreien, und wenn auch nur für ein paar kostbare Momente? Für die Chance, noch einmal einen von Sternen übersäten Himmel zu sehen? Den modrig-süßen Duft eines mit Laub bedeckten Waldbodens zu riechen oder eine Frau bis zum Augenblick höchster Ekstase zu lieben?

Und wie hart würden sie kämpfen, um daran festzuhalten?

Wie hart würde *er* darum kämpfen?

Kapitel Dreiundzwanzig

Daigh saß draußen vor der Tür der Werkstatt in der Wintersonne und schärfte die Klinge des Häckslers, die er zwischen seinen Beinen hielt. Obwohl sie längst eine tödliche Schärfe erreicht hatte, bearbeitete er die Schneiden immer noch mit dem Wetzstein, weil es seine Hände beschäftigt hielt mit einer Aufgabe, die so unbewusst zu erfüllen war wie das Atmen.

Sabrina hatte sich zu ihm gesetzt, trotz – oder vielleicht gerade wegen – der missbilligenden Blicke der *bandraoi.* Seit einer Stunde saßen sie hier in kameradschaftlichem Schweigen, weil keiner das Bedürfnis hatte zu sprechen, aber jeder von ihnen Trost in der Gesellschaft des anderen fand.

»Wenn du die Chance hättest, nach Wales zurückzukehren, würdest du es tun?« Sabrinas Frage überrumpelte Daigh.

Er sah sie an, doch sie spielte mit einem rostigen Nagel in der Bank und blickte nicht in seine Richtung. Nur die sanfte Biegung ihrer Wange und die Spitzen ihrer dunklen Wimpern waren zu sehen.

Seine Finger schlossen sich noch fester um den Wetzstein. »Von jenem früheren Leben ist dort nichts mehr da.«

»Nicht die Menschen natürlich. Aber das Meer würde dasselbe sein. Und die Berge. Die Luft und der Himmel. Diese Dinge verändern sich nicht. Nicht einmal im Laufe von Jahrhunderten.«

»Da hast du wohl recht. Das ist immerhin ein Trost.« Er nahm ein weiches Tuch und begann, die Klinge zu polieren. Wenn er damit fertig war, würde das Werkzeug sehr viel besser als Waffe geeignet sein.

»Belfoyle wird sich auch nicht sehr verändert haben. Jedenfalls nicht das, was wichtig ist. Die Strände und die Klippen werden noch genauso sein, wie sie waren, als ich vor sieben Jahren wegfuhr.«

»Dann bist du also nicht mehr ganz so unglücklich über deine Rückkehr?«

Sie antwortete mit einem nichtssagenden Schulterzucken. »Ich habe mich damit abgefunden. Aber natürlich wird es nie wieder so sein, wie es einmal war.«

»Und wie war es?«

»Nun ja, Belfoyle war dieser ganz besondere Ort, an dem man das Gefühl hatte, es könnte einem nichts Schlimmes widerfahren. Doch dieser Zauber ist für immer gebrochen.«

»Stimmt. Aber du bist ja auch nicht mehr das Kind, das du einmal warst. Und du hast eine Familie. Kilronan und seine Frau werden dort sein.«

Sabrina schürzte die Lippen und knabberte an einem Fingernagel. »Sie sind wie meine Eltern damals. Sie gehen so ineinander auf, dass kein Platz für andere ist.«

»Vielleicht, weil sie so nahe daran gewesen sind, einander zu verlieren.« Daigh verdrängte die damit verbundene Erinnerung an Rauch und Flammen, aber die furchtbaren Auswirkungen seines Scheiterns waren nicht so leicht zu ignorieren, weil er sie auf der Haut trug. Als Erinnerung an das, was ihn erwartete, falls er ein zweites Mal versagte.

»Verstehst du denn nicht? Für mich ist kein Platz in dem, was Aidan und Cat verbindet. Es ist ihre Familie. Und solange Brendan auf der Flucht ist, ist er auch für mich verloren.« Sie seufzte. »Als ich gerade dachte, ich könnte es hinter mir lassen ... als alles wieder gut hätte werden können ... Warum ruiniert die Vergangenheit bloß immer die Gegenwart?«

»Die Vergangenheit und unsere Erinnerungen haben uns hierhergebracht. Wer weiß? Vielleicht retten sie uns am Ende ja auch noch.«

»Sabrina? Könnte ich Sie in meinem Arbeitszimmer sprechen?« Ard-siúr stand am Rande der Frauen, die sich zu ihrem morgendlichen Klatsch am Feuer versammelt hatten. Eine oder zwei blickten von ihrem Kaffeebecher und dem halb verbrannten Würstchen auf, aber die meisten zuckten nur mit den Schultern, bevor sie sich wieder ihren eigenen Sorgen zuwandten.

»Natürlich.« Sabrina strich sich die Schürze glatt, um die in ihr aufsteigende Panik zu verbergen, und richtete sich auf. Sie hatte soeben eine Frau versorgt, die sich eine hässliche, von einem Kochtopf verursachte Verbrennung zugezogen hatte. Wortlos folgte Sabrina Ard-siúr aus dem eisigen Dezemberwind in den kühlen, dämmrigen Kreuzgang, die Treppe hinauf und an der immer gut gelaunten Schwester Anne vorbei, die ihnen zuwinkte, bevor sie unter Ard-siúrs strengem Blick ins Stocken kam.

Was wollte die Priorin? Was wusste sie? Sabrinas Gedanken wirbelten in ihrem Kopf herum wie trockenes Laub.

In ihrem Arbeitszimmer nahm Ard-siúr ihren Platz hinter dem Schreibtisch ein und bedeutete Sabrina mit ernster Miene, sich auf einen Stuhl zu setzen.

»Ist irgendetwas?« Sabrina bemühte sich um eine unschuldig-verwirrte Miene und hoffte, dass die Hitze, die ihr in die Wangen stieg, sie nicht verriet.

Es folgte eine lange, angespannte Pause, als Ard-siúr sich sammelte und zu Schlüssen zu kommen schien, die sich Sabrina entzogen. Dann sprach sie endlich, langsam und bedächtig. »Schwester Brigh ist mit ihren Sorgen wegen Mr. MacLirs fortgesetztem Aufenthalt und Ihrem fortgesetzten Interesse an diesem Mann zu mir gekommen.«

»Das ist nicht länger Schwester Brighs Sache. Ich bin ein Gast und keine Novizin mehr.«

Ard-siúr legte die Fingerspitzen aneinander. »Aber Sie sind auch eine junge Dame von gutem Ruf. Ich fände es außerordentlich bedauerlich, miterleben zu müssen, wie Sie sich an jemanden wie Daigh MacLir wegwerfen. Und ich bin mir sicher, dass Ihr Bruder das genauso sehen würde.«

»Kilronan mag meine Bewegungsfreiheit kontrollieren, aber nicht mein Herz.«

»Und Ihr anderer Bruder?«

Sabrina legte die Hand auf ihre Schürzentasche, in der sie Brendans zusammengefaltete Nachricht fühlte. Worauf wollte Ard-siúr hinaus mit ihren indirekten Fragen und den langen, spannungsgeladenen Pausen?

Die Priorin des Ordens deutete mit einer Handbewegung auf das Fenster. »Diese Frauen und Männer dort draußen und Tausende wie sie werden immer unruhiger. Was wird ihr Los sein, sollte ein Krieg zwischen den *Anderen* und *Duinedon* entbrennen? Selbst nach sieben langen Jahren hängt noch viel von Brendan Douglas ab.«

Ard-siúr faltete die Hände, und obwohl ihre Gesichtszüge ruhig und gelassen waren, konnte Sabrina die Bestürzung, Frustration und Unruhe spüren, die die Priesterin zu verbergen suchte. Oder vielleicht waren es ja auch gar nicht Ard-siúrs Empfindungen, sondern ihre eigenen, die ihr in den Ohren rauschten und wie Trommeln hinter ihren Augen pochten.

»Es ist nicht Brendans Schuld«, widersprach sie, doch sogar für sie klang dieser Einwand lahm, da die Schuld grundsätzlich wirklich mehr bei Brendan als bei irgendjemand sonst lag. Er war einer der Magier gewesen, die den Albtraum von König Artus' Auferstehung ins Leben gerufen hatten, und seine dunkle Magie hatte ebenso sehr wie Máelodors dazu beigetragen, die mörderische Verschwörung aufrechtzuerhalten.

Ard-siúr spreizte die Hände, als wäre ihr Interesse an dem Gesprächsthema erloschen. »Es steht mir nicht zu, über Schuld oder Unschuld zu entscheiden. Das fällt in den Zuständigkeitsbereich der *Amhas-draoi*.«

Die Brendan jagten und ihn ohne Zögern töten würden.

Daigh hat mich einmal als couragiert bezeichnet, musste Sabrina denken. Im Moment fühlte sie sich zwar überhaupt nicht mutig, doch sie würde bestimmt nicht tatenlos mit ansehen, wie ihr Bruder kaltblütig ermordet wurde.

Sie ließ sich jedoch nichts anmerken, nicht einmal unter Ardsiúrs durchdringendem Blick. »Wollten Sie mit mir über Daigh oder Brendan sprechen?«

»Aus verschiedenen Gründen interessieren mich beide.«

Sabrina hielt den Atem an, um nicht die Nerven zu verlieren, als sie sich kopfschüttelnd von ihrem Stuhl erhob. »Dann sollten Sie mit ihnen reden und nicht mit mir.«

Ein paar glitschige, verrottete Holzdauben, ein alter, schmutziger Strick und vier Flaschen, die noch verkorkt und mit Wachs versiegelt waren. Das war alles, was in der Bucht unter Glenlorgan heute angeschwemmt worden war.

Mit der Spitze seines Messers zog Daigh den Korken aus einer der Flaschen und kostete den Inhalt. Der Wein war noch in Ordnung, und so trank er noch einen Schluck. Dann starrte er aufs Meer hinaus und ließ das beruhigend gleichmäßige Rauschen der Brandung das unaufhörliche Pochen hinter seinen Augen dämpfen, atmete tief die frische, salzhaltige Luft ein und hoffte, damit den Druck der Angst, die ihm im Magen lag, zu lindern.

Doch weder das eine noch das andere brachte ihm Erleichterung.

Schließlich stürzte er den Rest des Weins hinunter und schleuderte die Flasche weit in die zinngraue See hinaus, bevor er den Pfad einschlug, der über die Anhöhe zum Kloster zurückführte.

Die Kontrolle des Großartigen über ihn verstärkte sich so spürbar, dass Daigh die dunkle Präsenz, die sich ihren Weg in sein Bewusstsein zurückbahnte, nicht mehr verleugnen konnte. Ihm blieb nicht mehr viel Zeit, bevor er wieder Máelodors Marionette sein würde und jede Hoffnung auf Entkommen verloren war.

Sabrina sah ihn, als er durch das Tor kam. Sie blickte von der Hand eines Mannes auf, die sie gerade verband, und errötete, als sie Daigh ein Lächeln schenkte.

Ganz bewusst wandte er sich ab und verdrängte das Aufflackern von Máelodors teuflischer Magie, so gut er konnte, damit Sabrina nichts von seinem zunehmenden Kontrollverlust bemerkte.

»Daigh?«

Sie war ihm gefolgt. Ihre sanfte Berührung versengte ihn wie ein Brandeisen. Er fuhr zurück, doch wahrscheinlich hatte sie den mörderischen Aufruhr seiner Gedanken schon in seinen Augen flackern sehen.

Und tatsächlich wich ihr Lächeln einem Ausdruck der Verunsicherung, als sie zögernd fragte: »Wo warst du?«

»Das ist meine Sache«, erwiderte er schroff.

»Ist es ... hat er ... es passiert schon, wie du sagtest, nicht?«

Daigh biss die Zähne zusammen gegen den scharfen Schmerz, der seinen Hinterkopf durchfuhr und sich wie ein Schraubstock um sein Gehirn legte, bis er keinen klaren Gedanken mehr fassen oder über Máelodors bösartige Wut hinaussehen konnte. »Lass mich in Ruhe! Geh!«

»Ich kann dir helfen.« Sie begann, in der Tasche zu wühlen, die über ihrer Schulter hing.

»Es gibt nichts, was du tun kannst.« Daigh packte sie am Handgelenk und zwang sie, seinen diabolischen Blick zu erwidern. Ihr Entsetzen stand ihr ins Gesicht geschrieben.

»Belästigt der Kerl Sie, Mylady?«

Keiner von beiden hatte Sabrinas Patienten und zwei seiner Freunde näher kommen gehört. Sie betrachteten Daigh mit einer Mischung aus Großtuerei und Beklommenheit; das Spreizen ihrer derben Hände und die schmalen Augen in ihren breiten Bauerngesichtern verrieten eine nervöse Frustration.

Sabrina nahm sich gerade genug zusammen, um mit einem halbherzigen Kopfschütteln zu antworten. »Nein, es ist schon gut. Wirklich. Danke!«

Der Anführer der Gruppe tippte an seinen breitkrempigen Hut und fuhr dann mit dem Zeigefinger über eine schmale weiße Narbe an seinem Kinn. »Na dann, Mylady ... Aber lassen Sie es Simms wissen, falls es Ärger gibt.« Daigh bedachte er mit einem vernichtenden Blick. »Sieh dich vor, Junge! Ich hab schon andere deiner Art gesehen und bin mit ihnen umgegangen, wie ich es für richtig hielt.« In einer unmissverständlichen Geste zog er einen Finger über seinen Hals. »Es ist deine Gattung, die den Zorn der *Duinedon* auf uns herunterbringt. Weil ihr so tut, als würden eure Kräfte euch zu was Besserem machen.«

Daigh ließ Sabrinas Handgelenk los, um sich dieser neuen Herausforderung zu stellen. »Wir tun nicht nur so.« Ein roter Nebel waberte am Rand seines Gesichtsfeldes auf, und eine elektrisierende Empfindung sträubte ihm die Härchen an den Armen und am Nacken. Im vollen Bewusstsein der teuflischen magischen Energie in seinen Augen ließ er langsam den Blick über die Störenfriede gleiten.

Mit einem erschrockenen Fluch fuhren sie zurück und huschten davon wie geprügelte Hunde. Einzig ihr Anführer blickte sich noch einmal ahnungsvoll um.

»Sie haben nur versucht, mich zu beschützen«, sagte Sabrina.

Daigh schüttelte ihre Hand ab und drängte sich an ihr vorbei. »Ich weiß, Sabrina. Und genau das versuche ich auch.«

Sabrina zog den Umhang noch fester um sich und suchte aufmerksam das helle Band der Straße und die schon dunkler werdenden Waldflächen zu beiden Seiten davon ab. Die Sonne war bereits untergegangen, sodass nur noch ein orangefarbener Dunst und ein paar dünne rötliche Wolken den Horizont erhellten. Lange Schatten warfen Streifen auf den Boden und die Wände hinter ihr und vermischten sich mit dem Rauch der Feuer innerhalb der Mauern.

Eine Gestalt erschien auf der Anhöhe und blieb dort einige Minuten stehen, wie um zu entscheiden, ob sie weitergehen sollte.

Sie genau zu erkennen war unmöglich aus dieser Entfernung, aber es war eindeutig ein Mann. Ein hochgewachsener, schlanker Mann in einem offen stehenden Wintermantel und hohen Stiefeln.

Sabrina sprang auf und winkte, in der Hoffnung, ihn zu sich herabzulocken.

Er hob antwortend die Hand, doch statt sich ihr zu nähern, verschwand er wieder hinter der Hügelkuppe.

Und obwohl sie bis zur völligen Dunkelheit und dem späten Aufgehen des Mondes wartete, ließ der Mann sich nicht mehr sehen.

Leise schlüpfte sie durch das Tor hinein. In dem dunklen Umhang mit Kapuze war sie kaum mehr als ein etwas hellerer Schatten in der Nacht, und trotzdem erkannte Daigh sie sofort, ihre anmutigen, geschmeidigen Bewegungen, die Schlankheit ihres Körpers. Und als sie sich den Stallungen zuwandte, um ihn dort zu suchen, schimmerte ihr Gesicht milchig weiß im Schein des Mondes, und Tränen glitzerten auf ihren Wangen.

Er zog sich noch tiefer in die Dunkelheit zurück, und sie ging an ihm vorbei, ohne innezuhalten.

Mit wem hatte sie sich getroffen? Wer könnte sie mitten in der Nacht aus der Sicherheit des Klosters herauslocken?

Die Antwort ließ nicht lange auf sich warten.

Brendan Douglas.

Daighs Hände ballten sich zu Fäusten, als die Präsenz in ihm sich regte, um sich aus der Dunkelheit, wo er sie angekettet hatte, nach oben zu begeben. Er wehrte sich, doch die Präsenz war raffiniert genug geworden, um seine wenigen Barrieren zu umgehen. Ein gnadenloses, reptilartiges Lächeln schoss ihm durch den Kopf, bis es kaum noch zu ertragen war und er die Zähne zusammenbiss, um nicht aufzustöhnen.

Máelodor las seine Gedanken. Und feierte seinen Erfolg.

Wie eine schon fast heruntergebrannte Zündschnur lief Daighs Zeit ab.

Und der Kampf begann erst richtig.

Kapitel Vierundzwanzig

Das kleine Mädchen zupfte an Sabrinas Röcken und drückte ihr die Nachricht in die Hand, bevor es zu der Schar Kinder zurücklief, die Fangen spielten. Sabrina blickte sich um. War das Brendan in der Tarnung eines dünnbeinigen Bauern, der Säcke mit Saatgut von einem Karren ablud? Oder war er einer der Männer, die bei einem Würfelspiel zusammenhockten? Der Bote in den hohen, schmutzigen Stiefeln und der abgetragenen Jacke, der sich vor dem Regen in den Eingang zur Bibliothek geflüchtet hatte?

Sie entfaltete die Nachricht sorgfältig, obwohl das Herz ihr vor Aufregung die Brust zu sprengen drohte.

An der Kreuzung. Komm sofort!
B.

Wie sie immer gesagt hatte: Briefe verhießen meist nichts Gutes.

Sie trafen sich auf der Straße, fast so, als hätte er auf sie gewartet. Trotz seiner groben Kleidung, den abgetragenen, schmutzverkrusteten Stiefeln und dem ebenso derben Ledermantel, der sich über seinen breiten Schultern spannte und dessen Ärmel ihm nicht mal bis zu den Handgelenken reichten, trat er in selbstbewusster Haltung vor. Hocherhobenen Hauptes, mit arrogant gerecktem Kinn, einem gebieterischen Funkeln in den Augen und einem abgebrochenen Ast, den er wie achtlos in der Hand hielt.

»Solltest du allein hier draußen sein?«, fragte er und schlug mit dem Ast nach dem hohen Gras am Rand der Straße.

»Wir sind hier noch auf Ordensland.«

»Das waren wir vorher auch schon mal«, antwortete er und begann, sich ihren Schritten anzupassen. In dem unheilvollen, ruppigen Ärger, der die ohnehin schon geladene Atmosphäre noch viel angespannter machte, entdeckte Sabrina keine Spur mehr von dem Geliebten. Sein ganzes Verhalten strahlte nur mühsam unterdrückte Wildheit und unbändigen Zorn aus.

Sabrina blitzelte die Tränen fort. Sie hatte gewusst, dass dieser Tag sich näherte, und trotzdem tat es schrecklich weh.

Durch ein Törchen im Zaun betraten sie den Obstgarten und bahnten sich einen Weg durch eine von nackten Ästen und Zweigen überwachsene Allee. Hier und dort waren Teile der Klostermauern hinter einer Hügelfalte zu erkennen.

»Er ist verrückt, wenn er riskiert hierherzukommen«, knurrte er. »Will er gefasst werden?«

Sabrina drehte sich der Magen um, als sie Daigh einen entsetzten Blick zuwarf.

»Aye, Sabrina. Ich weiß, wen du hier treffen willst.« Er zog seinen Mantel noch fester um die Schultern. »Und Máelodor weiß es auch.«

»Nein!« Sie stolperte über eine Wurzel. »Du hast doch nicht etwa ...«

Daigh packte sie am Arm. Seine Muskeln waren angespannt, sein Gesicht ganz starr vor Schmerz. »Er zieht mich zu sich zurück, und seine Macht ist weitaus größer als die meine.«

»Aber die Erinnerungen!«

»Sie genügen nicht, um Máelodors Präsenz in mir zu bekämpfen.«

Der Weg endete an einer hohen, dichten Hecke, durch die ein kleines Tor zur Straße und der Kreuzung dahinter führte.

Die Hand schon auf dem Riegel, blieb Sabrina stehen. »Was wirst du unternehmen, falls Brendan kommt?«

»Ihn warnen. Das ist alles, was ich tun kann.«

Ein Zweig knackte, und ein Fuchs huschte davon, gefolgt von

dem jähen Flügelschlagen und Gekrächze Hunderter von Krähen, die sich in die Luft erhoben. Sabrina schlug das Herz bis zum Hals, doch Daigh neben ihr blieb völlig still, lauschte mit schmalen Augen und hielt kampfbereit den Ast erhoben.

Er strahlte eine animalische Wut aus, und der Schwefelgeruch, der von ihm ausging, drehte ihr den Magen um und schlug über ihr zusammen wie eine große Welle. Sie drohte Sabrina buchstäblich unter ihrem Gewicht zu zerbrechen. Keine Barrieren, die sie errichten konnte, waren stark genug, um Daigh aus ihrem Bewusstsein fernzuhalten. Die Verbindung zwischen ihnen war nicht zu brechen und sein Eindringen nicht aufzuhalten.

Magische Energie zerriss die Luft, eine Wand aus Flammen schlug zwischen ihnen hoch, und eine Druckwelle tödlicher Kampfmagie erschütterte die Erde.

Sabrina ließ die Tasche fallen und griff sich mit beiden Händen an den Kopf, als könnte sie ihn auf ihren Schultern festhalten, als zwei bösartige Schlangenaugen in ihrem Sichtfeld erschienen. Augen, deren Pupillen sich zu schmalen Schlitzen zusammenzogen und deren gelblich rote Iris von Feuer durchzogen war.

Sabrina schwankte und fiel mit einem Aufschrei auf die Knie. Daigh stand mit hochgezogenen Schultern und zitternd auf der anderen Straßenseite; der Ast lag vergessen auf dem Boden neben ihm.

Ein Paar glänzende Stiefel erschien in Sabrinas Blickfeld, und als sie den Kopf hob, schaute sie in die kalten blauen Augen von Gervase St. John.

»Wie ich sehe, haben Sie die Nachricht Ihres Bruders erhalten, Spätzchen.« Seine Worte rannen wie zähflüssiger, öliger Schleim an ihren Nerven entlang. Er blickte zu Daighs zitternder Gestalt hinüber. Eine lange Pause folgte, in der Sabrina einen Anflug freudiger Erwartung zu erkennen glaubte. »Und Sie haben einen Freund mitgebracht.«

Verwirrt und zitternd vor Ekel öffnete Daigh die Augen, die verklebt und verkrustet waren. Kalter Regen schlug ihm wie Nadelstiche ins Gesicht, und seine Kleider, die feucht und kalt an seiner Haut hafteten, verschlimmerten das Zittern noch.

Über ihm zogen dicke, dunkle Wolken am Himmel dahin, die ein falsches Dämmerlicht erzeugten. Daigh setzte sich auf und rieb sich den Nacken, ließ den Blick über die Bäume gleiten und sah dann nach Westen, wo ein schwaches Glühen den Sonnenuntergang bezeichnete.

Er hatte sich geirrt.

Es war fast völlig dunkel. Er hatte Stunden verloren.

Sabrina konnte mittlerweile sonst wo sein.

»Egal, wie oft ich dich sehe, du erstaunst mich immer wieder.« St. John trat zwischen den Bäumen hervor. Sein blondes Haar war dunkel vom Regen, sein Mantel mit Schlamm bespritzt und feucht. »Dieser Zauber hätte jeden normalen Menschen umgebracht, aber du ...« Er schwenkte achtlos eine Hand in Daighs Richtung.

Steif vor Wut und Übelkeit glitten Daighs Finger zu seiner Taille.

»Suchst du das hier?« St. John zückte einen Dolch. »Ich habe mir die Freiheit genommen, ihn zusammen mit den Pistolen, die du dabeihattest, an mich zu nehmen. Es erschien mir klüger, unsere Unterhaltung ohne Waffen fortzusetzen.«

Jeder seiner Killerinstinkte schrie Daigh zu, dem Mann an die Kehle zu gehen und ihn mit bloßen Händen zu zerreißen, falls es nötig war. Aber der *Amhas-draoi* hatte Sabrina. Bis Daigh erfuhr, wo sie festgehalten wurde, musste er seine mörderische Wut beherrschen. Und St. John seine Schadenfreude lassen.

Der schob sich den Dolch wieder in den Gürtel. »Ich kann sehen, dass du meine überzeugungskräftigeren Techniken zu schätzen gelernt hast.«

»Wo ist sie?«, fuhr Daigh ihn wütend an.

»Douglas' Schwester? Sicher genug, mein Freund. Sie genießt eine kurze Wiedervereinigung mit ihrem Bruder, die so tränenreich und emotional ist, dass mir richtig warm ums Herz wird.«

»Sie haben kein Herz.«

St. John setzte eine alberne Miene auf und legte eine Hand an seine Brust. »Vielleicht hatte ich einmal eins und habe es verloren. Oder es wurde mir gestohlen? Vielleicht wurde ich aber auch schon ohne eins geboren? Wer weiß das schon!«

Daigh ballte die Hände zu Fäusten, bis sich die Nägel in seine Handballen gruben und Blut hervorbrachten, das sich mit dem Regen vermischte. »Lassen Sie sie gehen! Sie hat mit alldem nichts zu tun. Dieser Kampf läuft zwischen Ihnen, mir und Máelodor.«

»Zu Anfang war sie in der Tat noch kein Bestandteil meiner Pläne, sondern nur eine langweilige, anstrengende junge Frau wie so viele andere auch. Aber dann ist sie zu einem solch großen Teil all dessen geworden, nicht? Weißt du, bei unserer letzten Unterhaltung war ich mir sicher, dass sie der richtige Köder sein würde, um ihren Bruder anzulocken. Und dann stellte sich heraus, dass es umgekehrt war. Komisch, wie gut sich alles gefügt hat, nicht?«

St. John stellte einen bestiefelten Fuß auf einen umgestürzten Baum. Sein Gesichtsausdruck war tugendhaft wie der eines Priesters, sein Inneres jedoch durch und durch verdorben.

»Was wollen Sie?«, fragte Daigh.

St. John bedachte ihn mit einem kalten Blick. »Ist das nicht offensichtlich? Ich will den Rywlkoth-Wandbehang. Du wurdest losgeschickt, um ihn zu stehlen, doch jetzt werde ich ihn mir holen. Ich hatte eigentlich Lady Sabrina benutzen wollen, aber warum soll ich sie hinschicken, wenn ich dich habe?«

Daigh stockte der Atem, und ein heißer Kloß entstand in seiner Kehle. »Die *bandraoi* werden ihn nie aus ihrem Schutz entlassen.«

St. Johns Lächeln verblasste. »Die *bandraoi* werden keine

Chance haben. Nicht gegen einen *Domnuathi*. Du wirst den Teppich holen und ihn mir bringen.«

»Nicht, bevor ich Sabrina gesehen habe und weiß, dass es ihr gut geht.«

St. John spreizte die Hände. »Und da ich sage, du wirst sie nicht eher sehen, bis ich den Wandbehang habe, sind wir also in einer Sackgasse gelandet.«

»Geh zum Teufel!«, stieß Daigh zwischen zusammengebissenen Zähnen hervor. Seine Haut war kalt wie Eis, und jede Sekunde länger hier draußen verstärkte das elende Zittern, das er zu unterdrücken versuchte.

Der andere Mann zuckte mit den Schultern. »Na schön! Ich habe dir den Vorschlag gemacht, und du kannst sicher sein, dass ich dein Spätzchen wissen lassen werde, wer die Schuld an ihren Qualen trägt. Die Kleine wird deinen Namen mit ihrem letzten Atemzug verfluchen.« Er lachte. »Oh nein, Moment mal – du bist ja schon verflucht! Das hatte ich beinahe schon vergessen«, höhnte er und wandte sich zum Gehen.

Daigh sprang auf. »Wenn du sie auch nur anrührst, werde ich …«

St. John fuhr herum. Seine Augen glänzten wie im Fieber, und er senkte die Stimme zu einem anzüglichen Flüstern. »*Was?* Was würdest du im Austausch für ihr Leben tun? Wie weit würdest du gehen, Lazarus?«

Daigh hielt inne. Das Blut rauschte ihm in den Ohren, ein feuriger Schmerz fraß sich durch seinen Bauch. Er hätte wissen müssen, dass er nichts vor diesem Mann verbergen konnte. St. John sah alles mit diesen scheinbar arglosen Augen eines Charmeurs.

»Du kannst nicht sagen, ich hätte dir keine Gelegenheit gegeben, deine Schuld zu tilgen. Zeig dem Großartigen, dass du ihn nicht schon wieder enttäuschst! Er ist nämlich ziemlich aufgebracht, weißt du, und fragt sich, ob du seinen letzten Tadel möglicherweise schon vergessen hast.«

Bestimmt nicht. Die Erinnerung war Daigh zusammen mit den Narben eingeprügelt worden. Máelodor würde es genießen, ihn zu brechen. Die nächste Bestrafung würde endlos lang und unerträglich sein. Sie würde ihn zum Beten und zum Weinen bringen und ihn um den Tod flehen lassen. Und es würde keine Gnade und keine Rettung geben.

Er war auf sich allein gestellt. Wie er es schon immer gewesen war.

»Ich werde Ihnen den Wandbehang bringen.« Daigh straffte die Schultern und begegnete St. Johns selbstgefälligem, herablassendem Gebaren mit einem vernichtenden Blick. Der Hurensohn wusste, dass er gewonnen hatte, und plusterte sich deshalb schon auf.

»Ich wusste, dass du Vernunft annehmen würdest, Lazarus«, sagte er zufrieden und streckte eine Hand aus. Seine Finger berührten nur ganz sachte Daighs Wange, doch selbst dieser flüchtige Kontakt ließ ihm das Blut in den Adern gerinnen, und der kalte Schweiß brach ihm aus.

Erschaudernd wandte er den Blick ab. Er hatte Angst und hasste diese Angst fast ebenso sehr, wie er St. John hasste.

Als Sabrina erwachte, konnte sie nichts sehen. Sie fürchtete zu ersticken, und ihre Hände waren gefesselt.

Der Sack über ihrem Kopf dämpfte alle Geräusche, und das grobe Sackleinen juckte an ihrer Haut. Sie kehrte sich gleichsam von innen nach außen bei dem Versuch, ihn abzustreifen, und gab erst auf, als die dumpfe Hitze ihres Atems unerträglich wurde und ihre Handgelenke wund gescheuert waren. Dann legte sie den Kopf auf den Boden, rollte sich zusammen und versuchte, nicht zu weinen. Aber ihre Kehle schmerzte, sie hatte Magenkrämpfe und spürte den salzigen Geschmack heißer Tränen in ihren Mundwinkeln.

Bleib ruhig, Sabrina!, ermahnte sie sich. Gerate nicht in Panik! Nur keine Panik! Daigh ist nicht tot. Er kann nicht tot sein, weil er nicht sterben kann. Er ist irgendwo da draußen. Er lebt. Und er würde sie retten. Sie brauchte nur ruhig zu bleiben und abzuwarten.

Was leichter gesagt als getan war. Ihr Herz klopfte zum Zerspringen, und Entsetzen übermannte sie, bis sie vor Angst zu sterben glaubte, wenn sie nicht bald befreit wurde.

Denk an etwas anderes! Egal, woran.

Sie rollte sich auf die Knie und kroch, so gut sie es in ihren Röcken konnte, auf dem Boden herum, um eine Vorstellung von ihrem Gefängnis zu bekommen. Schwaches Licht drang durch den Sack. Und ein Luftzug. Es musste ein Fenster geben. Hoch oben und zu klein für einen Menschen, um hindurchzukommen. Sie richtete sich auf und setzte vorsichtig einen Fuß vor den anderen, während sie langsam die Grenzen des Raumes abschritt. Einmal stieß sie sich das Schienbein an, tastete mit ihren gefesselten Händen herum und entdeckte ein Bett mit einer dünnen Strohmatratze. Aufatmend ließ sie sich darauf nieder, um ihr wundes Bein zu schonen. Nur einen Moment ...

Irgendwann musste sie jedoch eingeschlafen sein. Jedenfalls erwachte sie von einem ohrenbetäubenden Hämmern, aus dem Wut und Furcht, Trotz und Verzweiflung herauszuhören waren. Es riss sie mit der Wucht eines Schlages aus dem Schlaf und geißelte ihr Hirn mit fieberhafter roher Kraft.

»Daigh!«, schrie sie, richtete sich mühsam zu einer sitzenden Haltung auf und spähte durch das Sackleinen, in der Hoffnung, etwas dahinter zu sehen. Doch alles war stockfinster, nicht einmal das Licht von vorhin war noch da. »Daigh! Ich bin hier!«

»Verflucht noch mal!« Die Stimme war schwach und heiser, aber dennoch gut erkennbar.

Trotz der Umstände schlug ihr Herz schneller, und eine verrückte Mischung aus Wut und Freude stieg in ihr hoch. »Brendan?«

Ein Rascheln folgte, ein unterdrücktes Stöhnen und ein müdes, schlurfendes Geräusch. »Halt still, damit ich dir diesen Sack abnehmen kann!«

Lange, angespannte Momente und viel Gefluche später wurde der Sack von ihrem Kopf gezogen. Frische Luft! Sabrina sog sie in großen Zügen ein, genoss die Kühle auf ihrem Gesicht und kniff die Augen sogar vor dem grauschwarzen Dunkel der Nacht zusammen.

Als sie wagte, sie zu öffnen, fiel ihr Blick auf ein Gesicht, das ihr vertraut war und zugleich auch nicht. Der Mann, der vor ihr kniete, war breitschultrig und von kräftigem Körperbau, hielt sich aber so vorsichtig, als hätte er Schmerzen, und drückte eine Hand an seinen Körper. Das Hemd klebte ihm feucht und schmutzig an der Brust, und selbst ohne Licht waren die dunklen Stellen und Schwellungen in seinem Gesicht zu sehen. Darüber hinaus hatte er ein zugeschwollenes Auge und eine aufgeplatzte Lippe. Das unverletzte Auge hatte jedoch einen vertrauten goldenen Glanz, und sein Lächeln wies den gleichen jungenhaften Charme auf, an den Sabrina sich erinnerte.

Wären ihre Hände frei gewesen, hätte sie sich auf ihn gestürzt – aber ob um ihn zu umarmen oder zu verprügeln, war ihr in diesem Moment selbst nicht ganz klar.

Brendan hatte sie im Stich gelassen, sich davongemacht, als sie ihn am meisten gebraucht hatte, und sie glauben lassen, er sei tot. Und nun war er hier. Sie konnte diese letzte, schreckliche Trennungsszene wiedergutmachen. Ihm sagen, wie sehr sie ihn liebte. Oder ihm vielleicht einfach nur einen ordentlichen Kinnhaken versetzen, weil er die Hölle auf sie herabgebracht hatte.

»Du«, sagte sie, und ihre Stimme zitterte vor Ärger, Furcht und Freude.

»Versuch, deine Begeisterung zu dämpfen«, entgegnete er trocken.

Und einfach so, von einer Sekunde auf die andere, reduzierten sieben Jahre sich auf nichts. Sabrina zerfloss in Tränen und ließ sie ungehindert über ihre Wangen rinnen. »Den Göttern sei Dank! Daigh sagte, du lebst … und dann deine Nachrichten … Aber ich versuchte, nicht daran zu glauben, weil ich nicht enttäuscht werden wollte. Doch du bist hier! Du bist es wirklich, Brendan!« Ein unkontrollierbares Schluchzen übermannte sie, das in ihrer Kehle schmerzte.

»Das ist schon mehr die Reaktion, die ich mir erhofft hatte«, scherzte Brendan.

Sabrina schniefte. »Du hast dich verändert.«

»Sieben Jahre, in denen man ständig über die Schulter blicken muss, können das bewirken«, erwiderte er zähneklappernd.

»Und du bist total durchnässt.«

»Dank ein paar Eimern Wasser von St. Johns Lakaien.« Brendan beugte sich über ihre Handgelenke. »Ich werde versuchen, diese Fesseln zu lösen, doch es könnte eine Weile dauern. St. John hat meine rechte Hand verletzt. Ich glaube, sie ist gebrochen.«

Sabrina wandte ihm den Rücken zu, als er sich an den Knoten zu schaffen machte, und ein verlegenes Schweigen breitete sich zwischen ihnen aus.

Was sollte sie sagen? Was sagte man einem Bruder, der bis vor ein paar Wochen für tot gehalten worden war? Wo war er gewesen? Wie hatte er gelebt? Warum war er gerade jetzt zurückgekehrt?

Fragen über Fragen gingen Sabrina durch den Kopf, und trotzdem blieb sie stumm, weil sie außerstande war, auch nur einen ihrer Gedanken in Worte zu fassen. Stattdessen bemerkte sie: »Du hast diese letzte Nachricht nicht geschrieben, oder?«

»Leider ja, als St. Johns Argumente irgendwann zu … zwingend wurden. Und zu schmerzlich. Und nachdem ich sie geschrieben hatte, ist er aus purem Spaß auch noch auf meinen Fingern herumgetrampelt.« Brendan atmete schwerer, noch immer arbeitete er mit entnervender Langsamkeit an den Knoten.

»Aber was will er mit mir? Welchen Nutzen könnte ich für ihn haben?«

»Die *bandraoi* werden sich nichts dabei denken, wenn du im Kloster herumspazierst und nach dem Rywlkoth-Wandbehang suchst.«

»Ist er denn wirklich dort versteckt?«

»Nicht mehr lange, wenn es nach St. John geht. Er hat Befehl, den Gobelin an sich zu bringen. Mit allen Mitteln. Und du, meine liebe Schwester, bist dieses Mittel.«

»Ich weiß doch nicht mal, wie der Teppich aussieht. Wie ...«

»Pst!«, schnitt Brendan ihr das Wort ab und flüsterte: »Sag das nicht St. John! Lass ihn glauben, du wüsstest, welche Bedeutung der Gobelin hat und wo er verwahrt wird! Bring St. John dazu, dich ins Kloster zurückkehren zu lassen, um den verdammten Wandbehang zu holen! Und komm nicht zurück!«

»Dann wird St. John dich umbringen.«

»Ich bin vorläufig noch vor ihm sicher. Er kann mich grün und blau schlagen, doch er hat strikte Anweisung, mich am Leben zu erhalten. Wenn du ins Kloster zurückkehrst, geh zu deiner Priorin. Sie kann die *Amhas-draoi* holen lassen, die wissen werden, wie sie mit St. John verfahren müssen.«

»Aber die *Amhas-draoi* wollen dich töten, Brendan!«

»Dann werden sie sich ganz hinten anstellen müssen.« Sabrina öffnete den Mund, um Einspruch zu erheben, doch er ließ sie nicht zu Wort kommen. »Und ich würde auf jeden Fall eine schnelle Hinrichtung durch die *Amhas-draoi* einem langsamen, qualvollen Tod in Máelodors Händen vorziehen, Sabrina. Er und ich haben eine lange Geschichte, und sie ist nicht freundschaftlicher Natur.« Eine Pause entstand, dann spürte sie einen Ruck an ihren Armen, und er sagte: »Na also!«

Die Stricke fielen. Sabrina drehte sich zu Brendan herum, ließ die schmerzenden Schultern rollen und massierte ihre Handgelenke. »Ich kann dich nicht hier zurücklassen.«

Sein Gesicht nahm eine maskenhafte Starre an, die so gar nicht zu dem Brendan passte, den sie kannte. Dieser Mann, der vor ihr hockte, war ihr fremd. »Du wirst tun, was ich dir sage. Hast du das verstanden? Diese Sache ist größer als ich. Außerdem habe ich mein Leben schon vor Jahren eingebüßt. Was immer St. John auch verwenden mag, um dir Angst einzujagen, hör nicht auf ihn und glaub ihm nicht! Verschwinde einfach nur von hier, wenn du Gelegenheit dazu bekommst!«

Daigh blieb einen Moment vor dem Wandbehang stehen, bevor er den Stoff von dem Nagel riss, ihn in die Jackentasche steckte und wieder ging.

Schwester Anne war noch dort, wo er sie zurückgelassen hatte. Sie lag bewusstlos mit dem Kopf auf ihrem Schreibtisch. Bis sie mit einer Beule und Kopfschmerzen erwachte, würde er längst verschwunden sein.

So viel zu Ard-siúrs Möglichkeiten.

Im äußeren Hof hielt Sabrinas Möchtegern-Beschützer lange genug im Schüren eines Feuers inne, um Daigh mit einem herausfordernden Blick zu messen. Aber der verlangsamte nicht mal seinen Schritt, sondern eilte weiter auf die Werkstätten und verlassenen Räume des Wanderschmiedes zu, wo er eine gut geschärfte Sense holte und sie in seinen Gürtel steckte.

»Was haben Sie hier um diese späte Zeit zu suchen?« Mit schmalen Augen und misstrauischer Miene stand Sabrinas selbst ernannter Beschützer in der Tür.

»Das ist meine Sache.«

»Nicht, wenn Sie hier herumschleichen, wo Sie nichts verloren haben.«

Daigh empfand Máelodors Präsenz jetzt schon wie ein zweites Bewusstsein, das mit Schadenfreude zusah und Daighs Kopf mit Hass und Aggression erfüllte. »Lassen Sie mich vorbei!«

»Vielleicht rufe ich stattdessen lieber meine Kumpel und bringe Ihnen Manieren bei. Ich habe gesehen, wie Sie diese junge Dame angaffen. Das gehört sich nicht für einen anständigen Mann. Pat! Jasper! Wir haben den Mistkerl eingekreist.«

Seine Freunde drängten sich in die enge Werkzeugkammer. Alle drei waren berauscht von Gin und Frustration, und Daigh bot ihnen ein gutes Ventil für ihren vom Alkohol geschürten Zorn.

Er verweigerte sich jedoch den dunklen Mächten, die durch seine Adern schossen, und der rücksichtslosen Wut, die nach Blut und Tod verlangte. Am Ende mochte Máelodor wieder ganz Besitz von ihm ergreifen, aber Daigh hatte vor, es ihm nicht leicht zu machen.

Und deshalb nutzte er die in jahrelangem Kampftraining erlangte Kraft und die durch zahllose Grenzüberfälle erworbene Gerissenheit, um den ersten Mann mit einem schnellen Kinnhaken zu Fall zu bringen und seine Kumpane mit einer Reihe von Hieben, die den einen zum Erbrechen brachten und den anderen Blut und Zähne spucken ließen.

Dann stieg Daigh ruhig über sie hinweg und schlüpfte in die Nacht hinaus. Als er durch das Tor verschwand, spürte er den Druck von Ard-siúrs enttäuschtem Blick im Rücken.

Er drehte sich um. Und da er wusste, dass sie ihn hören würde, schrie er in die Nacht hinaus: »Deine Knochen haben sich geirrt, alte Frau! Es gibt keine Hoffnung für die Verdammten! Und ich habe euch alle hintergangen!«

Kapitel Fünfundzwanzig

Máelodor hatte sich immer gewünscht, er besäße die Macht zu fliegen, über den Wolken dahinzugleiten und auf die Ameisen herabzuschauen, die sich wie Sklaven auf den Feldern und in den Städten abarbeiteten. Mit dem Himmel eins zu sein. Und so machtvoll, wie die Feen es waren.

In den Nächten, in denen er davon träumte, zum Himmel aufzusteigen, erwachte er stets erquickt und ohne das Knirschen brüchiger Knochen oder den Phantomschmerz in einem Bein, das nicht mehr da war. Aber diese Nächte waren rar. In letzter Zeit wurden seine Träume von dunkleren Mächten und finstereren Fantasien eingenommen als den harmlosen vom Fliegen.

Die Reisekutsche schlingerte, geriet in eine Spurrille und holperte wieder heraus. Máelodor biss gegen das beständige Schaukeln und Schwanken die Zähne zusammen. Jedes Schlagloch erinnerte ihn nur wieder an seine nachlassende Kraft, an die Opfer, die er auf sich genommen hatte, um einen *Domnuathi* hervorzubringen und ihn an die Sache zu binden, und daran, wie sehr es an seinen Kräften zehrte, seine eigenwillige Kreatur wieder ausfindig zu machen.

Und er würde noch mehr Kraft aufwenden müssen, um den Willen des aufsässigen *Domnuathi* zu brechen. Wie Lazarus es geschafft hatte, sich aus seiner Knechtschaft zu befreien, war Máelodor völlig unverständlich. Doch es würde nicht noch einmal passieren. Dafür würde er sorgen.

Insgesamt gesehen hatte er jedoch keinen Grund, unzufrieden zu sein. Ob gewollt oder ungewollt, war die Wahrheit durch Lazarus ans Licht gekommen. Brendan Douglas befand sich in Glenlorgan. Die Jagd näherte sich ihrem Ende.

Es lagen höchstens noch ein paar Meilen vor ihm, bis er dem Mann ins Gesicht sehen konnte, der die Neun einschließlich seines eigenen Vaters verraten hatte, um seine jämmerliche Haut zu retten.

Haut, die Máelodor ihm bei lebendigem Leibe Zentimeter um Zentimeter abzuziehen gedachte. Der Gedanke an die unvorstellbaren Qualen des Verräters durchflutete ihn mit freudiger Erregung.

Ungeduldig klopfte er ans Kutschendach und befahl seinem Fahrer, das Tempo zu beschleunigen.

Zum Teufel mit seinen Knochen, er musste zu einem Wiedersehen!

Sabrina hatte Brendans Hand versorgt, so gut sie konnte, obwohl die Knochen dermaßen zerstört gewesen waren, dass sie sogar für sie kaum noch zu richten gewesen waren. Sie hatte auch seine aufgeplatzte Lippe und den tiefen Schnitt über seinen Rippen gereinigt. Brendans Oberkörper wies die gleichen furchtbaren Prellungen auf wie sein Gesicht, als hätte St. John ihn sich mit einem Knüppel vorgenommen.

»Nur mit den Fäusten«, erklärte Brendan, der bei jeder Berührung mit dem feuchten Tuch zusammenzuckte. »Aber es waren ein paar Möbelstücke im Weg, und einmal erwischten mich Sporen. Das ist der Schnitt über den Rippen.«

Während die Stunden sich hinschleppten, wurde Brendans Gesicht immer grauer, seine Wangen hingegen waren unnatürlich rot und glühten vor Hitze. Und trotz Sabrinas Bemühungen, das Fieber zu senken, das ihn schüttelte, verlor sein Verstand immer mehr an Klarheit. Er dämmerte vor sich hin, murmelte hin und wieder etwas Unverständliches oder war so erschreckend still, dass kaum ein Atemwölkchen in der kühlen Luft aufstieg. Sabrina hatte an die Tür gehämmert, um Hilfe gerufen und geschrien, jemand solle eine Decke oder wenigstens eine Kerze bringen, um die permanente Düsternis ein wenig zu erhellen.

Beim ersten Mal erhielt sie zur Antwort nur einen Fluch und den barschen Befehl, den Mund zu halten.

Beim zweiten Mal wurde die Tür einen Spalt geöffnet, und ein finster aussehender bärtiger Mann schob einen Teller mit Essen und einen Krug mit saurem Bier hindurch.

Brendan raffte sich auf, um den verbrannten Fisch zu probieren und sich ein Stück Brot abzubrechen. »Außer dem Bärtigen sind mindestens noch zwei andere Kerle da, die doppelt so skrupellos wie er und dreimal so schnell mit ihren Fäusten sind.«

»Aber mit deinen magischen Kräften … ich meine, du warst doch immer …«

»Magie kann keine Kugel aufhalten oder dich vor einem Messer schützen«, schnaubte er. »Und als *Amhas-draoi* verfügt St. John über weitaus größere Macht als ich. Das erste Mal, als ich zu entkommen versuchte …« Mit mutlosem Gesichtsausdruck schlang er die Hände um die Knie. »Sagen wir einfach, es endete sehr schlecht. Beim zweiten Mal …« Er biss die Zähne zusammen und wandte den Blick ab. »Die Hand war noch das geringste Übel. Gegen St. Johns magische Energie und die brutale Kraft seiner Schläger habe ich keine Chance. Außerdem kann ich dich nicht allein lassen und bin zu schwach, um uns beide zu beschützen. Falls du also gehofft hast, ich würde den Helden spielen, bin ich dafür völlig ungeeignet, fürchte ich.«

Sein spöttischer Tonfall konnte nicht über seine zunehmende Angst hinwegtäuschen. Sabrina empfand sie als zusätzliche Belastung, und ihr sank der Mut nur noch mehr. Es gehörte nicht mehr viel dazu, Brendan auch noch den letzten Schneid abzukaufen, und das Warten machte es für beide noch viel schlimmer. Jedes Geräusch ließ sie zusammenfahren, jeder Schrei bewirkte, dass sie sich gegen St. Johns Erscheinen wappneten. Aber er kam nicht.

Selbst Panik verliert mit der Zeit die Schärfe. Man gewöhnt sich allmählich an den trockenen Mund, den wie zugeschnürten

Hals und die feuchten Hände. Furcht wird zu etwas ganz Normalem.

Als die Sonne sich an einem grauen, nebligen Himmel emporschleppte, hatte Sabrina dieses Stadium erreicht und war immun gegen die Knoten der Angst und die Wellen der Übelkeit in ihrem Magen, in dem von ihrer letzten Mahlzeit schon längst nichts mehr geblieben war.

Sie hatte Brendan das Bett überlassen, und er war endlich eingeschlafen. Aber seine Ruhe währte nicht sehr lange, da sein Schlaf schon bald von abgehacktem Gemurmel unterbrochen wurde. »Lissa … der Stein … Jack!« Brendan erwachte jäh und rieb sich mit einer Hand über das Gesicht, als versuchte er, sich aus den Fieberträumen zu befreien. »Habe ich lange geschlafen?«

Sabrina hatte begonnen, mit einem Stöckchen Muster in den Schmutz zu zeichnen. »Ein paar Stunden.«

»Hat St. John sich blicken lassen?«

»Nein. Niemand.«

Seufzend schwang Brendan die Beine aus dem Bett und fuhr sich mit der Hand durch das zerzauste Haar. »Den Göttern sei Dank, denn im Moment fühle ich mich einem Wiedersehen mit ihm noch nicht gewachsen. Und Máelodor … von dem will ich erst gar nicht reden.« Aus seinem gesunden Auge blickte er Sabrina prüfend an. »Hast du geschlafen?«

»Nicht viel. Nein.«

»Komm! Wenn du dich an mich drückst, wird uns beiden wärmer.«

Er zog sie neben sich auf die Strohmatratze und legte einen Arm um ihre Schulter. »Schon besser, nicht?«

»Viel besser«, sagte sie und versuchte, sich nicht wegen der Hitze zu sorgen, die von seinem Körper ausging. »Brendan?«

»Hm?«

»Warum hast du es getan?«

Brendan schwieg sehr lange – lange genug, um Sabrina wünschen zu lassen, sie könnte die Frage noch zurücknehmen. Warum hatte sie sie überhaupt gestellt? Was für eine Rolle spielte das jetzt noch? Hatten sie nicht schon genug Probleme, ohne noch mehr ans Licht zu zerren?

»Auf was für ein ›es‹ beziehst du dich?«

Jetzt konnte sie nicht mehr zurück. Sie hatte gefragt, und sie würde eine Antwort bekommen. Auch wenn es keine war, die sie hören wollte. Denn obwohl es eine alte Geschichte zu sein schien, zogen die lang zurückliegenden Handlungen doch noch immer stetig größer und stärker werdende Kreise.

»Auf alles, was dir vorgeworfen wird.«

Ein weiteres ausgedehntes Schweigen folgte. »Meine traurige Berühmtheit ist mit jedem Jahr, in dem sie mich nicht fassen konnten, noch gewachsen. Ich wäre nicht überrascht, wenn ich für verlorene Ernten, Sonnenfinsternisse und Heuschreckenplagen verantwortlich gemacht würde.«

»Das beantwortet nicht meine Frage.«

Er seufzte. »Ich war damals ein anderer Mensch.«

»Und was hat dich verändert?«

Er versteifte sich und zog den Arm von ihr zurück, und prompt fröstelte sie nicht nur vor Kälte. »Eines Tages werde ich es dir vielleicht erzählen.«

Sabrina zog die Knie an die Brust und legte den Kopf darauf. Regen trommelte auf das schadhafte Dach und tropfte mit entnervender Regelmäßigkeit auch auf den Boden. »Warum bist du zurückgekommen?« Sie hasste das Zittern ihrer Stimme.

Brendans Antwort war so undeutlich, als wäre er wieder nahe daran, in die Bewusstlosigkeit abzugleiten. »Ich hörte, Vaters Tagebuch sei gefunden worden.« Er tat einen unsicheren Atemzug. »Hoffte, ihm zuvorzukommen … aber es klappte nicht …«

»Wer ist Lissa?«

»Niemand mehr. Schlaf jetzt!«

Das konnte und wollte sie nicht.

Doch ihre Müdigkeit war stärker.

Ein kleiner, grimmig dreinschauender Mann ließ St. John und Daigh in das Bauernhaus, ein anderer informierte sie über die Gefangenen.

»Die haben kaum was gegessen, Sir, obwohl ich ihnen Ihre Reste gab. Ich hörte sie da drinnen reden, konnte aber durch die Tür nichts verstehen. Der Mann hat nichts mehr versucht, obwohl wir damit gerechnet hatten. Es geht ihm schlecht. Vielleicht hat er sich deswegen ruhig verhalten.«

»Bringt sie her!«

»Aye, Sir.«

Die Männer verschwanden auf einer schmalen Treppe. Kurz darauf hörte Daigh das Gepolter ihrer Stiefel auf dem Dielenboden über ihm, dann erhobene Stimmen, gefolgt von dem dumpfen Geräusch von Fausthieben und dem Aufschrei einer Frau.

Daigh wehrte sich gegen die dunkle Rage in ihm. Die Präsenz war so dicht an der Oberfläche, dass das Glitzern des Schlangenauges seine Sicht erfüllte und er die glänzenden schwarzen Schuppen schon direkt unter seiner Haut spüren konnte. Mit jeder Sekunde verlor er mehr von seiner Menschlichkeit.

»Hier sind sie, Sir.«

St. John winkte die Geschwister in den Raum.

»Daigh!« Sabrina wollte sich in seine Arme stürzen, wurde von ihrem Bewacher aber brutal zurückgerissen.

Neben ihr hing Brendan Douglas kraftlos zwischen den Männern, die ihn auf beiden Seiten stützten. Doch obwohl er sich kaum noch auf den Beinen halten konnte, hob er den zerzausten Kopf und musterte Daigh mit einem seiner goldbraunen Augen. »Also hat Máelodor es doch geschafft. Ein *Domnuathi*.«

Daigh versteifte sich und wandte sich an St. John. »Sie waren bereit, die beiden im Austausch gegen den Wandbehang freizulassen.«

»Nein«, entgegnete St. John. »Ich war bereit, im Austausch gegen den Wandteppich deine Geliebte nicht in mundgerechte Stückchen zu zerschneiden. Wusstest du, dass die See nur eine Meile südöstlich von hier liegt? Meine Partner sind Fischer, wenn sie nicht gerade etwas für mich erledigen. Sie meinten, eine mit Gewichten beschwerte, nur wenige Meter von der Küste entfernt ins Wasser geworfene Leiche würde nie gefunden werden.«

»Sie haben mich belogen!« Daigh riss die Sense aus seinem Gürtel, um sich auf St. John zu stürzen, hielt jedoch abrupt wieder inne, als Sabrinas Bewacher ihr eine entsicherte Pistole an die Schläfe drückte.

»Vorsicht!«, warnte St. John und streckte eine Hand nach der provisorischen Waffe aus. »Du willst doch sicher nicht die Schuld an einer verirrten Kugel tragen?«

»Bastard«, zischte Douglas, aber ein brutaler Faustschlag ließ ihn zwischen seinen Bewachern wieder in sich zusammensacken.

»Was ist mit Sabrinas Bruder?«, fragte Daigh, als er St. John die Sense aushändigte.

Gervase St. John zuckte mit den Schultern. »Er war nicht Teil unserer Abmachung.«

»Sabrina nützt Ihnen doch nichts mehr. Lassen Sie die beiden gehen!« Daigh versuchte, den bittenden Unterton aus seiner Stimme fernzuhalten, aber St. Johns selbstgefälligem Lächeln nach zu urteilen, wusste er ganz genau, wie weit Daigh gehen würde, um Sabrinas Freilassung zu erreichen.

»Und warum sollte ich das tun?«, entgegnete St. John und musterte Daigh mit neu erwachtem Interesse.

Vor Ekel lief Daigh eine Gänsehaut über den Rücken, und ihm drehte sich der Magen um, als er seinem Gegenüber in die Augen blickte. »Weil ich Sie darum bitte.«

St. John öffnete den Mund, als wollte er Daighs Ansinnen zurückweisen, doch dann wechselte sein Ausdruck. St. John schien etwas in Daighs Blick zu lesen, das ihm gefiel, und wortlos deutete er auf einen schwach erhellten Gang.

Ohne Sabrina oder ihrem Bruder auch nur einen Blick zu gönnen, folgte Daigh St. John hinaus.

Die Geschwister waren zu ihrem Gefängnis zurückgebracht worden, wo Brendan unsanft auf das Bett geworfen und mit einem gut gezielten Stiefeltritt in die Rippen zur Ruhe gebracht worden war. Sabrina dagegen hatten die Männer mit einem lüsternen Grinsen und einer schmutzigen Bemerkung, die sie heiß hatte erröten lassen, nur in den Raum gestoßen. Als endlich die Tür hinter ihnen zufiel, empfand sie das Geräusch des sich umdrehenden Schlüssels wie einen Messerstich in die Brust.

Kraftlos ließ sie sich an einer Wand hinuntergleiten, kauerte sich auf den Boden und schlang die Arme um ihre angezogenen Knie.

»Verdammt noch mal! Sieben Jahre konnte ich mich verstecken, und dann auf einmal, einfach so ...« Ein Hustenanfall unterbrach Brendans Tirade, worauf er sich aufs Bett zurückfallen ließ und einen Arm über das Gesicht legte, wie um sich davon zu erholen.

»Daigh hat den Wandbehang nicht gestohlen, weil er es wollte, sondern nur, um mich zu retten.« Sabrina drückte eine Hand auf die Stelle unter ihrem Brustbein, wo sie den dumpfen Schmerz verspürte.

»Warum sollte ein Soldat von Domnu einen Tauschhandel eingehen, um dich zu retten? Und warum geht St. John davon aus, dass ihr ein Liebespaar seid?«

Sabrina warf ihm einen Blick zu.

Brendan nahm den Arm von seinem Gesicht, um sie mit fragend erhobener Braue anzusehen. »Du dachtest, ich hätte das nicht mitgekriegt, was? Dies ist nicht das erste Mal, dass St. John dich als Waffe gegen den *Domnuathi* einsetzt.«

»Nein?«

»Was ist zwischen dir und Máelodors Kreatur?«

Sie ertappte sich dabei, dass sie schon wieder an einem Nagel knabberte, und versteckte die Hand schnell hinter dem Rücken. »Versprichst du, nicht zu lachen, wenn ich dir etwas erzähle?«

Brendan wurde ernst. »Ich kann nicht behaupten, dass mir zum Lachen zumute ist.«

Sie legte den Kopf ein wenig schief und betrachtete ihn ernst. »Das ist kein Versprechen, Brendan.«

Er seufzte und richtete sich mühsam zu einer sitzenden Haltung auf. Jetzt waren die dunklen Prellungen noch deutlicher in seinem ansonsten kreideweißen Gesicht zu sehen. »Habe ich je über dich gelacht? Selbst als du mit Geschichten von Trollen unter deinem Bett zu mir kamst, habe ich da auch nur gekichert?«

»Nein, hast du nicht.«

»Ich brauche wohl nicht extra zu erwähnen, dass ich in dieser Hinsicht noch genau derselbe bin.«

Sie sah ihn lange prüfend an. In fast jeder Hinsicht war er anders als der dünne, linkische, verschlossene Bruder ihrer Kindheit, dessen Auftreten fast immer zurückhaltend gewesen war, da er seine wahren Gefühle hinter einer sarkastischen Fassade verborgen gehalten hatte. Außer bei ihr. Zumindest hatte Sabrina das immer geglaubt. Aber seine Geständnisse hatten diesen Glauben erschüttert. Hatte sie Brendan eigentlich je richtig gekannt?

Er schien ihr Dilemma zu verstehen und ließ die Schultern hängen. Ein gekränkter Ausdruck verdüsterte sein angeschlagenes Gesicht. »Bitte, Sabrina! Vertrau mir!«

Sein bittender Tonfall löschte ihre letzten Bedenken aus. Aidan war der Bruder gewesen, den sie bewundert hatte, doch Brendan war der Bruder, den sie liebte.

»Ich bin ein Teil von Daighs Vergangenheit«, sagte sie. Brendan runzelte verwirrt die Stirn. »Ich weiß, das klingt verrückt, aber ich kann in seine Erinnerungen eintauchen. Ich sehe Dinge, wie er sie erinnert, doch es sind Erinnerungen an mich und ihn. An gemeinsame Erlebnisse. Es sind mehr als Visionen, es ist, als wäre ich dort, als träte ich durch ein Tor in die Vergangenheit und als wären seine Erinnerungen so etwas wie eine Zeitreise.«

Brendans Blick schärfte sich. Ihm war deutlich anzumerken, wie sehr er sich auf das, was sie ihm erzählte, konzentrierte. »Du … aber … wie …« Er schien über ihr Geständnis nachzudenken, tippte sich ans Kinn und murmelte vor sich hin: »Denk nach, Brendan … das würde bedeuten …«

»Du glaubst nicht, dass ich verrückt bin, nicht? Oder durch Máelodors Zauber von einer bösartigen Magie befallen worden bin?«

Brendan schrak zusammen und wandte sich ihr zu, als hätte er ihre Gegenwart einen Moment vergessen. »Verrückt? Wer hat dich verrückt genannt?«

»Aidan sagte …«

Brendan schnaubte. »Du weißt, was unser Bruder von Magie hält. Daran wird sich wohl nicht viel geändert haben seit meinem letzten Zusammensein mit ihm. Nein, Sabrina, du bist keineswegs verrückt. Ich habe von diesem Phänomen gehört, doch es ist etwas sehr Seltenes. Es gibt nur wenige *Andere*, die sich in eine andere Zeit versetzen können. Die wahren Feen verteidigen diese Macht erbittert.«

»Ich kann mich nicht in jede Zeit versetzen. Nur in Daighs. In seine Erinnerungen. Und es ist keine bewusste Entscheidung. Es geschieht einfach.«

Ihre aufgestaute Frustration und Furcht strömten in einem Sturzbach von Erklärungen, Vermutungen, Sorge und Kummer aus ihr heraus, bis ihre Worte in ein Schluchzen übergingen. Brendan hielt sich zurück. Er hörte ihr aufmerksam zu und unterbrach sie nur hin und wieder, um eine Frage zu stellen oder um eine nähere Erläuterung zu bitten.

Der durchs Dach tropfende Regen sammelte sich in Pfützen auf dem Boden, und es war so kalt, dass ihr wärmerer Atem die Luft vernebelte. Brendans Zittern verstärkte sich, und Erschöpfung und Krankheit gruben tiefe Linien in sein Gesicht. Aber in seinen Augen brannte die Wissbegierde des Gelehrten.

»Daigh benutzt die Erinnerung, um gegen seine Knechtschaft anzukämpfen? Unglaublich. Nichts dergleichen wurde jemals in den Schriften festgehalten.« Er tippte sich noch aufgeregter ans Kinn. »Könnte Daigh dich unabsichtlich mit hineinziehen, wenn er sich gegen Máelodors Kontrolle wehrt?«

»Wie?«

»Du hast gesagt, bevor es geschieht, erlebst du ein solch heftiges Aufwallen von Gefühl, dass deine normale Einfühlungsgabe überflutet wird. Wie ein Damm, der bricht und eine Wand aus Wasser freigibt.«

»Aber wo ist die Verbindung?«

»Ich vermute, dass er die Tür mit der Kraft seiner Emotionen öffnet und du hindurchfällst, ohne es zu merken.«

»Und was kann ich tun, damit das aufhört?«

Seine nervösen Finger hielten inne, und sein Gesichtsausdruck wurde mitfühlend und besorgt zugleich. »Sobald Máelodor erscheint, wird es kein Problem mehr sein, fürchte ich.«

Sabrina wischte sich mit dem Handrücken die Tränen ab und starrte zu dem regennassen Fenster hoch. Betäubung beschlich sie mit jedem weiteren Moment, den sie in dieser fürchterlichen Ungewissheit zubrachten.

Brendan brach zuerst das Schweigen. »Du hast meine ursprüngliche Frage noch nicht beantwortet.«

Sie schaute ihn aus müden, vom Weinen geröteten Augen an.

»Sagte St. John die Wahrheit, als er dich MacLirs Geliebte nannte?«

Sabrina nickte trotzig. »Ja.«

Brendan stieß einen betrübten Seufzer aus, rieb sich mit einer

Hand das stoppelige Kinn und schüttelte den Kopf. »Ach, Sabrina!«

»Habe ich dich schockiert? Bist du empört, dass deine Schwester mit einem Mann das Bett geteilt hat, ohne mit ihm verheiratet zu sein? Fürchtest du, dass kein anständiger Mann mich jetzt, da ich *verdorben* bin, noch zur Frau haben will?«

»Nein, ich mache mir Sorgen wegen des Kummers, der dich erwartet.«

»Daigh hofft, Máelodor dazu hinreißen zu können, ihn zu töten«, erklärte sie tonlos, und trotzdem schienen ihre Worte widerzuhallen wie ein Echo in der kalten Luft.

Brendans Lippen verzogen sich zu einem schmalen Strich. »Der Tod wäre erträglicher. Aber ich fürchte, dass das eine unerfüllbare Hoffnung ist«, murmelte er.

Doch bezog sich Brendan damit auf Daighs Hoffnungen oder die seinen? Sabrina konnte es nicht sagen.

Kapitel Sechsundzwanzig

Die Kutsche hielt auf dem schlammigen Hof eines heruntergekommenen Bauernhauses. Hühner stoben auseinander. Ein magerer Hund am Ende einer Kette bellte wild. Eine dünne weiße Rauchsäule stieg von einem mit Unkraut überwachsenen, durchhängenden Strohdach auf.

Máelodor stieg aus seinem Wagen, als ein langgliedriger, bärtiger Mann aus der Scheune kam und den Hund anbrüllte, ruhig zu sein. Als er die Kutsche sah, versetzte er dem Tier noch einen Tritt, rannte dann durch den Regen zum Haus hinüber, stürmte mit eingezogenem Kopf zur Tür hinein und verkündete lauthals die Neuigkeiten.

Sogleich erschien St. John an der Tür, schlüpfte in seinen Mantel und begrüßte den Meistermagier mit einem unterwürfigen Lächeln auf dem schweißglänzenden, geröteten Gesicht. »O Großartiger, ich hatte Euch nicht so bald erwartet! Sonst hätte ich angemessenere Arrangements getroffen.«

Máelodor umklammerte den Gehstock und registrierte erfreut, wie die Hitze der Erregung seinen sonst immer so kalten Körper wärmte. »Douglas. Er ist hier, in Glenlorgan. Ich habe es selbst gesehen.«

St. Johns Lächeln wurde noch breiter, auch wenn es seine Augen nicht erreichte. »Er ist sogar noch näher: hier im Haus. Ich habe ihn vor vier Tagen gefasst.«

Konnte die Vergeltung endlich nahe sein? Máelodors Herz begann, wie wild zu pochen, und ihm wurde heiß und kalt zugleich. Seine Lunge pfiff, als er nach Atem rang. »Zeigen Sie ihn mir!«

»Da ist noch jemand, den Ihr vielleicht sehen wollt.«

St. John reichte Máelodor den Arm und führte ihn durch die

Eingangstür in einen karg möblierten Raum. Und sogar diese wenigen Möbelstücke waren alt und angeschlagen. Auf einem Tisch stand ein vergessenes Abendessen. Das Feuer im Kamin war bis auf ein paar verglimmende Stücke Kohle auf dem Rost heruntergebrannt. Und ein Mann stand in einer gegenüberliegenden Tür, das Gesicht starr wie ein Götzenbild und finster wie Gewitterwolken.

Máelodor packte St. Johns Arm noch fester. »Lazarus.«

Die Kehle des Mannes zuckte, seine Hände ballten sich zu Fäusten, und sein ganzer Körper zitterte vor Ekel, Wut und Hoffnungslosigkeit.

Máelodor weidete sich an diesen dunklen Emotionen und nutzte sie, um die unterschwelligen Verbindungen wiederherzustellen, die den *Domnuathi* wieder gefügig machen würden.

Lazarus' Gesicht wurde völlig ausdruckslos, als er sein Bewusstsein vor Máelodors Neugierde verschloss. Selbst jetzt noch versuchte er, sich seinem Herrn zu widersetzen und zu werden, was er niemals sein konnte: menschlich und frei.

Máelodor drang noch tiefer vor, stieß jedoch nur wieder an dieselbe gut verschanzte Mauer, die keine Magierenergie zu überqueren wagte. Überrascht von der Stärke der Missachtung, zog der Meistermagier sich zurück und ließ Lazarus einen vorübergehenden Erfolg verspüren. Dann, nachdem er St. John einen Wink gegeben hatte, versuchte er es ein weiteres Mal.

Seine geistigen Tentakel schossen heraus und ergriffen den Soldaten von Domnu. Dieses Mal vereinte St. John seine Kräfte allerdings mit Máelodors. Die Kampfmagie des Amhas-draoi traf Lazarus voll in die Brust, trieb ihm den Atem aus der Lunge und versengte seine Nerven. Mit einem gequälten Aufheulen brach er zusammen. Die Unterbrechung seiner Konzentration war nur vorübergehend, aber mehr brauchte Máelodor auch nicht.

Tief drang er in Lazarus' Bewusstsein ein und füllte die Lücken dort mit seiner giftigen Präsenz, der unerschütterlichen, unbeugsamen und immerwährenden Präsenz der Schlange. Und als Lazarus wieder zum Gesicht seines Herrn aufblickte, war im schwarzen Blick des *Domnuathi* nichts als Tod zurückgeblieben.

Sabrina spürte, wie ein Ruck durch ihr Bewusstsein ging und Nebel ihre Sicht verschwimmen ließ. Sie schrie nach Brendan und griff nach seiner Hand, als sie sich in einen dunklen Sog hineingezogen fühlte.

Dann klärte die Luft sich wieder, und ihre Augen gewöhnten sich langsam daran. Sie lag in einem warmen Bett in Daighs Armen und spürte seinen Körper dicht an ihrem Rücken. Eine seiner Hände ruhte auf ihrem Bauch und sein ruhiger Atem liebkoste ihren Nacken.

»Ein Mädchen, willensstark und temperamentvoll wie seine Mutter«, murmelte Daigh und streichelte ihren Leib, ohne sich auch nur bewusst zu sein, welch glutvolles Begehren die Zärtlichkeit in ihr entfachte. »Ich werde vor deiner Niederkunft zurück sein, und wir werden die Kleine zusammen auf der Welt begrüßen.«

Salzige Tränen rannen in Sabrinas Mund und tropften auf ihr Kissen. Er würde sein Kind niemals sehen. Weil er nie zurückkehren würde.

Das war das Ende.

Ein fürchterliches Dröhnen erfüllte ihre Ohren, und Nebel umhüllte sie wie ein Leichentuch. Das Bett, das Zimmer, die Welt – alles schrumpfte und schrumpfte, bis nicht mehr als eine endlose schwarze Leere blieb.

Das Dröhnen hämmerte gegen ihr Hirn, drückte ihre Organe zusammen, erschütterte ihre Knochen und brachte ihr Blut zum Rasen. Sie versuchte, die Hände an beide Seiten ihres Kopfs zu pressen, und fühlte wieder Brendans fieberheiße Finger an den ihren.

Sabrina öffnete die Augen, aber das Dröhnen verstummte nicht. Und erst jetzt erkannte sie, was es war. Schreie, die nicht enden wollten. Ein endloses, qualvolles Geheul schlug gegen ihren Kopf, während die gnadenlosen, starren Augen einer Schlange alles vor sich auslöschten und Mauern zerfielen, Schutzschilde zusammenbrachen und kein Rückzug mehr möglich war.

Das war das Ende.

Wie lange war er ohnmächtig gewesen? Lange genug für jemanden, ihn hier hereinzuschleifen und aufs Bett zu werfen, damit er sich erholte. Aber der von den dünnen, schmutzigen Laken ausgehende Gestank ließ Wellen der Übelkeit in Daigh aufsteigen. Von Würgekrämpfen geschüttelt, erhob er sich auf seine zittrigen Beine und rieb sich mit der Hand über das Gesicht, als könnte er die Schande wegwischen.

In dem sicheren Bewusstsein, dass er die letzte und kostbarste seiner Erinnerungen aufgegeben hatte und es dennoch nicht genug gewesen war, schloss er resigniert die Augen. Sabrina war für ihn verloren. Und er hatte sie enttäuscht.

Er zog den Ärmel hoch. Das Mal brannte, als lebten Tausende von Feuerameisen unter seiner Haut. Daigh kratzte sich, bis die langen Schrammen, die seine Fingernägel hinterließen, zu bluten begannen, aber die von einem gebrochenen Pfeil durchbohrte Mondsichel blieb sichtbar. Nichts vermochte Máelodors Zeichen des Besitzes auszulöschen. Nichts konnte den Magier aus seinem Geist entfernen, in den die Schlangenzähne jetzt schon so tief eingedrungen waren, dass nur noch der Tod Daigh von ihnen befreien konnte.

»Douglas bleibt stur.« St. John erschien in der Tür, bedachte ihn mit einem lüsternen Lächeln und ließ den Blick mit faunischem Vergnügen über den Körper seines Gefangenen gleiten.

Daigh biss die Zähne zusammen und beachtete ihn nicht. Was

spielte das noch für eine Rolle? »Douglas wird eher sterben, als das Versteck des Steins preiszugeben. Das verlangt allein schon seine Ehre.«

»Er ist ein Verräter.« St. John nahm Haltung an. »Verräter kennen keine Ehre.«

»Sagt jemand, der weiß, wovon er spricht.«

St. John wurde blass, seine Augen schneidend wie geschliffenes Glas. »Meine Loyalität gilt meiner Rasse. Das ist das Einzige, was zählt. Artus' Rückkehr wird ein neues Kapitel in einer gescheiterten und vergessenen Geschichte einleiten.«

»Oder Tod und Zerstörung bringen und jede Chance auf Frieden zwischen *Anderen* und *Duinedon* zunichtemachen.«

»Genug geredet!« St. John warf die Sense auf das Bett. »Die brauchst du vielleicht noch. Máelodor verlangt dein augenblickliches Erscheinen.«

Daigh neigte den Kopf. »Ich bin sein gehorsamer Diener.«

»Wenn du nicht noch Schlimmeres erleben willst, tätest du gut daran, das nicht zu vergessen, mein schönes Tier.« St. Johns Lächeln war wieder da, strahlender als zuvor, und im Vorübergehen berührten seine Lippen Daighs Wange.

Der *Domnuathi* zuckte nicht einmal zusammen. »Es ist das Einzige, woran ich mich erinnern *kann*. Die einzige Erinnerung, die mir geblieben ist.«

Máelodor betrachtete den vor ihm ausgebreiteten Wandbehang und starrte mit einem beängstigenden Funkeln in den Augen auf die miteinander verflochtenen Blumen. »Das haben Sie gut gemacht, St. John. Ich bin mehr als überzeugt davon, dass Sie einen äußerst fähigen Leutnant im Reich des neuen Königs abgeben werden. Er wird Ihre Unterstützung ebenso zu schätzen lernen, wie ich es tue.«

St. John verbeugte sich knapp. »Euer Vertrauen ehrt mich. Ich schwöre, meinem neuen König zu dienen, wie ich Euch gedient habe, o Großartiger. Mit Leib und Seele.«

Máelodor verzog die Lippen zu einem reptilartigen Lächeln, während er wie streichelnd mit der Hand über den Knauf seines Spazierstocks glitt. »Mit der *Rywlkoth Tapisserie* in meinem Besitz fehlt uns nur noch ein einziges Teil, um unsere Ziele zu erreichen. Und auch das wird schon bald uns gehören.« Er humpelte auf die Treppe zu. »Kommen Sie!«

Daigh folgte ihnen mit dem erdrückenden Gefühl unmittelbar bevorstehenden Vergessens. Die Präsenz schwoll in seinem Kopf zu einem ohrenbetäubenden Dröhnen an, erstickte seine Fragen mit eigenen Gewissheiten und säuberte seinen Geist von Zweifeln, Mitgefühl und ... Menschlichkeit.

Der obere Gang war übersät mit Abfällen, eine offen stehende Tür gab den Blick frei auf ein schmutziges Zimmer mit Decken und verdorbenem Essen, einem Eimer, der unter einer undichten Stelle des Daches stand, um den Regen aufzufangen, und den verstreuten Überresten eines Würfelspiels. St. John warf kaum einen Blick in den Raum, als er daran vorbei zum nächsten ging, einen Schlüssel in das Schloss steckte und die in ihren Scharnieren quietschende Tür öffnete.

Dieses Zimmer stank nach Erbrochenem und Urin. Nur der Luftzug, der durch die schlecht verputzten Wände und ein gesprungenes, hoch liegendes Fenster drang, machte das Atmen überhaupt noch möglich.

Daigh sah nicht die Frau an, die auf der groben Strohmatratze kauerte, obwohl er ihre Gegenwart so deutlich spürte wie ein Messer, das gegen seinen Hals gedrückt wurde. Stattdessen richtete er den Blick auf Douglas. Zu dessen Prellungen waren seit Daighs letztem Besuch noch andere hinzugekommen, die sich dunkel von seiner ansonsten kreidebleichen Gesichtshaut abhoben. Einen Arm hielt er an seine Seite gedrückt, und seine geschiente Hand war schwarz, violett und nach innen gekrümmt wie eine Klaue. Seine Augen verengten sich jedoch mit tödlicher Intensität, als er Máelodor erblickte.

»So bald wieder zurück?«, spöttelte er mit geschwollenen, blutigen Lippen. »Ich dachte, Sie und Ihr *Amhas-draoi*-Schätzchen hatten schon wieder einen neuen Spaß geplant. Welpen ertränken? Großmütter verprügeln? Es gibt ja so viele Möglichkeiten, nicht?«

Máelodors Wrack von einem Körper straffte sich. In sehr gerader Haltung und hocherhobenen Hauptes streifte er für einen Moment Alter und Krankheit ab, als er Douglas mit einem höhnischen Grinsen im Gesicht betrachtete. »Immer noch der Scherzbold. Diese scharfe Zunge wird Sie noch in Schwierigkeiten bringen, wenn Sie sie nicht hüten.«

»Das riskiere ich gern.«

Máelodors Blick glitt zu Sabrina. »Aber werden Sie auch Ihre Schwester riskieren?«

Brendan erbleichte sogar noch mehr.

»Sehen Sie? Es ist schön und gut, den Helden zu spielen und nur das eigene Leben zu riskieren, doch was ist, wenn *sie* nun für Ihr fortgesetztes Schweigen leiden müsste?«

»*Ich* werde meine Verbrechen verantworten. Nicht sie.«

»Ihr Vater war so stolz auf Sie, aber das wussten Sie wahrscheinlich. Er hat Sie stets als leuchtendes Beispiel und Beweis für die grundsätzliche Überlegenheit der *Anderen* und besonders die der Douglas hingestellt. Das Feenblut in Ihnen war sehr stark. Und mächtig.«

Brendans Lippen wurden schmal, sein Gesichtsausdruck verhärtete sich.

In gespieltem Bedauern schüttelte Máelodor den Kopf. »Ich kann mir nur vorstellen, wie groß seine Enttäuschung war, als er merkte, dass Sie es waren, der ihn verraten und seinen Tod verschuldet hatte.«

Sabrina entschlüpfte ein entsetzter kleiner Laut.

»Was höre ich denn da? Ihre Schwester weiß es nicht? Oh ja, Lady Sabrina, es war Ihr Bruder und Kilronans Lieblingssohn, der uns alle an die *Amhas-draoi* verriet. Ich vermutete es, hatte jedoch keinen Beweis dafür, und statt auf meine Warnungen zu hören, beschuldigte Kilronan mich der Eifersucht und ignorierte mich. Auf diese Weise besiegelte er sein Schicksal. Und leider nicht nur das seine, sondern unser aller.«

Als Brendan sich Máelodor zuwandte, war sein Blick giftig genug, um zu töten. »Es war damals eine verlorene Sache. Und es ist auch jetzt eine verlorene Sache. Die *Duinedon* werden mit allen Mitteln kämpfen, die ihnen zur Verfügung stehen.«

»Vielleicht, aber ihre Anzahl hat sich in diesem Jahrhundert der Kriege stark vermindert. Ihre Soldaten sind müde, die Leute enttäuscht von ihren derzeitigen Herrschern. Sie wollen Frieden, Wohlstand und einen Neuanfang. Artus kann ihnen all das geben. Er kann die Welt wiederherstellen und zu dem machen, was sie in den Verlorenen Tagen war.«

Brendans Widerstand wuchs, das konnte Sabrina spüren, obwohl er nicht ein einziges Mal zu ihr herübersah. Als hätte er Angst vor dem Gefühl, das er in ihren Augen lesen könnte. »Selbst geschwächt, wie Sie behaupten, sind die *Duinedon* noch immer stark genug, um uns zu schlagen. Wir können nicht hoffen, gegen ihre Übermacht zu siegen. Sie würden mit Ihren Bestrebungen den Hochkönig nur dem sicheren Tod und einer schändlichen Niederlage ausliefern.«

»Es gibt so manche, die dazu gebracht werden könnten, auf unserer Seite zu kämpfen. Gegen den Preis ihrer Freiheit.«

Daigh hatte es nicht für möglich gehalten, dass Douglas noch bleicher werden könnte, doch so war es. »Sie können in dieser Welt nicht überleben und würden vor der vereinten Macht all derer, die magische Kräfte besitzen, kapitulieren. Das wissen Sie.«

»In ihrer derzeitigen Form können sie nicht überleben, das stimmt. Aber mit einem neuen menschlichen Körper versehen ...«

»Haben Sie den Verstand verloren? Ihre Treue wäre nur erzwungen und würde früher oder später Risse bekommen.« Hilfesuchend wandte er sich St. John zu. »Was er vorschlägt, ist Wahnsinn!«

Gervase St. John versetzte Douglas einen Stiefeltritt, der ihn zu Boden warf. »Das ist ein Risiko, das ich einzugehen bereit bin.«

Máelodor hob eine Hand. »Genug. Meine magischen Kräfte sind größer, als Sie zu glauben scheinen, Douglas. Und mit Ihrer Hilfe werden sie noch größer werden.«

»Das wird nicht funktionieren«, murmelte Brendan.

»Sagen Sie mir, wo sich der Sh'vad Tual befindet, und wir werden sehen, wer recht hat und wer nicht.«

»Niemals.«

Máelodor winkte Daigh herbei. »Töte sie!«, befahl er ihm. »Douglas muss seine Schwester sterben sehen und wissen, dass er es hätte verhindern können, wenn er entgegenkommender gewesen wäre.«

»Töten Sie sie, und Sie haben Ihr einziges Druckmittel verloren«, sagte Douglas kalt. »Außerdem bin ich kein Narr. Sie werden so oder so niemanden am Leben lassen, der die Welt vor Ihnen warnen könnte.«

»Schlau wie eh und je, der junge Douglas«, höhnte Máelodor. »Aber gut, ich werde mich berichtigen: Ich kann Ihrer Schwester einen schnellen Tod gewähren oder sie sehr, sehr langsam sterben lassen. Das entscheiden Sie, Douglas.«

Daigh riskierte einen ersten Blick auf die Frau, deren Schicksal an einem seidenen Faden hing. Die Hände über dem Bauch verschränkt, das Gesicht geradezu gespenstisch ausdruckslos, kauerte sie so weit entfernt von ihnen wie nur möglich auf der Strohmatratze an der Wand.

Einen Moment lang sahen sie sich in die Augen, und ihre waren feucht von Tränen. Aber Daigh war es, der als Erster den

Blick abwandte, weil er ihr nichts anderes mehr bieten konnte als einen schnellen Tod.

»Du bist nicht sein Sklave«, flüsterte sie.

Daigh schaute sie immer noch nicht an, sondern wandte seine Aufmerksamkeit dem stummen Willenskampf zwischen Douglas und Máelodor zu.

»Lass ihn nicht gewinnen!« Ihre Stimme war leise wie ein letzter Atemzug.

Das Blut bewegte sich träge und halb erstarrt durch seine Adern, sein Geist war leer bis auf die kaltblütige Gleichgültigkeit eines Soldaten Domnus. Er konnte weder sprechen noch sich bewegen, sondern höchstens ihrem vergeblichen Flehen lauschen.

»Du bist nicht Lazarus. Du bist Daigh.« Eine letzte Bitte, die in einem Schluchzen endete, das ihm das Herz zerrissen hätte, wenn er noch eins besessen hätte. Doch das Herz war ihm wie seine Erinnerungen genommen worden, und an seiner Stelle war nichts als die vergiftende Präsenz zurückgeblieben.

»Töte sie!«, befahl Máelodor. »Beweis mir deine Treue!«

Hass. Schrecken. Bosheit. Gewalttätigkeit. Mord. Die Emotionen, die ihn überrollten, nahmen physische und grauenhafte Formen an. Ein scharlachroter und goldener Fluss aus Feuer und Rauch drohte ihn mitzureißen. Der offene Schlund der Schlange, der sich erweiterte, als Daigh schwankend am Rande des Abgrunds stand und nach einem Halt suchte, um nicht von der gähnenden Leere verschluckt zu werden. Nach irgendetwas, um seinen endgültigen Sturz in die Hölle aufzuhalten.

»Tu, was ich dir sage!«, schrie Máelodor ihn an.

Daigh zog die Sense aus dem Gürtel und trat vor, weil nicht mehr er die Kontrolle über seinen Körper hatte.

»Nein!« Brendan warf sich zwischen sie, und magische Energie brachte die Luft zum Knistern, als der Zauber mit der Schnelligkeit und Stärke eines letzten Widerstandes von Douglas' Lippen kam.

Ein greller Schmerz explodierte in Daighs Kopf, als wäre er gespalten worden. Er schwankte und fiel auf die Knie, und die Waffe entglitt seiner Hand, die plötzlich taub geworden war.

»Sabrina! Jetzt!«, schrie Douglas. »Halt ihn auf! Mit den Erinnerungen! Such sie und …«

Douglas' Anweisungen endeten in einem schmerzerfüllten Aufstöhnen, als St. John ihn mit einem Rückhandschlag zu Boden schickte und, die pure Mordgier in den Augen, über ihm stehen blieb.

Daigh blickte zu Sabrina hinüber. Das Blau ihrer Augen überschwemmte ihn wie eine Sturzwelle. Ihr Haar umwallte ihre Schultern, als triebe es auf einer Meeresströmung.

Und da gab er seinen letzten Halt auf, versank in Sabrinas Augen und ließ sich von ihr davontragen.

Sie wusste nicht, was sie tat. Oder wie sie es tat.

Fest stand nur, dass sie sich einen Weg durch die zersplitterten, bruchstückhaften Schichten von Daighs Erinnerung bahnte, die hauchdünnen Fäden seiner Vergangenheit nahm, sich mit ihnen verwob und ein Stück von jenem verlorenen Leben wurde. Sie betrat es wie durch eine Tür.

Falls Brendan recht hatte und der kleinste Fetzen Erinnerung genügte, um den Griff des Magiers um Daighs Seele zu lockern, was würde dann erst eine Sintflut von Erinnerungen bewirken? Und würde sie, Sabrina, stark genug sein, um sich lange genug in dieser Zeit und an diesem Ort zu halten, um die Sintflut zu erzeugen?

Es gab keine andere Möglichkeit, als es zu versuchen. Zu scheitern bedeutete den Tod.

Die Luft verdichtete sich von Regen und Wolken. Nebel dämpfte ihre Schritte und machte schaurige Gespenster aus dem bewaldeten walisischen Tal. Aber Daigh war so, wie sie ihn erwartet hatte:

mit glänzenden graugrünen Augen, die unberührt von Schatten waren, und einem Körper, der keine der harten Kanten und silbrigen Narben seiner gegenwärtigen verpfuschten Existenz aufwies. Er streckte eine Hand nach ihr aus. Groß, warm und schwielig umschloss sie Sabrinas Finger und zog sie an ihn heran.

»Ich kenne dich, *cariad*«, flüsterte er.

Sabrina lächelte und trat in seine ausgestreckten Arme.

Kapitel Siebenundzwanzig

Daighs Geist zersprang wie ein Spiegel unter einer harten Faust in eine Million Scherben. Er zersprang in eine Million kristallklarer Erinnerungen, die unberührt, ohne Makel und scharf genug waren, um selbst die stärksten Gefängnisketten zu durchtrennen.

Energie durchflutete Glieder, die plötzlich frei waren von den dunklen Zaubern Máelodors und von der bedrückenden Präsenz, die so lange in Daighs Gehirn gelauert hatte.

Daigh richtete sich auf die Knie auf und schüttelte den Kopf, um Klarheit zu erlangen. Aber die Erinnerungen blieben an ihm hängen wie Kletten an Stoff, brachten die Luft zum Pulsieren und erfüllten ihn mit Momenten und Eindrücken, die so klar waren wie die Szene vor ihm. Er wusste, wer er war und was er war. Das als Lazarus bekannte Wesen hatte er abgestreift wie einen ausrangierten Umhang.

»St. John! Töten Sie sie!«, kreischte Máelodor, dem Speichel aus den Mundwinkeln rann, mit wildem, unkoordiniertem Blick.

Douglas lag blutend und benommen auf dem Boden, die Spitze von Máelodors Spazierstock auf der Luftröhre und den Meistermagier wie einen Geier über sich gebückt.

St. John kam drohend auf Sabrina zu, die nun still wie der Tod auf der Strohmatratze lag. »Was meinen Sie, Douglas? Sollen wir dem hübschen Gesicht Ihrer Schwester ein paar Narben verpassen?«

Da alle St. John ansahen, bemerkte keiner, dass Daigh nach der fallen gelassenen Sense griff. Dass er die Hand darum schloss und ausholte, um St. John die scharfe Klinge in den Rücken zu stoßen.

Bis zur letzten Sekunde bekamen sie es nicht mit. Dann schrie

Máelodor eine Warnung, die St. John herumfahren ließ, sodass das scharfe Werkzeug nur einen langen Schlitz in seinen Mantel riss. »Du!«

Sein Vergeltungszauber traf Daigh wie eine Mauer, die über ihm zusammenbrach.

Dunkelheit umhüllte ihn. Er rang fieberhaft nach Atem, seine Zunge schwoll an, und seine Kehle wurde immer enger. Es war kein Ersticken, aber ein erstickendes Gefühl der Panik überwältigte ihn. Dagegen anzukämpfen nützte nichts. Keine magische Energie beantwortete seine Rufe. Er war völlig machtlos.

»Spielt fair.« Mit einer Bewegung seiner gebrochenen Hand und einem lautlosen Flüstern auf den Lippen erschütterte Douglas den Raum mit einem donnernden Beben antwortender Magie. Wände neigten sich, der Boden hob sich, und Staub und Stroh wehten in das von übel riechender Luft erfüllte Zimmer herein.

St. Johns Zauber war gebrochen. Máelodors Gesicht war verzerrt vor Schmerz und wahnsinniger Wut; er taumelte, erschauerte, als fröstelte es ihn, und fiel auf die Knie.

Aber kaum hatte der Meistermagier den Boden berührt, als sein Körper sich veränderte und verwandelte. Schatten überlappten Schatten, die immer noch mehr Mensch und weniger Schlange zeigten. Doch seine Augen waren rund und rot und ohne Lider, sein Mund ein klaffender, zu einer Grimasse verzogener Schlund mit gespaltener Zunge. Eine weite Kapuze bedeckte einen geschuppten Kopf, und Máelodors Körper verlängerte und verdrehte sich mit der verblüffenden Schnelligkeit der Schlange.

»Er ist ein Heller!«, entfuhr es Douglas.

»Gelweth a sargh dyest. Pádraic eskask.« Die Worte kamen düster und Unheil verkündend aus Máelodors Mund. *»Dreheveth hesh distruot.«*

Eine riesige Schlange nahm im Mittelpunkt des Raumes Gestalt an. Ein schreckliches, sich windendes Ungeheuer einer Schlange.

Mit gebleckten Zähnen stürzte es sich auf das nächste Opfer. Daigh.

Der Nebel begrub sie unter seinen feuchten, klebrigen Schwaden, sodass die Bäume, das Gut, der Pfad und das Weinen hinter ihr zurückblieben. Eine Nachricht hatte sie erreicht. Die Männer waren tot. Der Prinz war gestorben, und seine Gefährten waren mit ihm abgeschlachtet worden.

Totenklagen erfüllten die Luft und stiegen wie der dichte schwarze Rauch der Kochfeuer in den Himmel auf. Sabrina war so lange geblieben, wie sie es wagte. Aber die Nachricht war gekommen, und somit gab es keinen Grund mehr, an dieser Zeit und dieser Welt festzuhalten.

Ihr Leben hier war erfüllt gewesen, die Erinnerungen daran kostbar. Doch ihr Liebster war tot, sodass es ihr freistand, zu ihrem Zuhause und ihrer Zeit zurückzukehren. Er hingegen würde die nächsten Jahrhunderte in einem Grab verschlafen und den abscheulichen Zauber erwarten, der ihm zu einer neuen Existenz unter den Lebenden verhelfen würde.

Der Nebel lichtete sich zu silbernen Streifen, und die ausgedehnten, schützenden Wälder zogen sich zu den schmuddeligen Wänden eines Bauernhauses und einer kratzenden Strohmatratze unter ihrem Gesicht zusammen. Was Jahre für sie waren, verringerte sich auf bloße Minuten für die Männer, die mit ihr im Zimmer waren.

Er stand mit dem Rücken zu ihr. Kerzengerade, die Schultern für den Kampf gestrafft.

Sie versuchte, einen Kontakt zu seinem Bewusstsein herzustellen, rührte die Hitze, Liebe und Stärke eines Mannes an, von dem sie sich in ihrer Vision viele Monate zuvor unter Tränen und flehentlichen Bitten getrennt hatte.

Sie hatte Máelodor geschlagen und Daigh gerettet.

Nachricht war gekommen. Und obwohl sie Daigh in einem Leben verloren hatte, hatte sie ihn in einem anderen zurückgewonnen.

Der Kopf der großen Schlange schwankte hin und her, als versuchte sie abzuschätzen, wer die leichtere Beute war. Atemlos und mit wild klopfendem Herzen wich Daigh gegen den Rand des Bettgestells zurück. Er war so geschwächt, dass seine Beine nachzugeben drohten. Schweiß brach zwischen seinen Schulterblättern aus und lief ihm über das Gesicht. Mit dem Handrücken wischte er ihn weg.

Diesen Moment nutzte die Schlange, um anzugreifen.

Ihr Schwanz riss St. Johns Beine unter ihm weg, als sie sich auf Douglas stürzte, der noch immer reglos auf dem Boden lag.

Daigh stieß ihn aus dem Weg, sodass sich die Fänge der Schlange stattdessen tief in seinen eigenen Arm bohrten.

Mit seiner freien Hand hieb er immer wieder mit der Sense auf die Bestie ein, bis sie seinen Arm losließ. Grünes Blut sickerte aus ihren Wunden, das Daigh verätzte, wo es auf seine nackte Haut spritzte.

Die Schlange schlug wieder zu, doch diesmal nutzte St. John den Moment, um selbst anzugreifen.

Daigh wehrte die Schlange ab, war jedoch zu langsam, um St. Johns Messer auszuweichen, das ihm einen tiefen Schnitt über der Schulter beibrachte.

St. Johns Augen glitzerten von dem kalten Feuer von Diamanten, sein Gesicht war zu einer brutalen Grimasse verzogen, als der *Amhas-draoi* einen Erfolg mit einem weiteren zu krönen versuchte und den Dolch in der zunehmenden Dunkelheit erneut aufblitzen ließ.

Daigh verkrampfte sich der Magen vor Übelkeit, und bittere Galle stieg ihm in die Kehle, aber er wich St. Johns Angriff gerade noch um Haaresbreite aus, wohl wissend, dass es nur noch eine Frage der Zeit sein würde, bis er ihn erwischte.

»Dreheveth hesh distruot«, schnarrte Máelodor mit leiser, bösartiger Stimme. *»Ladhesh esh'a peuth. Kummyaa nagonaa byest.«*

»Er flieht!«, schrie Brendan.

Daigh riskierte es, lange genug den Blick von St. John abzuwenden, um Máelodor, der sich von seinem Schlangenkörper gelöst hatte, auf den Flur hinauslaufen zu sehen. Er wollte ihm nachstürzen, doch St. John trat ihm mit gezücktem Dolch in den Weg.

»Er lässt dich zurück, um zu sterben«, stieß Daigh zwischen zusammengebissenen Zähnen hervor. Schon kribbelten seine Finger von dem Schmerz in Schulter und Arm, und weiße Lichtpunkte explodierten vor seinen Augen.

St. John straffte sich. »Ich bin Lancelot, König Artus' Kampfgefährte. Máelodor kennt meinen Wert.«

Der Fluch, den er ausstieß, traf Daigh wie heiße Messer, die sich an tausend Stellen in ihn bohrten und jeden Atemzug zu einer neuen Qual machten. Aber genauso plötzlich löste sich der Zauber wieder auf, als die Schlange ganz unversehens St. John angriff. Und nicht nur einmal.

Völlig außer Fassung brüllte der *Amhas-draoi*: »Máelodor! Ruf das Biest zurück!«

Daigh rannte zur Treppe, doch die Schlange wickelte sich um seine Beine, worauf er stolperte und einen Arm ausstreckte, um sich zu fangen. Irgendetwas knackte in seinem Handgelenk und schickte einen Schmerz seinen Arm hinauf, der ihm bis in die verletzte Schulter schoss und ihm nahezu das Bewusstsein raubte.

Der abgenutzte Griff der Sense berührte seine pochenden Finger. »Daigh«, flüsterte eine Stimme, die belebend war wie ein Sprung in einen eisig kalten Fluss.

Er zwang sich, die Finger um den Griff zu schließen. Es war alles andere als leicht, die Sense in die richtige Position zu bringen und auf eine günstige Gelegenheit zu warten, während jeder Nerv in ihm nach Rache schrie und sein Arm von Sekunde zu Sekunde schwerer wurde.

Das hübsche Gesicht und goldene Haar verklebt von Blut, keuchend und am ganzen Körper zitternd, schickte St. John Máelodor Flüche nach und versuchte, den Angriffen der Schlange auszuweichen. In einem unvorsichtigen Moment überraschte er sie mit einem brutalen Tritt gegen den Schädel und stieß ihr die Klinge in die Kehle. Daraufhin verschwand sein Arm unter einem Strom verätzendem, giftigem grünem Blut.

Es war Daighs einzige Chance.

Der *Amhas-draoi* schrie noch seinen Triumph über den Sieg hinaus, als Daigh die Sense wie eine Peitsche hinuntersausen ließ und sie bis zum Griff in St. Johns Brust trieb.

Mit grausig verzerrtem Mund, die Augen schon glasig vom Tod, brach der Mann zusammen.

Ohne sich auch nur eine Atempause zu gönnen, stürzte Daigh zur Tür. Máelodor konnte noch nicht weit sein. Daigh konnte ihn noch einholen und den Wandbehang zurückholen.

»Brendan!«, schrie Sabrina.

Daigh fuhr gerade noch rechtzeitig herum, um zu sehen, dass die Schlange wieder Douglas angriff, der davonkroch, um ihr zu entkommen. Als Daigh sich zwischen Raubtier und Beute warf, spürte er den Biss der Schlange wie einen heftigen, doppelten Fausthieb in Brust und Rücken. Als er von den Füßen gerissen wurde, fühlte er sich selbst mit seinem Blut aus seinem Körper strömen.

Aber dieses Mal und bei diesem Tod erfüllte Licht statt Dunkelheit seine Sicht, Licht, das sich über ihn ergoss und ihn durchflutete. Er wusste, wie sein Name war. Er erkannte sein Leben wieder und hörte die liebevolle Begrüßung seiner Kameraden.

Er kehrte heim.

»Dehwelana dhil'a islongh. Pádraic eskask.«

Wie *bandraoi* aus alten Zeiten, in zeremoniellen weißen Gewändern und mit schweren goldenen keltischen Hals- und Armreifen geschmückt, standen Ard-siúr und Schwester Brigh mit beängstigend ernsten Mienen und herausfordernd erhobenen Stimmen in der Tür.

»Boesesh nesh fellesh.« Der Sprechgesang schien in der Luft widerzuhallen wie sommerliches Donnergrollen. *»Dehwelana dhil'a islongh. Pádraic eskask.«* Immer lauter und stärker wurde der Gesang. Jede Silbe war von der Schärfe und der Heftigkeit eines Orkans.

Die Schlange erstarrte, als ihr glitzernder, irrer Blick sich auf die beiden Frauen richtete, die sich ihr mit langsamen, gemessenen Schritten näherten. Aber sie regte sich nicht, als wäre sie durch die Zauber der *bandraoi* zur Aufgabe gezwungen worden.

»Boesesh nesh fellesh!« Die Worte zerrissen die Luft mit blitzartiger Vehemenz.

Ein Erschaudern durchlief die große Schlange, und unter Zuckungen und mit einem zischenden Geräusch, das wie ein Aufschrei klang, ließ sie Daigh zu Boden fallen. Ihr Schwanz schlug wütend hin und her, Rauch quoll aus ihrem Maul, und ihr Fleisch zerschmolz an ihren Knochen, bis nichts als eine schmierige Asche von ihr übrig blieb.

Sabrina verschwendete keine Sekunde, sondern riss Daighs Hemd auf und legte die beiden langen, durch Muskel und Knochen gehenden Schnitte frei. Bei jedem seiner schweren Atemzüge quoll neues Blut hervor, und seine Haut war von einem abscheulich blassen Grün. »Es geht nicht. Er ... warum heilen seine Wunden nicht von selbst? Was ist mit ihm?«

»Er ist frei von Máelodors Makel.« Brendan unterstützte sie mit letzter Kraft in den fieberhaften Bemühungen, Daigh nicht in *Annwns* Unterwelt zurückgleiten zu lassen. »Frei von seiner bösartigen magischen Energie. Und damit auch von seinen Schutzvorkehrungen.«

»Er wird sterben.« Ihre Hände lagen auf Daighs Brust, als sie das wilde Rasen seines Herzens zu beruhigen versuchte, sich auf die in ihr aufbrandende magische Energie konzentrierte und sie nach ihren Bedürfnissen gestaltete.

»Deine Kräfte haben ihn schon einmal gerettet«, ermutigte ihr Bruder sie.

Daighs Atmung verlangsamte sich, um dann völlig auszusetzen. Die Stille danach war ohrenbetäubend. »Ich bin nicht stark genug«, sagte Sabrina weinend. »Ich bin nicht ...«

»Du bist mehr als stark genug, mein Kind«, entgegnete Ardsiúr streng. »Und mehr als bereit. Eine wahre *bandraoi* des Hohen *Danu*, aus Feuer, Blut und Magie geschmiedet.«

»Nun mach schon, Mädchen, sonst ist er tot!«, herrschte Schwester Brigh sie an.

Sabrina besann sich ihrer Ausbildung und ihrer Liebe und konzentrierte sich auf die magische Energie. Dabei spürte sie, wie sie jede Faser ihres Körpers und jeden Nerv durchdrang, wie jeder Winkel ihres Geistes und Körpers sich mit heilendem Feuer füllte.

Hinter ihr nahm sie wie aus weiter Ferne abgehackte Stimmen wahr.

»... lauf nicht davon ... gestehe ... beschützen dich ...«

»... kann nicht ... Sabrina denkt ... sie wird mich hassen ... fliehen.«

Ein lautes Gepolter auf dem Flur, dann eine Stimme aus dem Grab, spöttisch wie immer. »Brendan ... siehst beschissen aus ... bin ihnen vor Glenlorgan begegnet ... trödel hier nicht herum!«

Tante Delia und die tragische Miss Rollings-Smith, die immer noch um Jack O'Gara trauerte! Die beiden hatten Sabrina gerade noch gefehlt!

Magische Energie entströmte wie Wasser ihren Händen und

durchflutete Daigh mit einem Hauch von *Feen*-Heilkraft. Er zuckte einmal zusammen und tat einen flachen, gurgelnden Atemzug – womit der Weg nach *Annwn* verschlossen und verriegelt war. Allerdings nicht für immer. Er hatte seine Sterblichkeit zurückgewonnen, und eines Tages würde er den Weg nach *Annwn* gehen. Aber heute nicht.

Sabrina spürte eine Bewegung in ihrem Bauch, doch diesmal waren es keine Schmetterlinge, sondern etwas unendlich viel Kostbareres, das in einem Leben empfangen worden war, um in einem anderen zur Welt gebracht zu werden.

Ein Mädchen. Wir werden die Kleine zusammen auf der Welt begrüßen.

Daighs Versprechen, das er ihr in der Sicherheit von Gwynedds weiten Wäldern gegeben hatte. Sabrina würde dafür sorgen, dass er sich daran hielt.

Kapitel Achtundzwanzig

Zuckungen durchliefen ihn, die seine Zähne zum Klappern brachten und seine Finger zittrig und gefühllos machten. Außerdem quälten ihn unerträgliche Kopfschmerzen. Er versuchte zu schlucken, aber seine Kehle war wund, seine Zunge geschwollen und nutzlos. Als er die Augen öffnen wollte, blinzelte er gegen ein solch grelles Licht, als stünde er in der Sonne. Das blendende goldene Licht sandte neue Schmerzwellen durch sein benommenes, verwirrtes Hirn.

Ganz langsam nur gewöhnten sich seine Augen an die Helligkeit. Was er sah, verband sich zu einem zellenähnlichen Raum mit Schränken an den Wänden und einem niedrigen, rundherum verlaufenden Regal. In einer Ecke befand sich eine Art Waschbecken mit einer Pumpe, in einer anderen die Pritsche, auf der er lag.

Aber dieses Mal erinnerte er sich.

An alles.

»Ich bin wieder da, wo ich begonnen habe«, krächzte er und versuchte, sich ein Lächeln abzuringen.

»Nicht ganz.« Strahlend, aber mit Tränen in den dunklen Wimpern beugte sich Sabrina zu ihm vor. »Du bist frei von Máelodor«, sagte sie und griff nach seiner Hand. »Wir sind frei von Máelodor.«

Ihre Lippen fanden seine, und ihr Kuss war berauschender als süßer Wein. Daighs Körper regte sich von einer Hitze, die nichts mit dem Berg von Decken zu tun hatte, unter dem er lag.

»Das Leben, an das ich mich erinnerte«, murmelte er. »Du warst wirklich dort. Es war wahr, weil du es dazu gemacht hast.«

»Das war es. Und es kann es wieder sein.«

Aus dem Augenwinkel nahm er eine Bewegung wahr. Einen Schatten an der Wand, eine Gestalt auf dem Gang, die lauschte und auf seine Antwort wartete.

Sein Lächeln erstarb, als die Wirklichkeit den Traum auflöste wie die Sonne eine Wolke. Er schob Sabrina von sich, auch wenn es ihm das Herz brach, den aufkeimenden Zweifel in ihren schönen blauen Augen sehen zu müssen. »Nein, Sabrina. Du hast mir mein Leben wiedergegeben. Aber ich kann dir nichts bieten zur Vergeltung einer solchen Schuld.«

Ihre Stirn legte sich in Falten, und sie zog die Mundwinkel herab. »Ich verstehe nicht.«

»Ganz einfach. Meine Verbrechen gegen deine Familie bleiben ungesühnt. Ich bin ein Mann ohne Heim, Einkommen oder Land. Es ist das Beste, wenn du mich vergisst.«

Ihre Hand glitt zu ihrem Magen, als hätte er sie geschlagen, und ihr Blick wurde hart. »Das Beste? Für wen? Für dich? Für mich? Für meine Brüder?«

Daigh rollte sich von ihr weg und zuckte von dem alten Schmerz unter seiner fest verbundenen Brust zusammen. In der Hoffnung, dass Sabrina gehen würde, bevor er es sich anders überlegte und nicht länger den Ehrenmann spielte, starrte er die Wand an. Aber er spürte ihren bösen Blick wie einen Druck auf seinen Schläfen.

Ihre letzten Worte klangen spröde vor Verwirrung und Schmerz. »Ich habe dir einmal gesagt, dass *ich* darüber entscheide, wem ich meinen Körper und meine Liebe schenke. Ich hatte angenommen, du wärst es wert. Aber da habe ich mich wohl geirrt.«

Daigh antwortete nicht.

Lady Sabrina Douglas, dachte er nur.

Schwester und Tochter zweier Earls und *bandraoi*-Priesterin.

Wie konnte er zulassen, dass sie sich an einen landlosen, mittellosen Kriegsknecht wegwarf?

Das konnte er nicht. Und deshalb blieb er verkrampft vor Anspannung liegen, bis die Tür sich leise schloss und er wieder allein war.

Sie hatten sich in Ard-siúrs Büro versammelt. Sabrina war eine eher unwillige Ergänzung, denn sie hatte gar nicht kommen wollen. Trotz ihrer forschen Worte hatte sie sich nur noch in ihrem Bett zusammenrollen und krankstellen wollen, um in Ruhe gelassen zu werden. Aber Schwester Brigh hatte kein Nein als Antwort gelten lassen.

Und so hatte Sabrina ihr weitestes Kleid und eine kaschierende Schürze angezogen und ging mit krummen Schultern, um ihren Zustand hoffentlich noch ein wenig länger zu verbergen. Sie hatte Berechnungen angestellt, denen zufolge sie zwei Wochen über dem fünften Monat war. Nicht mehr lange, und keine noch so geschickte Tarnung würde das Kind in ihr verbergen können.

Daighs Kind.

Die Götter mussten sie wirklich auslachen. Sie brauchte nur den Mund aufzumachen, und Aidan würde sie verstoßen und sie aus dem Würgegriff der Familienbande entlassen. Doch dazu war es zu spät. Sie hatte sich in ihren eigenen Winkelzügen verfangen und musste jetzt den Preis dafür bezahlen.

Miss Roseingrave zog die Vorhänge beiseite und blickte zu den nachmittäglichen Federwolken auf. »Wir haben Osten und Norden bis nach Cork und Macroom abgesucht. In Richtung Westen bis Baltimore, aber nirgendwo war auch nur eine Spur von Douglas. Er könnte von jedem Hafen abgereist oder irgendwo im Westen untergetaucht sein.«

»Und Máelodor?«, fragte Aidan, der mit ungeduldigen Schritten im Zimmer auf und ab ging.

»Dessen Kutsche haben wir auf der Kinagh Road außerhalb von Ballyneen gefunden, doch er war nicht darin, und sein Kutscher war ermordet worden. Auch von dem Rywlkoth-Wandbehang war keine Spur zu finden.«

»Aber Sie glauben mir endlich.«

Die *Amhas-draoi* schien es nur ungern zuzugeben, doch sie nickte. »Ja, Lord Kilronan. Aber viele in der Bruderschaft werden auch weiterhin nicht an Brendan Douglas' Unschuld und Máelodors Überleben glauben. St. John hatte viele Jahre, um seine Lügen und Halbwahrheiten auszusäen. Es könnte ebenso viele Jahre dauern, sie wieder auszumerzen.«

»Jahre, die wir nicht haben. Verdammt, wir haben nicht einmal mehr Monate! Nicht, wenn Máelodor den Wandbehang und das Tagebuch hat. Dann braucht er nur noch den Sh'vad Tual zu finden, um Artus wiederzuerwecken und seinen Krieg zu beginnen.«

Cats Stimme unterbrach das Gespräch zwischen Aidan und Miss Roseingrave. »Brendan hat ihn versteckt, und er redet nicht. Das hat Sabrina euch doch schon gesagt.«

»Aber wenn Máelodor ihn noch einmal erwischt ...« Der Satz wurde nicht beendet, als jeder von ihnen sich Brendans Schicksal vorstellte, sollte er sich noch einmal Máelodor ausgeliefert sehen. Nur Sabrina brauchte nicht zu ihrer Fantasie zu greifen; sie hatte es selbst durchlebt. Und wachte noch immer zitternd vor Angst auf.

»Bist du sicher, dass Brendan dir nicht alles erzählt hat, Sabrina? Wohin er wollte? Wo er den Stein verborgen hat?«, wollte Aidan wissen.

So unerwartet im Mittelpunkt der Aufmerksamkeit, sank sie noch tiefer in ihrem Sessel in sich zusammen. »Ja. Er hat nichts dergleichen erwähnt.«

»Und wie ist Douglas entkommen?«, hakte Miss Roseingrave nach. »Er sei krank und verwundet gewesen, sagten Sie. Wie konnte ein so schwer verletzter Mann ohne Hilfe so spurlos von der Bildfläche verschwinden?«

Sabrina erhob den Blick zu dem gefährlich schönen Gesicht der *Amhas-draoi* und zwang sich, nicht zu Ard-siúr oder Schwester Brigh hinüberzusehen, die während der ganzen Diskussion geschwiegen hatten. »Ich weiß es nicht.«

Miss Roseingrave schaute sie unnachgiebig an. »Aber wenn Sie es wüssten, frage ich mich, ob Sie es uns erzählen würden.«

Sabrinas Lippen verzogen sich zu einem kühlen, rätselhaften Lächeln.

Miss Roseingrave winkte ärgerlich ab und ließ den Vorhang wieder fallen. »So kommen wir nicht weiter. Ich fahre nach Skye. Scathach und die Führerschaft müssen über St. Johns Verrat und Tod informiert werden. Wir müssen herausfinden, wer von den *Amhas-draoi* vielleicht sonst noch von Máelodor auf seine Seite gezogen wurde.«

Aidan runzelte die Stirn. »Und Máelodors *Domnuathi*?«

»Daigh«, warf Cat schnell ein.

Sabrinas Zuneigung zu ihrer Schwägerin nahm mit jeder neuen Begegnung zu. Cats unerschütterliche Bereitschaft, Sabrina zu verteidigen, hatte viel dazu beigetragen, Aidans Zorn in den anstrengenden Tagen seit ihrer Ankunft in Glenlorgan zu dämpfen. Und Cats mitfühlende Gegenwart war wie eine Windstille im Sturm von Sabrinas zerstörten Hoffnungen gewesen. Nur ab und zu hatte sie den Blick der Schwägerin auf sich gespürt und einen flüchtigen Ausdruck eines tieferen Gefühls auf ihrem Gesicht gesehen, eine Besorgnis, die Cats übliche ruhige Gelassenheit durchbrach. Aber was auch immer ihre Gedanken waren, sie sagte nichts, und Sabrina konnte sich nur fragen, ob Cat etwas vermutete.

»Ohne ihn wäre Máelodor nie an den Wandbehang herangekommen«, murmelte Miss Roseingrave.

Sabrina versteifte sich, schob das Kinn vor und begann, vor Empörung zu zittern. »Er hat den Wandteppich gestohlen, um mich zu retten! Und er wäre fast gestorben, als er zu verhindern versuchte, dass Máelodor damit die Flucht ergriff. Wo waren Sie denn da, Miss Roseingrave?«

Der Vorwurf trieb der Frau die Zornesröte ins Gesicht, aber dennoch tat sie Sabrinas scharfen Protest mit einem scheinbar gleichgültigen Schulterzucken ab. »Der Mann stellt keine Bedrohung mehr dar und ist daher auch nicht länger meine Sache.«

Nun ergriff Ard-siúr das Wort. »Mr. MacLir kann bis zu seiner völligen Genesung hier in Glenlorgan bleiben. Er hat keinen leichten Weg vor sich, doch er hat gezeigt, dass er ihn mit viel Kraft und Mut beschreiten wird.«

»Gut.« Helena Roseingrave war in Gedanken schon nicht mehr bei ihnen, sondern bei den nächsten Herausforderungen, die sie erwarteten. Sie warf sich einen langen Umhang über die Schultern und ging zur Tür. »Lord Kilronan, ich werde Sie auf Belfoyle benachrichtigen lassen, sobald ich mehr weiß.«

Aidan antwortete ihr mit einem knappen Nicken. Cat warf Sabrina unter halb gesenkten Lidern einen langen Seitenblick zu.

»Auch wir brechen in Kürze auf, Ard-siúr«, sagte Aidan, als die *Amhas-draoi* gegangen war. »Je eher Sabrina von hier fortkommt, desto eher kann sie mit dieser ganzen Tragödie abschließen.«

Ard-siúrs antwortender Blick schien Aidan Unbehagen einzuflößen, denn er bewegte sich nervös, und sein Gesichtsausdruck verlor etwas von seiner Entschlossenheit. Sabrina kannte diesen Blick der Priorin nur zu gut und empfand einen Anflug von Mitgefühl für ihren Bruder.

Schließlich blinzelte Ard-siúr und streckte die Hand aus, um die Katze zu streicheln, die auf den Papieren auf ihrem Schreibtisch döste. »Lord Kilronan, es liegt an Ihnen, den richtigen Weg zu wählen, aber manchmal ist es das Beste, wenn wir das Steuerruder aus der Hand geben und uns von den Strömungen lenken lassen. Vielleicht merken wir dann, dass sie uns dorthin bringen, wo wir von Anfang an hinsollten.«

Aidans strenge Züge blieben unbewegt wie Marmor, doch dann trat Cat zu ihm und legte eine Hand auf seinen Arm. Der

Blick, den sie wechselten, schloss Sabrina aus wie eine zugeschlagene Tür.

Er seufzte. »Vielleicht …«

Aber Sabrina unterbrach ihn und überraschte sogar sich selbst mit ihren Worten: »Danke für Ihre Fürsprache, Ard-siúr, doch ich möchte gehen.« Die Knöchel an ihren verschränkten Händen traten weiß hervor, und ihr Magen stieg ihr fast bis in die Kehle. »Es ist an der Zeit für mich, nach Hause zurückzukehren.«

Sabrina hielt sich zurück, als die anderen gingen, um sich um die Reisevorbereitungen zu kümmern, und sowie sie nicht mehr zu sehen waren, klopfte sie wieder an die offene Tür. »Ard-siúr?«

Die Katze sprang von ihrem Platz auf dem Schreibtisch und schoss auf Sabrinas Knöchel zu, um maunzend um ihre Beine herumzustreichen. Sabrina lächelte, als sie sich auch noch laut schnurrend vor ihr auf den Rücken rollte.

»Du Dummerchen. Du wirst irgendwann getreten, wenn du dich den Leuten so vor die Füße wirfst«, schalt Ard-siúr die Katze liebevoll. »Kommen Sie herein, Kind! Kommen Sie!«

Nicht einmal ihr freundliches Lächeln konnte die tiefen Furchen verbergen, die Übermüdung in ihr ohnehin schon faltiges Gesicht gegraben hatte. Ihre Hände zitterten vor Sorge, die sich auch in ihren Augen zeigte. Es war eine Zumutung, die alte Dame mit noch mehr Fragen zu belasten, aber Sabrina brauchte Antworten.

»Woher wussten Sie, wo Sie uns finden würden?«, fragte sie.

Das schien Ard-siúr aus ihrer ernsten Reserviertheit aufzuschrecken. Ihre Augen weiteten sich ein wenig, ihr Mund verzog sich zu einem schlauen Lächeln. »Schwester Brigh war Mr. MacLir gefolgt.«

»Aber sie hasst … ich meine, sie hat ihn nie gemocht … Warum also?«

»Vielleicht sollte Schwester Brigh Ihnen diese Frage beantworten. Doch vergessen Sie bitte nicht, Sabrina, dass dies alles über persönliche Animositäten hinausging. Die Zukunft der *Anderen* und *Duinedon* hängt in der Schwebe.«

»Das weiß ich. Ich bin nur überrascht, dass Schwester Brigh es auch verstanden hat.«

Die Kutsche wartete schon. Ein Stallknecht hielt das linke Leittier am Zügel, während Cat und Aidan sich endgültig von Ard-siúr verabschiedeten. Als Sabrina Schwester Brigh aus dem Tor humpeln sah, entschuldigte sie sich schnell bei allen und lief ihr hinterher. Bisher hatte sie noch keine Gelegenheit gehabt, mit der *bandraoi* zu sprechen. Sie hatte sie nicht einmal zu Gesicht bekommen seit der Versammlung in Ard-siúrs Büro. Es war, als wäre Schwester Brigh ihr aus dem Weg gegangen.

Hinter dem Tor lag die leere Straße, aber das Gesträuch zu ihrer Rechten raschelte noch von jemandem, der gerade erst hindurchgelaufen war. Also schlug Sabrina diese Richtung ein, die den Hügel hinunter und in die tiefe, erdrückende Düsternis des dichten Waldes führte. Über die Steine eines flachen Flussbetts erreichte sie das andere Ufer und duckte sich unter überhängenden Ästen hindurch, von denen lärmend Vögel aufflogen, bevor sie zwischen den winterlich kahlen Bäumen und dem Geruch verfaulenden Laubs die gebückte graue Gestalt von Schwester Brigh vor sich entdeckte.

Hier zwischen den Eichen schien die modrige Luft zu vibrieren vor Energie, und immer waren die Schatten der Unsichtbaren präsent, die die Ohren spitzten und lauschten und deren Lachen wie das Rascheln vom Wind bewegter Blätter klang. Die wahren Feen hatten diesen Ort vor langer Zeit für sich beansprucht, und die *bandraoi* respektierten das und kamen nur hierher, wenn ihnen irgendetwas auf der Seele lag.

Sabrina holte die alte Priesterin mühelos ein. Das Schwierige war, die Frage zu formulieren, die ihr keine Ruhe ließ.

Die alte Frau brach schließlich als Erste das bedrückende Schweigen. »Sind Sie hergekommen, um mich zu belästigen, oder wollen Sie irgendetwas, Mädchen?«

»Ard-siúr hat mir erzählt, was geschehen ist. Warum haben Sie das getan?«, fragte Sabrina, überzeugt, dass Schwester Brigh verstand. »Sie waren es doch, die wollte, dass Daigh ging.«

Die Priesterin des Hohen *Danu* hielt in ihrer Wanderung inne und legte die knochige Hand auf die graue Rinde einer riesigen Eiche, als bezöge sie Kraft aus dem uralten, geheiligten Baum. »Ich habe es Ihnen schon einmal gesagt. Ich tue, was auch immer sein muss, um den Orden vor jeder Bedrohung zu beschützen.« Ein Ausdruck der Verachtung erschien in ihren tief liegenden Augen. »Was nicht bedeutet, dass es mir gefallen muss.«

Daigh stürzte einen Krug Bier hinunter und bestellte einen weiteren bei der Schankmagd, die auf der Suche nach Freiern um die Tische strich. Sie warf ihm einen hoffnungsvollen Blick zu, den er ignorierte. Daraufhin wandte sie sich ab und lächelte und zwinkerte einem Mann zu, der den Regen von seinem Mantel schüttelte, als er die schwach beleuchtete, verrauchte Schenke betrat. Seiner Kleidung nach zu urteilen, war er jemand, der sich entweder hierher verirrt hatte oder ausgesprochen tollkühn war. Sein Körperbau und Gesichtsausdruck gewährleisteten jedoch trotz allem seine Sicherheit.

Eine weitere Zurückweisung und ein scharfer Ruf des Wirts, und die Frau stolzierte in die Küche zurück und belästigte den Neuankömmling nicht weiter, der den Blick über die Menge gleiten ließ, als suchte er jemanden. Als er aus den Schatten heraustrat, wurde sein Gesicht im Dämmerlicht der schäbigen Kaschemme sichtbar.

Was zum Teufel hatte ihn hergeführt? Daighs Hand umklammerte den leeren Krug noch fester, und sein Magen verkrampfte sich von dem Schmerz, der ihn durchfuhr. Aber er rührte sich nicht, als der Mann sich näherte und sich ihm mit einem Gesichtsausdruck gegenübersetzte, als wünschte er, er wäre sonst wo statt in dieser zwielichtigen Dubliner Taverne.

»Das Blatt hat sich gewendet, MacLir«, knurrte er. »Jetzt jage ich Sie.«

Daigh furchte die Stirn. Wo blieb die Schankmagd mit seinem Bier? »Was wollen Sie, Kilronan?«

Seine Lordschaft zündete sich einen Zigarillo an der Kerze zwischen ihnen an, nahm einen Zug und drückte das Ding, statt es zu Ende zu rauchen, achtlos auf dem Tisch aus. Seine goldbraunen Augen wichen nicht von Daighs Gesicht. »Eine Frage nur – lieben Sie sie?«

Daighs Magen rutschte ihm fast bis in die Knie, und in seinen Ohren begann das Blut zu dröhnen. »Was zum Teufel …«

»Antworten Sie, MacLir! Lieben Sie Sabrina?«

Daighs Blick fiel auf den leeren Bierkrug. Wie viele solcher Krüge hatte er in der Hoffnung geleert, Trost im Alkohol zu finden? Wie viele Nächte hatte er damit verbracht, gegen das Verlangen anzukämpfen, das ihn Hals über Kopf nach Belfoyle hätte reiten lassen? Zu viele. Er schob den Krug beiseite. Was nützte es jetzt noch, die Wahrheit zu verbergen? »Ja, ich liebe sie.«

Kilronan lehnte sich zurück, aber ob Daighs Antwort ihn freute oder bestürzte, war seinem angespannten Gesicht nicht anzusehen.

»Wenn dieses Geständnis alles war, was Sie wollten, haben Sie es. Also gehen Sie jetzt wieder!«

»Was *ich* will, spielt keine Rolle«, erwiderte Kilronan. »Es geht um das, was Sabrina will. Und braucht. Wie einen Vater für ihr Kind.«

Daigh fuhr zusammen, und sein Herz schlug so schnell, dass es ihm schier die Brust zu sprengen drohte.

»Sie ist bereits im achten Monat«, fügte Kilronan fast schon anklagend hinzu.

»Das kann nicht …« Daigh zog scharf den Atem ein und begann zu rechnen.

Jetzt verstand er.

Sabrina musste es gewusst haben, als er sie fortgeschickt hatte, und trotzdem hatte sie ihm nichts davon gesagt. Aber wollte sie wirklich *ihn*, oder suchte der Earl of Kilronan nur einen Ehemann für seine Schwester, um einen Skandal zu vermeiden, wenn das Kind geboren wurde?

»Hat Sabrina Sie geschickt?«

In Kilronans Augen flackerte etwas auf, das Daighs Frage beantwortete. »Sie weiß es nicht. Ich wollte ihr keine Hoffnungen machen, falls ich scheitern sollte.« Er trommelte ungeduldig mit den Fingern auf den Tisch. »Ich habe Wochen damit vergeudet, Sie aufzuspüren. Aber wenn wir heute Nacht noch aufbrechen und wie der Teufel reiten, können wir in ein paar Tagen auf Belfoyle sein.«

Ein Kind änderte alles. Und nichts. Daigh blieb, was er war, als er die *bandraoi* verlassen hatte: ein Mann, der außer seiner Liebe nichts von Wert in eine Ehe einzubringen hatte. Doch Liebe war nur Billigware in Kilronans Kreisen. »Es gibt doch sicher Männer von Stand, die eine Verbindung mit Ihrer Familie begrüßen würden«, sagte er und rieb an einem Fleck auf dem Tisch herum, um Kilronan nicht ansehen zu müssen. »Trotz des Kuckucks in ihrem Nest.«

Aidan ließ sich Zeit mit seiner Antwort. Oder vielleicht brauchte er auch nur einen Moment, um seinen Ärger zu beherrschen, denn als er sprach, klang seine Stimme hart und bitter. »Dann kommen Sie also nicht mit? Nicht einmal Ihrem eigenen Kind zuliebe?« Mit einem angewiderten Schnauben erhob er sich. »Ich hätte wissen müssen, dass es vergebliche Mühe ist.«

Daigh reagierte mit dem gleichen Ärger. »Würden Sie behaupten, Sie begrüßten mich als Sabrinas Ehemann, wäre das gelogen, und das wissen Sie so gut wie ich.« Sein Herz galoppierte wie ein durchgegangenes Pferd, seine Finger umklammerten so fest den Bierkrug, dass er unter seinem Griff zerspringen müsste. »Sie wissen, was ich war und was ich im Namen des Bösen getan habe. Angesichts dessen wäre es nur richtig, wenn Sie mir ihre Hand verweigern würden … und Wahnsinn, etwas anderes zu tun.«

Aidan schüttelte ernst den Kopf. »Sie haben recht, dieser Verbrechen wegen könnte ich meinen Hass bestimmt nicht überwinden. Doch ich könnte es sehr wohl für all die Anstrengungen, die Sie unternahmen, um meine Familie zu retten. Dafür könnte ich Sie problemlos Bruder nennen.«

Die See schimmerte dumpf und grau wie Blei unter einem Himmel voller tief hängender dunkler Wolken. Sie erinnerten Sabrina an Pferde, die auf die Küste zujagten, und die Blitze, die sie an den Rändern erhellten, waren wie aufsprühende Funken unter ihren Hufen.

Ihr Spaziergang zum Strand war bei Cat und Jane nicht gerade auf Begeisterung gestoßen. Aber dann wiederum hatten die beiden sie ja auch schon seit Wochen mehr oder weniger besorgt beobachtet. Sabrina bedauerte es fast, dass Ard-siúr Jane gestattet hatte, Glenlorgan zu verlassen, um bei Sabrinas Niederkunft dabei zu sein. So hatte sie doppelte Unterstützung.

Zumindest blieb ihr Aidans beschützerische, übertrieben fürsorgliche Gegenwart erspart.

Seine Reaktion auf ihren Zustand hatte sie überrascht. Sie hatte die Entdeckung ihrer Schwangerschaft gefürchtet, sowohl aus Angst vor Aidans Zorn als auch vor seiner Enttäuschung. Als sie es ihm dann aber gestanden hatte, war er weder in die Luft gegangen vor Wut über ihre Schande, noch hatte er gedroht, sie ihrem Schicksal zu überlassen, und sie war nach diesem Gespräch wie betäubt und sehr zerknirscht gewesen. Sie hatte sich in vielen Dingen geirrt, aber in einer Sache hatte sie wirklich vollkommen falschgelegen: Aidan liebte sie. Seine Liebe zu ihr war stark und unzerbrechlich. Das hatte er ihr damals und auch in den darauffolgenden Monaten bewiesen.

Es war erst drei Wochen her, dass er Belfoyle ohne jede Erklärung verlassen hatte, doch er schickte Cat regelmäßig Briefe, die sie faltete und wegsteckte, wann immer Sabrina den Raum betrat. Zweifellos hatte die Heimlichtuerei etwas mit Brendan, Máelodor und den *Amhas-draoi* zu tun. Mit Angelegenheiten, die Sabrina aus ihrem Kopf hatte verbannen wollen, auch wenn sie ihren sich verändernden Körper nicht mehr ignorieren konnte. Der war eine ständige Erinnerung an einen weiteren Irrtum, dem sie erlegen war, an einen weiteren Menschen, den sie falsch beurteilt hatte.

Regen tröpfelte auf die Wellen, den Strand und ihre Kapuze. Es würde ein langer Aufstieg über den Klippenpfad zurück nach Belfoyle sein. Und sie war noch nicht bereit, zum Haus zurückzukehren. Selbst nach fast drei Monaten hier sprangen sie noch immer Überraschungen aus Ecken an, und Erinnerungen überfielen sie in jedem Raum, den sie betrat. Sie musste erst noch alle ihre Geister austreiben, doch dessen ungeachtet hatte es sich als wahr erwiesen, was sie einmal zu Daigh gesagt hatte: Obwohl sich in sieben Jahren viel verändert hatte, waren die See, der Himmel und das Land noch immer so, wie sie es ihr Leben lang gewesen waren. Und das war in der Tat ein Trost.

Was als leichter Nieselregen begonnen hatte, verstärkte sich, als hätte der Himmel sämtliche Schleusen geöffnet. Der Regen kam jetzt in wahren Sturzbächen herunter, zog Kanäle durch Sand und Stein auf seinem Weg zurück in den Ozean und dämpfte das Nachmittagslicht, als wäre es schon Abenddämmerung.

Sabrina suchte Schutz unter einem Felsvorsprung und wartete auf ein Nachlassen der Sintflut. Zum Glück war es ein warmer Aprilregen und nicht der eisige des Winters.

Das Kind bewegte sich in ihr, sie konnte seine winzigen Fäuste und Füße an der Innenseite ihres Bauches spüren. Während sie mit einer Hand über ihren gewölbten Leib strich, flüsterte sie: »Pst, mein Kleines!«, und sandte ihm auf einer Welle der Zärtlichkeit ihre ganze Liebe zu. »Mami ist bei dir. Mami liebt dich. Es wird nicht mehr lange dauern, mein Schatz. Bald werde ich dich in meinen Armen halten.«

Was sie jedoch selbst empfing, prallte gegen ihr Bewusstsein wie die Brandung an den Felsenstrand: Freude. Furcht. Bedauern. Einsamkeit. Aufregung. Unsicherheit. Herzweh …

Der Ansturm all dieser Empfindungen ließ sie gegen den scharfkantigen Fels zurücktaumeln, raubte ihr den Atem und ließ ihr die Knie weich werden.

Eine von Nebel umhüllte Gestalt sprang die letzten Meter vom Weg zum Strand hinunter. Seine Stiefel knirschten auf dem Kies, sein langer Mantel flatterte hinter ihm her. Seine Gesichtszüge waren noch kantiger, die Wangen noch hagerer als früher, als er vor ihr auftauchte wie ein Gespenst aus seinem Grab.

Oder wie ein Mann aus ihrer Vergangenheit, der einen wie der anderen.

Sabrina stützte sich auf den Felsen, um das Gleichgewicht zu halten, aber auch, um sich zu vergewissern, dass es nicht nur ein Traum war, was sie erlebte. Doch es war so real, wie Daigh es war.

Das Haar klebte ihm am Kopf, und sein Mantel war durchnässt, bemerkte sie, als er ein paar Schritte von ihr entfernt stehen blieb. Seine schwarzen Augen waren unergründlich wie immer.

»Was tust du hier?« Sabrina verschränkte die Hände über ihrem Bauch, als könnte sie ihn vor Daighs durchdringendem Blick beschützen.

»Ich habe dir einmal versprochen, wir würden unser Kind gemeinsam auf der Welt begrüßen. Ich bin zurückgekommen, um dieses Versprechen einzulösen, wenn auch sechshundert Jahre später.«

»Aidan hat dich hergebracht, nicht wahr?«, fragte sie mit plötzlich trockenem Mund.

»Aye. Er hat mich gesucht, um mir von dem Kind zu erzählen.«

Sabrina versuchte, sich hinter der Verbitterung und dem Zorn der letzten Monate zu verschanzen. »Und jetzt, da du es weißt, kannst du ja wieder gehen.«

Sein Ausdruck blieb undurchdringlich, obwohl Schatten in seinen Augen aufflackerten und wieder erstarben. »Wenn es das ist, was du willst, Sabrina, gehe ich.«

Was wollte sie? Daigh könnte ihr gehören, doch es würde eine Ehe sein, die auf Pflichtbewusstsein beruhte und nicht auf Liebe. Würde er sie lieben, wäre er bei ihr geblieben. Oder nicht? Aber sie musste auch an das Kind denken. Konnte sie Daigh wegschicken, wenn das bedeutete, ihr Kind zu einer unehelichen Herkunft zu verdammen? Oh, warum musste das Leben so schwierig sein?

Sie erhob den Blick zum Himmel, als suchte sie Rat zwischen den Wolken. Doch aus trauriger Erfahrung wusste sie, dass die Götter wenig Zeit damit verbrachten, sich um das Schicksal Sterblicher zu sorgen.

»Ich habe dir nichts zu bieten, Sabrina. Keinen Reichtum, keine edle Herkunft. Nichts als die Kraft meiner Hände und die Tiefe meiner Liebe. Aber damit ...«

»Was hast du gesagt?«, unterbrach sie ihn mit wild pochendem Herzen.

»Dass ich keinen Penny und keine Familie habe.«

»Nein, nein, danach. Was war das Letzte, was du sagtest?«

Er senkte den Kopf, und seine Lippen verzogen sich zu einem zerknirschten Lächeln. »Dass ich nichts als die Kraft meiner

Hände und die Tiefe meiner Liebe habe, die grenzenlos und ohne Ende ist. Aber die gebe ich dir reichlich und mit Freuden. Ich möchte, dass du meine Frau wirst, Sabrina.« Als sie zu einer Antwort ansetzte, hielt er sie zurück. Seine Stimme war jetzt selbstbewusst, fast trotzig. »Nicht des Kindes wegen, obwohl das allein schon ein unschätzbar kostbares Geschenk ist, sondern deinetwegen, Sabrina. Weil ich dich liebe. In jenem anderen Leben und in diesem. Und in jedem weiteren, das in unserer Zukunft liegen mag. Willst du meine Frau werden?«

Sie nickte. Ihr Körper fühlte sich von dem Kind darin schwer an und zugleich so leicht, dass sie meinte, zum Mond hinauffliegen zu können. »Ja, das will ich.«

»Und was ist mit deinem Schwur, unverheiratet und deinen Gaben treu zu bleiben?«

Sabrina hob das Kinn, um seinen Blick zu erwidern. Ihre Wangen glühten, ihr Körper kribbelte vor Aufregung. »Würdest du mir mein Geburtsrecht als *Andere* verweigern? Würdest du mich zwingen, zwischen beiden Teilen meiner selbst zu wählen?«

Daigh zog sie an sich. »Wenn ich dich heirate, Sabrina, heirate ich dich mit all deinen Facetten.« Er schloss sie noch fester in seine herrlich warmen, starken Arme, und seine Lippen waren kühl und sanft, als er sie küsste.

»Dann ist die Antwort Ja und tausendmal Ja.« Sie erwiderte seine Umarmung, froh über seine Stärke, die ein Anker war gegen den Überschwang der Gefühle, der sie davonzutragen drohte. Tränen vermischten sich mit dem Regen, der an ihren Wangen hinunterlief.

»Ich bin zurück«, flüsterte Daigh. »Für immer, *cariad*.«

Die Magie, die sie versteckt, ist die Magie, die er verzweifelt sucht

Alix Rickloff
GEHEIMNISVOLLE
VERSUCHUNG
Roman
Aus dem amerikanischen
Englisch von
Ulrike Moreno
400 Seiten
ISBN 978-3-404-16707-4

Catriona landete unverschuldet in den Slums von Dublin, wo sie um ihr Überleben kämpfen muss. Als sie angeheuert wird, ein mysteriöses Buch zu stehlen, kann sie nicht Nein sagen. Doch der Auftrag geht schief: Aidan, Earl of Kilronan, erwischt die junge Diebin in seiner Bibliothek.
Als er Cat ansichtig wird, ist er nicht nur von ihrem Liebreiz bezaubert, sondern erkennt, dass sie das magische Blut der Fey in sich trägt ... Außerdem versteht Cat die mystische Sprache, in der das Buch verfasst ist, das Aidan von seinem ermordeten Vater geerbt hat. Aidan stellt die charmante Frau vor die Wahl: Entweder übersetzt sie das Buch, oder er führt sie ihrer harten Strafe zu ...

Bastei Lübbe Taschenbuch

Auch wenn alles verloren scheint, gibt es noch immer eine Hoffnung: die Liebe

Christine Feehan
DAS DUNKLE FEUER
DER NACHT
Roman
Aus dem amerikanischen
Englisch von
Ulrike Moreno
496 Seiten
ISBN 978-3-404-16705-0

Drachensucher Dominic und Jaguarfrau Sangria sind Krieger, die ihr Leben in Einsamkeit verbracht haben. Nun sehen sie nur noch einen Ausweg: den Tod. Doch vorher wollen sie sich ihrer größten Herausforderung stellen und sich in das Lager ihrer Feinde einschleichen. Eine Mission, die ihnen wahrscheinlich den Tod bringen wird.

Womit jedoch keiner der beiden gerechnet hat: Kurz bevor sie sich in diese Gefahr begeben, entdecken sie ihre leidenschaftliche Liebe zu einander. Nun gehen sie mit einer großen Hoffnung in den Kampf: zu überleben und den Geliebten nach dem letzten Gefecht wieder in die Arme schließen zu dürfen ...

Bastei Lübbe Taschenbuch

Eine Mission voller Gefahren - für Jäger und Gejagte

Karina Cooper
DARK MISSION
- FEGEFEUER
Roman
Aus dem amerikanischen
Englisch
368 Seiten
ISBN 978-3-404-20702-2

New Seattle ist ein Moloch aus Beton und Stein: Ebene für Ebene windet sich die Stadt in den Himmel hinauf. Jessica Leigh versucht sich hier unbemerkt durchzuschlagen. Sie ist eine Hexe und stets auf der Flucht vor den Missionaren des Ordens, der die Stadt fest im Griff hält. Einer der besten Jäger ist Silas Smith: Sein Auftrag lautet, Jessies Bruder, einen angeblichen Mörder, zu finden und an den Orden auszuliefern. Jessie muss das verhindern! Dumm nur, dass sie in Silas mehr entdecken muss, als einen gewissenlosen Killer — und er in ihr mehr als nur eine Hexe ...

Bastei Lübbe Taschenbuch

Werde Teil der Bastei Lübbe Welt
You Tube
www.luebbe.de
Lesen, rezensieren, Bücher gewinnen
Lerne Autoren, Verlagsmitarbeiter und andere Leser kennen